THE HISTORY OF
ANCIENT NOVEL OF
LINGNAN

广州大学·广府文化系列

岭南古代小说史

耿淑艳 ◎ 著

社会科学文献出版社
SOCIAL SCIENCES ACADEMIC PRESS (CHINA)

此书为广东省普通高校人文社会科学重点研究基地重大项目"岭南小说创作史"（09JDXM75002）成果

目　录

001	绪　论
009	第一章　汉唐间岭南小说
010	第一节　地理博物体志怪小说
010	一　发展历程
015	二　内容
020	三　艺术特征
024	第二节　轶事小说
028	第三节　传奇小说
029	一　取材于岭南民间传说
036	二　藻丽绵渺的艺术美
040	第二章　宋代岭南小说
041	第一节　《夷坚志》中的岭南小说
043	一　动植物志怪
046	二　鬼神类志怪

047　　　三　仙释类志怪
049　　　四　轶事小说
050　　第二节　其他笔记中的岭南小说
050　　　一　《萍州可谈》
051　　　二　《铁围山丛谈》
052　　　三　《岭外代答》

055　第三章　明代岭南小说
056　　第一节　笔记小说《双槐岁钞》
057　　　一　朝廷轶事小说
059　　　二　民间轶事小说
060　　　三　公案小说
061　　　四　志怪小说
062　　第二节　笔记小说《粤剑编》及其他
062　　　一　《粤剑编》
066　　　二　其他笔记中的岭南小说
067　　第三节　传奇小说《钟情丽集》
068　　　一　作者与版本
070　　　二　浪漫的爱情与激烈的反抗斗争精神
073　　　三　善于铺叙，典雅优美

077　第四章　清代前期岭南小说
078　　第一节　《广东新语》中的《怪语》
080　　第二节　《觚剩》中的岭南小说
081　　　一　轶事小说
083　　　二　志怪小说
084　　　三　艺术特点

目 录

第五章　清代中期岭南文言小说　086

第一节　岭南地方故事集　087
- 一　《五山志林》　087
- 二　《霭楼逸志》　095
- 三　《邝斋杂记》　106
- 四　《粤屑》　114
- 五　《粤小记》　124

第二节　狎邪小说　133
- 一　《潮嘉风月》　134
- 二　《珠江名花小传》《沈秀英传》　137
- 三　《珠江奇遇记》　139

第六章　清代中期岭南通俗小说　141

第一节　儿女英雄小说《岭南逸史》　142
- 一　成书过程　143
- 二　寻求民族和解的道路　147
- 三　鲜明的民族特色　154

第二节　世情小说《蜃楼志》　158
- 一　寻求化解矛盾的方式和拯救世风的良药　159
- 二　艺术特点　172

第三节　公案小说《警富新书》　176
- 一　成书过程　177
- 二　对清代司法黑暗和人性堕落的批判与反思　179
- 三　艺术特点　188

第四节　公案小说《绣鞋记警贵新书》　191
- 一　作者考证　191
- 二　对享有特权的豪强恶势力的批判　195
- 三　寄希望于清官和鬼神　197

003

198	第五节	岭南其他通俗小说
199	一	神怪小说《桃花女阴阳斗传》
200	二	世情小说《红楼复梦》
201	三	历史演义小说《大明正德皇帝游江南传》
202	**第七章**	**清代后期岭南小说**
203	第一节	岭南地方故事集《越台杂记》
209	第二节	岭南圣谕宣讲小说
209	一	圣谕宣讲小说的形成
211	二	圣谕宣讲小说的特征
212	三	岭南圣谕宣讲小说的兴盛
214	第三节	岭南圣谕宣讲小说作品
214	一	邵彬儒
217	二	《俗话倾谈》
225	三	《谏果回甘》
232	四	《吉祥花》
236	五	《活世生机》的佚作
236	六	叶永言、冯智庵和《宣讲余言》
245	七	调元善社和《圣谕十六条宣讲集粹》
260	八	《宣讲博闻录》
266	**结论**	**岭南小说的总体特征和艺术贡献**
266	一	中原小说是岭南小说的母体
269	二	不同于中原小说的缓慢而艰难的发展历程
271	三	中心文化对边缘文化的想象
274	四	边缘文化的崛起
276	五	先锋文化的蜕变
279	六	岭南小说的现实主义精神

282	七	岭南小说的反抗精神
283	八	岭南小说的爱国精神
284	九	岭南小说的艺术贡献

286 **参考文献**

绪　论

　　岭南位于中国最南部，北依五岭，南濒大海，山川秀美，物产富饶，历史悠久，文化多样，是中国极富特色的地域，在这里孕育繁衍出来的文学、绘画、音乐等各种艺术形式无不受到岭南文化精神的熏染，打上了岭南文化的烙印。岭南小说亦是如此，它是在岭南文化的熏染下发展成长起来的，充分吸收了岭南文化精神，从而具有了浓郁鲜明的岭南特色，成为中国小说史上极富地域特色的分支。

　　但岭南小说走入研究者视野的，仅是戊戌变法之后以吴趼人为代表的改良小说和以黄小配为代表的革命小说。的确，岭南小说在戊戌变法之后取得了令人瞩目的成就，对中国小说产生过至关重要的影响，然而，岭南小说的成就远不止这些。任何一个地域的文学都有产生、发展的过程，岭南小说在戊戌变法之后的兴盛，一方面是受当时社会变革和文学思潮的影响；另一方面更得益于岭南悠久的小说创作积累。岭南小说自汉魏六朝始开其端，唐宋明清皆有所作，但它们一直湮没无闻，给研究者的印象是，戊戌变法之前的岭南小说相当贫乏，这种认识使岭南小说的发展进程、规律和鲜明个性无法全面展现，岭南小说的历史贡献和历史地位也无法被正确认识和评价。

一

　　本书以岭南古代小说为研究对象，探讨从汉魏至清代戊戌变法之前的岭南小说的发展状况，这对中国小说史研究和中国文化史研究都具有一定的学术意义。

　　岭南古代小说文献散佚十分严重，尤其是清之前的小说文献，几乎十不存一二，但经过笔者细致地爬梳，一部分小说文献被发掘出来。汉唐间岭南地理博物体志怪小说、轶事小说作为岭南小说的最初形态，出现在汉唐间岭南地理博物类著作中，由于汉唐间岭南文献几乎散佚殆尽，使这两类小说被长期湮没，笔者在后人辑佚的地理博物文献中，将其中的岭南小说筛选出来。宋代岭南小说散见于客居岭南的中原作家的笔记中，如《夷坚志》《萍州可谈》《铁围山丛谈》等。明清两代岭南小说文献保存略好，但有些稀见本从未被整理过，《霭楼逸志》《邝斋杂记》《粤屑》等笔记小说以及《谏果回甘》《宣讲博闻录》《圣谕十六条宣讲集粹》《宣讲余言》等圣谕宣讲小说被封尘在图书馆之中，笔者将它们重新整理出来。这些文献虽无法还原岭南古代小说的全貌，但可以大致反映岭南各时期小说创作的基本情况。

　　中国各地域经济、政治、文化的发展状况有所不同，因此，各地域的小说发展状况也各有特点。中国古代小说史著作一般重在阐述古代小说发展的普遍历程、规律以及共性，无法具体阐述各个地域小说独特的发展历程、规律和个性特征。岭南古代小说在中国小说史中被忽略，即使有所提及，也是从中国小说史整体的角度，而不是从岭南地域的角度加以考察，致使岭南古代小说自身的发展历程、规律及独特个性无法充分展现，这在一定程度上也影响了中国小说史的丰富性。本书深入系统地研究岭南古代小说，不仅可以展现岭南古代小说的全貌，还可以丰富中国小说史的研究。

　　任何文学作品都是当时时代的反映。岭南古代小说亦是如此，从产生之初它就深深地根植于岭南，反映岭南的社会、时代、民族和文化精神，其后历代岭南小说创作都继承了这一传统。汉唐两宋的志怪小说反映了岭南的原始文化、社会习俗；明代小说的现实主义精神萌生并发展，反映了明代岭南的社会生活和精神风貌；清代小说更为充分和鲜明地反映了清代岭南多样化的社会生活、思想文化、精神风貌、生活习俗等。本书深入系统地研究岭南古代小说，可以为中国文化史研究提供丰富生动的文化材料。

二

相比于其他地域的古代小说研究，岭南古代小说研究起步较晚，且不充分，研究成就主要有以下几个方面。

第一，岭南古代小说目录的搜集与整理。20世纪前期的小说目录著录了一部分岭南小说，20年代郑振铎的《巴黎国家图书馆中之中国小说与戏曲》著录了《蜃楼志》；30年代孙楷第的《中国通俗小说书目》著录了《大明正德皇游江南传》《俗话倾谈》《谏果回甘》。这一阶段的小说目录注重版本与作者考证，较少对作品进行分析和评价。

80年代以来，小说目录之作渐多，被著录的岭南小说大量增加。1980年戴不凡的《小说见闻录》著录了《岭南逸史》《蜃楼志》；1982年柳存仁的《伦敦所见中国小说书目提要》著录了《绣像正德游江南全传》《蜃楼志》《桃花女阴阳斗传》《俗话倾谈》《绣鞋记警贵新书》；1990年江苏省社科院编写的《中国通俗小说总目提要》著录了部分岭南文言和白话小说；此后，1996年朱一玄、宁稼雨、陈桂声的《中国古代小说总目提要》、1996年宁稼雨的《中国文言小说总目提要》、2004年石昌渝的《中国古代小说总目》都著录了大量岭南小说。这些目录为后人进行岭南古代小说研究提供了重要的资料线索。

80年代的目录著作较之前有较大进步，不仅著录版本、考证作者，还对作品进行简要分析和评价，柳存仁评价《绣像正德游江南全传》为"历史小说中最陋的著作"①，戴不凡认为《蜃楼志》"就我所看过的小说来说，自乾隆后期历嘉、道、咸、同以至于光绪中叶这一百多年间，的确没有一部能超过它的。如以'九品'评之，在小说中这该是一部'中上'甚或'上下'之作"。②虽然这些分析评价比较简略，却较为中肯并富有启发性。

第二，中国古代小说史的整体研究中包含了岭南古代小说研究。中国古代小说史的研究较为成熟，著作甚多，较有代表性的有1997年齐裕焜的《明代小说史》、1997年张俊的《清代小说史》、1997年萧欣桥的《话本小说史》、2005年吴志达的《中国文言小说史》、2007年陈文新的《文言小说审美发展史》等。这些著作对一些重要的岭南小说进行了探讨，包括《双槐岁钞》《钟情丽集》《蜃楼志》《岭南逸史》《警富新书》《绣鞋记警贵新书》《西湖小史》，研究者们把它们纳入整个中国小说史的框架中，较少论及其独特的个性特征。但也有少数研究者注意到了它们的地域色彩，如张俊认为《蜃楼志》"带有浓郁的时代气息和鲜明的地方色彩"③，《岭南逸史》"有意使用了一些岭南方言土语，富有地方气息"。④

第三，岭南文学史的整体研究中包含了岭南古代小说研究。目前，岭南文学研究主要集中在近代部分，如管林、陈永标、汪松涛、谢飘云、左鹏军、闵定庆的《岭南晚清文学研究》和钟贤培、汪松涛的《广东近代文学史》。涉及岭南古代小说的仅有1996年叶春生的《岭南俗文学简史》和2000年罗可群的《广东客家文学史》，但《岭南俗文学简史》仅从俗文学的角度探讨晚清小说家邵彬儒的作品，《广东客家文学史》仅对清中期的《岭南逸史》作了重点研究，探讨了作者黄岩的生平，以及作品的思想内容和艺术特点，研究范围均较为狭窄。

---

① 柳存仁：《伦敦所见中国小说书目提要》，书目文献出版社，1982，第155页。
② 戴不凡：《小说见闻录》，浙江人民出版社，1980，第227页。
③ 张俊：《清代小说史》，浙江古籍出版社，1997，第290页。
④ 张俊：《清代小说史》，第305页。

第四，岭南古代小说作家作品的个案研究。个案研究主要集中在《岭南逸史》和《蜃楼志》上。20世纪90年代以来，学术界对这两部小说颇为关注，至21世纪初，已有单篇论文近20篇。关于《岭南逸史》的研究，较早的是1996年刘佐泉的《〈岭南逸史〉中的客家史迹》，此文详细考证了《岭南逸史》的作者生平和使用的客家方言、客家民歌。此后，《嘉应学院学报》先后发表了几篇关于《岭南逸史》的论文，2004年苏建新、陈水云的《〈岭南逸史〉：一部〈三国演义〉化的才子佳人小说》，认为《岭南逸史》是一部模仿《三国演义》的才子佳人小说；2007年汤克勤的《论〈岭南逸史〉的小说类属和文史意义》，认为《岭南逸史》应为英雄儿女小说；2008年汪平秀的《〈岭南逸史〉中女性群体刍议》，探讨了《岭南逸史》的4位女主人公形象。这几篇论文皆提出了较有新意的观点，对后来的研究者有一定的启发意义，但关于《岭南逸史》的思想内容、艺术特征、历史贡献等方面的研究还不够深入。

《蜃楼志》的研究要比《岭南逸史》起步早，且全面而深入。早在80年代初就有蔡国梁的《谴责小说的先声——〈蜃楼志〉》，此文认为《蜃楼志》以深邃的眼光、独特的构思、峭拔的风格、辛辣的笔调反映了清代中期的生活，标志着乾嘉时期中长篇小说创作的繁荣成熟，是后世谴责小说的先声，这一观点为后来研究者广泛接受。90年代以来，先后有10余篇相关论文，1991年朱学群的《论苏吉士的"长大成人"：对于〈蜃楼志〉的一个"主题学"研究》，深入分析了主人公苏吉士形象的内涵，认为苏吉士集士人与商人于一身，具有"言情而不伤雅""好色而不淫"的特点；1992年雷勇的《〈蜃楼志〉的因袭和创新》探讨了《蜃楼志》在内容、情节、人物形象等方面对《红楼梦》《金瓶梅》《水浒传》的因袭；1996年陈浮的《〈蜃楼志〉的写作背景及其新探》、丁国祥的《春江水暖鸭先知：〈蜃楼志〉中的封建盛世与口岸信息》以及1998年胡金望、吴启明的《乾嘉"太平盛世"的形象画卷：读〈蜃楼志全传〉》等论文全面探讨了《蜃楼志》创作的时代背景与社会环境；2007年黄梅的硕士论文《〈蜃楼志〉研究》在吸收前人研究成果的基础上，进一步探讨了《蜃楼志》的作者、版本、思想内容、艺术特色、历史贡献，此论文虽有可商榷之处，却是对《蜃楼志》较为全面的研究。

岭南古代小说研究在取得上述成就的同时，仍存在相当大的不足，主要体现在3个方面：其一，由于岭南古代小说文献散佚严重，因此作家与作品的搜集与整理不全面；其二，研究范围较为狭窄，主要集中在清中期通俗小说《岭南逸史》和《蜃楼志》上，其他时期的小说较少被研究；其三，以微观的个案研究为主，宏观的、系统的研究甚少，对岭南古代小说的发生发展过程、基本特征、时代意蕴、历史贡献等缺乏总体考察。

三

研究者对中国文学史的划分，较为通行的观点是，从上古时期到1840年中英鸦片战争为古代文学时期。也有学者提出了不同的观点，早在20世纪30年代，陈子展就主张中国古代文学的下限应为1898年的戊戌变法，他认为从戊戌变法起中国文学才进入近代文学时期，朱自清、钱基博、吴文祺等人都持此观点。确实，鸦片战争之后，中国的思想文化出现了新变，但传统的文化势力依然强劲地维持着主导地位，直到戊戌变法后，新的思想文化才逐渐传播开来。

鸦片战争至戊戌变法期间，中国小说仍延续着传统小说的创作传统，无论在思想上，还是在艺术表现上，都缺少新的因素，与清中期相比，甚至出现了较大的退步，正如张俊所评价的"这一时期的小说创作，总体而言，已完全进入低洼的山谷，成为我国古典小说的终结时期。戊戌变法以后，它便步履蹒跚地踏上近代化的历程"。[①]

此时期的岭南小说也体现了这一点。鸦片战争后，岭南最先受到外族殖民者的入侵，民族危亡之际，岭南小说放弃了清中叶的批判和反思，

[①] 张俊：《清代小说史》，第399页。

试图以传统文化来维护清王朝的统治,因此,小说中充斥着大量的因果报应和劝惩说教内容。通俗小说《阴阳显报鬼神全传》《昙花偶见传》大力宣扬因果报应思想,《扫荡粤逆演义》将太平军视为混乱社会秩序的盗匪、叛逆予以批判,思想意识极为落后。更突出的是,出现了大量专门宣讲最高统治者政治教化思想的圣谕宣讲小说,这类小说不遗余力地进行劝惩,虽然圣谕宣讲小说在全国各地都有出现,但没有一个地区像岭南这样兴盛。

戊戌变法后,中国思想文化的变革才真正开始,鼓民力、开民智、新民德的救国运动迅速兴起。思想文化的变革影响到了文学创作,岭南著名的政治家、思想家、文学家梁启超先后提出"诗界革命""文界革命""小说界革命"和"戏剧改良"的口号,文学界展开了声势浩大的革新运动,引领中国文学进入到真正意义上的近代时期。岭南小说亦随之发生变革,进入到近代期,梁启超在小说革新方面提出"欲新一国之民,不可不先新一国之小说"[①] 的理论,并首先对这一理论进行实践,创作了具有开拓意义的政治小说《新中国未来记》。岭南作家吴趼人呼应梁启超的小说理论,创作了大量的改良主义小说,黄小配创作了大量的革命主义小说,这些小说传播新思想、新文化,颠覆了此前岭南小说陈腐落后的内容,在艺术上大胆引进西方小说的创作技巧,岭南小说真正进入了近代期。

因此,岭南古代小说的下限应是戊戌变法,这样断限是比较符合小说史的发展实际的。基于以上认识,本书《岭南古代小说史》上溯汉魏,下迄1898年戊戌变法。

岭南是指五岭以南的地区,大致包括今天的两广地区和海南岛地区,本书探讨的岭南小说就是指在这个地域产生的小说。岭南小说作家包括两大类:一是岭南本土小说作家,二是客居岭南的中原作家。岭南本土小说作家的作品毫无疑问属于岭南小说,客居岭南的中原作家的创作情况较为复杂,有的属于岭南小说,有的不属于岭南小说,那么如何来界

[①] 梁启超:《论小说与群治之关系》,载黄霖、韩同文选注《中国历代小说论著选》(下),江西人民出版社,2000,第41页。

定呢？

　　小说是社会生活和思想文化的反映，岭南小说应是对岭南社会生活和思想文化的反映，因此，界定岭南小说必须看它是否反映了岭南的社会生活，是否表现了岭南人的思想文化。按照这个标准来衡量，客居岭南的中原作家所作的反映岭南社会生活和思想文化的作品，就属于岭南小说，反映其他地区社会生活和思想文化的作品，则不属于岭南小说。

　　自汉至清，历代皆有中原作家或因为官，或因被贬，或因避乱，或因谋生，进入岭南。三国时吴国万震客居番禺，晋代嵇含官广州刺史，南朝沈怀远坐事徙广州，唐代刘恂官广州司马，唐代裴铏和宋代洪迈寓居岭南，清代钮琇官广东高明知县。他们受到岭南独特的自然环境、社会环境、思想文化的熏染，创作出了反映岭南社会生活和思想文化的小说，这些小说无疑属于岭南小说，自然属于本书研究范围。

　　明清时期岭南本土作家有香山黄瑜、南海黄衷、顺德罗天尺、东莞欧苏、番禺陈昙、阳春刘世馨、香山黄芝、潮州黄岩、庾岭劳人、安和先生、上谷氏蓉江等，这些本土作家创作的小说反映了岭南社会生活和思想文化，是典型的岭南小说，也是本书重点研究对象。

　　也有少数岭南本土作家，如陈飞霞、陈少海、何梦梅，创作了反映其他地域社会生活的小说，由于这些作家生长于岭南，其思想、个性和气质不可避免地打上了岭南烙印，这会对他们的小说作品产生影响，因此这些小说仍属岭南小说，对这些小说本书会论及，但不进行深入探讨。

第一章
汉唐间岭南小说

岭南北亘万山重叠的五岭，南濒浩瀚的大海，汉唐间陆路和水路交通均不发达，尤其是五岭，阻隔了岭南与中原地区的交流。地理上的封闭导致了岭南文化的封闭和文化演进的缓慢。先秦时期，岭南仍处在原始部落文化阶段；秦汉时期，随着郡县的设立，中原人的迁入，岭南才开始进入到中原文明体系之中；魏晋南北朝时期，中原人为避战乱再次大量迁入，岭南文化初步发展；唐代，岭南经济渐兴，文化也得到进一步发展。虽然自秦至唐，中原文化不断输入岭南，但传播却较为缓慢，岭南的原始文化氛围仍比较浓郁，正如屈大均所云："天下之文明至斯而极，极故其发之也迟。"[①] "粤处炎荒，去古帝王都会最远，固声教所不能先及者也。"[②] 在这种文化状态下，岭南小说发生较迟，演进缓慢，相比于中原小说的成就，显得颇为萧条和局促。

但浓郁的原始文化氛围却催生出了富有岭南特色的小说——地理博物体志怪小说，它成为岭南汉唐间最具有代表性的小说。此外，还产生了轶事小说和传奇小说，但这两类小说没有得到充分发展。小说创作队

---

① （清）屈大均：《广东新语》，中华书局，1985，第316页。
② （清）屈大均：《广东新语》，第321页。

伍主要由从中原入岭南的客居作家构成，如西汉的陆贾、三国时的万震、晋代的刘欣期、南北朝的沈怀远、唐代的裴铏等，他们为岭南小说的发展作出了重要贡献。岭南本土作家数量非常少，仅有东汉的杨孚、晋代的王范和黄恭等。地理博物体志怪小说记岭南地理、物产、风俗传说，轶事小说记岭南的奇闻逸事，传奇小说熔铸岭南诸种传说。这些小说富有想象力，内容新颖独特，风格奇幻瑰丽，具有鲜明的岭南特色。

第一节　地理博物体志怪小说

岭南地理博物体志怪小说滥觞于西汉初年，成熟于东汉，兴盛于魏晋南北朝，至唐尚有余音。它是在中原地理博物体志怪小说的影响下产生发展起来的，具有中原地理博物体志怪小说的基本特征，但是，由于它根植于被当时中原人视为"绝域殊方""远国异民"的岭南，因此又具有不同于中原的岭南特色，这些小说数量众多，自成体系，是岭南古代小说的源头，对后世岭南小说产生了深远影响。

但是，这些小说一直湮没无闻，原因主要有两个：一是它们保留在岭南汉唐间的地理博物著作中，研究者一般从史学、地理学角度对这些著作进行研究，忽略了其中虚构、夸张的内容。汉唐作家在客观记录岭南地理物产的同时，也记录了当时流传的关于地理物产的诸种传说，这些传说荒诞虚夸，实为珍贵的地理博物体志怪小说；二是岭南汉唐间的地理博物著作均已散佚，仅有较少的一部分保留在各种类书及地理志中，致使研究者很难窥其全貌，今人杨伟群的《南越五主传及其它七种》，骆伟、骆廷的《岭南古代方志辑佚》，刘纬毅的《汉唐方志辑佚》对岭南地理博物文献进行了辑佚和整理，为学术界研究提供了资料。

一　发展历程

（一）西汉的滥觞

岭南地理博物体志怪小说可以追溯到西汉初年陆贾的《南越行纪》。

陆贾，汉初楚人。赵佗自王于南越，汉高帝派陆贾出使南越国，封赵佗为南越王。文帝时，陆贾再次出使南越，为岭南政治局势的稳定做出了重要贡献。《南越行纪》记其两次出使岭南的所见所闻，已佚，仅有两则保存在晋代嵇含的《南方草木状》中，一则为"耶悉茗花"，一则为"胡杨梅"。"胡杨梅"云：

> 陆贾《南越行纪》曰：罗浮山顶有胡杨梅，山桃绕其际。海人时登采拾，止得于上饱啖，不得持下。[1]

嵇含所引甚为简略，但此则已不是客观地记录胡杨梅的植物特性，而是记载了一则关于胡杨梅的传说——"止得于上饱啖，不得持下"，晋代裴渊在《广州记》中交代了"不得持下"的原因：

> 东莞县有庐山，其侧有黄梅、山桃。只得于山中饱食，不得取下。如下，则迷路。[2]

胡杨梅"不得持下"的原因极有可能与"黄梅""山桃"一样，为会"迷路"，因此"胡杨梅"一则透露出很浓的志怪意味。

（二）东汉的成熟

岭南地理博物体志怪小说成熟的标志是东汉杨孚所著的《异物志》。

杨孚，字孝元，南海（今广州市海珠区下渡村）人，汉章帝建初中，举贤良对策上第，拜议郎，当时交阯刺史"夏则巡行诸郡，冬则还大府表奏、举刺。其后竞事珍献"。[3] 为矫正这种"竞事珍献"的风气，杨孚撰《异物志》，介绍岭南山川道里、动植物及风土民俗。

《异物志》，《隋书·经籍志》著录为1卷，《水经注》引作杨氏《南裔异物志》，《艺文类聚》或引作《交阯异物志》，或引作《交州异

---

[1] 杨伟群点校《南越五主传及其它七种》，广东人民出版社，1982，第67页。
[2] 骆伟、骆廷辑注《岭南古代方志辑佚》，广东人民出版社，2002，第89页。
[3] （清）仇巨川：《羊城古钞》，广东人民出版社，1993，第438页。

物志》。

《异物志》在客观记录岭南地理物产的同时，还记载了关于地理物产的传说，开启了著述"异物"传说的传统，在当时和其后都备受推崇，历代效仿尤多，直接影响了魏晋南北朝岭南地理博物体志怪小说的繁荣。

此后，三国时期有《扶南异物志》和《南州异物志》。《扶南异物志》，朱应撰。朱应，吴时为宣化从事，曾与中郎将康泰出使扶南、林邑等国，归后撰此书，已佚。

《南州异物志》，《隋书·经籍志》著录为 1 卷，万震著。万震，吴时丹阳太守，曾在岭南居住，"余寓番禺，曾游新会县"①，遂作《南州异物志》。南州，又称"广南""南交""南越"，是古代交州的泛称。是书受杨孚《异物志》的影响甚大，部分内容与杨孚《异物志》相类，但亦有部分传说不见于《异物志》，较为新颖独特。

（三）魏晋南北朝的兴盛

魏晋南北朝时期，岭南地理博物著作兴盛，地理博物体志怪小说也随之进入了兴盛期。此时期作者队伍庞大，约 20 余人，他们或为岭南人，或任职、寓居于岭南。受当时创作风气的影响，他们在客观记载岭南地理物产的同时，亦热衷于记录流传于岭南的诸种民间传说。

晋代的地理博物著作最多，有 11 部，包括刘欣期的《交州记》、王范的《交广二州记》、黄恭的《交广记》、裴渊的《广州记》、顾微的《广州记》、盖泓的《珠崖传》、嵇含的《南方草木状》、徐衷的《南方记》、袁宏的《罗浮山记》、撰者不详的《交州杂事》和《交趾外域记》，这些作品中有大量的地理博物体志怪小说。

《交州记》，刘欣期撰。刘欣期生平事迹不可考。交州，包括今广东、广西、海南及越南社会主义共和国。

《广州记》，明黄佐《广东通志》著录为 2 卷，裴渊撰。裴渊生平事

---

① 骆伟、骆廷辑注《岭南古代方志辑佚》，第 56 页。

迹不可考。广州，即今广州市。

《广州记》，明黄佐《广东通志》著录为1卷，顾微撰。顾微，晋吴郡（今江苏苏州）人，著有《广州记》《吴县记》等。

以上著作中的地理博物体志怪小说比例较高。另有《南方草木状》3卷，嵇含撰。嵇含，官广东刺史。此书"乃含为广州刺史时目睹南越、交趾植物珍奇，中州之人或昧厥状，故为诠叙成书"。[①] 是书较为客观，传说较少，且均为植物传说。

南北朝时期的地理博物著作有6部，包括刘澄之的《交州记》、沈怀远的《南越志》、王韶之的《始兴记》、竺芝的《扶南记》、刘昭的《岭外录异》、姚文咸的《交州记》，此外，还有约作于魏晋南北朝，但著者不详的《郁林异物志》《广州异物志》《交趾外域记》。

《南越志》，《隋书·经籍志》著录为5卷，宋沈怀远撰。沈怀远，吴兴武康（今浙江省德清县）人，因坐事徙广州，后官武康令。该书被称为五岭诸书之最在前者。现存佚文最多，其中地理博物体志怪小说亦甚多。

《始兴记》，南朝宋王韶之撰。王韶之，山东临沂人，终吴兴太守。清曾钊云："元嘉初，徐豁为始兴太守，有政声。韶之未尝至始兴，或即从徐豁讨问故事，笔为此《记》欤？"[②] 始兴，三国吴永安六年（263）置始兴县，属始兴郡，为今粤北和粤、湘、赣、桂交界之处。其中地理博物体志怪小说亦甚多。

据《岭南古代方志辑轶》《汉唐方志辑佚》《南越五主传及其它七种》记载，魏晋南北朝时期的地理博物著作现存佚文500余则，其中地理博物体志怪小说约占1/3，主要集中在沈怀远的《南越志》、刘欣期的《交州记》、裴渊的《广州记》、顾微的《广州记》和王韶之的《始兴记》中。《交广二州记》《交广记》《南方记》《扶南记》《岭外录异》《郁林异物志》《广州异物志》《交趾外域记》等，散佚甚为严重，或仅有零星佚文，或仅见于史志著录，但这些著作在创作目的、内容等方面

[①] 杨伟群点校《南越五主传及其它七种》，第71页。
[②] 杨伟群点校《南越五主传及其它七种》，第54页。

应与《南越志》《广州记》等相类，其中亦应有不少地理博物体志怪小说。此时期的地理博物体志怪小说数量众多，内容丰富，从远国异民到山川湖泊、草木鱼虫，可谓异彩纷呈。

(四) 唐代的衰落

至唐代，岭南地理博物著作渐趋衰落，仅有中唐孟琯的《岭南异物志》、晚唐房千里的《南方异物志》、唐末刘恂的《岭表录异》，以及撰人不详的《续南越志》，岭南地理博物体志怪小说亦随之渐趋衰落，数量不多。

《岭南异物志》，《新唐书·艺文志》著录为1卷，孟琯撰。孟琯，湖南郴州人，唐元和进士，任职岭南而著此书。

《南方异物志》，房千里撰。房千里，河南人，大和进士，曾官端州别驾、高州刺史。《南方异物志》被《新唐书·艺文志》列入史部地理类，被《宋史·艺文志》列为子部小说类，已佚。

《续南越志》，撰人不详，《岭南古代方志辑佚》辑录3则，3则均为地理博物体志怪小说。

《岭南异物志》和《续南越志》的现存佚文中的小说比例非常大，《岭南异物志》还被《崇文总目》列入子部小说类，《南方异物志》出入于史、子两部，由此可以推测，这3部著作的虚构内容极有可能超过了客观记录的内容。这些小说在内容上多因袭前人，缺乏新意，但受唐传奇的影响，艺术水平有了提高。

《岭表录异》，《永乐大典》著录为3卷，刘恂撰。刘恂，鄱阳人，进士，官至广州司马，任满后居南海而作此书。刘恂是以比较科学的态度撰写此书的，虽间记岭南动植物传说和当时的奇闻逸事，但以客观平实的记录为主，地理博物体志怪小说非常少，可见唐末地理博物体志怪小说已经明显衰落了。

唐之后，岭南地理博物著作亦代有所出，元代吴莱撰《南海古迹记》，宋代郑熊撰《番禺杂记》，清代范端昂撰《粤中见闻》，这些著作客观平实，少虚幻，虽偶间杂传说，但数量甚少，不能像汉唐时期那样自成一系了。

二 内容

先秦时期，岭南仍处在原始文化时期，产生了大量的民间传说。因原始部落众多，地理环境复杂，物产丰富，这些传说多与原始部落、山川地理和物产有关。由于五岭的阻遏，岭南长期孤悬一隅，地理上相对封闭，因此，这些原生态的民间传说被很好地保存下来，汉唐间在岭南广为流传。对于当时处于文化发达地区的中原人来说，这些传说是奇异的，有巨大魅力的，客居岭南的作家陆贾、万震、顾微、嵇含、沈怀远、孟琯等，十分热衷于记录这些奇异的传说，甚至连未到过岭南的临沂人王韶之亦对此颇感兴趣。岭南本土作家亦受此风气影响，东汉杨孚和晋代王范、黄恭均为岭南人，对岭南传说更为熟悉，他们的著作，尤其是杨孚《异物志》中的传说，尤为新颖和生动。不仅作者热衷于此，当时的读者也有这方面的审美需求，因此这些小说在汉唐间大受欢迎，王范就曾因撰写《交广二州记》而"自是名动京师"。[①]

岭南地理博物体志怪小说的内容主要有4部分：一是关于远国异民的传说，二是关于山川湖泊的传说，三是关于动植物的传说，四是关于奇珍异宝的传说。

（一）远国异民传说

远国异民传说是岭南地理博物体志怪小说的重要一类，多见于两汉魏晋。汉代杨孚的《异物志》记载了"穿胸人""乌浒""儋耳""黄头人""斯调国""扶南国"等诸部落的传说，如：

> 穿胸人，其衣则缝布二尺，幅合两头，开中央，以头贯穿胸，不突穿。[②]

万震的《南州异物志》记载了"乌浒""典逊""句稚国""歌营

[①] （清）仇巨川：《羊城古钞》，第445页。
[②] 骆伟、骆廷辑注《岭南古代方志辑佚》，第8页。

国""无论国""师汉国""姑奴国""察汉国"等诸部落的传说,如:

> 师汉国,在句稚西,从稚去行可十四、五日,乃到其国,亦称王上,有神人及明月珠,但仁善不忍杀生,土地平博,民有万余家。①

晋代刘欣期的《交州记》、裴渊的《广州记》和顾微的《广州记》亦有"交趾""泥黎城""郁林""缴濮国"等传说,如:

> 交趾之人,出南定县,足骨无节,身有毛,卧者更扶,始得起。②
> 交胫国人,脚胫曲戾相交,所以谓之交趾。③
> 永昌郡西南一千五百里,有缴濮国,其人有尾,欲坐,辄先穿地作穴,以安其尾,若邂逅误折其尾,即死也。④
> 晋兴有乌浒人,以鼻饮水,口中进啖如故。⑤

然而随着原始部落逐渐消亡,这一类小说也逐渐减少,至南北朝时就很少有这一类传说了,到了晚唐,刘恂的《岭表录异》中有一则《六国》,写了"狗国""毛人国""野叉国""大人国""流虬国""小人国"的故事,可谓此类小说的集大成者。

(二)山川湖泊传说

山川湖泊传说多见于魏晋南北朝时期,刘欣期的《交州记》、裴渊的《广州记》、顾微的《广州记》、沈怀远的《南越志》、王韶之的《始兴记》等著作中均有很多,其中有的是关于山川湖泊来历的,如"穴流泉""圣鼓城""马鞍山""菖蒲涧""贞女峡"等:

---

① 骆伟、骆廷辑注《岭南古代方志辑佚》,第52页。
② 骆伟、骆廷辑注《岭南古代方志辑佚》,第67页。
③ 骆伟、骆廷辑注《岭南古代方志辑佚》,第67页。
④ 骆伟、骆廷辑注《岭南古代方志辑佚》,第99页。
⑤ 骆伟、骆廷辑注《岭南古代方志辑佚》,第88页。

东江，本博罗县之东乡也。有龙穿地而出，即穴流泉，因以为号。①

城北有尉佗墓，墓后有大冈，谓之马鞍山。秦时占气者言："南方有天子气。"始皇发民，凿破此冈，地中出血，今凿处犹存，以状取目，故冈受厥称焉。②

有的是关于山川湖泊发生的奇异之事的，如：

雪山，在新昌。南人曾于山中得金块如升，迷失道，还置本处，乃得出。③

居风山，去郡四里。夷人从太守裴厍求市此山，云出金。即不许，寻有一妪行田，见金牛出食，斫得鼻锁，长丈余。人后往往见牛夜出，其色光耀数十里。④

河源县北有龙穴山，连岩亘地，累嶂分天，常有五色龙，乘云出入此穴。⑤

这些山川湖泊多有神异之物，这些神异之物多具有巫术功能，遇之或使人迷路，或使人生病，或使人发狂，或使人死亡，反映了岭南早期的原始宗教信仰，如：

龙川县营岗北有巨镬，恒有悬泉注之，终岁不满，常有采薪者欲推动之，忽然震电迷失路，十许日乃至家。⑥

熙安县山下有神鼎，天清水澄则见鼎，刺史刘道锡，常使系其耳而牵之，耳脱而鼎潜，既而执绁者，莫不疾耳，盖尉佗之鼎。⑦

---

① 骆伟、骆廷辑注《岭南古代方志辑佚》，第87页。
② 骆伟、骆廷辑注《岭南古代方志辑佚》，第86页。
③ 骆伟、骆廷辑注《岭南古代方志辑佚》，第68页。
④ 骆伟、骆廷辑注《岭南古代方志辑佚》，第69页。
⑤ 骆伟、骆廷辑注《岭南古代方志辑佚》，第164页。
⑥ 骆伟、骆廷辑注《岭南古代方志辑佚》，第159页。
⑦ 骆伟、骆廷辑注《岭南古代方志辑佚》，第157页。

(三) 动植物传说

物产传说最为丰富，涉及范围很广，有草、木、鱼、虫、鸟、兽等。其中动物传说最多，有"向风复活"的风猩，有"大如水牛"的鼠母，有"数十间屋状，目如车轮"的大蛇，有"水为之开"的木犀等，如：

> 晋兴郡蚺蛇岭，去路侧五、六里，忽有一物，大百围，长数十丈。行者过视则往而不返，积年如此，失人甚多。董奉从交州出，由此峤见之，大惊云：此蛇也，住行旅，施符敕，经宿往看，蛇已死矣。左右白骨，积聚成丘。①

关于"化虎"的传说，在汉唐间亦非常兴盛，杨孚的《异物志》、刘欣期的《交州记》、顾微的《广州记》、裴渊的《广州记》都有此类传说，如：

> 浈阳县里民有一儿，年十五六牧牛，牛忽舐此儿，随所舐处，肉悉白净而甚快，遂听牛日日舐之，儿俄而病死，其家葬儿，杀此牛以供宾客，凡食此牛肉者，男女二十余人，悉变为虎。②

> 兴宁县，义熙四年（408），忽有数十大鸟，如鹜，少焉化为虎。③

岭南盛产鱼类，关于鱼的传说亦甚多，有"声为雷，气为风，涎津为雾"的大鱼，有"八月化为黄雀，到十月入海为鱼"的黄雀鱼，有"目化为明月珠"的鲸鱼。这些传说充满奇思异想，如《异物志》中的"懒妇鱼"：

---

① 骆伟、骆廷辑注《岭南古代方志辑佚》，第89~90页。
② 骆伟、骆廷辑注《岭南古代方志辑佚》，第97~98页。
③ 骆伟、骆廷辑注《岭南古代方志辑佚》，第90页。

懒妇鱼，昔有懒妇，织于机中，常睡，其姑以杼打之，恚死，今背上犹有杼文疮痕。大者得膏三、四斛，若用照书及纺织则暗，若以会众寡歌舞，则明。①

汉唐间人们对植物的认识比较客观，因此植物传说相对较少，主要见于杨孚的《异物志》和嵇含的《南方草木状》，有"诸蔗""吉利草""枫人"等：

吉利草，其茎如金钗股，形类石斛，根类芍药。交、广俚俗多蓄蛊毒，惟此草解之极验。吴黄武中，江夏李俣以罪徙合浦。初入境，遇毒，其奴吉利者偶得是草，与俣服，遂解。吉利即遁去，不知所之。俣因此济人，不知其数，遂以"吉利"为名。②

太元中，汝南人入山，伐一竹，中央蛇形，已成枝叶，如故吴郡桐庐民，尝伐竹。遗竹一宿，见竿化雉，头颈尽就，身犹未变化，亦竹为蛇为雉也。③

还有关于植物神奇功能的传说，大多带有较浓的原始宗教色彩，如裴渊的《广州记》：

熙安县有孤古度树，其号曰古度。俗人无子，于祠炙其乳，则生男，以金帛报之。④

(四) 奇珍异宝传说

此类传说并不多，如"虾头杯""铜鼓""金池""银山"等：

---

① 骆伟、骆廷辑注《岭南古代方志辑佚》，第17页。
② 杨伟群点校《南越五主传及其它七种》，第61页。
③ 骆伟、骆廷辑注《岭南古代方志辑佚》，第12页。
④ 骆伟、骆廷辑注《岭南古代方志辑佚》，第91~92页。

> 南海以鲎头为长杯，头长数尺，金银镂之。晋广州刺史常以杯献简文，简文用以盛药。未及饮，无故酒跃于外。时庐江太守曲安远，颇解术数，即命筮之，安远曰："却三旬，后庭将有喜庆者。"果有生子，人面犬身。①
>
> 广州洛洭县金池黄家，有养鹅鸭池，尝于鸭粪中见麸金片，遂多收掏之。日得一两，缘此而致富。其子孙皆为使府，剧职三世，后池即无金，黄氏力殚矣。②

三 艺术特征

岭南地理博物体志怪小说自汉初至唐末绵延千余年，在这千余年中，随着时代的变迁和文学的演进不断发展，主要体现在作者的创作意识和作品的艺术表现上。

（一）创作意识的演进

在创作意识上，由两汉的"实录"发展到魏晋南北朝的"尚虚构"，再发展到唐代的"有意为小说"，体现了由不自觉到自觉的创作过程。两汉时期，岭南作家是以客观的、真实的态度来撰写地理博物类著作的，如杨孚为讽切当时岭南刺史"竞事珍献"的风气，才"枚举物性、灵悟"③，即使兼记传说，亦本着"实录"的原则，并非有意虚构和夸张。然而这些传说同《山海经》中的神话传说一样，多"动以物，惊以怪"，内容荒诞，具有非常强的文学因素。至魏晋南北朝，岭南作家在记录地理物产传说时，逐渐从"实录"的原则中脱离出来，不再仅仅满足于客观的记录，而是大胆融入虚构，如王韶之的《始兴记》：

> 林水源里有石室，室前磐石上行罗十瓮，中悉是饼银。采伐遇

---

① 骆伟、骆廷辑注《岭南古代方志辑佚》，第171~172页。
② 骆伟、骆廷辑注《岭南古代方志辑佚》，第56页。
③ （清）仇巨川：《羊城古钞》，第438页。

之不得取，取必迷闷。晋太元初，民封驱之家奴密窃三饼归，发看有大蛇，螫之而死。其夜，驱梦神语曰："君奴不良，已受显戮，愿以银相备。"驱觉，奴死，银在其旁。有徐道者，自谓能致，乃集祭酒盛，奏章书，击鼓吹入山，须臾雷震雨石，倒树折木，道惧走。[①]

"林水源里有石室，室前磐石上行罗十瓮，中悉是饼银。采伐遇之不得取，取必迷闷。"这是两汉的记录方式，但王韶之并不满足于此，又写了封驱的家奴和徐道的故事，具有非常强的虚构性。相比于两汉，魏晋南北朝作者的创作意识无疑有了进步。

至唐代，随着唐传奇的兴盛，岭南地理博物体志怪小说创作进入了"有意为小说"的阶段，作家已有自觉创作的意识，体现在重虚构、追求情节的曲折离奇等方面，如刘恂《岭表录异》中的《六国》：

> 陵州刺史周遇，不茹荤血。尝语恂云：顷年自青社之海归闽，遭恶风，飘五日夜，不知行几千里也。凡历六国：第一狗国。同船有新罗客，云是狗国。逡巡，果见如人裸形抱狗而出，见船惊走。经毛人国，形小皆被发，而身有毛蔽如狄。又到野叉国，船抵暗石而损，遂搬人物上岸；伺潮落，阁船而修之。初不知在此国。有数人同入深林采野蔬，忽为野叉所逐，一人被擒，余人惊走。回顾见数辈野叉，同食所得之人。同舟者惊怖无计，顷刻有百余野叉，皆赤发裸形，呀口怒目而至，有执木枪者，有雌而挟子者。篙工贾客五十余人，遂齐将弓弩枪剑以敌之。果射倒二野叉，即舁拽朋啸而遁。既去，遂伐木下寨，以防再来。野叉畏弩，亦不复至。驻两日，修船方毕，随风而逝。又经大人国，其人悉长大而野，见船上鼓噪，即惊走不出。又经流虬国，其国人么麽，一概皆服麻布而有礼。竟将食物求易钉铁，新罗客亦半译其语，遣客速过。言此国遇华人飘

[①] 杨伟群点校《南越五主传及其它七种》，第52页。

泛者，虑有灾祸。既而又行。经小人国，其人悉裸，形小如六岁儿。船人食尽，遂相率寻其巢穴。俄顷见果，采得三四十枚以归，分而充实。后行两日，遇一岛而取水；忽有群山羊，见人但眸视，都不惊避，既肥且伟。初疑岛上有人牧养，而绝无人踪。捕之，仅获百口食之。①

此则小说不再像杨孚的《异物志》那样，仅对岭南原始部落或海外诸国进行片断描写，而是虚构了一个主人公"刺史周遇"，通过周遇的曲折经历来展现海外诸国"狗国""野叉国""毛人国""大人国""小人国""流虬国"的奇异，体现了作者丰富的想象力，堪称唐代岭南地理博物体志怪小说作家自觉创作小说的典范。

(二) 艺术表现的演进

随着创作意识的发展，岭南地理博物体志怪小说在艺术上也由低级向高级演进。两汉艺术水平较低，篇幅短小，语言质朴，描写多为片断式，叙事粗陈梗概、散漫简略，如"穿胸""乌浒""鲸鱼"等多描写奇异的特性，不注重叙事。至魏晋南北朝，虽仍有片断式的描写和简略的叙事，但开始注重情节的完整与生动，语言渐趋优美。唐代虽在内容上多因袭前人，但情节生动曲折，语言华美绮丽。以岭南著名的龙母传说为例，可见岭南地理博物体志怪小说的艺术发展轨迹，龙母传说首见于晋顾微的《广州记》：

有龙掘浦口，昔蒲母养龙，龙取鱼以给母，母断鱼，误斫龙尾，人谓之龙掘。桓帝迎母至于浦口，龙輀引舫还。②

此则寥寥数语，简略勾勒了龙母传说的梗概，情节完整，但不够生动，没有人物形象的刻画，缺乏艺术感染力。至南朝，沈怀远对此则传说进行了加工创造：

---

① 商璧、潘博：《岭表录异校补》，广西民族出版社，1988，第80页。
② 骆伟、骆廷辑注《岭南古代方志辑佚》，第99页。

昔有温氏媪者，端溪人也。常居涧中，捕鱼以资日给。忽于水侧遇一卵，大如斗，乃将归置器中。经十许日，有一物如守宫，长尺余，穿卵而出，因任其去留，稍长五尺，便能入水捕鱼，日得十余头，稍长二尺许，得鱼渐多，常游波中，萦回媪侧。后媪治鱼误断其尾，遂逡巡而去，数年乃还。媪见其辉色炳耀，谓曰："龙子今复来也"。因蟠旋游戏，亲驯如初。秦始皇闻之，曰："此龙子也，朕德之。"所致诏使者，以元珪之礼聘媪，媪恋土不以为乐，至始安江，去端溪千余里，龙辄衔船还，不逾夕，事本所如此数四，使者惧而止，卒不能召媪。媪殒瘗于江阴，龙子常为大波，至墓侧，萦浪转沙以成坟，土人谓之拙尾龙，今南人以船为龙拙尾，即此也。[1]

较之前一则的粗陈梗概，此则情节已相当曲折生动，一波三折，在情节的推进中着力描写温媪和龙子之间的深厚情感，具有相当高的艺术性。至晚唐，刘恂《岭表录异》的《温媪》一则艺术性更高，情感细腻，语言优美，沈怀远的"温媪"在结尾处指出岭南因之而有"龙拙尾"船，但刘恂在结尾不再交代"龙拙尾"船与传说的关系，而是继续以生动细致的笔触描写龙子对温媪的深深依恋：

朝廷知之，遣使征入京师，全义岭，有疾，却返悦城而卒。乡里共葬之江东岸。忽一夕，天地冥晦，风雨随作；及明，已移其冢，并四面草木，悉移于西岸矣。[2]

总体来说，岭南地理博物体志怪小说历时千余年，影响深远。首先，它作为岭南小说的源头之一，开创了岭南小说根植于岭南、反映岭南的文学传统，唐代岭南传奇虽数量较少，但均以岭南为表现对象，《崔炜》《张无颇》《蒋武》《金刚仙》等皆取材于岭南地理博物体志

---

[1] 骆伟、骆廷辑注《岭南古代方志辑佚》，第156~157页。
[2] 商璧、潘博：《岭表录异校补》，第79页。

怪小说；宋明时期，岭南本土作家和客居作家所撰写的笔记，亦以岭南传说和奇闻逸事为主，宋代朱彧的《萍州可谈》、明代王临亨的《粤剑编》均注重记录岭南的奇闻逸事；清代出现了岭南本土作家创作小说的高潮，欧苏的《霭楼逸志》、黄芝的《粤小记》、刘世馨的《粤屑》、颜嵩年的《越台杂记》、罗天尺的《五山志林》等，皆以岭南地理、物产、风俗传说和奇闻逸事为表现对象，这种文学传统使岭南各时代的社会生活和精神风貌得以展现，并使岭南小说自汉至清都具有浓郁的地域特色。

其次，岭南地理博物体志怪小说为我国古代小说提供了新颖独特的素材。如南北朝时任昉的《述异记》有《懒妇鱼》一则，云"淮南有懒妇鱼。俗云：昔杨氏家妇，为姑所溺而死，化为鱼焉。其脂膏可燃灯烛，以之照鸣琴、博弈，则烂然有光；及照纺绩，则不复明焉。"[1] 研究者一般认为这则优美的传说乃《述异记》之独创，实际上这则传说来源于杨孚的《异物志》。

第二节　轶事小说

岭南轶事小说可追溯至魏晋南北朝，但它没有随着中原轶事小说的繁荣而繁荣，发展得十分缓慢。首先，没有产生如《西京杂记》和《世说新语》这样独立的轶事小说集，而是与地理博物体志怪小说一样，散见于岭南地理博物著作中，刘欣期的《交州记》、王范的《交广二州记》、黄恭的《交广记》、裴渊的《广州记》中都有轶事小说。其次，数量不多，虽然由于岭南地理博物著作散佚严重，无法推测当时轶事小说到底有多少，但从仅存的数量来看，应当是很少的。

此时期轶事小说主要记岭南历史上和当时的人和事，带有史传的特征，但和正史不同，以记奇人奇事为主，具有较强的传闻性质，体现了轶事小说"求奇""求异"的美学追求。现存最早的轶事小说见于晋刘

---

[1] （南北朝）任昉：《述异志》，见陈文新《六朝小说》，文化艺术出版社，1997，第351页。

欣期的《交州记》：

> 赵妪者，九真东安县女子也。乳长数尺，不嫁，入山聚群盗，遂攻郡。常着金蹋踶，战退，辄张帷幕，与少男通，数十侍侧，刺史吴郡陆胤平之。①

赵妪为岭南历史确有之人，公元 248 年，与其兄赵国达起义反抗中原统治者。此则意在丑化反抗者赵妪，颇不可取，但在艺术上，采用漫画式手法夸大人物的形体特征，将赵妪描写为"乳长数尺"的奇人，使这一人物形象具有了鲜明的特点，这对后来岭南小说的人物描写乃至民间人物传说都产生了影响，刘恂《岭表录异》中的冼氏"乳长二尺"，民间关于冼夫人的形象传说为"乳长二尺"，都突出人物局部特征的奇特。

《交广二州记》，晋王范撰。王范，南海人，晋平吴后，为广州大中正，因当时的秘书丞司马彪著《九州春秋》略掉了岭南一地，于是王范搜罗百粤典故，写成《交广春秋》。是书现存佚文 9 则，其中轶事小说有 3 则，关于南越王赵佗墓一则，颇具传奇色彩：

> 佗生有奉制称藩之节，死有秘异神密之墓是也。孙权尝遣交州从事吴瑜访之，莫知所在。独得明王婴齐墓，掘之，玉匣珠襦，黄金为饰，有玉玺金印三十六，铜剑三，灿若龙文，而文王胡墓亦莫知其处。②

《交广记》，晋黄恭撰。黄恭，字义仲，南海人，自少恬淡，为刺史邓岱器重，召为记室参军，以孝廉举著作佐郎，后于乡里教授生徒，征辟不就，乃补广州大中正。撰《交广记》，后扩为《十三州记》，现仅存

---

① 骆伟、骆廷辑注《岭南古代方志辑佚》，第 68 页。
② 骆伟、骆廷辑注《岭南古代方志辑佚》，第 81 页。

佚文 5 则。后人称此书"以君亲伦理为重",① 确乎此,"吴甫""尹牙"都体现了较强的伦理道德倾向:

> 吴甫,举茂才,七年不迁。甫有老母,言九十以上。上言自乞减品养亲者也。
>
> 合浦尹牙,为郡主簿,太守到官,三年不笑。牙问其故,曰:"父为太尉所杀。"牙乃辞,至洛为太尉养马,三年,断其头而还南。②

"尹牙"一则叙述了太守因父仇而"三年不笑"的悲愤,赞颂了尹牙为替太守报仇甘愿为奴 3 年并最终杀敌的豪侠精神。

裴渊的《广州记》中亦有轶事小说:

> 董奉与士燮,同处数积,载思欲还豫章,燮情拘留,不能免后,乃托以病死,燮开棺看,乃是茅人。③

此则描写了董奉与士燮的深厚情感,同时刻画了士燮的机智,颇有魏晋气韵。

至唐代,岭南轶事小说仍未得到充分发展,仅刘恂的《岭表录异》中有 3 则,一为《南中假僧》:

> 南中小郡,多无缁流。每宣德音,须假作僧道陪位。昭宗即位,柳韬为容广宣告使,赦文到,下属州。崖州自来无僧家,临事差摄。宣时,有一假僧不伏排位,太守王宏夫怪而问之,僧曰:"役次未当,差遣编并,去岁已曾摄文宣王,今年又差作和尚。"见者莫不

---

① (清)仇巨川:《羊城古钞》,第 446 页。
② 骆伟、骆廷辑注《岭南古代方志辑佚》,第 84 页。
③ 骆伟、骆廷辑注《岭南古代方志辑佚》,第 86 页。此则断句有误,应为:董奉与士燮,同处数积载,思欲还豫章,燮情拘留,不能免,后乃托以病死。燮开棺看,乃是茅人。

绝倒。①

此则诙谐幽默,讽刺了当时盛行假僧的虚假行为。受晚唐豪侠传奇小说的影响,刘恂还创作了两篇反映豪侠精神的轶事小说,一为《冼氏》:

> 冼氏,高州保宁人也,身长七尺,多智谋,有三人之力。两乳长二尺余,或冒热远行,两乳搭在肩上。秦末五岭丧乱,冼氏点集军丁,固护乡里,蛮夷酋长不敢侵轶。及赵陀称王,遍霸岭表,冼氏乃赍军装物用二百担入觐。赵陀大慰悦。与之言时政及论兵法,智辩纵横,陀竟不能折。杖委其治高梁,恩威振物,邻郡赖之。今南道多冼姓,多其枝流也。②

冼氏即冼氏,乃西汉时人,生平事迹不可考,隋时谯国夫人冼氏为其后裔,此则写了冼氏超群的武艺和"智辩纵横"的才能,采用夸张的手法塑造了一个与众不同的"奇人"形象。另一则为《麦铁杖》:

> 麦铁杖,韶州翁源人也。有勇力,日行五百里。初仕陈朝,常执伞随驾。夜后,多潜往丹阳郡行盗。及明,却趁仗下执役。往回三百余里,无人觉者。后丹阳频奏盗贼踪由,后主疑之,而惜其材力,舍而不问。陈亡入隋,委质于杨素,素将平江南诸郡,使铁杖夜泅水过扬子江,为巡逻者所捕。差人防守,送于姑苏。至廖亭,遇夜,伺守者寐熟,窃其兵刃,尽杀守者走回。乃口衔二首级,携剑复浮渡大江。深为杨素奖用,后官至本郡太守。今南海多麦氏,皆其后也。③

---

① 商璧、潘博:《岭表录异校补》,第76页。
② 商璧、潘博:《岭表录异校补》,第186页。
③ 商璧、潘博:《岭表录异校补》,第189页。

麦铁杖，隋朝将领，封宿国公，此则突显出麦铁杖超越常人的能力和非凡的勇敢，极具传奇色彩。

第三节　传奇小说

唐代，中原的传奇小说十分繁荣，取得了极大的艺术成就。岭南本土作家在传奇方面并无建树，但岭南独特的风土人情、奇异的神话传说却影响了一位仕宦于岭南的中原作家，他就是中唐时期《传奇》的作者裴铏。

裴铏，事迹史传未载，《新唐书·艺文志》在"裴铏《传奇》三卷"下注"高骈从事"，其事迹仅见于宋计有功的《唐诗纪事》和清董诰的《全唐文》。《全唐文》卷805裴铏条云："铏，咸通中为静海军节度高骈掌书记，加侍御史内供奉，后官成都节度副使，加御史大夫。"[1] 裴铏为高骈掌书记，高骈于咸通七年（866）镇守安南，为静海军节度使。静海军节度使在唐时设置，管理交州，即今越南及两广一带。裴铏大约从咸通七年（866）起在岭南任职。高骈于唐僖宗乾符二年（875）移镇西川，裴铏追随高骈到西川，《唐诗纪事》云："乾符五年，铏以御史大夫为成都节度副使。"[2] 裴铏大约于乾符二年离开岭南。因此，裴铏在岭南任职的时间大约为咸通七年（866）至乾符二年（875），共10年时间。

《传奇》，原书3卷，已佚，今人周楞伽据《太平广记》《类说》等辑录31篇。这31篇中，除《王居贞》外，故事发生的年代皆为宣宗大中以前，因此，周楞伽认为《传奇》的写作时代"至迟不出乾符初，到了乾符五年，他已作了成都节度副使，爬上封建统治阶级的地位，这时便不免要崇儒兴学，《题文翁石室》诗，再不会去写《传奇》一类作品了"。[3] 可以说，《传奇》应是裴铏在岭南任高骈掌书记期间所作。

10年不短，在这10年中，裴铏无疑受到了岭南文化的熏染。此时

---

[1] （清）董诰：《全唐文》，中华书局，1983，第8463页。
[2] （宋）计有功：《唐诗纪事》，上海古籍出版社，1987，第1011页。
[3] （唐）裴铏著，周楞伽辑注《裴铏传奇》，上海古籍出版社，1980，第4页。

期，自汉魏就在岭南流传的各类传说仍在广为流传，这些充满奇思异想的传说对裴铏产生了深刻影响，他创作了5篇以岭南为表现对象的传奇小说：《崔炜》《张无颇》《陈鸾凤》《蒋武》《金刚仙》，与《传奇》中的其他小说相比，甚至与唐代传奇小说相比，这5篇都显得独特而迷人。

一　取材于岭南民间传说

（一）《崔炜》

小说写主人公崔炜居南海，尚豪侠，财业殚尽，替乞食老妪解难，老妪赠越井冈艾，并云此艾"不独愈苦，兼获美艳"。炜为任翁治愈赘疣，任翁反欲谋杀崔炜以飨独脚神，幸得任翁之女帮助而逃脱。后坠入枯井，井中有蛇，炜为蛇治赘疣，蛇载炜至一石门前，炜入户，见一室富丽无比，4女子出见，云皇帝赴祝融宴，已将齐王女田夫人许配给炜，并取国宝阳燧珠授炜，云："郎君先人有诗于越台，感悟徐绅，遂见修缉，"并嘱炜于中元日在广州蒲涧寺候田夫人。炜与羊城使者归人间，方知已过3年。炜至波斯胡邸鬻珠，老胡人曰："郎君的入南越王赵佗墓中来。"原来此珠乃大食国宝，为赵佗所盗。炜于城隍庙访得羊城使者，又访得任翁原来是南海尉任嚣。及中元日，4女伴田夫人至，田夫人告炜4女俱为殉者，乞食老妪为葛洪妻，蛇乃安期生坐下物。后炜挈家往罗浮访鲍姑，竟不知所适。

《崔炜》的地点、人物、环境、风俗皆取材于岭南古老的传说。小说的主要地点南越王赵佗墓的选择，实受岭南"赵佗古墓"传说之启发，晋代王范《交广二州记》云：

> 越王赵佗，生有奉制称藩之节，死有秘奥神密之墓。佗之葬也，因山为坟。其垅茔可谓奢大，葬积珍玩。吴时遣使发掘其墓，求索棺柩，凿山破石，费日损力，卒无所获。佗虽奢僭，慎终其身。乃令后人不知其处，有似松乔迁景，牧竖固无所残矣。[①]

[①] 骆伟、骆廷辑注《岭南古代方志辑佚》，第81页。

南朝沈怀远《南越志》亦云：

> 越佗疑冢，孙权时，闻赵佗墓多异宝为殉，乃发卒数千人，寻掘其冢，役夫多死，竟不可得。次掘婴齐墓（婴齐，即佗孙），得玉玺、金印、铜剑之属，而佗墓卒无知者。①

这两则传说皆写赵佗墓神秘莫测，多奇珍异宝，令人向往。裴铏在此基础上虚构了崔炜误入赵佗墓这一情节，并用浓彩重笔描写了赵佗墓的富丽堂皇：

> 但见一室空阔，可百余步。穴之四壁，皆镌为房室，当中有锦绣帏帐数间，垂金泥紫，更饰以珠翠，炫晃如明星之连缀，帐前有金炉，炉上有蛟龙、鸾凤、龟蛇、燕雀，皆张口喷出香烟，芬芳蓊郁。旁有小池，砌以金璧，贮以水银，兔鳖之类，皆琢以琼瑶而泛之。四壁有床，咸饰以犀象，上有琴瑟、笙簧、鼗鼓、柷敔，不可胜记。炜细视，手泽尚新。炜乃恍然，莫测是何洞府也。②

小说中的另一地点大枯井是通向赵佗墓的入口，"乃一巨穴，深百余丈""四旁嵌空宛转，可容千人"。③ 此大枯井亦与古老传说有关，大枯井即为建在越王台下的越台井，相传为赵佗所凿，刘恂《岭表录异》云：

> 越台井，井在州北越王台下，深百尺余，砖甃完备，云南越赵佗所凿。④

---

① 骆伟、骆廷辑注《岭南古代方志辑佚》，第155页。
② （唐）裴铏著，周楞伽辑注《裴铏传奇》，第15页。
③ （唐）裴铏著，周楞伽辑注《裴铏传奇》，第15页。
④ 骆伟、骆廷辑注《岭南古代方志辑佚》，第194页。

此外，蒲涧寺、越王台、罗浮山等无不与古老的岭南传说有关。

小说中的人物除崔炜是虚构的外，其他均为历史人物或传说人物。赵佗和任嚣是历史人物，但已被民间神化了。赵佗，是汉初岭南霸主，《南越志》记载他曾经获得过神人的帮助：

> 南越民，不耻寇盗，其时尉佗治番禺，乃兴兵攻之，有神人适下，辅佐之，家为造弩一张，一放，杀越军万人，三放，三万人。①

任嚣，秦时任南海尉，《南越志》亦将其神化：

> 尉任嚣疾笃，知己子不肖，不堪付以后事，遂召龙川令越佗，谓之曰：秦室丧乱，未有真主，吾观天文，五星聚于东井，知南越偏霸之象。故召佗授以权柄。②

羊城使者、鲍姑、鲍靓、安期生、葛洪皆是岭南传说中的人物：

> 州厅事梁上画五羊像，又作五谷囊，随像悬之。云昔高固为楚相，五羊衔谷于楚庭，于是图其像。广州则楚分野，故因图像其瑞焉。③
>
> 鲍靓，为南海太守，尝夕飞往罗浮山，晓还。有小吏晨洒，忽见两鹊飞入，小齐吏帚掷之坠于地，视乃靓之履也。④

此外，粤地风俗尚鬼，巫风甚炽。作者将时间安排在鬼节"中元日"，"时中元日，番禺人多陈设珍异于佛庙，集百戏于开元寺"。⑤ 小说

---

① 骆伟、骆廷辑注《岭南古代方志辑佚》，第155页。
② 骆伟、骆廷辑注《岭南古代方志辑佚》，第155页。
③ 骆伟、骆廷辑注《岭南古代方志辑佚》，第85页。
④ 骆伟、骆廷辑注《岭南古代方志辑佚》，第156页。
⑤ （唐）裴铏著，周楞伽辑注《裴铏传奇》，第14页。

还再现了岭南古老的人祭习俗,崔炜替任翁治病,留宿其家,"时任翁家事鬼曰独脚神,每三岁,必杀一人飨之""遂令具神馔,夜将半,拟杀炜",杀人以享鬼神的人祭是原始巫术信仰的遗存。这些习俗为这篇传奇增添了神秘色彩。

(二)《张无颇》

小说写人神相恋的故事。张无颇游丐番禺,袁大娘来访,赠玉龙膏和暖金合,并曰:"不惟还魂起死,因此亦遇名姝。"数日之后,一黄衣宦者来请,云广利王知其有膏,故召见。无颇跟宦者至一殿庭,见王者,王者令无颇为贵主医病。无颇出玉龙膏与贵主服之,贵主即愈,王赠珍宝,遂归番禺。月余,忽有青衣送红笺,笺有贵主所赠诗二首。顷之,黄衣宦者又至,云贵主有疾如初,无颇复往,为贵主切脉,王后至,无颇进盛玉龙膏之药合,王后见药合,至王处曰:"爱女非疾,私其无颇矣。不然者,何以宫中暖金合,得在斯人处耶?"王遂将贵主嫁与无颇。无颇携妻与珍宝归,居于韶阳。月余,袁大娘来访,无颇妻曰:"此袁天纲女,程先生妻也。暖金合,即某宫中宝也。"每三岁,广利王必夜至张室,后无颇不知所适。

此篇传奇亦取材于岭南民间传说。小说中"衣王者之衣,戴远游之冠,二紫衣侍女扶立而临砌"的广利王以岭南神话人物广利王为原型,广利王即南海海神祝融,唐玄宗天宝十年(751),被册封为广利王,岭南人祭祀甚盛。小说主要情节在广利王的宫殿展开,宫殿庄严壮丽,曲折幽深,中多奇珍异宝,"食顷,忽睹城宇极峻,守卫甚严。宦者引无颇入十数重门,至殿庭,多列美女,服饰甚鲜,卓然侍立""无颇又经数重户,至一小殿,廊宇皆缀明玑翠珰,楣楶焕耀,若布金钿,异香氲郁,满其庭户"。此宫殿乃以广利王庙为原型,广利王庙,即南海神庙,建自隋开皇年间,宏伟壮丽,相传多有珍宝异物,元代吴莱《南海古迹记》云:

> 南海广利王庙。在番禺。南庙有唐韩文公碑,庙有玉简、玉箫、玉砚、象鞭,精致。郑絪出镇时,林霭守高州,献铜鼓,面阔五尺,

脐隐起,有海鱼虾蟆周匝,今藏庙中。宋真宗赐南海玉带,蕃国刻金书表,龙牙火浣布并存。①

小说中还颇多岭南异产,"玉龙膏"具有神奇的功能,以酒吞之,病立愈,它极有可能是用蛇制作的药物,屈大均《广东新语》载:"西粤土司,凡蚺蛇过三十丈者皆称龙。""凡有蛇之所即有蛇药……以酿酒,可治疮疥。"②《太平广记》有"玉龙膏"一则,云:"安南有玉龙膏,南人用之,能化银液。说者曰:'此膏不可持北来。苟有犯者,则祸且及矣。'"③ 记载了玉龙膏的神奇。此外,广利王赠送张无颇价值巨万的"骇鸡犀"即为"通天犀",亦岭南传说中的神奇之物。

(三)《陈鸾凤》

小说写海康(今广东省海康县,在雷州半岛)陈鸾凤负气义,不畏鬼神。海康有雷公庙,每岁祭祀新雷日,"百工不敢动作,犯者不信宿必震死""不得以黄鱼彘肉相和食,食之亦必震死"。时逢大旱,邑人祈而无应,鸾凤大怒,烧毁雷公庙,食用黄鱼彘肉,持竹炭刀以待雷神,雷雨果起,鸾凤挥刀击雷,雷坠地,血流如注,鸾凤欲杀之,为群众所阻。复有云雷,裹雷神去,沛然云雨。鸾凤被乡人驱逐,至其舅家,舅家被雷焚烧,"复持刀立于庭,雷终不能害",鸾凤又被舅逐出,往僧室,僧室亦被雷震,乃入于岩洞,雷不能复震。自后海康每有旱,就请鸾凤持刀挑战雷神,皆云雨滂沱,于是鸾凤被乡人呼为"雨师"。刺史询其原因,鸾凤云:"愿杀一身,请苏万姓。"

周楞伽认为"这是取材于雷州半岛的一个民间传说","裴铏这篇作品相当保持了民间传说的原型"。④ 由于地理位置的原因,雷州半岛多雷,屈大均《广东新语》云:"雷生于阴之极,故雷州多雷。"⑤ 雷会带

---

① 骆伟、骆廷辑注《岭南古代方志辑佚》,第530页。
② (清)屈大均:《广东新语》,第603~604页。
③ (宋)李昉:《太平广记》,中华书局,1961,第3270页。
④ (唐)裴铏著,周楞伽辑注《裴铏传奇》,第49页。
⑤ (清)屈大均:《广东新语》,第15页。

来雨水，亦会带来灾害，人们自然对雷产生恐惧与敬畏，因此雷州产生了雷神，"故雷神必生于雷州，以镇斯土而辟除灾害也"。[1] 从南北朝时起雷州已经开始祭祀雷神，"庙名灵震，刱于陈，禋祀于伪南汉"。[2] 雷神在雷州人民心目中既是保护神，又是凶神，是不可冒犯的，唐刘恂《岭表录异》云："雷州之西雷公庙，百姓每岁配连鼓雷车。有以鱼虌肉同食者，立为霆震，皆敬而惮之。"[3] 雷州不仅多雷灾，其他自然灾害亦危害着人们的生存，"风水之灾，皇皇焉拜跪不宁""求一夕之安，未易数数然也"。[4] 在这样险恶的自然环境中，人们渴望有英雄来征服自然，于是民间便产生了敢于挑战雷神并能战胜雷神的英雄，"陈鸾凤在当时也许实有其人，是人民所热爱的敢于反抗封建权威和世俗之见的气盖山河的英雄"。[5]

（四）《蒋武》

小说写河源（今广东河源）蒋武胆气豪勇，善射猎。忽有一猩猩跨白象而至，曰："象有难，知我能言，故负吾而相投耳。"并云山南有巴蛇，吞象数百，请武射蛇除害。武应之，至岩下，发箭中蛇目，"俄若穴中雷吼，蛇跃出蜿蜒，或掀或踊，数里之内，林木草芥如焚"。蛇死，"乃窥穴侧，象骨与牙，其积如山"。象献红牙10枚与武，武乃大富。忽又有一猩猩跨虎而至，云4虎为一黄兽所害，请求武杀黄兽。武欲行，前者跨象猩猩又至，曰："昨五虎凡噬数百人。天降其兽，食其四矣。""跨虎猩猩，同恶相济。"武乃射杀虎与跨虎猩猩。

周楞伽认为此篇传奇"大概也是采自民间传说，或者是根据《山海经》所说'巴蛇吞象，三岁而出其骨'的说法构成这篇故事"。[6] 此传奇确受到《山海经》的影响，但与岭南民间动物传说关系更密切。汉唐时期岭南有很多蛇吞巨大动物的传说，东汉杨孚的《异物志》已记载

---

[1] （清）屈大均：《广东新语》，第201页。
[2] （清）屈大均：《广东新语》，第201页。
[3] 商璧、潘博：《岭表录异校补》，第194页。
[4] （清）屈大均：《广东新语》，第16页。
[5] （唐）裴铏著，周楞伽辑注《裴铏传奇》，第49页。
[6] （唐）裴铏著，周楞伽辑注《裴铏传奇》，第71页。

"髯,惟大蛇,既洪且长""食豕吞鹿,腓成养创"。①《交州记》则进一步夸大了蛇的形体,"如数十间屋状,目如车轮"。②晋顾微的《广州记》还记载了一则巨蛇吞人的故事:

> 晋兴郡蚺蛇岭,去路侧五、六里,忽有一物,大百围,长数十丈。行者过视则往而不返,积年如此,失人甚多。董奉从交州出,由此峤见之,大惊云:此蛇也,住行旅,施符敕,经宿住看,蛇已死矣。左右白骨,积聚成丘。③

这与《蒋武》中的蛇非常相似,"果见双目""光射数百步""长数百尺""象之经过,咸被吞噬,遭者数百,无计避匿"。蛇死,"象牙与骨,其积如山"。岭南亦有关于猩猩的传说,猩猩像人一样能讲话,郦道元《水经注》卷37记载,交阯县有猩猩兽,"人面,头颜端正,善与人言,音声丽妙,如妇人好女。对语交言,闻之无不酸楚。"④《蒋武》中有跨象猩猩和跨虎猩猩,这两只猩猩一善一恶,皆能言善辩。此外,还有关于象的传说,杨孚的《异物志》记载象"驯良承教,听言则跪"。⑤《蒋武》中的象亦能跪地行礼,涕泣如雨。

(五)《金刚仙》

《金刚仙》是《传奇》中的佛教故事。小说写清远(今广东省清远市)峡山寺有西域僧人金刚仙,善拘鬼魅。一日峡山寺李朴见大蜘蛛和两头蛇相斗,李朴将此事告诉了金刚仙,僧至蛛穴,振环杖而咒,蛛俨若神听,触杖而死。僧夜梦蜘蛛捧布匹答谢。数年后,金刚仙欲归天竺,于峡山金锁潭中捕一泥鳅,乃龙之子,欲煮以为膏,"则渡海若履坦途"。是夜,有白衣叟贿赂寺内仆役,使其"为持此酒毒其僧也"。仆奉酒给僧,僧欲饮,忽有小儿跃出,打翻酒,曰:"酒是龙所将来而毒师

---

① 骆伟、骆廷辑注《岭南古代方志辑佚》,第12页。
② 骆伟、骆廷辑注《岭南古代方志辑佚》,第77页。
③ 骆伟、骆廷辑注《岭南古代方志辑佚》,第89~90页。
④ (北魏)郦道元:《水经注》,华夏出版社,2006,第694页。
⑤ 骆伟、骆廷辑注《岭南古代方志辑佚》,第11页。

耳"，"吾昔日之蛛也"，言毕而灭，僧放归龙子，归天竺。

周楞伽认为此篇传奇"在全书取材中是比较特异的一篇。裴铏的作品多以神仙道术为骨干思想，对佛教没有什么好感，因此书中写到僧人的地方都带着憎恶的感情……本篇却例外地以西域胡僧的法术为题材"。① 确乎此，《传奇》中《马拯》《姚坤》中的佛教僧人是丑恶的、凶残的，独此篇例外，其原因大概是此篇传奇也是在民间传说的基础上加工而成的。金刚仙应是寓居岭南的西域僧人，是岭南民间传说中的神异之人，裴铏在创作此篇传奇时，没有根据自己的好恶将金刚仙写成一个恶僧，而是尊重民间传说，将其塑造成具有超凡法力的人。小说中最精彩的部分为蜘蛛和两头蛇的打斗，关于蜘蛛与蛇相斗的传说已不可考，但岭南流传着蜈蚣是蛇的克星的传说，唐刘恂《岭表录异》云：蜈蚣"长数丈，能啖牛"，② 屈大均《广东新语》"蜈蚣"条亦云："能伏蛇，每自口入食蛇腹"。③《金刚仙》中的蜘蛛长丈余，其杀蛇方法与蜈蚣相类。

二　藻丽绵渺的艺术美

清梁绍壬《两般秋雨庵随笔》卷1云："《传奇》者，裴铏著小说多奇异，可以传示，故号'传奇'。"④ 清汪辟疆《唐人小说》叙录云其文奇事奇，藻丽之中，出以绵渺。的确，文奇事奇、藻丽绵渺乃《传奇》的主要艺术特征，此5篇传奇亦充分体现了这一艺术特征。由于取材于岭南民间传说，因而它们在内容上已具有了奇异之美，并且裴铏注重情节的离奇曲折、人物形象的鲜明、环境和场面描写的细腻，营造了藻丽绵渺的艺术美。

（一）离奇曲折的情节

5篇传奇篇幅不长，但情节均波澜起伏，引人入胜。张无颇两次去

---

① （唐）裴铏著，周楞伽辑注《裴铏传奇》，第98页。
② 骆伟、骆廷辑注《岭南古代方志辑佚》，第226页。
③ （清）屈大均：《广东新语》，第598页。
④ 梁绍壬：《两般秋雨庵随笔》，新疆人民出版社，1995，第113页。

广利王庙才娶得龙女；蒋武两次受邀，两次射猎；金刚仙度脱蜘蛛，蜘蛛又助其脱困，情节皆离奇曲折。5篇传奇中最为精彩的是《崔炜》，它由一个首尾照应的情节统摄，即崔炜为鲍姑解困，鲍姑以越井冈艾相赠，并云此艾"不独愈苦，兼获美艳"，崔炜最后因此艾得到财富与美妇，小说在这一总的统摄中，又安排了一系列离奇曲折的情节：崔炜得艾后为一老僧治病；老僧介绍他为任翁治病；炜为任翁治病，却险些被害，幸得任翁女相救；逃跑时落入大枯井，为蛇治病；蛇携崔炜至南越王墓，获赠宝珠；崔炜随羊城使者归番禺，鬻珠访南越王墓和羊城使者；中元日于蒲涧寺候田夫人。这一系列情节在开元寺、任嚣墓、大枯井、南越王墓、蒲涧寺等不同环境中转换，令人惊奇不已，更重要的是这一系列情节虽离奇曲折，却紧密相连，环环相扣，一个情节引起下一个情节，从而使全篇紧密有序。

（二）鲜明的人物形象

5篇传奇中的人物形象均鲜明有特色。张无颇是困顿落魄的书生，金刚仙是具有超凡法力的威严的神人。最鲜明的为豪侠形象，崔炜"不事家产，多尚豪侠"，尽管"财业殚尽""栖止佛舍"，但看见乞食老妪被当垆者殴打时，毅然"脱衣为偿其所直"；蒋武"魁梧伟壮""胆气豪勇"，同情弱者，帮助象射杀蛇，当他知道跨虎猩猩的恶行后，毫不犹豫地"回矢殒虎，踣其猩猩"。陈鸾凤这一形象尤为光彩夺目，他是一个有"愿杀一身，请苏万姓"胸襟的英雄，小说在开头即交代陈鸾凤"负气义，不畏鬼神，乡党咸呼为'后来周处'"，接下来通过陈鸾凤和雷神、乡党的冲突，对这一形象进行浓彩重笔的渲染：当本邑大旱时，他向雷神挑战，并将雷神击伤；当他欲杀雷神时，反被乡人驱逐；当雷神不断地报复他时，他毫不惧怕，持刀立于庭，一个不畏强权，为了人民的利益勇于和恶势力斗争的英雄豪侠形象出现在读者面前，以至于周楞伽赞叹道：裴铏"毫不改窜民间传说中的英雄本色，具体地刻画出陈鸾凤这个人物的光辉形象和坚强不屈的性格，至少是值得赞许的。"[①] 后

---

① （唐）裴铏著，周楞伽辑注《裴铏传奇》，第50页。

世岭南小说中亦有敢于质疑雷神权威的人物形象,但缺乏陈鸾凤的光彩,如《夷坚志》中的"熊雷州",崇仁熊某为广府通判,摄守雷州,不相信有雷神,亦颇慷慨激昂,"吾知有社稷山川之神,学宫之祀而已,乌有于雷祠"。但当"言未讫,烈风骤雨,震霆飞电,四合而起"时,他不敢像陈鸾凤一样和雷神战斗,而是"不胜恐,急致香币谒谢"[1],最后屈服于雷神的威严。

(三) 细腻的环境描写和生动的场面描写

此5篇传奇的藻丽绵渺之美与精致细腻的环境、场面描写密不可分。《崔炜》的环境描写极为出色,"南越王墓"是小说主要情节的展开地点,作者对古墓中"锦帐""金炉""水银池""宝床"等进行精致细腻的描写,展现了古墓的富丽和神秘,增强了小说的艺术感染力。此外作者还使用写景的诗句来渲染环境:

> 又登越王殿台,睹先人诗云:"越井冈头松柏老,越王台上生秋草,古墓多年无子孙,野人践踏成官道。"兼越王继和诗,踪迹颇异。[2]

此诗描写了越王殿台的荒凉,增强了小说的抒情性和悲凉气氛。

此5篇传奇中颇多生动的场面描写,如陈鸾凤斗雷神、蒋武杀巨蛇,这些场面描写皆富艺术表现力,其中尤以《金刚仙》中蜘蛛与两头蛇相斗的场景最为惊心动魄:

> 忽登山,见一磐石上有穴,睹一大蜘蛛,足广丈余;四驰啗卉室其穴而去。俄闻林木有声,暴猛吼骤。工人惧而缘木伺之,果睹枳首之虺,长可数十丈,屈曲靡怒,环其蛛穴,东西其首。俄而跃西之首,吸穴之卉,团而飞去,颖脱俱尽。复回东之首,大划其目,大呀其口,吸其蜘蛛。蜘蛛驰出,以足擒穴之口,翘屈毒丹,然若

---

[1] (宋) 洪迈:《夷坚志》,中华书局,2006,第955页。
[2] (唐) 裴铏著,周楞伽辑注《裴铏传奇》,第17页。

火，焌虺之咽喉，去虺之目。虺憯然而复苏，举首又吸之。蛛不见，更毒虺，虺遂倒于穴而殒。蛛跃出，缘虺之腹咀内，齿折二头，俱出丝而囊之，跃入穴去。①

裴铏用浓墨重笔将此场面的紧张激烈渲染出来：蜘蛛暴吼，两头蛇蠚怒，蜘蛛使用毒丹，两头蛇大口吸，蜘蛛异常勇猛，两头蛇顽强不屈，这些描写均体现了裴铏高超的艺术技巧。

此5篇岭南传奇取得了相当高的艺术成就，对后世岭南小说产生了深远影响。宋代洪迈《夷坚志》中的《张敦梦医》明显受《张无颇》的影响，明代杨珽的传奇《龙膏记》即据《张无颇》改编而成，明代瞿佑的传奇小说集《剪灯新话》中的《水宫庆会录》亦受《张无颇》的影响。《夷坚志》中的《熊雷州》受《陈鸾凤》的影响。宋代《太平广记》卷459《番禺书生》的蛇吞象情节受《蒋武》的影响。这5篇传奇也对岭南笔记产生了一定影响，《羊城古钞》《粤中见闻》等岭南笔记都有收录或改编。此外，这5篇传奇反过来又影响着岭南传说，当代人王建勋主编的《羊城人仙神·广州市民间故事选》中收录的广州民间故事《崔炜与鲍姑》，即本于传奇《崔炜》。

---

① （唐）裴铏著，周楞伽辑注《裴铏传奇》，第96页。

第二章
宋代岭南小说

两宋时期，中原人口大量迁入岭南，带来了先进的农业文明和手工业文明，使岭南社会经济得到了发展。经济的发展带动了岭南文化的发展，宋仁宗时州学、县学、书院相继创立，促进了中原文化的传播。两宋时期有影响的人物相继进入岭南，苏轼、苏辙、吕大防、范纯仁等士大夫因党争被贬谪岭南，李纲、胡铨、李光、陆秀夫等南宋抗元名臣相继入岭南，这使中原文化在岭南进一步传播，对岭南的文化发展起到了积极的推动作用。

此时期岭南尚未培育出自己的本土小说作家，小说作家均来自于中原，洪迈、朱彧、蔡絛、周去非等皆为寓居或仕宦于岭南的中原人，岭南小说只有借中原之英华才得以继续，这使岭南小说走向了一条畸形发展之路。由于中原作家仍对岭南志怪抱有浓厚兴趣，因此小说文体仍以志怪为主，轶事小说十分凋零，传奇小说则不见踪迹，小说文体的发展极不平衡。

较之汉唐，此时期的志怪小说有了一定的进步，内容渐趋丰富，不仅有地理博物体内容，还有鬼神和仙释内容，艺术表现能力增强，洪迈《夷坚志》中的岭南志怪小说情节曲折，语言优美，带有唐传奇风格，蔡絛《铁围山丛谈》中的岭南志怪小说构思新颖独特，语言清新优美，诗意浓郁，但岭南小说要获得良性的、全面的发展，本土作家的产生是不可或缺的。

第一节 《夷坚志》中的岭南小说

洪迈（1123~1202），字景庐，号容斋，别号野处，江西鄱阳人。一生经历徽宗、钦宗、高宗、孝宗四朝。绍兴十五年（1145）登博学宏词科进士。因父洪皓忤秦桧，受连累，出为福州教授。后累迁起居舍人、中书舍人、同修国史、翰林学士等职。曾出使金国，几被扣留。历知泉州、吉州、赣州、建宁、婺州、太平、绍兴诸州府。嘉泰二年（1202），以端明殿学士致仕，年80卒，赠光禄大夫，谥文敏。洪迈是南宋文坛上的一位重要人物，"尤以博洽受知孝宗，谓其文备众体。迈考阅典故，渔猎经史，极鬼神事物之变"。[1] 著述甚丰，著作除《夷坚志》《容斋随笔》外，还有《左传法语》《史记法语》《西汉法语》《南朝史精语》等，还主持编纂了《四朝国史》《钦宗实录》。

《夷坚志》是洪迈倾60余年心血编纂而成的，是宋代最重要的志怪小说集。原书420卷，约五六千篇。分为初志、支志、三志、四志，每志又分为甲乙丙丁戊己庚辛壬癸10集。是书散佚严重，1981年中华书局重新点校涵芬楼本《新校补夷坚志》，新增佚文26则，共207卷，仅为原书一半。是书所记，多为神仙异人、狐鬼精怪、忠孝节义等故事，故以夷坚为名。

《夷坚志》涉及地域非常广泛，包括江西、浙江、江苏、福建、岭南、巴蜀等，甚至包括当时的金统治区，这与洪迈仕宦于各地有密切关系，"游宦四方，采摭众事，集成此编"，[2]《夷坚志》中的小说也因之具有了地域风格。

---

[1] （元）脱脱等撰《宋史》卷三七三，中华书局，1981，第11574页。
[2] 沈天佑：《诸家序跋》，见《夷坚志》，中华书局，2006，第1833页。

洪迈曾在岭南仕宦和居住。据凌郁之的《洪迈年谱》[①]载：绍兴十七年（1147），迈25岁，父亲洪皓被贬为濠州团练副使，英州（今广东英德）安置，迈侍父居英州，其间，置田百亩，与僧希赐交游，游英州北金山寺，谒朱翌于韶州；绍兴二十四年（1154），迈32岁，任职岭南，尝与黄公度游番禺药州，作《素馨赋》；绍兴二十五年（1155），迈33岁，在广州、南海居住，游清远县之峡山寺，作《重修广州都监仓记》《广州三清殿碑》，洪皓病重，迈侍父自岭南徙宜春，十月，父皓卒于南雄途次。

洪迈离开岭南之后，仍与岭南保持着密切联系，据《洪迈年谱》载：乾道八年（1172），迈50岁，为重建的南雄州种玉亭作记；绍熙三年（1192），迈70岁，迈仲子任峡州判官；庆元元年（1195），迈73岁，朱子渊为桂帅，赠石屏于迈，迈作《高州石屏记》。

由此可知，洪迈居住岭南期间非常活跃，英州、韶州、番禺、清远、广州、南海等地都留下了他的足迹，结交了僧希赐、朱翌、黄公度等友人，为岭南名胜古迹作记，广泛接触了岭南社会和文化，这些都为他创作以岭南为表现对象的小说奠定了基础。

洪迈是以审实的原则创作《夷坚志》的，即客观地记述他人异闻或亲身见闻，不加以主观评述。《夷坚志》中约有60则岭南小说，记录了流传在岭南的志怪故事。这些故事主要来自洪迈在岭南的亲戚和朋友，僧人希赐为其讲"鼠灾"和"草药不可服"故事，潮人陈安国为其叙"开源宫主"故事，临桂丞张寅为其说"万寿宫印"故事，任静江府帅的外舅张渊道为其说"海中红旗"和"桂林库沟"故事。有的故事来自于洪迈的亲身见闻，如《广州女》是洪迈在南海亲闻的一则故事。有的来自于岭南人所做的传记，《峡山松》本于曲江人胡愈所作的《松梦记》，《罗浮仙人》本于英州人郑总所作的传。这种审实的创作原则使这些小说保留了岭南传说的原貌。

[①] 凌郁之：《洪迈年谱》，上海古籍出版社，2006。

一　动植物志怪

用夸张的笔法写动物的形体特征，以追求奇异之美，这是岭南地理博物体志怪小说的一个传统，早在东汉时期，杨孚的《异物志》中就有"声为雷，气为风，涎津为雾"①的大鱼，《夷坚志》中的岭南动物志怪小说延续了这一传统，如《海中红旗》着意突出动物形体之巨大，给人以惊心动魄之感：

> 赵丞相居朱崖时，桂林帅遣使臣往致酒米之馈，自雷州浮海而南。越三日，方张帆早行，风力甚劲，顾见洪涛间红旗靡靡，相逐而下，极目不断，远望不可审，疑为海寇或外国兵甲，呼问舟人。舟人摇手令勿语，愁怖之色可掬。急入舟，被发持刀，出篷背立，割其舌，出血滴水中，戒使臣者，使闭目坐船内。凡经两时顷，闻舟人相呼曰："更生，更生。"乃言曰："朝来所见，盖巨鳛也，平生未尝睹。所谓红旗者，鳞鬣耳。世所传吞舟鱼何足道！使是鳛与吾舟相值在数十里之间，身一展转，则已沦溺于鲸波中矣。吁！可畏哉！"是时舟南去而鳛北上，相望两时，彼此各行数百里。计其身，当千里有余，庄子鲲鹏之说，非寓言也。时外舅张渊道为帅云。②

描写异常的动物，并将其与祸福预兆联系起来是岭南汉唐地理博物体志怪小说的又一传统，这在《夷坚志》中也有体现。如关于鼠灾，东汉杨孚《异物志》云："水田有灾，有，即鼠母起也。"③《夷坚志》中的《鼠报》亦将鼠灾和自然灾害联系在一起：

> 绍兴丙寅夏秋间，岭南州县多不雨。广之清远，韶之翁源，英

---
① 骆伟、骆廷辑注《岭南古代方志辑佚》，第16页。
② （宋）洪迈：《夷坚志》，中华书局，2006，第318页。
③ 骆伟、骆廷辑注《岭南古代方志辑佚》，第13页。

之贞阳,三邑苦鼠害,虽鱼鸟蛇,皆化为鼠,数十成群,禾稼为之一空。贞阳报恩寺耕夫获一鼠,臆犹蛇纹。渔父有夜设网,旦得数百鳞者,取而视之,悉成鼠矣。逾数月始息,以是米价翔贵,次年秋始平。僧希赐说。①

《夷坚志》中的另外一部分岭南动物志怪反映动物和人之间的关系,包括动物与人类之间的相互依赖、相互斗争,动物和人类的爱情等,并且动物开始人格化,如《潮州象》写动物和人类为了各自的生存而进行的斗争:

> 乾道七年,缙云陈由义自闽入广省其父,提舶□过潮阳,见土人言:"比岁惠州太守挈家从福州赴官,道出于此。此地多野象,数百为群。方秋成之际,乡民畏其踩食禾稻,张设陷穽于田间,使不可犯。象不得食,甚忿怒,遂举群合围惠守于中,阅半日不解。惠之迓卒一二百人,相视无所施力。太守家人窘惧,至有惊死者。保伍悟象意,亟率众负稻谷积于四旁,象望见,犹不顾。俟所积满欲,始解围往食之,其祸乃脱。"②

宋代岭南人口迅速增加,为了生存,必然会侵犯动物的生存环境,人类和动物不可避免地产生了矛盾。此则小说中人类伤害动物,动物报复人类,正是这一矛盾冲突的反映。

动物对人的生存产生威胁,人自然会对动物产生恐惧心理,于是在《道人符诛蟒精》中便有了妖魔化的蟒精。人和动物也有依存关系,甚至人和动物还产生了恋情,如《钱炎书生》写人与蛇相恋的故事:

> 钱炎者,广州书生也。居城南荐福寺,好学苦志,每夜分始就寝。一夕,有美女绛裙翠袖,自外秉烛而入,笑揖曰:"我本生于

---

① (宋)洪迈:《夷坚志》,第30页。
② (宋)洪迈:《夷坚志》,第624页。

贵戚，不幸流落风尘中，慕君久矣，故作意相就。"炎穷单独处，乍睹佳丽，以为天授神与，即留共宿，且有伉俪之约。迨旦乃去，不敢从以出，莫能知其所如。女雅善讴歌，娱悦性灵，惟日不足，自是炎宿业殆废，若病心。失惑。然岁月颇久，女怀孕。郡日者周子中，与炎善，过门见之，讶其尫羸，问所以，炎语之故。子中曰："以理度之，必妖祟耳。正一宫法师刘守真，奉行太上天心五雷正法，扶危济厄，功验彰著，吾挟子往谒求符水，以全此生，不然，死在朝夕，将不可悔。"炎悚然，不暇复坐，亟诣刘室。刘急索盆水，施符术照之，一巨蟒盘旋于内，似若畏缩者。刘研朱书符付炎曰："俟其物至则示之。"炎归，至二更方睡，而女来情态如初。炎曰："汝原是蛇精，我知之矣。"示以符，女默默不语，俄化为二蛇，一甚大，一尚小，逡巡而出。炎惶怖，俟晓走白刘，仍卜寓徙舍，怪亦绝迹。①

小说中的蛇已经人格化，不仅具有了人的特征，"绛裙翠袖""雅善讴歌，娱悦性灵"，而且具有了人的情感，当被钱生拆穿身份时，她颇为哀伤，"默默不语""逡巡而出"，这一人格化的形象超越了以往岭南志怪小说中简单的动物形象。

岭南植物志怪在汉唐间相对较少，多记关于植物来历的传说，虽涉及植物与动物间的相互变化，如"化竹为雉""化竹为蛇"等，但没有出现人格化的植物。《夷坚志》中的植物志怪仅有《峡山松》一则，但其中植物已人格化。小说写清远峡山寺内的老松被人取膏，老松变为老叟，"鬓须皤然"，且"面有愁色"，他诚恳地请求钱吉老为他疗伤："吾居此三百年，不幸值公之宗人不能戢从者，至斧吾膝以代烛，使我至今血流。公能为白方丈老师，出毫发力补治，庶几盲风发作，无动摇之患，得终天年，为赐大矣。"并曰："吾非圆首方足，乃植物中含灵性者。"② 小说塑造了一个具有人的特征和情感的老松形象。

---

① （宋）洪迈：《夷坚志》，第 1755~1756 页。
② （宋）洪迈：《夷坚志》，第 154 页。

二 鬼神类志怪

岭南鬼神类志怪产生于魏晋，但数量甚少，现仅存一则，见于晋刘欣期的《交州记》："刺史陶璜，昼卧，觉有一女子枕其臂，始欲投之，以爪樀其手，痛不可忍，放之，遂飞去。"[①] 此则情节甚为简略，艺术性不高，这种状况一直到《夷坚志》才有所改观。《夷坚志》中岭南鬼神类志怪颇多，有《开源宫主》《芭蕉上鬼》《陈王獣子妇》《郝氏魅》《万寿宫印》《赵士藻》《王敦仁》《肇庆土偶》《忠孝节义判官》《广州女》《张敦梦医》《陈通判女》《海外怪洋》《鬼国母》《贾廉访》《英州太守》《黄惠州》等，它们大多富有想象力，内容也较新颖独特，如《海外怪洋》反映了濒海的岭南人对海上神鬼世界的想象：

> 大观中，广南有海贾使帆，风逆，飘至一所。舟中一客，老于海道，起，四顾变色，语众曰："此海外怪洋，我昔年飘泛至此，百怪出没，几丧厥生。今不幸再来，性命未可知也！"至日没，天水皆黄浊，有独山峙水中央，山巅大石崩，巨声振厉，激水高丈余，黑云亘山，横起云中，两朱塔，隐隐然有光。老者趣移舟，曰："是龙怪也。"令众持弓矢满引，鸣钲鼓，叫噪而行。巨人长丈余，出水面，持金刚杵，稍逼舟次。众齐声诵观音救苦经文，乃没。老者曰："此不宜夜泊，盍入怪港。"指示篙师，水迅急，转盼即到。夜深，矴泊港心，风止月明，老者令括饭数百块，以待需索。或问之，曰："第为备，勿问也。"二更时，有大舟峨然来，欲相并，亟掷饭与之，且唾且骂。彼人争夺而食。顷刻舟益多，或出或没，掷饭如前时。约四更，始散去。老者曰："是皆覆舟鬼也，视舟行月中无影。若无以充其饥，害吾人必矣。"天将晓，张帆盲进，水气腥秽，大蟒千百，出没波间。又漂至一高岸，隆然如山，多荆棘。少壮三数人登岸问途，行四五里，见

[①] 骆伟、骆廷辑注《岭南古代方志辑佚》，第67页。

长城横亘，不知艺极，高可百尺。到一门，两巨人坐门下，各以一手持众髻，挂于大木杪，入门携火盆出，取一人投火中，炙至焦黑，分食之。既携盆复入，众悉畏骇，共议曰："若再来，吾属无噍类矣。"断发沿水疾驰至舟中，急解维，虽老者亦不知为何处。幸风便，犹数月到家。①

对海洋世界的想象一直是岭南志怪小说的一个传统，早在唐代刘恂就在《六国》中虚构了狗国、大人国、小人国等海外世界。《海外怪洋》的想象力更进一步，它描写了一个令人恐怖的海外鬼怪世界，有龙怪，有覆舟鬼，有巨人，诡奇异常。此小说艺术性较高，情节紧张曲折，注重通过环境描写来渲染氛围，当遇到龙怪时，山崩石裂，天水皆浊；当进入鬼域时，反倒风止月明，令人压抑；当遇到巨人时，则又长城横亘，多荆棘。

三 仙释类志怪

仙释类志怪是以道教和佛教人物为反映对象的小说。岭南道教发达，关于道教仙人的传说十分兴盛，现存最早的为南朝沈怀远的《南越志》中所写的道家仙人鲍靓的故事。《夷坚志》中的岭南仙释类志怪有5则，包括《何同叔游罗浮》《潘仙人丹》《雷州病道士》《安昌期》《罗浮仙人》，均为道家仙人故事，主要写道家仙人的成仙经历和奇能异术，这些小说清新自然，颇有风致，其中艺术质量较高的是《罗浮仙人》：

蓝乔，字子升，循州龙川人。母陈氏无子，祷罗浮山而孕。及期，梦仙鹤集其居，是夕生乔，室有异光，年十二已能为诗文。有相者谓陈曰："尔子有奇骨，仕官当至将相，学道必为神仙。"乔曰："将相不足为，乃所愿则轻举耳。"自是求道书读之，患独学无

---

① （宋）洪迈：《夷坚志》，第1744页。

师友，因辞母，之江淮，抵京师。七年而归，语母曰："儿本漂然江湖，所以复反者，念母故也。"瓢中出丹一粒馈焉。曰："服之可长年无疾。"留岁余，复有所往，以黄金数斤遗母曰："是真气嘘冶所成。母宝用之，儿不归矣。"潮人吴子野遇之于京师，方大暑，同登汴桥买瓜。乔曰："尘埃污吾瓜，当于水中噉耳。"自掷于河。吴注目以视，时时有瓜皮浮出水面，龁迹俨然。至夜不出。吴往候其邸，则已酣寝。鼻间气如雷。徐开目云："波中待子食瓜，久之不至，何也？"吴始知乔已得道，再拜愧谢，遂与执爨。后游洛阳，布衣百结，每入酒肆，辄饮数斗，常置纸百番于足下，令人片片拽之，无一破者，盖身轻乃尔。语人曰："吾罗浮仙人也，由此升天矣。"一日，货药郊外，复置纸足底，令观者取之。纸尽足浮，风云翛翛，蹑而上征。仙鹤成群，自南来迎，望之隐然。历历闻空中笙箫音，犹长吟李太白诗云："下窥夫子不可及，矫首相思空断肠。"母寿九十七而终，葬之日，樵枚者闻墟墓间哭声，识者知其来归云。英州人郑总作传。①

此则情节曲折，描写细腻，堪称岭南志怪小说中的佳作。此小说对后世影响颇大，明清以来的岭南笔记多述此事，《历世真仙通鉴》卷51"蓝乔"亦采此篇。《夷坚志》仙释类志怪中还有一则"崔媪"，不见于中华书局版的《夷坚志》，而见于清道光年间广东鹤山人吴英逵编撰的《岭南荔枝谱》，小说简短，笔法精炼，且富有岭南生活气息：

崔倅仕广州，家有乳媪，善为小伎嬉戏。一日抱婴儿戏门前，见有提福荔过前，儿欲之不得，媪曰："我别有计。"乃取小盒子置几上，旋发视之，则满盒皆荔。崔倅闻而骇异，欲穷其术，媪笑曰："此乃神术，官人试观之。"拉诣其家酒坊，时酒坊用大釜煮酒，媪跳入其中，遂不见矣。②

---

① （宋）洪迈：《夷坚志》，第133~134页。
② 杨伟群点校《南越五主传及其它七种》，第93页。

总体来看,《夷坚志》中的岭南志怪小说丰富了岭南小说的内容,开拓了岭南小说的表现领域,提高了岭南小说的艺术水平,为岭南小说的发展做出了贡献。

四 轶事小说

岭南汉唐间轶事小说向不发达,至宋代亦如此,数量甚少,《夷坚志》中有 4 则,包括《桂林库沟》《盗敬东坡》《林宝慈》《桂林走卒》,这 4 则小说均写宋代岭南的奇闻逸事,反映了宋代岭南的社会生活。《桂林库沟》写桂林盗贼偷盗府库的故事。《盗敬东坡》写盗寇敬重东坡的故事。《林宝慈》写海南黎民聚兵救守令林宝慈于厄难的故事,赞扬了黎民的侠义行为,小说在结尾议论道:"议者常谓蛮蜒无信义,观此一事,报德排难之节,可侔古人,中州有所不如也。"[①]《桂林走卒》则是岭南轶事小说中的优秀之作:

> 吕愿忠帅桂林,遣走卒王超入都,与之约,某日当还。过期三日乃至,吕怒,命斩之。一府莫敢言。汪圣锡通判府事,持不可,往见之曰:"超罪不至死,若加极刑,它日使人或愆期,必亡命不返,脱有急切奏请,将不得闻之,其害大矣。"吕矍然悟谢曰:"业已尔,难遽改,明日姑引疾,君自为之地。"明日,吕不出,汪呼超至,但杖而释之。超感再生恩,誓以死报。录事参军周生者,与时相秦益公有学校之旧,倚借声势,跌宕同僚中。尝于国忌日命妓侑酒,汪素恶其人,将纠其事,既而中止。然周啣恨不置,遣一狱典持书与秦。超闻而疑之曰:"录曹通太师书,必以吾恩公之故。"乃往狱典家访所以。典愀然曰:"我平生未尝远出,况于适京师乎!且吾属受差,非若州兵,可以贷俸,今行赍索然,方举室忧之,未知所出。"超曰:"吾力能为汝办万钱,宜少待。"时吕令问摄阳朔令,超尝为之役,即往谒,得钱,持与典。典喜,买酒共饮,示以

---

① (宋)洪迈:《夷坚志》,第 1158 页。

书。典先醉卧,超急就火镕书蜡,密启观,果谮汪者。复缄之,典不觉也。后二日,超复往,谓之曰:"吾忽被命如临安,行甚遽,汝果惮此役,当以书并钱授我,我代为持去,汝但伏藏勿出可也。"典大喜,如其言。越三月,超归,以秦府报帖与典,汪既受代还玉山。明年,超诣其居,出周生书示:"汪常遣信过海,饷遗赵元镇丞相、李泰发参政。"是时秦方开告讦之路,数兴大狱,使此谤得行,汪必不免。①

此则小说在尖锐的矛盾冲突中展开,情节曲折紧张,先是吕愿忠要杀王超,幸得汪圣锡解救,王超才保住性命,接下来周生衔恨汪圣锡,欲置其于死地,幸得王超机智地传假信,救了汪圣锡的性命。小说在尖锐的矛盾冲突中塑造了一个知恩图报、富有智慧和勇气的下层士卒形象,王超虽是下层士卒,却敢于和倚权弄势的恶吏、权倾朝野的奸相进行斗争,是一个颇有光彩的人物形象。其他的人物形象亦鲜明,如吕愿忠狠戾,汪圣锡宽缓仁厚,周生阴险卑鄙,狱典愚蠢笨拙。此则小说对后世小说也产生了影响,侯会《〈夷坚志〉中的水浒传素材》一文认为《水浒传》第39回戴宗传假信即取材于《桂林走卒》。

第二节 其他笔记中的岭南小说

宋代仕宦或流寓岭南的作家所著笔记,如朱彧的《萍洲可谈》、蔡絛的《铁围山丛谈》、周去非的《岭外代答》等,多记岭南山川物产、风土习俗、市井人情,其中夹杂记载奇闻逸事的小说,这些小说数量并不多,且多为志怪,但也不乏内容和艺术都臻上乘的优秀之作。

一 《萍州可谈》

朱彧,字无惑,乌程(今浙江吴兴)人。父朱服,曾为广州帅。

---

① (宋)洪迈:《夷坚志》,第1776~1777页。

《萍州可谈》卷2记载"余在广州尝因犒设蕃人""余在广州购得白鹦鹉""广右英州清远峡小龙祠，余尝谒之"①，可知朱彧曾随父居广州。《萍洲可谈》共3卷，卷2记广州蕃坊市舶之事，有志怪小说1则：

> 广州医助教王士良，元祐元年死，三日而苏。自言被追至冥府，有衣浅绛衣如仙官者，据殿引问：士良尝为人行药杀妻。士良不服。有吏唱言是熙宁四年始，即取籍阅，良久云并无。仙官拊案曰："本是黄州，误做广州。"令放士良还。既出，又令引至庑下，有揭示云："明年广南疫，宜用此药方。"士良读之，乃《博济方》中钩藤散也。本方治疫。士良读之，乃窃询左右："此何所也？"或言太司真人，治天下医工。时蔡元度守五羊，闻之，召士良审问，令幕客作记。及春，疫疠大作，以钩藤散治之，辄愈。士良又云：幼习医，至熙宁四年方用药治病，冥冥中已记录。可不慎哉。②

二 《铁围山丛谈》

蔡絛，蔡京季子，字约之，自号百衲居士，别号无为子，兴化仙游（今福建仙游县）人，官至徽猷阁待制，与父京恣为奸利，窃弄权柄。宋南渡后，蔡絛被流放到白州（今广西博白），后卒于白州。《铁围山丛谈》乃蔡絛流放白州时所著，白州境内有铁围山，古称铁城，蔡絛尝游息于此。

《铁围山丛谈》6卷，多记岭南风土习俗，亦杂有小说，共5则，为"灵顺庙""柳州柳侯祠""庞摄官舍""桂林韩生""福清县人家"。和洪迈《夷坚志》一样，此5则小说的故事亦来源于岭南民间，如"灵顺庙"乃作者"得是事于其父老云"③，"柳州柳侯祠"乃作者"访诸柳人"得到"父老递传"的故事。此5则皆为志怪小说，其中"桂林韩

---

① （宋）朱彧：《萍州可谈》，载《宋代笔记小说》，河北教育出版社，1995，第335页。
② （宋）朱彧：《萍州可谈》，载《宋代笔记小说》，第347页。
③ （宋）蔡絛：《铁围山丛谈》，中华书局，1983，第35页。

生"为仙释类志怪,写道士韩生的奇异道术:

> 铁城有寓士成君相如,酷喜道家流事。吾问之:"子有所睹耶?何迷而不复乎?"成君曰:"有也,我以少年时未识好恶,顷在桂林与一韩生者游。韩生嗜酒,自云有道术,初不大听重之也。一日相别,有自桂过昭平,同行者二人,俱止桂林郊外僧之伽蓝。而韩生亦来,夜不睡,自抱一篮,持瓟枓出就庭下。众共往视之,即见以枓酌取月光,作倾泻入篮状。争戏之曰:'子何为乎?'韩生曰:'今夕月色难得,我惧他夕风雨,徜夜黑,留此待缓急尔。'众笑焉。明日取视之,则空篮弊枓如故,众益哂其妄。及舟行至昭平,共坐江亭上,各命仆厮办治肴膳,多市酒期醉。适会天大风,俄日暮,风益急,灯烛不得张,坐上墨黑,不辨眉目矣。众大闷,一客忽念前夕事,戏翾韩生者:'子所贮月光今安在?宁可用乎?'韩生为抚掌而对曰:'我几忘之。微子不克发我意。'即狼狈走,从舟中取篮枓而一挥,则月光瞭焉,见于梁栋间。如是连数十挥,一坐遂尽如秋天夜晴,月色潋滟,则秋毫皆得睹,众乃大呼,痛饮达四鼓。韩生者又枓取而收之篮,夜乃黑如故。始知韩生果异人也。"[①]

蔡絛虽助父为奸,劣迹昭著,艺术修养却相当高,"以篮贮月"构思新颖独特,极富艺术想象力,语言清新优美,诗意浓郁,实为岭南志怪小说中难得的佳作,无怪乎后人称《铁围山丛谈》为说部中之佳本。清代蒲松龄《聊斋志异》中的《劳山道士》有道士剪月照明的情节,"师乃剪纸如镜,粘壁间。俄顷,月明辉室,光鉴毫芒",[②] 此情节可能受到《桂林韩生》的影响。

三 《岭外代答》

周去非,字直夫,温州永嘉人,曾两次任职岭南,做过钦州教授和

---

① (宋)蔡絛:《铁围山丛谈》,第93~94页。
② (清)蒲松龄:《铸雪斋抄本聊斋志异》,上海古籍出版社,1979,第15页。

静江府属县县尉。《岭外代答》10卷，为地理博物著作。周去非因岭外多"荒忽诞漫之俗，瑰诡谲怪之产""亲故相劳苦问以绝域事，骤莫知所对者"[①]，于是在任期内记笔记400余条，用以代答，故名其书《岭外代答》。

《岭外代答》记岭南山川地理、物产风俗，内容多平实客观，亦有少量小说，包括《蛇珠》《辟尘犀》《琥珀》《古富洲》《挑生》《罔两》《转智大王》《新圣》《柳州蜈蚣》《桂林妖猴》等，这些小说承汉唐地理博物体志怪小说余绪，多为关于岭南动植物和奇珍异宝的故事，但已不再重复记录汉唐间久远的传说，而是注重记载宋代社会流传的故事，增强了小说的时代感，如《蛇珠》：

> 乾道初，钦州村落妇人黄氏，晒禾棚屋上。忽一物飞鸣而来，坠其髻上，复坠禾中，光曜夺目，盘旋不已。就取乃一大珠。是夜光怪满室，邻里异之。里正访知而索焉，不得，闻之县官，其家惧，取蒸熟，光遂隐。后钦有士人姓宁，得与赴省，以万钱赊买往都下。贾胡叹曰："此蛇珠也，惜哉！"宁以不售，携归还黄。今其珠故在，置之盘中，犹有微晕映盘。[②]

宝珠从天而降砸中妇人，里正勒索，妇人煮之，情节颇离奇新颖，对社会黑暗有一定批判。此外，还有轶事小说2则，其中《转智大王》较有批判性：

> 钦州陈承制，名永泰。熙宁八年交阯破钦，死于兵。先是交人谓钦人曰："吾国且袭取尔州。"以告永泰，弗信。交舟入境迅甚，永泰方张饮，又报抵城，复弗顾。交兵入城，遂擒承制以下官属于行衙，曰："不杀汝，徒取金帛尔。"既大掠则尽杀之。钦人塑其像

---

① （宋）周去非：《岭外代答·序》，载《笔记小说大观》第七册，江苏广陵古籍出版社，1983，第310页。
② （宋）周去非：《岭外代答》，载《笔记小说大观》第七册，第337页。

于城隍庙，祀之，号曰转智大王。凡嘲人不慧，必曰陈承制云。①

小说反映了北宋时期岭南地区的兵燹之灾，批判了岭南官员的愚腐无能，较有社会意义。

---

① （宋）周去非：《岭外代答》，载《笔记小说大观》第七册，第351页。

第三章
明代岭南小说

经过两宋时期的发展,明代岭南社会经济空前繁荣,农业、手工业极为发达,商品经济非常活跃,海外贸易兴盛。由于经济发达,财力雄厚,使岭南教育大兴,明代广东书院近百所。教育的兴盛使岭南教化遂开,名贤辈出,人文骤兴,产生了一大批著名的本土文学家,明前期有"南园五先生"孙蕡、王佐、黄哲、李德、赵介;明中期有陈献章、丘濬、黄佐;明后期有"南园后五子"欧大任、黎民表、梁有誉、李时行、吴旦;明末又有"岭南前三家"邝露、黎遂球、陈邦彦。他们在诗、词、文等方面都取得了令人瞩目的成就,使明代的岭南文学熠熠生辉,正如伦以谅的《霍文敏公文集序》云:

> 昔韩昌黎送廖道士,叹岭南瑰莘奇伟之气,不钟于人,而钟于物,一或有之,又出于异端方外之徒。今观公以明沛之识,弘博之学,峭崛之气,昌大之才,举天下而鼓舞之。殆山川间气灵柄之所发泄而钟焉者也。[①]

[①] (清)屈大均:《广东文选》卷八,载《北京图书馆古籍珍本丛刊》,书目文献出版社,1988,第209页。

至此，岭南终于打破了"不钟于人，而钟于物"的境况，文学呈现出了活跃兴盛的局面。在这种活跃的文学氛围下，岭南小说终于获得了突破性进展。最重要的突破是岭南终于孕育出了本土小说作家，香山人黄瑜，南海人黄衷，作《钟情丽集》的琼州文人，顺德人梁亿、潘光统等，他们打破了岭南小说由中原作家一统的局面，为明代及后世岭南小说的健康发展做出了重要贡献。

本土小说作家使小说文体得以均衡发展，他们改变了中原作家偏重于志怪小说的风气，开始创作轶事小说和传奇小说，使这两类小说文体自汉唐之后得到了初步发展。本土小说作家关注岭南社会生活，注重反映岭南社会的人和事。《双槐岁钞》记岭南官员、民间各类人物的奇闻逸事，生动地反映了明代岭南各阶层的社会生活和精神状况，《钟情丽集》反映了岭南青年男女对爱情婚姻的大胆追求。即便如《海语》中写岭南奇异物产的志怪小说，重心也开始转向反映商人阶层好冒险、重货利的精神。至此，岭南小说反映社会、反映人生的现实主义精神开始萌生并有所发展了。此时期岭南小说在艺术上也取得了出色的成就，《双槐岁钞》中的轶事小说篇幅增加，注重表现人物的情感和性格，追求情节的曲折离奇；《钟情丽集》篇幅亦较长，具有含蓄蕴藉、典雅绮丽之美。总体来看，明代岭南本土小说作家数量虽少，作品也不多，却取得了较大成就，为清中期岭南小说的全面崛起奠定了基础。

第一节　笔记小说《双槐岁钞》

清之前的岭南本土小说作家比较少，仅有汉代的杨孚、晋代的王范等少数几位，这几位作家著作中的小说均以岭南为表现对象，几乎没有涉及岭南以外的地域，这使得岭南小说的表现领域相对狭窄和封闭。到了明代，岭南小说史上出现了一位重要的本土小说作家，他不仅立足于岭南，反映岭南社会生活，更放眼岭南以外的世界，表现更为广阔的社会生活，这位作家就是黄瑜。

黄瑜，字廷美，香山（今广东）人，生卒年不详。景泰七年（1456）

中举，成化五年（1469），授惠州府长乐县知县，世称"长乐公"。任职期间有惠政，为人刚直不阿，一直得不到升迁，后弃官回到广州，建"双槐亭"，自称"双槐老人"，著有《双槐文集》（已佚）《双槐诗集》《双槐岁钞》。

《双槐岁钞》是黄瑜花费40年时间写成的，其间几易其稿，至70岁才完成，倾注了黄瑜大量心血，其《自序》云："每遇所见所闻暨所传闻，大而缥缃之所纪，小而刍荛之所谈，辄即抄录。"[①] 《双槐岁钞》记洪武至成化间事，凡10卷，220条。

此书内容广博，包括人文典礼、嘉言懿行、内阁旧事、科举考试、军政边备、考证经史等。其中有的内容具有史料价值，如记述少数民族情况的《西域历书》《朵颜三卫》《建州女直》等；有的为诗、文、铭、赋，如《观物吟》《经书对句》《会试论表》等。

另一部分则记载朝廷和民间的遗闻轶事，还有少量志怪，约100余则。黄瑜是本着实录的原则记事的，他在《双槐岁钞序》中云："昔者成式《杂俎》，志怪过于《齐谐》；宗仪《辍耕》，纪事奢于《白贴》，然而君子弗之取，何则？多闻不能以阙疑，多识不足以畜德故也。""如其新且异也，可疑者阙之，可厌者削之。"[②] 但是他却没有贯彻这一创作原则，记人叙事中多荒诞离奇的内容，甚至谈鬼语怪。此书不仅有志怪小说，甚至一些轶事小说都带上了浓重的志怪色彩，无怪乎后人肯定此书在明人野史中颇体要的同时，又批评它神怪报应色彩过于浓厚。

一 朝廷轶事小说

明代前期和中期的文人对明王朝有着相当高的认同感和责任感。黄瑜作为一名科举入仕者，对明王朝怀有同样的情感，他撰写《双槐岁钞》的目的是为了"崇大本""急大务""期大化""昭大节"，因此表彰君主和贤臣成了此书的重要内容。《圣瑞火德》《讲经兴感》《醉学士

[①] （明）黄瑜：《双槐岁钞》，载《明代笔记小说大观》第一册，上海古籍出版社，2005，第97页。

[②] （明）黄瑜：《双槐岁钞》，载《明代笔记小说大观》第一册，第97页。

歌》《何左丞赏罚》《尊孔卫孟》《中都阅武》《刘学士》《臣节忠谨》《圣孝瑞应》《冷协律》《金尚书际遇》《圣子神孙》《阅武将台》《龚指挥气节》《王忠肃公》《张都督不欺》等写君臣的奇能异秉和君臣相得的太平图景，歌颂明朝帝王和臣子的丰功伟绩，展现明王朝的恢弘气势。如《醉学士诗歌》写明太祖和宋濂赋诗的升平景象，小说结尾写太祖书宋濂诗，并云"卿藏之以示子孙。非惟见朕宠爱卿，亦可见一时君臣道合，共乐太平之盛也。"①《圣瑞火德》写明太祖诞生和立国时的诸种奇异征兆，把朱元璋神圣化。《何左丞赏罚》写何真的骁勇善战。《尊孔卫孟》写钱惟明的抗疏直言。黄瑜通过这些内容表达对明王朝盛世的礼赞。

黄瑜是一个有节操的官员，对朝廷中的争权夺利、黑暗腐败还是有所批判的，如《卜马益》《刘绵花》《孝穆诞圣》等，暴露了明代官场的黑暗，极具批判性。《刘绵花》写刘吉侍宠专权，多次被弹劾，却依旧位高权重，"由是人目吉为'刘棉花'，以其耐弹也。吉闻而大怒，或告以出自监中一老举人善诙谐者，吉奏允举人监生三次不中者，不许会试，其擅威福如此"。后来刘吉终于降职还乡，"京城人拦街指曰：'唉，棉花去矣。'"②再如《孝穆诞圣》：

> 万贵妃始为宫人，司东驾盥栉，谲智善媚。既颛宠，居昭德宫。太监段英掌其宫事，与其兄弟子侄万通、万喜、万达辈，威福赫奕。大学士万安认为同族，与刘吉皆附之，朝士无耻希进者群趋其门……己丑九月，幸昭德宫，时皇妣纪氏在御妻之列。既有娠，万氏知之，百方苦楚，胎竟不堕。上命出居安乐堂，托言病瘵。庚寅七月己卯胐，今圣上皇帝诞焉。皇妣乳少，太监张敏使女侍以粉饵哺之弥月。西内废后吴氏保抱惟谨，以未奉命不敢剪剃胎发。辛卯十一月，悼恭太子祐极正位东宫，已而薨于痘。禁中渐传西宫有一皇子，上心甚念之，然虑为万氏所忌。乙未五月，张敏厚结段英，

---

① （明）黄瑜：《双槐岁钞》，载《明代笔记小说大观》第一册，第102页。
② （明）黄瑜：《双槐岁钞》，载《明代笔记小说大观》第一册，第268页。

乘万氏喜时进言，万氏许之。上即召见，发已覆额矣。天性感通，相持泣下动容，出语，矩度不凡。上抚之大喜，万氏具服进贺。遂令内阁拟名至再，上亲名之，送仁寿宫抚育，中外闻之胥悦。皇妣受万氏箝，有疾，徙居西内永寿宫。六月戊寅朔，文武大臣请建元良，甲申奏上，命待皇子稍长行之。是月乙巳，皇妣薨，追封淑妃。京师藉藉，谓薨于鸩也。十一月，始立今上为皇太子。及登大宝，追尊皇妣，谥曰"孝穆皇太后"。①

此则叙写了宫庭中为了权力而进行的尖锐斗争，作者通过细腻的笔触批判了万氏的善媚专宠、皇上的软弱无能、太监段英的作威作福，对纪氏的不幸则抱以极大的同情。

二 民间轶事小说

《双槐岁钞》还记载了民间各类人物的奇闻异事，包括《风林壬课》《嘉瓜祥异》《三丰遁老》《刘伯川善观人》《胡贞女》《史孝子》《妖僧扇乱》《妻救夫刑》《援溺得子》《木兰复见》《何孝子》等，这些小说生动地反映了明代下层的社会生活和精神状况。《援溺得子》写张百户在归家途中出金救一覆舟者，此覆舟者原来是张百户的儿子，表现了下层人民的善良。冯梦龙的《警世通言》卷5《吕大郎还金完骨肉》写主人公吕珍出20两银子作赏钱救溺水者，救起的溺水者原来是自己的弟弟，这一情节实来源于《援溺得子》。再如《木兰复见》：

南京淮清桥女子黄善聪者，年十二，失母，有姊已嫁人矣。父贩线香为业，往来庐、凤间。怜其幼且无母，又不可寄食于姊，乃令为男子饰，携之旅游者数年。父死，诡姓名为张胜。有李英者，亦贩线香，自故乡来，不知其女也。因结为火伴，与同寝食者逾年，恒称疾，不脱衣袜，溲溺必以夜。弘治辛亥正月，与英偕还南京，

---

① （明）黄瑜：《双槐岁钞》，载《明代笔记小说大观》第一册，第261~262页。

已年二十矣,突然城巾往见其姊。姊谓:"我本无弟,惟小妹随父在外尔,胡为来?"乃笑曰:"我即善聪也。"泣语之故。姊恶之,曰:"男女同处,何以自明?汝辱我家矣。"因拒不纳。善聪不胜其愤,谓曰:"妹此身却要分明,苟有污玷,死未晚也。"姊呼稳婆视之,果处子,始返初服。越三日,英来候,善聪出见,英大惊愕,归,怏怏如有所失,饮食顿减。英母忧之,以英犹未娶,乃求婚焉。①

小说塑造了一个独立坚贞的民间女子形象,冯梦龙《喻世明言》卷28《李秀卿义结黄贞女》敷衍的黄善聪与李秀卿的爱情故事,即来源于此。

三 公案小说

明代公案小说比较繁荣,《双槐岁钞》亦有公案小说,包括《周宪使》《断鬼石》《陈御史断狱》《性敏善断》等,数量虽不多,但内容新颖,对后世公案小说产生了一定影响。这些公案小说均写执法官吏清廉刚正,明敏善断。《周宪使》写广东人周新不避权要,刚直不阿,人呼为冷面寒铁,屡破奇案,却因触怒权贵而被杀,临刑时大呼"生为直臣,死当作直鬼",皇上悟其冤,叹曰"广东有此好人"。小说人物性格鲜明,情节亦离奇:

> 三年九月,升云南按察使……初来时,道上蝇蚋迎马而聚,尾之,见一暴尸,惟小木私记在,收之。及履任,令人市布,得相同者,鞫之,即劫布贼也,悉以其赃召给布商家。家人大惊,始知其死于贼也。
>
> 一日,视篆,忽旋风吹异叶至前。左右言城中无此木,独一僧寺有之,去城差远。新悟曰:"此必寺僧杀人,埋其下也,冤魂告

---

① (明)黄瑜:《双槐岁钞》,载《明代笔记小说大观》第一册,第273~274页。

我矣。"发之,得妇人尸,僧即款服,人称为神明。

一巨商远回,未抵家,日暮,恐为人所图,潜以其赀埋一祠石下。至家,妻问之,告以故。明日掘之,无有也。往诉之新。新曰:"是必而妻有外遇也。"核之,果然。盖归语妻时,搂之者窃听,先往取之矣,遂并治之。①

明末周楫编纂的话本小说《西湖二集》卷33《周城隍辨冤案》即敷衍周新故事,上面3个情节为《周城隍辨冤案》正话中的第2案、第4案、第5案的故事来源。《陈御史断狱》写武昌御史陈智善断,有张生杀人当死,其色有冤,陈询之,乃云因无资娶妇,妇家背盟,女不从,遗金以张生,冀成婚,张谋诸同舍杨生,杨生止之,是夕杨生杀女,张生不胜拷打,诬服,陈执杨至,遂伏罪,人以为神。明末冯梦龙《喻世明言》卷2《陈御史巧勘金钗钿》正话的故事即本于此,明人《钗钏记》传奇、《聊斋志异》的《胭脂》的情节与之相类,或亦受此影响。《断鬼石》写石璞遇事刚明,时民娶妇3日,妇被杀,民诬服杀妇,璞疑之,夜梦人赠一"麥"字,璞认为"麥"字为两人夹一人,后查明妇与二道士通,其事遂白,因呼璞为"小断鬼石"。明末陆人龙话本小说《型世言》第21回《匿头计占红颜　发棺立苏呆婿》即本于此。

四　志怪小说

《双槐岁钞》虽以轶事为主,但也有一部分谈鬼语怪的志怪小说,包括《龙马》《卢师二青龙》《蛊吐活鱼》《冤魂入梦》《祷神弥寇》《先圣大王》《寿星塘》《登科梦兆》《彭蠡缆精》《夜见前身》《狱囚冤报》等,多讲因果报应,内容沿袭前作,缺乏新意。《蛊吐活鱼》一则颇幽默有趣,小说写商人周礼贩货广西,娶一寡妇陈氏为妻,生子,礼欲归家,陈氏置蛊食中,并授其子解蛊之法,及礼至家,蛊发,腹胀,饮水无度,其子因请父归,礼云病重无法行,其子遂缚礼于柱上,以瓦盆盛

---

① (明)黄瑜:《双槐岁钞》,载《明代笔记小说大观》第一册,第145~146页。

水置诸礼口边，礼剧渴，吐一鲫鱼，腹遂消。

在艺术上，《双槐岁钞》取得了进步，主要表现在篇幅增加，注重刻画人物性格，追求情节的曲折离奇，如《孝穆诞圣》《周宪使》《木兰复见》等，艺术水平均较高，但也有一定缺陷，黄瑜喜好使用生僻艰涩的词语，语言不够流利明快，在叙事时穿插大量的诗词文赋，对人物身份的介绍不厌其烦，使得叙事显得松散漫絮。

《双槐岁钞》作为明代岭南最重要的小说集，为岭南小说的健康发展做出了重要贡献，它还为后世小说提供了大量素材，"三言二拍"《型世言》《西湖二集》《聊斋志异》等皆从中取材。

第二节　笔记小说《粤剑编》及其他

一　《粤剑编》

王临亨，字止之，江苏昆山县人，生于嘉靖二十七年（1548），卒于万历二十九年（1601）。万历十七年（1589）进士，授西安知县，调海盐守，因察狱如神，后擢刑部主事，万历二十九年（1601）年刑恤广东。

《粤剑编》，4卷，是王临亨根据他在广东审案期间的所见所闻编撰而成的，王安鼎《粤剑编叙》云："万历辛丑，余侄比部止之奉命虑囚岭南，期事竣，归而解其橐，出一编曰：'此余使粤时所记也，虽无陆贾千金装，亦可当其百金剑矣。'因以粤剑名编。"[①]

《粤剑编》分为古迹、名胜、时事、土风、物产、艺术、外夷、游览8类，记录岭南名胜古迹风俗及传说，其中有小说25则。卷1"志古迹"有"飞来殿""狮石""缥幡岭""钓鲤台""犀牛潭""归猿洞""定心泉""和光洞""老人松""伏虎碑"，共11则，记岭南名胜古迹的奇异传说，为志怪小说。卷2"志时事"有"中贵之入粤榷税""闽

[①] 凌毅点校《贤博编　粤剑编　原李耳载》，中华书局，1987，第51页。

商黄敬""孀妇""潮州二人""兴宁奸夫奸妇""兴宁郭氏女""粤东开采使""郑子用潘世兴""开采使下令造巨舰""倭船""庚子漳潮间地震""有言于税使者"。卷3"志艺术"有"羊城刘思永""王太玄",共14则,记当时社会时事和奇人奇事,为轶事小说,这些轶事小说多反映明代的社会事件,具有较强的纪实性和时事性。

《粤剑编》中的轶事小说主要有3个方面的内容,一写社会时事,一写公案,一写传奇人物,最有价值的当属写社会时事的小说。明代中后期宦官专权,上欺下压,给人民带来了深重的苦难,王临亨是一位有社会责任感的士大夫,在《粤剑编》中反映和批判了这些社会问题,"中贵之入粤榷税""有言于税使者""粤东开采使""开采使下令造巨舰"均写宦官对岭南的横征暴敛以及岭南人民的反抗,具有较强的纪实性,这在小说史上是比较罕见的。"开采使下令造巨舰"写宦官给岭南人民带来的苦难,某中使为开采珍珠,下令民间造舰,一时豪民遂倾其家,造舰无数,而中使又嫌其多,淘汰大半,那些不得收者为了生存,亡命海上为盗,"今春有倭舶百余,横掠闽、广,人颇归咎使者云"。①"中贵之入粤榷税"反映了岭南人民和宦官的尖锐斗争:

> 初,中贵之入粤榷税也,当事者虑其骚扰,愿加派田丁以充税,其策甚善,顾多寡持议夐绝,久而不决,时大参徐公榜争之尤力。中贵怒甚,目摄徐公曰:"旦日独与公决之。"徐公曰:"榜愿得以不腆六尺,独当一面。"徐公出,谓其吏士曰:"旦日饱饭,人持一梧至,随吾鸣镝所指而从事,不用命者死吾杖下。"是时中贵使人伺公,微闻之矣,念不往以我为怯,往则壁间着阿堵物可畏也。次且久之,乃持酒榼数器,诣徐公所,笑谓徐公:"昨议事良苦,愿以一樽解烦。"徐公曰:"榜昨与公舌战耳,何言苦辛?今愿进乎舌矣。"中贵嗫嚅良久,酌酒为徐公寿,徐公亦遂解严欢饮,竟日不敢一言及税也。时宪副章公邦翰亦羽翼徐公而持中贵。

---

① 凌毅点校《贤博编 粤剑编 原李耳载》,第69页。

一日，中贵与章公议不合，嗔目谓章公曰："公抗老阎易耳，不忧夜半下一纸书，足籍公家耶？"章公曰："翰素食贫，藉吾家何虑？虑偕我而籍者，其金如山耳！"意盖指中贵也。中贵默不自得而去。①

中贵即指有权势的宦官，中贵欲征税，徐公与章公以命抗之，于是有了一场类似"鸿门宴"的对峙。小说的情节剑拔弩张，人物形象在尖锐的矛盾冲突中被生动地刻画出来，税使的贪婪怯懦和徐公章公的坚毅不屈形成了鲜明的对比，从而达到对社会问题的批判。

王临亨遇事精敏，察狱不越宿，《粤剑编》记载了他刑恤广东期间办理或听闻的案件，正如作者云："狱毕无事，独坐春台，感而记之。"② 这些公案小说大都具有较强的纪实性，如"闽商黄敬""孀妇""潮州二人""兴宁郭氏女""郑子用潘世兴"等。这些公案小说主要交待案件发生的始末，然后叙述案件的审判，案情叙述较详尽，而审案过程相对简略，如"闽商黄敬"写闽商黄敬贩缎匹归广，途中结识来聪和亚八，黄敬病，托来聪和亚八将布匹运抵广州，来聪和亚八行至途中，为盗所杀，盗以为缎客已死，即货缎于广，黄敬归，见有人售买自己的缎匹，记号宛然，遂鸣官。而"兴宁奸夫奸妇"则写了神奇的破案过程：

兴宁有奸夫奸妇谋杀亲夫者，夜半移尸弃于仇家之塘中，里人叶大者道遇之，畏事不敢发。明日，奸妇指告仇家，以为杀其夫也，而无证，狱久不决。兴宁庄尹鞫而疑之，是夕，梦一神人引一戴草笠而着木屐者至前，谓尹曰："尹欲决疑狱耶？询此即得矣。"觉而思之，岂有里邻中姓叶者知情乎？旦日执叶大至，一讯即得。③

此外，"羊城刘思永""王太玄"记岭南有异术的传奇人物，内容无

---

① 凌毅点校《贤博编　粤剑编　原李耳载》，第67页。
② 凌毅点校《贤博编　粤剑编　原李耳载》，第69页。
③ 凌毅点校《贤博编　粤剑编　原李耳载》，第69~70页。

新异之处，情节却颇有趣：

> 王太玄者，清远人，少以耕牧为业。忽卧病不苏者七日。太玄如从梦间闻空中有人语之曰："汝应为地师，有宝印以贻汝。"即有震雷击裂一石，石中得一物，高五寸许，从可三寸，横杀其半，色如紫泥，隐隐有文，不可辨。太玄得之即病已，而左手拘拿若钩弋。因忽解青乌家言，能为人作佳城图，其人即数千里外，按图求之辄得。尝有贵游携之入蜀，江中遇大风，邻樯覆溺者无算，贵游舟亦岌岌矣。太玄见舟傍有物，类鼍首而挤舟者，手持所佩印，厉声叱之，其物逃而逝，风浪遂息。人以此信太玄果有异术也。①

对于岭南的名胜古迹，王临亨意不在山水之间，而在于那些悠久的传说，正如他在"峡山"中云："峡中洞蠓泉石，说者多传以谬悠之词，似欲为兹山增胜者……其他种种，何至尽如齐谐、诺皋所传也？因征其事于山僧，略而识之。"因此，《粤剑编》中记载了很多传说，这些传说大多优美动人，如"飞来殿"：

> 飞来殿。梁普通中，有二居士往舒州叩上元延祚寺贞俊禅师，曰："峡据清远上流，江山郁秀，吾欲建一道场，师居之否？"师许诺。中夜，风雨大作，旦视佛殿金相，已失所在。师因至峡求之，则已庄严此山中矣。世传二居士即禺、阳二庶子所化也。殿移时，一角挂于梅关，今为云封寺云。②

此则传说未见诸他书。此外，"狮石""缥幡岭"等皆新颖，亦未见诸他书。有的小说则取材于前人小说，缺乏独创性，如"归猿洞"为裴铏《传奇》中《孙恪》的改写，"老人松"为洪迈《夷坚志》中《峡山

---

① 凌毅点校《贤博编　粤剑编　原李耳载》，第90页。
② 凌毅点校《贤博编　粤剑编　原李耳载》，第53页。

松》的改写。

二 其他笔记中的岭南小说

《海语》，作者黄衷，字子和，号铁桥子、铁桥病叟，《广东通志》谓其为南海人，黄瑜《双槐岁钞》中有黄衷所作序，云"后学南海黄衷书"。黄衷幼年聪颖绝伦，弘治丙辰（1496）进士，历任南京户部主事、云南巡抚、湖广都察院右副都御史、工部右侍郎、兵部右侍郎等职。著有《矩洲文集》《海语》。《海语》成书于嘉靖初年，为地理博物著作，共3卷，分为风俗、物产、畏途、物怪4类，多记海中荒忽奇谲之景、物、事。

"物怪"中的《蛇异》《龙变》《石妖》等为志怪小说。《蛇异》写弘治间一商船欲贩于占城，舶中众人将入山伐薪，是夜舶主梦神语之曰："明日需多裹盐也。"梦醒而语薪者，薪者从之，至三山麓石潭，众人伐薪取盐，日暮，有巨蛇蜿蜒没于潭中，后有蜈蚣逐之，蜈蚣射毒于潭，潭水红如火焰，天明，众人下山观之，蛇死潭中，乃剥其皮腌其肉，载之回舶，始信神之语，有岛夷过而见之，慷慨以百金买之，舶主询其故，岛夷曰："汉儿不识宝耳，是乃龙也。其皮鞔鼓，声闻二十里，此皮中七鼓，一鼓即偿今值。"[1] 舶主懊恨，自谓其不善贾也。小说写蛇与蜈蚣相斗的情节有《金刚仙》的影子，但不再以动物相斗的情节为主，而是以船舶主海外得宝的奇异经历为主要情节。凌濛初"二拍"中的《转运汉遇巧洞庭红　波斯胡指破鼍龙壳》写文若虚在海外荒岛上得一龟壳，波斯胡以巨钱买之，曰："内有一种是鼍龙，其皮可以幔鼓，声闻百里，所以谓之鼍鼓。"[2] 其情节明显受《蛇异》的影响。此外，《龙变》写海州樵者遇蛇化龙，以为可以得宝，但却迷路走失。《石妖》写一商人贩于海外，遇石妖，与居数年，生两子。这些小说多以贩买海外的商人为主角，反映了明代中后期岭南商人富于冒险、好货利的特点。

除《海语》外，还有一些笔记，包括《崖州城隍除妖记》《续宾退

---

[1] （明）黄衷：《海语》，《影印文渊阁四库全书》史部十一，台湾商务印书馆。
[2] （明）凌濛初：《拍案惊奇》，华夏出版社，1995，第6页。

录》《山房偶记》等，但这些作品均散佚。《崖州城隍除妖记》，作者陈朝定，闽侯（今福建）人，字元之，隆庆四年举人，任崖州（今海南崖县）知州同知，是书《千顷堂书目》子部小说类著录为1卷，以书名推测，当为降妖伏怪类的志怪小说集。《续宾退录》，作者梁亿，明代名臣文康公梁储之弟，顺德（今顺德）人，是书《顺德县志》[①] 著录为小说类，以书名推测，应为仿南宋赵与时的《宾退录》之作，可能主要记遗闻轶事，其中当有轶事小说。《山房偶记》，作者潘光统，顺德（今顺德）人，是书亦被《顺德县志》著录为小说类。

第三节 传奇小说《钟情丽集》

汉唐间，琼州[②]为"天下远藩"，以黎、苗等土著民族为主，文化十分落后。至明代成化、弘治、正德年间，琼州人文骤兴，才俊辈出，不仅科甲鼎盛，且入仕者多成为朝廷重臣，"成化二年秋，进薛公远户部尚书，邢公宥都御史，丘公濬翰林学士，皆在一月，虽天下望郡亦希观，洵海外衣冠胜事也"。[③] 此时期诗文作家还有唐胄、王佐、王宏海、许汝都等，这些作家或相互往来，或为师徒关系，如王佐为丘濬高徒，唐胄又是王佐高徒。这些作家主要集中在琼山县（今琼山市），形成了以琼山为中心的人文汇萃之地，屈大均赞叹道：

> 宋末，琼州人谢明、谢富、冉安国、黄之杰，从安抚赵与珞拒元兵于白沙口，皆被执不屈以死。于是终元之世，郡中无登进士者，明兴，才贤大起，文庄、忠介，于奇甸有光，天之所以报忠义也，忠义之钟于人，于海外一洲一岛，殆有甚焉，天不得其子孙而报之，报之于其地，天之穷也。[④]

[①] 周之贞：《顺德县志》（咸丰、民国合订本），中山大学出版社，1996，第529页。
[②] 洪武九年，琼州府领琼山、澄迈、临高、定安、文昌、乐会、会同7县，正统四年（1439），又领昌化、感恩、陵水三县，因此琼州府共领10县。
[③] （清）屈大均：《广东新语》，第284~285页。
[④] （清）屈大均：《广东新语》，第285页。

在这种文化氛围的熏染之下，成化末弘治初，琼州产生了一篇重要的中篇传奇小说《钟情丽集》，它是第一篇由岭南本土作家创作的传奇小说，在明代中篇传奇小说的发展历程中起着重要作用，上承唐宋元中篇传奇，下启明代中篇传奇。

一 作者与版本

《钟情丽集》的作者至今不确定，明代高明《百川书志》著录4卷，题"玉峰主人"编辑，孙楷第《日本东京所见小说书目》卷6著录了成篑堂文库所藏明弘治十六年（1503）刊《新刻钟情丽集》，此本为现存唯一的单刻本，前有成化二十三年（1487）简庵居士序，序云："余友玉峰生……暇日所作《钟情丽集》以示余"[1]，言《钟情丽集》为玉峰所作。

玉峰究竟是谁呢？约成书于1513年的陶辅《桑榆漫志》载："玉峰丘先生者，盛代之名儒也，博学多知，赋性高杰，独步时辈。"[2]指玉峰为明代大儒丘濬，但同时陶辅也提出了怀疑，"及观其引，则题曰玉峰主人所作。噫！有是乎？意恐他人伪作"。1515年张志淳《南园漫录》的自序明确指出《钟情丽集》乃丘濬所作，此后此说日渐坐实，《万历野获编》和《金瓶梅词话》中的欣欣子序皆言丘濬作。

丘濬（1421~1495），字仲深，号琼山、玉峰，广东琼山人，卒谥文庄，世称琼台先生。历官翰林院编修、国子祭酒、礼部尚书、文渊阁大学士、户部尚书等职，是一代名宦。他精于子史，推崇理学，是著名的学者，著有《世史正纲》《大学衍义补》《朱子学的》《玉台类稿》等。此外还精于戏曲，作《五伦全备忠孝记》传奇。

与丘濬交往密切的黄瑜在《双槐岁钞》卷10《丘文庄公言行》盛赞丘濬品行"介慎""廉静"，并没有提及丘濬作《钟情丽集》。明代陆容（1436~1497）与丘濬同朝为官，相抵牾，于是在《菽园杂记》卷5中记丘濬诋毁叶文庄公事，并云："闻近时一名公作《五伦全备》戏文印

---

[1] 孙楷第：《日本东京所见小说书目》，人民文学出版社，1958，第123页。
[2] （明）陶辅：《桑榆漫志》，载《今献汇言》，台湾商务印书馆影印本，1969。

行,不知其何所见,亦不知清议何如也。"① 此"一名公"即指丘濬无疑,陆容借丘濬作《五伦全备忠孝记》戏文而对其讽刺和批评,如果丘濬早年确实作过被一些士大夫视为"浮猥鄙亵"的《钟情丽集》,那应逃不过陆容的讽刺与批评。

《钟情丽集》弘治刊本的简庵居士序云玉峰生"髦俊之中,弱冠之士,有如是之才华,有如是之笔力,其可量乎?"② 可知玉峰生此时为20岁左右的青年,简庵居士此序作于成化二十三年(1487),此时丘濬已66岁,是一位名宦硕儒了,因此《钟情丽集》应非丘濬所作。

既然非丘濬所作,那么作者到底为谁呢?明末出现《钟情丽集》的本事,冯梦龙本《燕居笔记》跋云:"是集词逸诗工,且铺叙甚好,予爱之,为之删订,参之眉公,眉公曰:'其付梓乎?'然考其玉峰主人,或者曰即丘玉峰也。玉峰幼时,随父见黎,父因请婚于黎焉。黎意不许,乃视玉峰戏曰:'此是俊儿耶?'玉峰不悦,遂作此集梓行。黎即构金,来请毁板,而书已遍矣。此说予不敢证,姑存之以俟识者。"③ 褚人获的《坚瓠集》亦有记载。此事显属传闻,但透露了《钟情丽集》产生的一些端倪,大约成化年间琼州有个青年,爱慕土官黎氏之女,欲为婚姻,为黎父所拒,黎氏之女私许于此生,此事被生活于琼州的某位青年文人写成传奇,此青年文人非丘濬,应为生活于琼州的某位有才华的青年,此人可能与丘濬同以"玉峰"为号,或假托丘濬之名。

《钟情丽集》写琼山辜辂和临高土官之女黎瑜娘的爱情故事,中间穿插了辜辂与苏微香的感情纠葛。黎瑜娘和苏微香是岭南历史上实有之人,均是明代琼州女诗人,同嫁庠生符骆,黎瑜娘为妻,苏微香为妾。苏微香的诗作《懊恨曲》、黎瑜娘的诗作"暑往寒来春复秋""天上人间两渺茫"皆被《钟情丽集》所引。可以推测,《钟情丽集》中的爱情故事是以琼州黎、苏和符3人真实的爱情生活为蓝本敷衍而成的。

《钟情丽集》刊行后,为多种明清通俗类书和小说汇编所青睐,《闲

---

① (明)陆容:《菽园杂记》,载《明代笔记小说大观》第一册,上海古籍出版社,2005,第502页。
② 孙楷第:《日本东京所见小说书目》,第123页。
③ (明)冯梦龙增补《燕居笔记》,载《古本小说集成》。

情野史》《国色天香》《艳情逸史》《绣谷春容》《一见赏心编》《风流十传》《花阵绮言》《艳异编》《艳情逸史》《万锦情林》《燕居笔记》(何大抡、冯梦龙、林近杨、余公仁本)等均将此篇收录,各版本之间出入很大,经陈益源比勘,认为林近扬本《燕居笔记》收录的《钟情丽集》最为完备[①],日本成篑堂文库所藏弘治刊本《新刻钟情丽集》虽为早期单行本,但殊难一见,因此,本书以林本《燕居笔记》中的《钟情丽集》为研究对象。

二 浪漫的爱情与激烈的反抗斗争精神

中篇传奇始于元代的《娇红记》[②],明代永乐间,李昌祺摹拟《娇红记》作《贾云华还魂记》,这两篇传奇均以青年男女的爱情婚姻为题材,反映了青年男女对爱情的坚贞执着和对封建婚姻的大胆反抗。明初统治者为了稳固统治,提倡"存天理、灭人欲"的程朱理学,思想文化统治十分严酷,对不合礼教的爱情婚姻小说予以禁毁,因此从宣德至天顺,约六七十年间,此类传奇近乎销声匿迹。唯岭南一地远离中原,琼州更是天下远藩,明王朝的思想箝制较为薄弱,程朱理学尚未流布为主流思想,加之人文初兴,诗风渐起,于是,以爱情婚姻为题材的中篇传奇终于在琼州这块土壤上产生了。在《钟情丽集》的推动下,弘治至万历年间出现了一大批以爱情婚姻为题材的中篇传奇,如《怀春雅集》《龙会兰池录》《双卿笔记》《寻芳雅集》《花神三妙传》《刘生觅莲记》等,可以说《钟情丽集》继《娇红记》之后,重新开启了以爱情婚姻为题材的中篇传奇的创作。

《钟情丽集》受《娇红记》的影响十分大。小说中男女主人公辜生和瑜娘共观《莺莺传》和《娇红记》,瑜娘表达了对主人公的欣羡,"妾尝读《莺莺传》《娇红记》,未尝不掩卷叹息,自恨无娇、莺之姿色,又

[①] 陈益源的《〈钟情丽集〉考》(见《复旦学报》1996年第1期)一文认为:林本《燕居笔记》卷六、卷七上层所收录的《钟情丽集》,在诸本中最为完备。
[②] 有学者认为《娇红记》不是元人作品,而是明初人作品,但证据不充分,本文仍沿用旧说。

不遇张、申之才情，缘自见兄之后，密察其气概文才，固无减于张、申，弟鄙陋无质，有愧二女，不足以感君耳。""他日得侍左右，合当集为一书，与二记传不朽乎？"

《钟情丽集》在内容和情节上摹拟《娇红记》和《贾云华还魂记》，陈大康曾把《钟情丽集》和《娇红记》《贾云华还魂记》进行了细致比较，发现他们在内容和情节上非常相似，但《钟情丽集》自有其独创性，《娇红记》《贾云华还魂记》中的男女主人公在受到封建束缚和压迫的时候，显得无奈无力，带有强烈的悲剧色彩，而《钟情丽集》彻底抛弃了悲剧性，男女主人公具有强烈的反叛斗争精神，结局也是有情人终成眷属，此后的中篇传奇小说大体延续了《钟情丽集》的喜剧倾向。

明人对《钟情丽集》评价颇低，如陶辅就认为此书淫亵秽滥备至，见者不堪启目，此论颇不公允。此传奇以"钟情"命名，"钟情"是贯穿始终的主旨，内容和情节均围绕此主旨展开：

（1）一见钟情：琼州辜辂奉父之命，至临高表叔土官黎氏家探望祖姑，祖姑钟爱生，乃馆生于西轩，生与表妹黎瑜娘一见钟情。

（2）诗简传情：辜生于黎府设帐授徒，瑜娘以槟榔试生之意，生作词表达情意，瑜娘观词而怒，辜生乃于西轩画莺题诗以托意，瑜娘伺生外出，至西轩观画观诗，并和一词，辜生大喜。

（3）计移中堂：辜生称病不起，诡言西轩有鬼魅，表叔遂将他移入东轩，生又佯狂，表叔请巫，生厚赂巫，巫言定要移入中堂方可，生移入中堂，得以与瑜娘经常相见。

（4）以身相许：辜生见瑜娘于月桂丛边，欲与瑜娘欢会，瑜娘坚拒，生以死相逼，瑜娘与生跪月盟誓，以身相许。

（5）离别与重聚：辜生因父母之促返乡，生至旧时情人苏微香处，告知瑜娘之事，微香颇受感动，制《双美》手卷赠生，3个月后，生借祖姑诞辰返回黎府，与瑜娘重聚，瑜娘见微香手卷，大怒，后和好如初。

（6）再次离别与重聚：婢妾欲发其事于表叔者，生不得已再次离开黎府，回乡后生毅然与微香断交，适郡邑欲举生为庠生，生父不欲生远行，生借机又回到祖姑家，与黎娘重聚。

（7）约为婚姻：祖姑有意将瑜娘许配于生，生大喜，立即返乡，生父欣然从之，黎父亦允之，两家约为婚姻，生被举为庠生，无法归黎府。

（8）家长悔婚：生父忽没，家道中落，生与瑜娘分别两年。黎父欲悔婚，同郡富室符氏以重金聘瑜娘，黎父允之，瑜娘自缢未果。生思念瑜娘成疾，竟不赴试。

（9）中秋私奔：生抵黎府，适黎父外出，得与瑜娘相见，约定中秋之夜私奔，至中秋，瑜娘出后门，与生登舟渡海，至家行合卺礼，结为夫妇。

（10）遭遇诉讼：符氏告到官府，辜生与黎娘被下狱，官府判瑜娘由父领回，两次婚约皆失效，两人于狱中悲痛离别。

（11）再次私奔：瑜娘寄诗于生，以死相许。生再次潜至黎府，在祖姑帮助下，瑜娘逾墙而逃，两人再次结为夫妇。

（12）终成眷属：经祖姑劝说，黎父终于承认两人婚事，生与瑜娘恩爱情深，遂将昔日唱和诗词，编成《和鸣集》，后生高中，与瑜娘百年偕老。

从以上情节可以看出，小说主要写辜生和瑜娘由一见钟情、两心相合到生死相许、大胆反抗的故事，讴歌了"如此钟情古所稀"的爱情，具有非常高的思想意义。

首先，辜生与瑜娘的爱情并非仅图肉欲之欢，而是建立在情感基础之上。槟榔试意，作槟榔词，漱玉亭相谈，画莺与观画，蔷薇架下拂落花，焚香拜月等，通过这些情感交流，男女主人公逐渐从爱慕到了解，再到产生爱情，这个过程中有克制、有欣喜、有感伤、有痛苦，充满了唯美色彩。

其次，辜生与瑜娘的爱情是忠贞不渝的。篇中曾多次提及元稹的《莺莺记》，但作者对情的态度与元稹截然不同，《钟情丽集》抛弃了《莺莺记》"始乱之，终弃之"的观点，着力表现两人的忠贞不渝，两人几次离别，遭遇阻力，但感情并没有转淡，反而更加浓烈。

最后，辜生与瑜娘以爱情为人生的最高理想。辜生"虽名籍甚"，富有才华，但为了爱情，他淡泊功名，甚至逃避庠生推荐和科举考试。

当辜生"家道日益凌替"时，瑜娘也没有稍稍移情。这种爱情是高尚的，超越了世俗的功利性。

另外，在浪漫的爱情中还蕴含着强烈的反抗和斗争精神。两人为追求幸福的爱情无视封建礼法，辜生不惧礼教权威，瑜娘更不惜一死，"若情不遂，便死何妨"。当婚姻受到阻遏后，他们不像崔张那样靠考取功名来获取婚姻，也不像申纯与娇娘那样被动地接受家长安排，而是进行了不屈不挠的斗争。先以死抗争，抗争不成，违背律法，大胆出走，出走之后又被拆散，仍不屈服，再次出走，最终得以结为夫妇，实践了"生不从兮死亦从"的誓言。他们的爱情不像崔张那样苍白软弱，也不像申纯与娇娘那样被动无奈，而是充满了积极进取、勇敢斗争的精神。

此后的中篇传奇在思想高度上都没有达到《钟情丽集》的水准，《怀春雅集》《寻芳雅集》等反抗和斗争精神逐渐消失，反而着意表现男女情欲，《痴婆子传》则完全陷于情欲的享乐与宣泄了。

三 善于铺叙，典雅优美

对于《钟情丽集》艺术性的评价，简庵居士《钟情丽集》序云："余因反覆观之，不能释手，穷之而益不穷，味之而益有味，殊不觉乎手之舞足之蹈之也"。[①]"无穷""有味"是指此传奇具有含蓄蕴藉之美。《燕居笔记》跋亦云："是集词逸诗工，且铺叙甚好，予爱之，为之删订。"言此传奇善于铺叙，典雅优美。

此传奇叙事曲折绵密。叙事起于访亲，终于大团圆，人物较多，矛盾冲突复杂尖锐。作者设置了几个主要情节段来容纳这些人物和冲突：一见钟情，以身相许，约为婚姻，家长悔婚，私奔，终成眷属。这些主要情节不能完全展现人物的情感发展脉络与激烈的抗争行为，于是在"一见钟情"与"以身相许"之间设置了"诗简传情"和"计移中堂"两个情节，以展现两人由相互倾慕到产生爱情的情感历程；在"以身相

---

① 孙楷第：《日本东京所见小说书目》，第123页。

许"和"约为婚姻"之间又设置了两次"离别与重聚",以展现两人由相爱到钟情的情感历程;在"家长悔婚"和"终成眷属"之间又设置了两次"私奔",以展现两人不屈不挠的抗争精神,从而使全篇钟情的主旨和斗争的精神得以贯彻完成。

场景典雅优美。此传奇情节展开的场景典雅优美,以衬托辜生与瑜娘的美好爱情,这些场景包括:

海棠树下:辜生欲向瑜娘吐露心事,瑜娘不答而去。

绿纱窗下:瑜娘绣于窗边,生过窗外,瑜娘试生之意。

蔷薇架下:瑜娘独立蔷薇架下,拂拭落花,生试瑜娘之意。

月桂丛边:瑜娘焚香拜月,向月表明心意。

池边观画:生重归黎府,两人于池边倚墙观画,互诉思念之苦。

剪灯书窗:黎父悔婚,生抑郁成疾,梦至剪灯书窗,与瑜娘相见。

"海棠树下""蔷薇架下""月桂丛边""剪灯西窗"等皆为文学中常见的典雅场景,都具有传达男女爱情的意蕴,作者将两人的爱情放置到这样的场景中,升华了两人的爱情,避免了走向庸俗的肉欲之欢,并且使此传奇具有了典雅之美。

意象富有韵味。此传奇有两个重要意象,即槟榔与月。槟榔是琼州男女定情之物[1],具有非常鲜明的岭南特色,辜生初见瑜娘,眷恋之心无法遏制,当瑜娘借槟榔试生之意时,遂作槟榔词与槟榔诗以表达爱意,瑜娘接受了生的爱意。如果说以槟榔表达的爱意是含蓄的,那么两次拜月则是爱情的明确表白和誓言,第一次拜月是瑜娘向月亮表白对辜生的爱。第二次拜月则是两人月下深盟,以生死相许。通过槟榔与月这两个意象,两人的爱情得以升华,并且由于这两个意象具有传统的内涵和无穷的韵味,使此传奇具有含蓄蕴藉之美。正如今人所云:"《钟情丽集》以'槟榔'与'拜月'意象来凝聚小说的意义和精神,并以此作为关联叙事结构的'文眼',凭借风俗意象丰富的隐喻和文化联想,来控制小

---

[1] (清)李文烜《琼山县志》卷2载:俗重槟榔,亲朋往来,非槟榔不为礼。志婚礼,媒妁通问之后,盛以大盆,送至女家,女家受之,即为定礼。凡女子受聘者,谓之"吃某氏槟榔"。

说的审美基调、节奏和旋律,成为小说中独特、别致、亮丽的情节画面。"①

韵文具有强烈的抒情效果。明代中篇传奇的一个显著特征是大量羼入诗文,元代《娇红记》和明初的《贾云华还魂记》已经开始较多地羼入诗文,据陈大康统计②,《娇红记》羼入诗文的比例为22.5%,《贾云华还魂记》为19.75%,数量还是有所控制的。到了《钟情丽集》,则高达54.32%,也就是说《钟情丽集》中约一半以上是诗文。其后的《怀春雅集》《龙会兰池录》《金兰四友传》等皆受《钟情丽集》的影响,诗文量大增。诗文的大量羼入固然会影响小说叙事的流畅,但若运用得当,确实可以增强小说的抒情效果,提高小说的审美情趣。《钟情丽集》的诗文大多词逸诗工,主要用于辜生、瑜娘和苏微香的内心情感抒发,如辜生在绿纱窗下与瑜娘共语,归而作《花心动》词,真切地抒发了辜生内心的千愁万绪:

万绪千端,恼人肠肚事,有谁共说?多丽多娇,有意有情,特地为人撩拨。绿纱窗晚,珠帘卷绣,容貌如花模月。如簧语,一声才歇,千愁顿雪。惟恨衷肠未竭。空惆怅,归来又成间绝,一片乍灭,千种仍生,拥就心头成结。琴心未必君知否,何日也,山盟同誓?休猜讶,不是狂蜂浪蝶。

再如苏微香受辜生冷落后所作的《懊恨曲》,表达了苏微香失恋的痛苦和无奈:

莲藕抽丝哪得长?萤火作灯难得光。薄幸相思无实意,可怜蝶粉与蜂黄。君何不学鸳鸯鸟,双去双来碧纱沼。兰房白玉尚抛捐,何况风流云散了。大堤男女抹翠娥,贵财贱德君知么?夭桃浓李虽

---

① 陈国军:《明代中篇传奇小说格局的构成——以〈钟情丽集〉为考察中心》,《海南大学学报》(人文社会科学版)2005年第2期,第162页。
② 陈大康:《论元明中篇传奇小说》,《文学遗产》1998年第3期。

然好，何似南山老桂柯。悠悠万事回头别，堪叹人生不如月。月轮无古亦无今，至今长照丁香结。

总之，《钟情丽集》是一部具有高度思想性和艺术性的作品，是明代中篇传奇的一个高峰。它开启了明中叶中篇传奇小说创作的高潮，内容和艺术手法对此后的中篇传奇均产生了影响。据陈益源考证①，《龙会兰池录》中蒋世隆绘"龙会兰池图"并题一引、《荔镜传》陈必卿画"莺柳图"并歌一韵，显然出于对《钟情丽集》的效仿；《怀春雅集》《寻芳雅集》亦受其启迪；《刘生觅莲记》则直接以其为典故。《钟情丽集》还对通俗小说产生了影响，明末话本小说《欢喜冤家》中的很多诗词采自《钟情丽集》。《钟情丽集》还对后世戏曲产生了影响，明代赵于礼的《画莺记》传奇即据其敷衍。

---

① 陈益源：《〈钟情丽集〉考》，《复旦学报》1996年第1期。

第四章
清代前期岭南小说

康熙、雍正年间，清王朝在中原的统治逐渐巩固，中原社会秩序日趋稳定，文化开始复兴，小说亦随之复兴并有了进一步发展，但此时期岭南小说却没有得到发展，反而异常寥落。

这与岭南的社会状况有密切关系。1644年，清统治者定都北京，1646年12月，南明永历政权和绍武政权分别在肇庆和广州成立，清统治者随即派兵征伐广东。1647年，广州和肇庆被攻陷，广东抗清义军辗转岭南各地同清兵作战，坚持抗战15年，最终于1661年被镇压。清统治者对岭南进行残酷统治，平南王尚可喜和靖南王耿仲明镇守广东，横征暴敛，大肆掠夺，使岭南人口锐减，农业和手工业衰败，商业和海外贸易凋零，岭南社会经济遭到了严重破坏，康熙后期至雍正年间，岭南社会和经济才逐渐恢复。

战乱和经济凋敝使小说失去了赖以生存的土壤，因此，清前期岭南小说并没有延续明代的创作势头，而是进入了低谷期。作家数量甚少，仅有屈大均和钮琇，屈大均为岭南本土作家，钮琇为仕宦于岭南的中原作家。屈大均作《广东新语》之《怪语》，钮琇作《觚剩》之《粤觚》，作品数量不多，但在内容和艺术方面都有了新变。在内容方面，由于明清易代,屈大均和钮琇作为遗民作家,感受了易代的沧桑,经历了兵火的劫难,目睹了百姓的灾难,因此在小说中流露出故国之思,亡国之痛。钮琇的小说还暴露了清统治者在岭南犯下的罪行,将批判的矛头直指清统治者,为岭南小说注入了新的精神内涵,这一精神内涵为清中期岭南小说所继承并发扬。在艺术方面,这些小说大多文笔流畅,叙事生动,《粤觚》中的小说尤为出色,情节跌宕起伏,人物富有个性,描写生动细腻,具有唐人传奇之风。

第一节 《广东新语》中的《怪语》

《广东新语》,屈大均著。屈大均(1630~1696),字翁山,又字介子,号菜圃,广东番禺(今广州市番禺区)人,明诸生。年轻时参加其师陈邦彦领导的反清斗争,广州沦陷后,削发为僧,不久还俗,奔走四方,联络志士,力图复明,复明无望,遂隐居番禺。著作有《翁山诗外》《翁山文外》《广东新语》等,与陈恭尹、梁佩兰并称岭南三大家。

屈大均在《广东新语》自序中云:"吾于《广东通志》,略其旧而新是详,旧十三而新十七,故曰'新语'。《国语》为《春秋》外传,《世说》为《晋书》外史,是书则广东之外志也。"[①] 是书28卷,凡广东之天文地理、人物风俗无所不包。和其他私人著述一样,《广东新语》的内容虽精核博洽,但也不乏荒诞虚幻,卷28《怪语》记载了岭南流传的志怪故事,均为志怪小说。

《怪语》共8则,包括《黄野人》《幻女》《三烈魂》《卢琼仙》《王小姑》《黄宾臣》《北门邪》《孝陈》,数量虽少,但在清前期小说凋敝的情况下,显得弥足珍贵。这8则小说内容皆荒诞不经,《黄野人》写罗浮黄野人行迹飘忽不定,变幻莫测,《幻女》写南方海外之国以幻术迷惑害人,《王小姑》写王小姑死后仍眷恋亲人。

---

① (清)屈大均:《广东新语》,第1页。

由于经历了明清易代的剧变,参加了反清复明的斗争,因此,屈大均有意借荒诞之事来抒发亡国的悲愤与感慨。《三烈魂》以清初清兵征伐广东这一历史事件为背景,写了3个不屈于清兵淫威、以死抗争的烈女子的故事,其中"韩氏女"一则充满了浓重的悲壮色彩和亡国后的感伤情绪:

> 初广州有周生者,于市买得一衣,丹縠鲜好,置之于床,夜将寝,褰帷忽见少女,惊而问之,女曰:"毋近,我非人也。"生惧趋出,比晓,闾里争来观之,闻其声若近若远,久之而形渐见,姿首绰约,有阴气笼之,若在轻尘,谓观者曰:"妾博罗韩氏处女也,城破被执,兵人见犯不从,触刃而死,衣平日所著,故附而来。"①

作者通过韩氏女的以死抗争,歌颂有气节不畏死的精神;通过韩氏死后魂魄无所归依,表达故国不再的哀伤。

作者还歌颂了甘愿牺牲自己为民造福的英雄。《黄宾臣》写高州大旱,有司祈雨不成,琼山诸生黄宾臣登塔祈雨,得雨甚少,宾臣云:"此劫数,非独高凉一郡为然。"有司讥之,宾臣再次登塔求雨,狂风大作,雨从西北方来,宾臣认为雨起西北不详,命其徒速离,一麻鹰口含火丸飞入塔中,宾臣死,"高州人以宾臣为百姓而死,立庙祀之"。② 与《陈鸾凤》一样,此小说赞扬了那些敢于为民请命的英雄。

由于屈大均具有极高的文学造诣,因此他的小说文笔典雅工丽,描写生动细腻,情感丰富,取得了相当高的艺术成就。如《三烈魂》在每个故事之后缀以情感强烈的诗歌,不仅表明自己的情感取向,而且使小说具有了浓烈的诗意之美。再如《王小姑》,写得尤为优美动人:

> 王小姑,东莞石冈人,及笄,适陈氏子,无何,得疾不火食,日嚼黎枣饮水而已。殁经一日,颜色如熟寐,向夕,诸姊妹并立庭

---

① (清)屈大均:《广东新语》,第731页。
② (清)屈大均:《广东新语》,第734页。

中，月色凄清，霜叶微坠，有物随风而至，灭于阶下，流香馥郁，冷然袭衣，诸姊妹曰："岂小姑来惊人耶？"小姑微吟，若流莺出于叶底，就之弗见，良久曰："世缘未尽，复来相对耳。"骨肉掩泣，小姑取架上巾为之拭泪，亲戚来观，婉娈如昔，每晓妆，皆见其衣紫绡，挽颜云，与近态异，因戏疾抚其臂，玉腕如冰，小姑怒，以钗刺之，兄举子，代命名曰栋隆，手制巾领与之，时时抱行空中，儿弗畏也。越数年，忽见身，与所亲泣诀曰："缘尽矣。"倏然而灭。①

作者以凄清之景来衬托小姑亡殁的悲伤，以细腻的笔触来写小姑婉约的情态和对亲人的眷恋，极具艺术美。

第二节 《觚剩》中的岭南小说

《觚剩》，清钮琇著。钮琇（1644~1704），字玉樵，吴江（今江苏吴江）人，康熙时拔贡生，康熙十九年（1680）任河南项城县令，康熙二十七年（1688）任陕西白水县令，康熙三十七年（1698）任广东高明知县。高明因战乱而民不聊生，钮琇采取了一系列休养生息的措施，减赋，筑堤，御盗，兴学，使社会生产得以恢复。任职期间畅游岭南名山大川，结识反清复明义士陈恭尹。康熙四十三年（1704）因病卒于任所。为官清廉，操行坚苦，乃至"旅榇萧然。越数年，乃得归葬。高明人祀之名宦祠"。②博学工诗，勤于著述，著有《觚剩》《临野堂诗集》《白水县志》《诗余》《尺牍》。

《觚剩》是钮琇的代表作，正编8卷，续编4卷。正编按作者宦游之地分类，包括《吴觚》3卷，《燕觚》《豫觚》《秦觚》各1卷，《粤觚》2卷。续编按内容分类，包括《言觚》《人觚》《事觚》《物觚》各1卷。

---

① （清）屈大均：《广东新语》，第733页。
② 王钟翰：《清史列传》卷七十，北京书局，1987，第5754页。

第四章　清代前期岭南小说

钮琇宦居高明 6 年，《觚賸》成书于高明任上，"今则仍绾银章，更临珠海……于是倾觚授简，抄以小胥，因而别地稽时，汇为全帙"。①其中《粤觚》2 卷为任官岭南期间的所见所闻，共 49 则，除了《五瘴》《花乳糖》《粤社以榕》《荔根屏》《相思子》《花田花冢》《著书三家》等或为诗文，或为考证，其余皆为小说，共 36 则。此外，续编中亦有粤地故事，共 10 则，包括《食德祠》《阿颠》《西台笃行》《亚孙成神》《海天行》《奇嗜》《十力前知》《白蚬》《瓦溺器》《助雷歼蛇》。

一　轶事小说

钮琇虽仕宦于清，却怀有遗民之志。他在《六贞女墓》《徙民》《西园瘗烬》《共冢》《两海贼》《舒氏义烈》《俺达纵暴》《跛金》等轶事小说中，反映岭南深重的灾难，抨击统治者的残暴和贪婪，极具暴露性和批判性。其中《西园瘗烬》《共冢》《徙民》写了清初战乱给岭南人民带来的灾难，顺治七年（1650），尚可喜、耿仲明率兵攻广州，沦陷后，对广州实施了惨绝人寰的大屠杀，《清史稿》载："初，继茂与可喜攻下广州，怒其民力守，尽歼其丁壮。"②《共冢》记录了当时"累骸成阜""望如积雪"的悲惨状况：

> 顺治庚寅正月，耿继茂、尚可喜兵入广州，屠戮甚惨，城内居民几无噍类，其奔出者急不得渡，挤弱以死，复不可胜计。浮屠氏真修，曾受紫衣之赐，号"紫衣僧"者，乃募役购薪，聚骴于东门隙地焚之。累骸成阜，行人于二三里外望如积雪，即于其旁筑为大坎瘗焉，名曰"共冢"。③

二藩镇守广东后，对广东进行残酷暴虐的统治，《清史稿》载："可

---

① （清）钮琇：《觚賸·自序》，载《清代笔记丛刊》，齐鲁书社，2001，第 145 页。
② 赵尔巽：《清史稿》卷二百三十四，列传二十一，中华书局，1997，第 7490 页。
③ （清）钮琇：《觚賸》，载《清代笔记丛刊》，齐鲁书社，2001，第 182 页。

喜与继茂并开府广州，所部颇放恣为民害。"① 这一记载颇简略，钮琇在《俺达纵暴》《跋金》《白石狮》中则对二藩的残暴进行了充分暴露：

> 俺达公之信，尚王可喜之长子也，酗酒嗜杀，壶樽杯与弓刀矛戟之属，随其所至，必兼携以行，坐则辄饮，饮醉则必杀人。深宫静室，无以解酲，即引佩刀刺其侍者，虽宠仆艳姬，瘢痕满体。性喜蓄狗，筑狗房，设狗监监之，下隶以健儿数十人，阅旬必纵之出府，所过屠肆，例应各给豕肉饲之，街中人狗塞途，行者辟易。一夕闻有哄声，亟呼监往视，监遇瘈狗而奔，不敢复往。之信大怒，命左右割监肉啖狗，肉尽而止。又取民间子十五以下为把竿之戏，竿长二丈，以箐篁为之，砻节莹皮，其光可鉴，教之攀缘上下，盘舞竿头，之信把盏观笑以为乐。其习技未熟者，多至颠殒，或穿腹折肢，恬不介意。

> 顺治中可喜入粤，进爵平南王。其长子俺达公之信，酗酒暴逆。王之宫监，适有事于公所，偶值其醉，忽指监曰："汝腹何大也，此中必有奇宝，我欲开视之。"以匕首刺监腹，应刃而毙。王之堂官王化者，年已六十余，盛夏苦暑，袒而立于庭，之信憎其老年，笑谓化曰："汝须眉太白，我当黑之。"遂缚化曝烈日中，自巳至酉，百计求免，始得脱。②

钮琇还歌颂了岭南人民的反抗精神。《六贞女墓》写马雄部下伍皇多为害乡里，"倚势作威，唯意所欲"，弱小的女子只有用生命反抗强权，"李氏六女，窥伍强暴日甚，惧必不免，潜以酒相酹，期于子夜潮生尽命，一夕俱赴水死，了无知者"。③《两海贼》则写番禺周玉、李荣率领疍民进行英勇反抗，他们"连樯集舰，直抵州前，尽焚汛哨庐舍，火光烛天，独于民居一无骚扰"。④《张将子》写反清义士张孝起义，兵

---
① 赵尔巽：《清史稿》卷二百三十四，列传二十一，第7494页。
② 《清代笔记丛刊》，第183页。
③ 《清代笔记丛刊》，第177页。
④ 《清代笔记丛刊》，第180页。

败之后，不食七日而死。

这些轶事小说生动真实地暴露了清统治者对岭南的摧残，反映了岭南人民不屈的抗争，这在统治严酷的清初，实为难能可贵，正如刘叶秋所评价的"比起《池北偶谈》《坚瓠集》等书来，《觚剩》的记叙可算是相当大胆的了"。①

二 志怪小说

《粤觚》中的岭南志怪小说记岭南荒诞怪奇故事。《木中少女》写海中浮木有少女裸卧其中，见人则笑；《肉球》写广西镇安府衙通判每莅厅事，辄有肉球滚至，这两则内容简略，故事性不强，带有地理博物体志怪小说的色彩。《巡检附魂》《洪高神梦》《月中仙乐》《亚孙成神》《海天行》《瓦溺器》《助雷歼蛇》等故事性很强，《巡检附魂》写某巡检死后魂附其女，《洪庙神梦》写某生在洪圣庙获得神启而中进士，《瓦溺器》写瓦溺器中有小黑人出来害人，这些故事多踵武前作，无甚新意，唯《海天行》和《月中仙乐》极富想象力，内容新颖生动，且带有浓郁的岭南色彩。《月中仙乐》写顺德人吴章的神奇际遇：

> 明万历末，顺德县有吴章者，儒家子也，素好神仙之术，复耽音律，学业遂废，生计亦疏，乡人以其善书能解事，推为里老。夏五月，吴自乡输粮于县。逆旅主人，园荔初熟，簇盘供客，吴以啖剩数枚，纳之衣囊，将归贻其妇。薄暮步出郭外，行十余里，凉月皎然，隐隐闻笙箫声。往前迹之，仰见祥云一队，首列旌幢，中拥彩舆，从者数十人，或驾青牛，或乘白鹿，鹤氅缤纷，霞裾缥缈，手中各执乐器，所奏之乐，绝不与人间相类。吴奔追谛听，足若离地，而趋走甚速。未几天色向晓，从者顾谓吴曰："子来已远，得无迷于归路乎？"吴因询坐彩舆者为谁。从者曰："我泰山主碧霞元君，巡游南极，炎海天妃，设凝冰果会，留宴三日，今始回宫耳。"

---

① 刘叶秋：《历代笔记概述》，北京出版社，2003，第216页。

转瞬间祥云四散，吴从空坠地，乃山东布政司署内。适阍人启扉，惊以为盗，执送藩伯。藩伯坐厅事鞫之，吴曰："章本顺德民人，途遇仙乐，随之而行，不知何以至此。"藩伯诧其妖妄，搜检衣囊，一无所有，唯鲜荔数枚尚存，剖之甘芳，如新摘于树者，始信其言，遂檄还粤东。吴自后颇厌烹饪之物，举体轻逸，寿至九十八岁。①

荔枝为岭南佳果，早在宋代洪迈的《夷坚志》中就有关于荔枝的志怪小说《温媪》，此则写主人公携荔枝穿越时空，想象奇特，内容新颖。

三　艺术特点

清人对《觚剩》颇为称道，认为它幽艳凄美，有唐人小说之风，确乎此，跌宕起伏的情节、富有个性的人物、生动细腻的描写使钮琇的小说具有唐传奇之风，两篇岭南小说《雪遘》和《海天行》鲜明地体现了这种风格。

《雪遘》是《觚剩》中的佳作。小说在开头交待名士查伊璜常谓"满眼悠悠不堪酬对，海内奇杰，非从尘埃中物色，未可得也"②，为其后查伊璜结交铁丐的情节做了铺垫，同时也塑造了查伊璜豪迈不群的形象。接下来写一日大雪，有丐避雪庑下，查伊璜与之豪饮，查醉，丐仍宿庑下，雪霁，查伊璜赠其袍，丐不致谢而去，后查忽遇丐于放鹤亭，询以旧袍，丐云时已暮春，将袍付酒家钱矣，查奇其言，遂赠斧资，使之归粤。此段情节极为精彩，在情节的推进中用浓彩重笔塑造了一个豪迈潇洒的铁丐形象，他极雄壮，寒冬时节"手不曳杖，口若衔枚，敝衣枵腹，而无饿寒之色"；他极豪迈，"举瓯立尽""尽三十余瓯，无醉容"；他极潇洒，以袍换酒，"露肘跣足，昂首独行"。③查伊璜的豪迈形象在此情节中也得到了进一步加强，大雪时他"冀有乘兴佳客"，见铁丐豪饮，大喜，乃至饮醉"颓卧床矣"，他见铁丐衣破败，慷慨赠袍。

---

① 《清代笔记丛刊》，第184页。
② 《清代笔记丛刊》，第178页。
③ 《清代笔记丛刊》，第178页。

通过精彩的情节和细腻的描写，两个人物形象跃然纸上。接下来，小说写铁丐吴六奇奋迹行伍，屡立奇功，位至高官，遂厚报查，未几查被牵连进私史案，吴力为奏辩，查幸得免。这后半段情节重在记事，人物形象不够突出，显得稍为逊色。

《海天行》亦是佳作，小说开头写海瑞之孙海述祖"倜傥负奇气，适逢中原多故，遂不屑事举子业，既焉有乘桴之想"，[①] 将情节置于动荡的历史背景中，社会的动荡令人们渴望寻求海外乐土，表达出作者对社会动荡的不满。接下来作者笔锋一转，进入了海上、龙宫、天上，写述祖带领贾客38人贸易于海外诸国，出海遇巨浪，漂至一处，众人登岸，见一巍峨宫殿，乃龙宫，述祖与贾客入见龙王，龙王命以述祖之舟装载宝物，去天庭朝贡，述祖请求随往，许之，述祖与众人登昊天门，进贡宝物，"述祖及众役叩首门外，唯闻乐音缭绕，香气氤氲，飘忽不断而已"，贡毕，众登舟归，"述祖假寐片时，恍忽不知几千万里，已还故处"，龙王下令"述祖之舟，曾入天界，不可复归人寰，众伴在池，宜令一见"，[②] 38名贾客俱化为人面鱼，龙王赠述祖黑白珠，使之归。小说想象驰骋天外，构思新颖独特，情节离奇曲折，尤其注重环境氛围的渲染，波涛汹涌的海上、巍峨的龙宫和缥缈的天庭给人阔大雄奇、迷离恍惚之感。

《觚剩》中的岭南小说对后世岭南小说影响颇大。它流露出来的怀恋故国的情感以及暴露抨击社会黑暗的精神为后世岭南小说所继承。它为笔记小说提供了丰富的素材，《雪遘》《百岁观场》《不昧堂》《巡检附魂》《六贞女墓》《西园瘗烬》《俺达纵暴》《跛金》等故事常见于岭南笔记中。它还对戏曲产生了影响，《雪遘》被清中期蒋士铨敷衍成《雪中人》传奇。

---

① 《清代笔记丛刊》，第196页。
② 《清代笔记丛刊》，第197页。

第五章
清代中期岭南文言小说

　　清代中期，岭南渐趋安定，经济迅速发展起来，乾隆年间，岭南经济空前繁荣，农业、手工业兴盛，商业繁荣，海外贸易昌盛，广州成为当时最主要的对外贸易城市。在雄厚的经济条件下，岭南教育事业也兴盛起来，各地大建书院，培养了一大批人才，岭南人文也随之兴盛，文学、书法、绘画、学术等均取得了较大成就。文学创作尤为活跃，有在全国文坛享有较高声望的冯敏昌、黎简和宋湘，有"粤东三子"张维屏、黄培香、谭敬昭，有"惠门八子"何梦瑶、罗天尺、劳孝舆、吴世忠、苏珥、陈世和、陈海六、吴秋，他们在文学上都取得了较大的成就。

　　在兴盛的文化推动下，加之前代的积累，岭南小说终于进入了黄金期。第一，岭南本土小说作家异军突起，成为岭南小说创作的主力，有顺德罗天尺、东莞欧苏、番禺陈昙、阳春刘世馨、香山黄芝、潮州黄岩、庾岭劳人、安和先生、上谷氏蓉江等，这些作家多为文化素养较高的文人士大夫。

　　第二，小说各文体得以均衡发展，文言小说和通俗小说的创作均十分兴盛，文言小说有《五山志林》《霭楼逸志》《粤小记》《邝斋杂记》

《粤屑》。清中期以前,岭南通俗小说创作一片空白,清中期通俗小说崛起,出现了一大批作品,有《岭南逸史》《蜃楼志》《警富新书》《绣鞋记警贵新书》《西湖小史》。

第三,小说作家关注岭南本土社会生活,通俗小说《岭南逸史》《蜃楼志》《西湖小史》《警富新书》《绣鞋记警贵新书》,皆以岭南社会生活为表现对象。文言小说出现了专记顺德、莞邑、广州等地社会生活的作品,如《五山志林》专记顺德的社会生活,《霭楼逸志》专记莞邑的社会生活,这些作品全面地表现了清中期岭南社会生活的各个方面。

第四,无论文言小说,还是通俗小说,在思想内容和艺术表现方面均取得了较大的成就,对后世小说产生一定的影响。总体来说,清中期是岭南古代小说最为辉煌的时期。

第一节　岭南地方故事集

清中期,岭南经济富庶,文化兴盛,自然风物奇异,民间传说丰富,使本土作家产生强烈的自豪感和本土情结,他们或为了"备识乡邦轶事",或为了"纪方隅之琐屑",或为了"发南国之英华",创作了一批记载粤地社会生活的文言小说集。《五山志林》专记顺德"英华"人物,《霭楼逸志》专记莞邑民间人物,《邝斋杂记》专记粤地文人士大夫,《粤小记》专记广州各阶层人物,《粤屑》专记粤地各阶层人物,这些小说以粤地各阶层人物为表现对象,从官僚士大夫,到士农工商、贩夫走卒,从而丰富全面地展示了粤地的历史变迁、各阶层的风貌和精神特质。这些小说在艺术上也取得了一定成就,《五山志林》《邝斋杂记》质朴古淡,《霭楼逸志》《粤屑》《粤小记》富有情感,注重人物性格,追求故事情节的复杂曲折。

一　《五山志林》

《五山志林》,罗天尺撰。罗天尺(1686~1766),广东顺德(今广东顺德)人,字履先,号石湖、百药居士。少以诗闻,体弱多病,"余年十七应府试五羊，日竟十三艺，得悸疾，掩关石湖瘿晕山房者十四年"。① 后惠士奇手录其《荔支赋》及《珠江竹枝词》，遂有诗名，成为"惠门八子"之一。乾隆元年（1736）中举，授书于马宁、锦鲤、羊额诸塾，与当时岭南文士交往密切，声誉甚高，所居里名"石湖"，遂以为号。著有《瘿晕山房文集》《瘿晕山房诗钞》《瘿晕山房自镜录》《五山志林》。

五山在顺德，包括登俊、拱北、安东、梯云、华盖，罗天尺为顺德人，故以此名是书。是书成书和刊刻于乾隆辛巳（1761），当时罗天尺已75岁高龄。

全书8卷，包括述典、识今、谈艺、传疑、阐幽、纪胜、辨物、志怪，共250余则。书中的部分内容来自弘治《顺德县志》、万历《顺德县志》、康熙《顺德县志》、《广东通志》等。雍正六年（1728），罗天尺参与修纂《大清一统志》，以多病未竟，"虽未有所撰述，而得备览其中嘉言懿行，心有所欲，辄自私录一册以归，盖亦耳所习闻，目所习见，可以传信者也"。② 部分内容来自明清时期的笔记小说或文集，如《双槐岁钞》《广东新语》《觚剩》《觚不觚录》《皇明盛事》《罗仙传》《眉史》《笔谈》等。这两部分约占全书的2/3，均是记录关于顺德的事件和人物的，罗天尺把它们汇集起来，并以"尺曰""尺按""余谓"等形式对采录的内容加以评论，以表达观点，抒发情感。

另一部分则为罗天尺所撰，约占全书1/3左右，其自序云："余肩斗室中……遂于邑中近事耳闻目见者，辄录投敗麓中。"③ 这部分记顺德历史上和当时的遗闻轶事及荒诞怪奇之事，间及诗文考证，独创性高，具有很大的价值。其中《易谱》《南园后五先生》《史眉》《论北田诗》《昌华苑诗》《瀛石堂集》《一榜十八魁》《广州志考》《桂洲一时科甲之盛》等，或为诗文，或为考证，非小说，其他皆为轶事和志怪小说，正

---

① （清）罗天尺：《五山志林》，林子雄点校《清代广东笔记五种》，广东人民出版社，2006，第31页。
② 林子雄点校《清代广东笔记五种》，第31页。
③ 林子雄点校《清代广东笔记五种》，第31页。

如伍崇曜所作跋云"类多小说家言，备识乡邦轶事"。① 小说共80余则，现将小说迻录如下：

卷一　述典
桃源贼双死节　议礼廷杖二谏臣　迎宴不许谒家庙
代兄为县学生中式　谏迎生佛　出喉不即死

卷二　识今
掷太监　礼科遗事　徐侯政绩
丙午壬辰赈　淮哥丐　义仆祠
佣工尽孝　番官赠槚　黄门友谊
三松处士　无机亭　进士厚德
海盐风力　太史格言　不修塔
让产两业师　知县骡夫　妇死夫瘗
节嫂　宣力南疆　白骡狷介
贫僧助赈　井底金　莲香集殉葬
义高千古　刲臂女　女智
半林遗事　孝弟忠信四弹词

卷三　谈艺
广五子　刘才女　奇对
凤冈谑语

卷四　传疑
谢昌死高绵国　一席三元　宝林僧自定死期
虎褥石猿　元孝后生　功名前定
志漏科名　鞫囚得治蛊方

---

① 林子雄点校《清代广东笔记五种》，第177页。

卷五　阐幽

张司徒　贼怜孝子　祖姑

小遇合有命　广积沙　补文康轶事

废解元　却洋舶馈　女子击登闻鼓

甘学高节　八女不溺者举乡饮　苦学竟成

脱囚得官　诗琴二僧

卷六　纪胜

两隽甲榜　问安路　区姓加欠

五桥生五子　一母两贵子　罗坑

嘉宴重逢

卷八　志怪

琼林鸡异　嫁殇　吹箫引凤

蕉异　雷同中式　古松自焚

酒徒死后访友　莺鸡七　飞锺

烧肉生光　潭村灾异　书三孝廉事

卢侍卫妇

(一) 发顺德之英华

罗天尺对顺德有着强烈的自豪感，凌江胡定序云："气盛衣冠之境，祝融司方发其英，沐日浴月百宝生，诡制殊形，千变万状，迭见于其间。"[1] 遂作《五山志林》以"发南国之英华"，因此，《五山志林》主要以顺德的英华为主人公，这些英华既包括慷慨激昂的忠臣义士，清正廉明的地方官吏，富有才华的文苑名士，还包括具有美好品德的奴仆、僧丐、妇女等下层人民，从而全面地展现了顺德乡邦的历史变迁、人物风貌和精神特质。

---

[1] 《五山志林·序》，《清代广东笔记五种》，第30页。

小说大力歌颂了挽救明王朝的忠臣义士，流露了对明王朝强烈的怀念之情。清中期的社会意识形态有了改变，汉族知识分子接受了清政权，参加科举，入仕于清，但民族意识并未销声匿迹，反而更加沉郁和浓烈，罗天尺亦如此，《桃源贼双死节》《议礼廷杖二谏臣》《迎宴不许谒家庙》《出喉不即死》等，皆表达了沉郁的爱国之情。

小说表现了顺德人民忠贞不屈、慷慨豪迈的精神品质。《桃源贼双死节》写了顺德两位抗贼英雄的故事，先是顺德人梁奎判袁州，桃源贼至，将弁皆怯，梁奎挺身出战，遇害，桃源贼又至万年县，顺德人区瑞奋战，为贼掳去，贼欲降之，瑞指其腹曰："此皆节义文章，宁从鼠辈耶！"遂被害。《迎宴不许谒家庙》写顺德人前仆后继、英勇斗争的故事，先写父辈梁亭表知南安府，抗击李自成义军，张献忠召降，梁誓死以守；其子梁若衡守左州，抵抗清军，被杀；孙辈梁宗典中顺治举人，迎宴日，其母以其叛节故，不令谒家庙。《出喉不即死》写顺德人黎宏业为和州刺史，张献忠攻陷和州，黎引刀自刭，喉出，未死，黎又负剑上马，继续击贼至死。这些小说皆表现了顺德人民忠贞不屈的精神品格。

小说揭露了明末政治腐败和清初统治者的狠戾暴虐，具有非常强的批判精神，但是，清中期岭南的社会环境与清前期已经不同，清王朝的统治在岭南已经得到了巩固，岭南社会较为稳定，因此，这些小说不再像《觚剩》那样寄希望于人民的反抗，而是将希望寄托于清廉、刚正、爱民的官吏。《掷太监》《礼科遗事》《徐侯政绩》《三松处士》《海盐风力》等，均为描写顺德地方官吏不畏强权，与欺压人民的上层官吏做斗争的故事，如《海盐风力》：

梁公采山令海盐，甚有风力。己未，公车北上，晤嘉兴宦京师者，为道甚详。谓公初下车，经礼尚陈公第，有豪仆高坐不起，公停舆，立与之杖。吏曰："尚书仆也，请宽之。"公曰："我为彼邑父母，即主尚当礼予，况仆耶！"后陈公在京闻之，手书谢过。邑近海塘，将军旗下尝放鹰牧马于其间。一日，有旗丁失一鹰，责村民取偿，问于公。公问曰："有几人？"曰："八人。"立发银铛八具，命差役锁来。拒不受琐，尽县役八十，十人缚一人来。公曰："汝何来？"曰："查塘官。"取牌验，无以应。公曰："逃人也，今功令重缉逃人，逸之，罪在我。"置之狱，立遣典史同一弁申解抚军。时巡抚为高安朱公，大赏公风力，即移文将军。将军亦治八人罪，而嘉令不畏强御，深结纳焉。[1]

通过豪仆的嚣张和逃跑士兵对人民的蹂躏，抨击了上层统治者对人民的欺压，同时歌颂了梁采山不畏强权、敢于为民除害的精神。

小说还反映顺德下层人民的社会生活，歌颂他们诚信、孝友、忠贞、扶危济困等美好品质。如《义仆祠》写一奴仆夜行7日为主人脱祸，竟因跋涉过劳而亡；《广积沙》写奴仆广积卖豕助人赴试；《贫僧助赈》写粤中大饥，一贫僧出金70两赈济乡里，使乡民得以保命；《井底金》写一人贫而独，却为别人保存金30余年；《甘学高节》写甘学虽贫，却不愿结纳权贵；《女子击登闻鼓》写一女子于乱离中为家人报仇雪恨。这些小说内容虽不见得新颖，却从不同侧面反映了顺德下层人民的美好品质。

此外，还有一些志怪小说，如《琼林鸡异》《蕉异》《雷同中式》《古松自焚》《酒徒死后访友》《飞镪》《烧肉生光》《潭村灾异》等，记顺德发生的荒诞怪奇之事，内容无新奇之处。

(二) 艺术特色

罗天尺具有较高的艺术才华，"孝廉罗君履先，五山中之文献也。生平姱修练要，棪藻扬芬，领袖群英，楷模多士"。[2] 他的小说在艺术上颇有独特之处，主要表现为语言质朴古淡，情节上有的以粗线条勾勒，有的极尽曲折细致，注重通过情节、人物语言、人物行动来塑造人物形象。《出喉不即死》《淮哥丐》《徐侯政绩》《海盐风力》《一母两贵子》《甘学高节》等在艺术上皆为优秀之作。《淮哥丐》通过淮哥丐富有睿智

---

[1] 林子雄点校《清代广东笔记五种》，第64~65页。
[2] 林子雄点校《清代广东笔记五种》，第30页。

的语言和异于常人的行为塑造他卓然不群、超凡脱俗的隐士形象；《海盐风力》通过简练却坚毅的语言塑造梁公廉正爱民、不畏强权的清官形象；《一母两贵子》通过曲折的情节表现母亲的悲惨遭遇。其中《出喉不即死》写得尤为成功：

> 和州刺史黎宏业，字孟扩，吾邑马滘人也，登天启贤书。乙亥，流寇张献忠自庐阳屡掠其鄙，宏业具方略上道臣，不省。乃率士民垒城浚濠，除夕前一日，贼十万蹦其乡，突城，宏业喋血登陴，士民咸效死。贼且去，会大雪，潜运芦中纵火，守者惊救，而贼自北门腾入矣。宏业巷战不胜，还州堂北面拜曰："臣力竭矣。"引佩刀自刎，喉出不死，拭血书一绝云："为官不负民，为臣不负君。忠孝诚已尽，生死安足论！"家人扶救，宏业曰："吾固必死，不如触贼刃。"负剑上马，家丁挺击贼，毙于乱刃。宏业后还，沉眩气绝，印犹在臂。贼入署见，亦为叹息。几上惟图书数卷、请援文稿而已。①

此则虽短，但情节曲折紧张，由除夕御贼到雪夜遭袭，再到割喉不死、写血书，再到上马击贼、气绝而亡，这一系列情节展现了黎宏业顽强不屈、忠贞义烈的性格，尽管情节很紧张，但作者的叙述却从容不迫，并以除夕、大雪等环境描写和充满抒情意味的血书渲染气氛，给人慷慨悲壮之感。另一优秀之作为《莺鸡七》：

> 顺德镇总兵沈勇者，福建诏安县人，海寇渠魁也。归顺后，以平台湾功总镇顺德，鹯獭之性未改，好色嗜杀，一切海疆巡哨之事概置弗理。日以勾栏为乐。有妓名莺鸡七者，性黠慧，善伺人意，勇强夺之，尊为顺太太。七顺承意旨，倾心以事，颐指无不如意，勇益昵之，威权甚炎，顺七者宠费有加，逆七者杀罚立

---

① 林子雄点校《清代广东笔记五种》，第43页。

见。七素在勾栏，三营将官，故所侍酒陪欢者也。一旦得志，参戎、游击以下俱用手板行属官礼，心甚不平，而九尺丈夫在矮檐下，无如何也。勇有姪倩杨某者，古处君子，勇以文移不谙，拉其举家随任顺德，分一臂之助。杨见勇作事颠倒，以平康下贱当一品诰命之呼，且家有正嫡，义理不容，时切讽之。杨妻尤巾帼中明大义者，每侍勇食，盘楠匕箸间必令七执婢妾役以辱之。勇心大恚，贼性斗发，遂率健儿数十围杨宅，缚杨夫妇，手以佩刀刃之。杨有二子，先二日，长以事归闽，其幼者甫十二龄耳，名杨四哥，勇思为芟草，并执之。四哥美丰姿，真人间宁馨也，七素爱之，酌酒谓曰："吾将子汝，汝饮吾杯中物，毋畏也。"四哥夺其酒，连杯逆面掷之，大哭且骂曰："汝等杀吾父母，吾生不能报，死当为厉鬼以杀之。"手探囊中钱数十枚撒地上，顾刽子曰："孰能为儿沽冥钱酤酒，一奠父母，乃相从地下耳。"勇格杀之，三尸皆沉碧鉴江中，时康熙壬午年八月十五日事也。越日，复敕随兵二人，星夜追杨长子，既而谓勇既杀其父母幼弟，吾辈何忍复杀之，遂从杨子遁去，勇亦不深究。①

此则小说情节曲折离奇，跌宕起伏，在沈勇、莺鸡七和杨某一家尖锐的矛盾冲突中塑造人物形象，沈勇好色嗜杀，莺鸡七狡黠善媚，杨某和杨妻深明大义，杨四哥宁死不屈，皆鲜明而生动，尤其是杨四哥被杀时的语言，慷慨悲壮，形象地表现了他不畏强权、不畏生死、敢于斗争的精神。

《五山志林》对后世岭南小说产生了影响，《问安路》《一母两贵子》《飞锣》的故事多为后世小说所沿袭，有些内容被顺德邑志所采，凌江胡定序云："余承修顺德邑志，于所辑《五山志林》多所掇取焉，因叹其嘉惠艺林者非浅鲜也。"②

---

① 林子雄点校《清代广东笔记五种》，第171页。
② 林子雄点校《清代广东笔记五种》，第30页。

二 《霭楼逸志》

《霭楼逸志》，欧苏撰。欧苏，字睿珍，莞邑（今广东省东莞市）人，生卒年不详，主要活动于乾隆年间，以授书为业。

《霭楼逸志》现有3种刊本。一藏于中山图书馆，《广东文献综录》著录此刊本云："六卷，清东莞欧苏撰，清乾隆五十九年（1794）刊本。"[①] 此著录恐有误，此本卷6《犬救女》的故事发生在乾隆甲寅（1794）和乾隆乙卯（1795），那么此书成书和刊刻应不早于1795年。此本为小型本，6卷，4、5、6卷装订在前，1、2、3卷装订在后，疑此书原为上、下两册，后合为一册，无封面和序，每半叶9行21字，单栏线，黑口，每卷正文首行均刻霭楼逸志卷次，次行均上刻东莞欧苏睿珍撰，次行下刻抄写者，抄写者每卷不同，第4卷刻男冕时亦可钞，第5卷刻受业李系青衍钞，第6卷刻受业李鉴昭亮培钞，第1卷刻受业刘文焯秀昭钞，第2卷刻受业林鹤鸣晓宇钞，第3卷刻男匡时学可钞，可见，此本非由刻工统一钞刻，而是由欧苏的儿子和学生钞刻，因此，此本应为最早的原刊本。另有两种刊本藏于国家图书馆，一为嘉庆三年（1798）刊本，3册6卷；一为咸丰八年（1858）刊本，2册4卷。本书以中山图书馆所藏刊本为研究对象，目录迻录如下：

卷一

审老虎　审石狗　酒令

鬼择婿　接房师　皮鞋翁

婴儿出声　女变男　犬救主

百岁举人　鬼赠诗　盗对

木梳菌　鬼寄书　火烧街

文冠斗　以字相谐　凌浩

走回煞　人骗鬼　周夫人

[①] 骆伟主编《广东文献综录》，中山大学出版社，2000，第331页。

杀盗三则　婢现形　和顺汤
黄阿极

卷二

青鹤湾　铁堂副使　卖杂货
吟诗送试　囚读书　龙船洲
姚谷臣　咏句救夫　林梧州
送状元　两叹奇哉　鬼馅客
鬼索命　白日赴水　有缘相会
改神相　邬弦中　叶子存
方叔夜　鬼催葬　石濂和尚
扫诗兴　点主愿赔　黄状元联
张文烈时文　还金　钩租登第
鬼鸣冤　花烛重逢　借枕头

卷三

出凤凰　问安路　无福状元
胡庭兰　卖艇吟诗　题寿诗
河南村狗　水鬼报信　红花庙
奉旨迎亲　吟诗赎金　除夕读诗
县令和诗　谢信谦　笑死
潮州某　父子相谑　饮同年酒
唐解元墓　僵尸　获藏金
文超灵识货　彭出泉　古木平洲
袁太史　考媳妇　一洞天
换老婆　破腹鸣冤　李本清姑母

卷四

钟布政鬼差　误会元　审假银

一村求火　借老婆　误认婿
柳五姐　鬼寄盐　陈七飞镪
借生子　白鼠精　鬼车银
三煞时日　一刻运　染红须
大将军　鬼火伴　菱角洲
三十二子　再世相逢　智妇保身
赚券试腹　谋杀亲儿　赵云衢
劫孀劫闺　扫风情　替死
犬报仇　坭马食禾　蕉精

卷五
拒奔女　雪冤狱　过城遮扇
望波罗　卖女赠试　榴花番塔
高棋楼　柳穷鬼　乌云国
曾二哥　无手用脚　私入竹筒
吹埙乞食　朱雀鸣冤　窟里藏奸
薙须　老贼智　奇逢
不食烟火　鬼弄孙　陡发大财
鹰鸟征猴　婚姻前定　云开雪恨
起错尸　武孝廉　王三巧
浪冤家　门联字变　全人名节

卷六
两指写字　换眼　隔帐纱
长毛贼　犬精　救溺延算
土地争位　义虎　阿牛厘戤
节公　算猫命　以盗治盗
借梦　猪首变人首（正文题目为猪首变人头）痘神
鬼献茶槟　白日坐化　卖柴隐布

犬救女　和尚谋人　义犬义鸠

弄假成真　义盗　尹太常

猪精　贪欢报　黄九九

限韵诗　唱乱弹　闹新房

（一）备载莞邑轶事

《霭楼逸志》是一部纯粹的文言小说集，共175则，除了《劫霜劫闻》写风俗，其余全部为小说。与罗天尺"备识乡邦轶事"的创作目的相同，欧苏亦以备载莞邑轶事为创作目的，其自序云："愚性好博古，并好知今，自髫龀时闻说一事，刻腑不忘，欲撰说久已……是编专是近世事迹，然多是乡邑人物，未及远取者……实以世所遗轶之事，徒传于口，未经笔载者，一一采之，不令遗漏。"① 因此，《霭楼逸志》除少数记莞邑以外的粤地故事外，皆记作者所生活的莞邑遗闻轶事，具有浓郁的地域色彩。但与罗天尺意在"发南国之英华"不同，欧苏意在通过"乡邑人物"来"博古""知今"，因此《霭楼逸志》不像《五山志林》通过"英华"展现历史变迁和社会精神风貌，而是以莞邑民间各色人物为表现对象，上至官吏，下至士农工商、贩夫走卒，反映他们的生活状态和精神风貌，反映生活的广度与《五山志林》相比大为增加。《霭楼逸志》亦有对现实社会黑暗的暴露和批判，但力度不如《五山志林》，劝惩的内容明显增加。

《霭楼逸志》的志怪小说约有60余则，约占全书的1/3。其中有的作品为摹拟前代之作，如《人骗鬼》与《搜神记》中的《宋定国捉鬼》相类，《犬救主》《女变男》与《聊斋志异》中的《义犬》《化男》相类，其他如《鬼赠诗》《鬼寄书》《鬼索命》《僵尸》《鬼弄孙》《陈七飞镖》等皆为"承载于前"的故事。但有一部分为莞邑民间流传的奇幻故事，这些故事大多新颖独特，独创性较高。《钟布政鬼差》写横坑人钟元溥知云南时，张真人遣二鬼供钟役使，二鬼扰乱家人，钟费尽周折才

---

① 中山图书馆所藏《霭楼逸志》刊本无序言，此序言转引自张秀英《雍正朝"广东九命案"始末考》，《济南教育学院学报》2002年第2期，第7页。

遣二鬼归;《鬼择婿》写亡父为其在世之女择篁村施孝廉为婿;《白鼠精》写一鼠精迷惑少年,法师除鼠精;《乌云国》写莞邑陈讷人流落至外洋乌云国,遇一华人老媪,媪之子送陈归。较精彩的是《一村求火》,写莞邑谭巫的奇幻故事:

> 谭巫者,莞之员头山人也。少年时,随巫击钟羯帮后唱。居无何,忽有人导谭往茅山,数年始抵家。腊尽日矣,妇询腰囊,报然羞涩。妇曰:"米肴酒果,一切皆在人家,何以卒岁?"谭曰:"无忧,管教足用。"敛昏,谭燃银缸默念指诀,一村炉灶纸煤之火,俱成死灰。有孙姓者,因家中火灭,击燧具,点焰全无,于是舒履启扉,往求邻火,遍历皆灯烛泯灭,金石埋光,相惊为怪,因而步至谭门,扉束火漏,乃执煤入请,谭曰:"火在今朝,让吾独市,白粲十合,青蚨五双,始肯分光一点。"孙不得已从之,谭又切嘱勿与他人。适有见孙家蜡炬双双,冀借余光之照,才燃煤与之,而一室暗漆矣,惊绝急追回之。已而,邻壁集浼分辉,孙乃导往谭处,谭开价值如前,众皆愿贸,片时间,求火如蚁,钱盈箱米盈盎矣。妇大喜悦,春炊米料,不寝达旦,谭沽酒自酌,肴炙纷罗,人始晓然,谭得茅君法术也。

先写谭巫学得法术后以火敛钱,再写谭巫用法术倾舟人之鲍鱼,舟人向其道歉,复得鲍鱼,谭巫治愈因病垂危的富家子,嫌其家礼薄,以法术飞摄富家稻子,接下来写谭巫与洪圣庙大王斗法术:

> 于是欲魂往茅山求增道法,遂叮咛妻曰:"井中鼓角浮出,是吾回也,切勿以吾为死,倘有哭声,吾魂不能返也,谨志之,罔误。"嘱已,偃卧床上,瞑然如死。妻守之三四日,意懈,又三四日,更懈,先入内室操作。洪圣王知谭魂游出外,欲到家坏其体,奈见一派汪洋,无门可入,乃化身到村前,贿一童子,入谭家侦之,回言瓦有碗水,使倾其小半,已见屋脊,又使尽之,户庭显现矣,

门有二白虎来噬，王不敢入，退，又使童子窥之，谓是扫帚，使摘而置诸厕，王入大门，见有二青龙齐昂首来吞，王又惊退，复使童子持出，视之，乃青竹二竿也。王入中厅止，谭僵仆床上，乃嚼白米，启其衾而撒之，霎时虫拥如蚁，狼藉枕箪，遂呼其妻，谓曰："汝夫尸腐何未殓也？"妻急观之，不禁声泪并下，王即出，妻忆夫言，急收泪，往井中观之，鼓角浮出矣。谭归，见尸溃不能还魂，愤哭而去，仵风雷碎其庙。后人重修之，因塑谭像于侧焉。

除志怪小说之外，皆为轶事小说，约有 100 余则。欧苏非常关注莞邑人民的生活状况，他的小说反映对象十分广，包括官吏、士卒、文人、商人、农夫、手工业者、屠夫、仆人、强盗、和尚、巫师、囚犯、骗子、妓女、闺阁妇女等，使《霭楼逸志》在反映岭南社会生活方面达到了前所未有的广度。

有的描写民间疾苦，反映底层人民悲惨的生活状况，体现了作者对底层人民的同情，《木梳菌》写一书生生活十分窘迫，不得不假充医者以求果腹；《三十二子》写一皮鞋翁生 32 子，因无法维持生活而不得不抛妻弃子。有的反映人民重情、尚义、讲信用、乐于助人的优秀品质，《凌浩》写一佣工拾数百金，全部交还失主；《钩租登第》写一孝廉之母免穷人田租；《曾二哥》写商人曾二哥帮助落难商人；《义盗》写一强盗帮助贫困人家，这些小说充分地肯定和歌颂了底层人民的美好品质。

有的作品反映世态人情的冷暖，讽刺嫌贫爱富的势利之徒，具有一定的批判意义，如《百岁中举》《卖杂货》《河南村狗》《胡廷兰》等，其中《胡廷兰》对世态炎凉的批判尤为尖锐：

> 胡公庭兰，增城新塘人也，家屡空，少又孤露，是以年长犹未娶也。堂上萱慈，鬓发虽未垂霜，而食少忧烦，兰弱多病，胡承颜接色，椒水欢然，夜纺宵书，孤荧共照，饔飧糠粟，无以御穷。一日节值端阳，各家肴核充盈，胡一室清冷，不惟无充庖之杀，而且有在陈之悲……于是蹑步市廛，流连往复，先求米店，既赊白粲三

升，再浼屠行，仅获豚肴十两，胡喜甚，意以家中不寂寞过也。谁想屠之伴回，见欠目有胡名，极詈其伴之谬，即登门索取，胡曰："盖已溉之釜鬵，盛诸篮簋，将以祀神矣。迟日取值奉偿。"其人逼还原物，遂不待再辩，连羹并肉，捧之而行。胡母哀求，竟不回顾。是日祭祖，空惟米盛，子母徒餐淡饭。不数载，胡睽捷南宫，乡族街衢结彩迎迓，轮流把盏，奉献殷勤，捧肉之人，远远隐避，央人关说，愿馈白物，以赎前愆。胡虽允诺，仍以示罚，凡屠户之人，终日长立，不许下坐，至今其风不改。

小说通过胡庭兰落迫时的困窘凄凉和中举前后屠夫截然不同的嘴脸，来批判世情的浇薄。

有的为公案小说，包括骇人听闻的案件、清官断案故事和冤狱故事。《谋杀亲儿》写米肆某翁娶妇，生一子，其妻与工人私通，被其子撞见，其妻与工人谋杀了其子，置尸竹箩中，工人弃尸于豆腐店，尸被发现，翁指豆腐店主谋杀，鸣于官，官验竹箩，竹箩上有米店字号，审其妻与工人，真相大白。《王三巧》写王三巧残忍地杀害前妻之子，并食其肝，最后被凌迟。《和顺汤》《黄阿极》写莞邑清官丁亭断案的故事。《雪冤狱》《云开雪恨》则写冤狱故事。最著名的是《云开雪恨》，小说取材于真实的历史事件，记叙了发生在雍正五年（1727）至雍正九年（1731）番禺梁天来冤案：

> 梁天来，番禺潭村人也，与弟君来，奉母至孝。祖父遗产，不下十万。与后邻文学凌桂兴、国学凌宗孔为世戚，眷属频相往复。时有马坐仙者，以风水惑人，桂兴欲采科第，延马相宅，马指天来楼房谓曰："此宅先夺龙脉，若得此，何愁不联宴琼林也！"桂兴喜，厚谢马去。宗孔曰："天来现拥厚赀，居货省会，此宅何缘归我也？不若榇与其门，使之丧败，地必属我矣。"桂兴如言行之。天来筑墙以遮之，凌率仆从毁折，抛砖以塞其池。梁母止其子，不与校。凌又于路要截抢掠，殴辱致伤。天来悉忍耐，不置于怀。梁

母曰:"他不知何故,如此鱼肉我,汝谨避之。"已而入室搬取器皿,盗割田禾,并挞及梁母。桂兴妻妹极谏,受辱,皆愤恨而死。两家问罪,俱贿千金。

宗孔反谓祸自天来,联结匪党穿腮七等,谋刃其兄弟父子,以偿姑婶,为乞人张凤所闻,密报天来。母曰:"凶人刻不容置者,汝兄弟也,汝等可归肆,家中女流,或不在意也。"天来乃同子及弟回省。是日梁母诞辰,凌意天来等在家致祝,夜督人众,挟兵器齐至,而梁门已紧闭矣。乃攻之,壁宇坚固,铳炮不损。复用铁凿穴其扉,内铜闸日久生锈,边栏涩滞不得下,凌以柴薪环而焚之,浓烟火焰勃勃,从破扉而入。又以风柜扇之,内庭妇女,触烟尽毙,独梁母伏向坎中,得不死。邻人虽知,无敢救者。明旦,张凤奔闻天来,具呈报司,死者七人,君来妇孕,是八命矣。

司验之,即报县宰,为之恻然。桂兴馈金百镒,不为审理具详。臬司楼得厚赂,刑死张凤以灭口。时巡抚缺员,藩台懦弱,不准状。天来素闻总督孔公贤声,乃往肇庆具词,拦舆诉其怨屈。孔公温语慰谕,即仰广府拘押诸犯到案。凌侦察者早已报知桂兴,使凌翰宰关说孔二。二,孔公弟也,二贪其金,言于孔公曰:"凌家求宽其狱,今以礼馈,受之亦无害也。"公曰:"此言至于吾耳,非吾弟也。"二惭而出。桂兴自此梦魂惊跳,番宰同督役押凌等械行。孔公严审,全不承招,命械其□(按:此字不清,故缺。)始露真情,押监治罪。不意翌日,孔公报升京堂,刻期赴任。孔公叮咛肇庆府杨,依案直办,不可糊涂。杨唯而退。既而凌翰宰浼典吏邝介灵关通于杨,尽行反案,凌等无事,尽释回家。天来归哭于都城隍前,出遇桂兴于道。桂兴曰:"汝还上控否?"答曰:"未可遽定也。"桂兴手袖时钱百双,授之曰:"赠买式纸。"天来受之,忿欲叩阍。

其友蔡德先妻弟现为吏给,因浼其简札达之。将到梅岭,而梅关千总李受凌贿买,盘诘綦刻,幸果客欧明藏之过岭。至京,投书给事。给事与冢宰某公善,为之诉说其冤,望其便陈天听。冢宰曰:"明日待漏正上章疏,试附其事于后。"及奏,世宗宪皇帝怒其双事归单,尾大不掉,得罪下狱。孔公时为大司马,闻之申救,面奏曰:"此事经臣审判,随蒙宣召,发府办理,不意颠倒如此,望天可其奏。"上悦,刻即赦之,出呼天来,冢宰曰:"草野颛蒙,安敢见圣?"上命赐以监生,方宣入殿。准其词,钦命巡抚鄂尔泰往勘其案。

至南雄,凌遮道送礼,鄂公笑曰:"事大须多金。"桂兴曰:"清贫仅此耳。"鄂公曰:"廉得汝财雄势大,陷害八命,兹敢污玷本院,前之贿通当道无疑矣。招认尚可原宥,不然,立诛于此!"贵兴曰:"何凭焉?"鄂呼天来从舱而出。桂兴心战不能言,发向南雄府取刑具至。凌叔侄受尽苦楚,不敢隐匿,乃拘挐于身中。到署,遣本府照籍拘犯。桂兴、宗孔在牢为鬼扑杀,余则六等定罪,斩穿腮七等八人,绞凌聚三等四人,军三人,流五人,徒凌翰宰、邝介灵等十二人,枷杖不可计数。番禺县萧、肇庆府杨、广州府吴,悉褫职为民,楼按察降俸,凡在案者,无一幸免。天来曰:"云开雪恨矣!"兄弟复娶,亲友为之称觞。

凌桂兴谋害梁天来一家 8 命,但从底层的县宰至上层的藩台,皆受凌贿赂而罔置人命,反映了清代吏治的极端腐败和黑暗,此小说对后世岭南小说产生很大影响,嘉庆十四年(1809)安和先生创作了通俗长篇小说《警富新书》,其内容和情节皆本《云开雪恨》,光绪三十二年(1906)吴趼人又以《警富新书》为底本,创作了著名的白话长篇小说《九命奇冤》。

有的小说还写了清初岭南人民抗击清军的故事,这类小说继承《觚剩》《五山志林》的精神,以《长毛贼》最有代表性:

顺治初,新安人陈某,少失怙,先人遗赀甚富,性慷慨任侠,人多归之。一夕族党聚处赌博,为巡检官逻捉之,至途半,群不遑,持戈盾要夺之,并杀巡检,众聚不散,知罪不赦,欲造反,拟奉陈为主,因攒兵往劫之,陈曰:"汝等欲歼吾族耶?"众曰:"事急矣,倘不从,请先杀君而后□(此处阙一字)主。"陈某感言曰:"兴兵全籍粮饷,先人埋金水底,设祭塘边,□□□(此处阙28字)"万无干涸之理,不意发后,涓滴全无,众呼万岁。陈大惊,遂不能拒,起藏金,以招兵马,一夜营立,众已数千。明日,官军来捕,双轮不返,至此所至披靡,军击大良,约数万众,终属乌合,并无纪律,陈某检束不严,极扰居民,污淫妇女,人心大愤。迨官军大至,擒灭之,诛陈九族,兼斩祖父棺。陈先祖有为官者,刽子覆其尸于地,将斫焉,尸起,立手刃三四人,复仆,督军官大惊,因使捡尸附棺,复葬之。

作者虽以"长毛贼"名之,但实际上歌颂了顺治初岭南人民威武不屈的精神,写得慷慨悲壮。此外,有的作品反映了岭南地区盗匪横行的社会状况,如《杀盗三则》《老贼智》《以盗治盗》《和尚谋人》;有的作品反映了岭南人民的聪明智慧,如《咏句救夫》《邬弦中》《智妇保身》《借老婆》。

《霭楼逸志》中有一部分小说呈现出浓厚的"命运前定""因果报应"思想,如《接房师》《送状无》《陡发大财》《婚姻前定》《救溺延算》《借梦》等,这些小说以"劝惩醒世"为目的,内容枯燥,缺乏新意。

(二) 艺术特点

《霭楼逸志》吸收了白话小说的情节特点,追求故事情节的复杂曲折,从而使文言小说具有了白话小说离奇曲折的艺术美,志怪小说《一村求火》和轶事小说《云开雪恨》无疑为这方面的代表作品。《一村求火》篇幅较长,共有4个情节段,先写谭巫"一村求火",接下来写"倾舟人之鲍鱼""飞摄富家稻子",最后写"谭巫与洪圣王斗法",环环相扣,每一个情节内部又有曲折变化,使小说具有摇曳多姿之美。《云开雪恨》多达1500余字,有4个大的情节段:凌桂兴与梁天来交恶;凌桂兴害死天来家8口人命;官吏受桂兴贿赂,天来申冤无门;天来至京申冤,冤案得以昭雪,这4个大的情节环环相扣,紧密相连,每一个大的情节又由很多小情节构成,如第一个情节就包括马坐仙离间天来与桂兴、桂兴与宗孔密谋、桂兴以棺置于梁门、拆梁家墙、殴辱天来、搬取器皿、盗割田禾、挞梁母、桂兴妻妹愤恨而死等诸多小情节，其情节之复杂，为岭南文言小说之最，即使在整个文言小说史上亦不多见。

其他如《百岁举人》《木梳菌》《白鼠精》《和尚谋人》等在情节方面也都极为出色。《百岁举人》的故事来自钮琇《觚剩》中的《百岁观场》，《百岁观场》的情节非常简略：

> 顺德人黄章，年近四旬，寄籍新宁，为博士弟子；六十余岁，试优补廪；八十三岁，贡名太学。康熙己卯，入闱秋试，大书"百岁观场"四字于灯，令其曾孙前导。同学之士，有异而问之者，曰："我今年九十九，非得意时也，俟一百二岁乃获隽耳。"督抚两台召见授餐，其饮啖俱过常人，各赠金币遣之。①

欧苏则进行了加工铺陈，先写耄耋老者梁氏刻苦读书，"虽寒宵雨夜，必三四起"，梁有田30亩被族人霸占，亲友门生欲控于官，梁曰："予三十年前亦家无檐石，今虽未填沟壑，岂至竟作枵腹鬼耶？甘贫安命，奚校为？"同其子拾秽巷衢以济衣食，梁遂发愤读书，百岁时中举，食教谕俸，后收张公子为契子，并得张公赠送的契头银三百金，富翁与族党俱来逢迎，在沈公帮助下重获被夺之田。小说通过曲折生动的情节描写，塑造了一个善良、奋发向上的老者形象，同时抨击了社会人情的浇薄。

《霭楼逸志》注重通过环境描写来渲染气氛。《鬼择婿》写莞邑篁村人施孝廉早行赶路，曙色未明，"遂持伞出门，独行里余，仰见疏星点汉，四顾寂寥，路棘丛生，虫声哀寒"，"疏星""路棘""虫声"组成的环境既寂寥又凄清，为鬼丈的出场营造了气氛，后施孝廉应秋闱与家僮将渡水，"小雨一片微濛，僮曰：'细雨霏霏，道涂泥泞，不如休去也'"。通过濛濛细雨为水鬼的出现营造萧索的气氛，整篇小说因之具有了凄凉萧索的氛围。《乌云国》则用浓彩重笔渲染海外怪国的神秘恐怖，小说写莞邑陈讷人遇狂风，被吹至一洋，众人抵岸，"茫无村舍，平原旷陌，树木全稀，

---

① 《清代笔记丛刊》，第178页。

独有强月当空,照人苦况。延伫待旦,湿衣亦干,逐队前行,杳无人迹,已而高峰峭壁,欹险严巉,忽见四起乌云,黑气漫延,触之尽倒",通过环境描写展现了海外怪国的景象,营造了神秘怪异的氛围。

总之,《霭楼逸志》在内容上广泛地反映了莞邑的社会生活,在艺术上以出色的情节和环境描写取得了较高的艺术成就。它为后世岭南小说提供了丰富的素材,除《云开雪恨》对后世小说产生很大影响外,《咏句救夫》《百岁举人》为《邝斋杂记》所承,《鹰鸟征猴》为《咫闻录》卷1《猴子贼》所承,《石濂和尚》《土地争位》《望波罗》等均被后世小说所承袭。

三 《邝斋杂记》

《邝斋杂记》,陈昙撰。陈昙（1784～1851）,字仲卿,番禺（今广州市番禺区）人,嘉庆、道光间番禺名士。少负异禀,潘正亨序云:"仲卿之生与湛若同,物堕地不啼,襁褓中不嗅人乳,皆与湛若同,稍长为诗,诗笔复肖湛若,人皆曰湛若复生,因以邝名其斋。"陈昙富于学,师友目之以著作才,但久困场屋,抑郁不得志。嘉庆间居番禺仰星街,名其园为菜花居,日与诸耆旧觞咏其中。道光初年以岁贡纳作校官,道光二十二年（1842）始授澄海县训导。生平好游览,常历衡湘、吴会、嵩岱、幽并等地,潘正亨序云:"所至辄与其贤豪长者交,故练达朝章,而所得所闻亦多伙。"道光八年（1828）夏,闭门著书,其自序云:"余养疴杜门,无所事事,因取向来笔记补缀成之。"遂成《邝斋杂记》。工诗及骈体文,著有《海骚》《感遇堂诗集》《感遇堂外集》,亦工书画,有《二禺听雨图》。

《邝斋杂记》,上下两册,共8卷。国家图书馆藏有两种刻本:一为道光九年（1829）刻本,每半叶8行17字,前有作者自序、潘正亨序、张杓序,后有陈汝亨跋;一为光绪十年（1884）刻本,中山图书馆藏,刊刻年代不详,封面题恩平聂崇一藏[1],由东莞陈汝亨校刊,前有自序和潘正亨序,后有陈汝亨跋,每半叶8行17字,单鱼尾。本书以中山图

---

[1] 聂崇一,清末民初人,曾于1924年作《恩平县志补遗》。

书馆所藏刊本为研究对象。

光绪十年（1884）刻本共计147则，张杓序称其十分之三考古，十分之七述近闻[1]，确乎此，其中考证40余则，其余皆为小说，有100余则，现将小说迻录如下：

卷一
同时不同命　张文敏公　王学博
江氏

卷二
娄真人　讴歌救夫　百岁观场
李载园寄书　长青君子神　白须土藕
丐作诗　榕树出火　妖人截发
吴江与王海　审骷髅

卷三
纪文达对　投儿于井　审狐
黑夜人　某生历三世　王某堕水
不以大学命题　琼州长人　白头花烛
放鳖　杀夫　郁林州案
雨仙

卷四
李有山　乌台　冯立
诸葛武候祠　叶天士　惠爱坊小屋
缝工王某　武英殿　仙蝶
剑仙　孙猛寻母　僧厚德

---

[1] 中山图书馆所藏刊本无张杓序，此转引自朱一玄、宁嫁雨、陈桂声《中国古代小说总目提要》，人民文学出版社，2005，第401页。

夜变昼　翁覃溪视学

卷五

佛郎机国王　王文端公识才　鱼缸得宝
郑西亭开矿　拔乎其萃　白昼见鬼
李太守遇鬼　锣鼓三　夜刺怪
二银人　同官相害　六旬飞升
冯成修　某人妻　尚可喜藏镪
张保

卷六

李毓昌案　左良玉　茉莉花根
吴人张某　周生遇鬼　蝙蝠
榕树神　八代同居　昆山三兄弟
梁山舟挽妻联　石氏兄弟　客来生
同安女　摄青鬼　顾晋庄遇鬼
育婴堂　黄犬　跛盗牛
某村民婴儿

卷七

中三元　生百男　赛龙舟
疝气　黄幡绰　韩氏女
林越山　牝鸡司晨　泥隶
猾吏　白鸽九　武举张振奇
彭文勤公督学　运柩回里　东莞某氏子
颜猷遇异人　延寿一纪　南海冯澹

卷八

人殁为神　替鬼点名　夷妓

三不要　都天大帝　诸生观剧

糊涂县令　都司秦裕昌　吴六奇

刻印章　伊墨卿太守　张磬泉

（一）纪粤地文人士大夫

与罗天尺、欧苏的创作目的相同，陈昙的《邝斋杂记》亦以记载粤地遗闻轶事为主，间及他省故事。由于陈昙所交游者多为文人士大夫，因此，《邝斋杂记》不同于《五山志林》以顺德英华人物为主，亦不同于《霭楼逸志》以莞邑民间人物为主，而主要以粤地文人士大夫为表现对象，反映嘉庆、道光时期粤地文人士大夫的生活状态和精神风貌，正如作者自序所云："忆自束发以来，所交贤士大夫正复不少，乃不能纪其嘉言懿行传示方来，而成此杂记数卷。"《邝斋杂记》与《五山志林》《霭楼逸志》一样，对社会的黑暗和政治腐朽进行暴露和抨击，但劝惩教化的色彩更浓，正如陈汝亨跋云："殊非委巷之谈，意略寄于劝惩事，不外乎风化。"

《邝斋杂记》中的轶事小说有40余则，其中有的小说踵武前作，如《讴歌救夫》取材于《霭楼逸志》，《百岁观场》取材于《觚剩》和《霭楼逸志》，《不以大学命题》取材于《广东新语》，内容无新奇之处，但大多数轶事小说，如《吴江与王海》《审骷髅》《纪文达对》《投儿于井》《郁林州案》《李有山》《叶天士》《郑西亭开矿》《锣鼓三》《同官相害》《李毓昌案》《茉莉花根》《林越山》《猾吏》《糊涂县令》等，具有较强的时代特征和现实主义精神。

《邝斋杂记》主要反映了粤地及他省文人阶层的生活状态及精神风貌。其中有的歌颂文人的聪明才智和美好品质，如《纪文达对》写纪文达的才思敏捷，《彭文勤公督学》写彭公的聪明才智，《张磬泉》写张杓的扶危济困，《伊墨卿太守》写伊太守的清廉操守。有的写当时文坛人才辈出的盛况，如《昆山三兄弟》《梁山舟挽妻联》《石氏兄弟》等。更有价值的是那些对文坛不良风气和文人丑态进行讽刺的作品，如《诸生观剧》嘲讽了文人识见的浅陋，《刻印章》嘲讽了文人以

"自成一家""太白诗孙"相标榜的习气,其中最具有讽刺性的为《吴江与王海》:

> 同安厦门有举人吴江,与邑廪生王海素相往来,忽一旦,向吴称贷五百金,作遣女费,吴讶其多,愿少助奁资,王不应而去。遽于泉州府知府投牒,自言素与举人吴江交好,月前吴因事到郡,主于生家,濒行借去烟壶一件,内夹二千文钱票一张,生近日有厦门之行,乘便访吴,则见一人出款,自称吴江,问及烟壶钱票,茫然莫答,言语支吾,自忖烟壶钱票原系一小事,不足以干清听,但事关冒充举人,不得不据实沥陈,恳请查办。时郡守钱公,由翰苑出守,凡遇读书人案牍,必躬自讯问。翼日,王吴俱集,郡守问吴:"尔果举人吴江?抑假冒也?"吴言委系举人,本家兄弟,阖邑举贡皆可证认。王言此非举人,吴江乃伊弟吴河耳,江博学,时文书法睱迹所知,岂比伊弟没字碑也。两造哓哓不已,郡守谕吴江可觅一二衿者,具结保释,王曰:"老公祖不必问其是江否也,请当堂出题面试,能交卷者江,曳白者非江。"守允其请,吴江称举人日司家政,文理久荒,请免试,守徽哂,谕令暂出。于是吴江使人以五千金为王生寿,且求有力者通殷勤于郡守,愿以巨金为贽,拜在门墙。关说既成,见郡守,守构一艺付吴,设明日面试,直录此文,当将王生发学而夏楚之,以治其诬告之罪,于是吴江皇然,离坐言老师有不足于门生耶?何作难乃尔!守不解其故,江言由举人手写数百字甚难,由举人手再办千金尚易,故愿再加报效耳。守为绝倒,于是泉人为之语曰:"岂有文章惊海,更无面目见江。"

小说通过王海与吴江两人的矛盾冲突,揭示了举人吴江的不学无术,从而讽刺了当时一些文人徒有虚名,批判了科举考试的弊端。

《邝斋杂记》还反映了粤地官场的黑暗腐败,官吏的贪婪残酷、糊涂荒唐,具有很强的批判意义,如《郁林州案》《糊涂县令》《猾吏》

等，最有代表性的是《郁林州案》：

> 粤西郁林州某村无赖子某，以盗伐祠树为主所执，识为某氏子，责令按树值罚钱五百缗，纵令归取。子谋诸父，其邻人某，故与失主有旧，谓之曰："吾与若父同赴彼处，求免罚钱，第以槟榔谢过，即可消释。"盖粤俗伏礼以槟榔为敬也。父然其言，即携雨具市槟榔，偕邻人往，路经某村，邻人以热渴欲至所亲处啜茗，嘱其父村旁少待，父诺之，比邻人出，则其父不知所往，迹之无有，归询其子，则父未返，子乃至失主家，谓其挟嫌毙父命，具状于州，并证其仆婢帮殴毕命，逮失主及仆婢至，讯无左验，子证益坚，姑系狱待质。然失主家素丰而吝，吏胥垂涎久无隙可乘，乃以危词动其婢曰："尔主业杀人尔，第言无讳，即可纵尔归，无自苦也。"婢心动，再拷则诬执其主杀人，状主不胜三木，亦遂诬伏。然以不得尸所在，狱未定，榜掠惨毒，不堪其苦，乃密嘱家人求他人尸冒替，冀可宽目前之棰楚。其家乃谋之邻人，适同村某有弟外出为盗，遇捕者杀死，捕畏累，贿兄寝息，遂负弟尸归葬，乃以十千缗赂其兄，移弟尸瘗之舍旁竹丛中，仍取雨具槟榔置尸侧，伪为当日情状，诡称得尸所在，官为诣验，遍体鳞伤，责其子领尸殓葬，无赖子熟视久之，忽失声曰："此非吾父也，父生前两门牙露于吻外，唇不掩其齿，人尽识之，今尸虽腐，犹可辨也，胡乃谓他人为父耶？"官大骇，反复细鞫，廉得其实，乃立脱失主，械而严责无赖子。寻父案悬数十载，其父至今未归，究不知其存殁也。

《邝斋杂记》还反映了下层人民的悲惨生活，如《投儿于井》写了乱离中妇女的悲惨经历，反映了战乱带给人民的深重苦难：

> 山东寿张逆民王伦聚众滋事，时临清某村民妇生子仅数月，夫外出未归，闻寇将至村中，妇女相约避难他徙，妇念家无长物，惟一雄鸡不忍弃，乃怀子抱鸡，与众踉跄而行十余里，少憩柳阴中，

喘息甫定，遥望黄尘四起，人尽狂奔，骇呼曰寇至矣，妇复起疾行，怀中子呱呱鸡喔喔，两持不舍，然行道愈远，怀抱愈重，欲弃其鸡，不甘为贼有，适道旁有眢井，拟投鸡其中，待贼去复取，顾心意瞀乱，不遑审视，竟误投其子，行未数里，谍言贼已远飏，乃与众仍循故道归，解衣乳子，忽闻㗻㗻声，骇视之，非子也，鸡也，归井觇之，子已扑跌死矣，涕泣而返，遂发狂疾云。

此外，《妖人截发》写妖人祸害百姓，《茉莉花根》写骗子行骗，《武举张振奇》写强盗横行，这些作品深刻地揭示了当时社会的动荡不安和人民的深重苦难。

(二) 纪粤地狐鬼

潘正亨在序言中记载了陈昙的小说观："仲卿之言：古者小说流出稗官巷议街谈，有资考镜，故黄车使者采而录之，自齐谐志怪干宝搜神，末学啜醨，侈言狐鬼，而此风渺矣，其或好谈名理，借托褒讥，非乌有先生，即冯虚公子、庄周寓言，亦岂足为典要乎？余为是书，壹征诸实，盖以存交游之声欬，识平昔之见闻而已，敢与容斋之笔，梦溪之谈相颉颃哉！"陈昙主张小说创作不应侈谈狐鬼，而应征诸事实，以资考证，体现了他反对虚构，崇尚故实的小说观念。

但陈昙的小说创作却背离了其小说观念。《邝斋杂记》的100余则小说中，仅有40余则为"征诸事实"的轶事小说，其余60余则均为"侈言狐鬼"的志怪故事，如《同时不同命》《张文敏公》《王学博》《娄真人》《长青君子神》《白须土耦》《审狐》《黑夜人》《某生历三世》《惠爱坊小屋》《缝工王某》《鱼缸得宝》《白昼见鬼》《李太守遇鬼》《周生遇鬼》《蝙蝠》等，内容大致为鬼狐祟人、鬼狐现形、鬼狐报恩等。其中部分小说踵武前作，缺乏新意，但也有一些小说具有浓郁的粤地色彩，内容新颖奇特，如《雨仙》《尚可喜藏镪》《摄青鬼》《赛龙舟》等，其中尤以《摄青鬼》为佳：

粤有摄青鬼，其术非人非鬼，亦人亦鬼之间，为前人记载所不及，而其事则凿然有之。何叔度元明经言德庆州富翁某家，患摄青鬼，一妾为所据，供膳必极精腆，稍不如愿，在笥衣裳突遭火化，进前饮食忽杂秽污，偶尔现形，倏忽隐去，惟所淫之妾见之，家人纵见之，或露一手一足，或露半身，一家奉事维谨，毋敢忤者。一日，磨镜叟过其门，一人门前立，年四十许，一目眇，微须，使磨镜毕，给直数文，叟嫌其少，詈之，其人怒，掌批叟颊，叟挥拳报之，忽隐不见，询之邻舍，具悉此家患苦三年，符箓禁咒所不能制，饮食下毒所不能施，近已相安如家人父子矣。叟衔恨次骨，每当村墟市镇稠人广众，必缕述此事，欲求破其术，以雪其一掴之恨。如是者又一年，偶寄宿破寺，与寺僧谈及此，僧诧曰："是得毋年四十，微有须者？"曰："然。""得毋一目眇者？"曰："然。"僧曰："是矣！此奴合死，吾为此方人除此害也。此去村口社坛后榕树下有一坛，藏衣袴数事，尔碎其坛，焚其衣袴，蔑不败矣。"从之，是夕，摄青鬼者，昏昏如失魂魄，眠榻上，不言不动，因缚而献诸官，竟杖杀之。相传学此术者，裸体卧新棺下四十九日，即能隐形，学成后，饮食男女皆所不禁，苟其术不败，将老死如人欤？抑逍遥似仙欤？惜无人焉一竟其说。

小说以粤地特有的"摄青鬼"传说为素材，内容确如作者所言"为前人记载所不及"，具有较高的独创性。

有些志怪寄托了作者对明王朝的怀念之情。至嘉庆、道光年间，明王朝倾覆已经有100多年了，但粤地文人对明王朝依旧怀念，陈昙即是其中之一，他仰慕明末粤地著名诗人邝露，邝露曾在南明朝任中书舍人，永历帝时出使广州，清兵入粤，邝露与诸将戮力死守广州十余月，城陷，不食，抱琴而死。陈昙因名其斋为邝斋，体现了他对明王朝的怀念和对明王朝忠臣义士的崇敬，这种情感通过他的志怪小说间接地表达出来，如《武英殿》写前明宫人殉节，血痕"遇天雨红润如新甃"；《仙蝶》写前明忠魂化为仙蝶，"其光闪烁，虽燕鸽皆畏避之"；《榕树神》写明末忠臣殉节后化为榕树神，仍穿着明代大臣的服饰"乌帽红袍"，这些小说描写感情真挚，有较强的感染力。

四 《粤屑》

《粤屑》，刘世馨撰。刘世馨，字芛谷，广东阳春人。据《粤屑》载，刘世馨出身于文化世家，其先祖济阳公为举人，族高叔祖为曲江县训导，从叔刘宗为揭阳县教谕①。刘世馨主要活动于乾隆、嘉庆和道光初年，少读书于羊城②，为诸生时与黎简、黄虚舟等人唱和③，1793年摄丰顺学篆④，游览过韶州、翁源、浔州等地。工诗，善画兰竹山水，谭敬昭有《题刘芛谷为林辛作梅花寄讯图七古》一首。著有《雷祖志》《粤屑》。

《粤屑》中的《酉耳》一则记道光四年（1824）事，可知此书应成书于道光四年之后。是书今存刊本二种：一为道光十年（1830）本，8卷4册，聚锦同记藏板，半叶10行20字，白口，单边单鱼尾，这是较早的一种刊本；一为光绪丁丑（1877）刊本，藏中山图书馆，4卷，上海申报馆仿聚珍版印，半叶12行27字，双边单鱼尾，正文内题阳春刘世馨芛谷手辑，鳌座许联升愚谷订定⑤。本书以光绪丁丑（1877）刊本为研究对象，目录迻录如下：

卷一

马成湖　南建州　曹溪钵

李中丞　城隍灵签　陈高祖墓

黄状元杖对　吴都督补传　陈太保

曲江像　狭山归猿洞（卷内正文标题为峡山归猿洞）　三婆婆

海市　五层楼　喎兰豆

邓附马　寇奠东坡　仙女桥

---

① 《粤屑》卷3《虎令》云："先祖济阳公举人"，卷3《重光》云："族高叔祖讳大镜能诗古文"，后"选授曲江县训导"，卷3《阎王赐名》云："从叔刘宗任揭阳县教谕"。
② 《粤屑》卷1《春秋笔》，光绪丁丑刊本。
③ 《粤屑》卷1《五层楼》云："乾隆戊戌（1778）督学李雨村师携余及黎二樵黄虚舟等诸生登楼赋诗。"
④ 《粤屑》卷1《吴都督补传》。
⑤ 许联升，字愚谷，陕西周至人，道光七年至八年署理普宁县令，道光十一年，任揭阳县令，嗜酒而有才，人以为有庞士之风，未满任即以事罢官，贫而不能归，寄寓揭邑，士民咸重之。

雷州屯田丈田（正文题目作雷州屯田丈田议）　鬼怕知县　百花冢

春秋笔　梁观察梦应　王道婆

古琴　仙塔　猁头猺贼

老坑　雷祖　龙母

南山寿佛寺　天窑寺对　宋会试录（正文有，目录无）

卷二

履天岩　行状　生熟黎

林蛋子　黄翁增寿　扶乩论诗文

清端塑像　神医　虎形

义妻　龙福儿　不求人

鼎湖山　彭姐　冤案

陆坟　黑蛇（正文题目为墨蛇）　太监观风

石濂和尚　星岩狐姥　冥配

陈彩凤　郎韶　逢辰

孝子　李烈吟　杨廉使

拯溺

卷三

李明经　旧仓巷　状元嫂

沙面纪事　妓男　虎令

重光　阎王赐名　女变男

海门妇　潮州石狮　崖岛

泥龟　三怪　观灯

文昌掌痕　兰桂山（正文有，目录无）　翁源滩

汤池　流皇　韩文公庙

双忠庙　二形人　娟猪（正文题目为媚猪）

猺人　东山寺　南越王故宫

115

大元宝　春州岩洞　九星岩

铜鼓　进士扁梦　孖土地

金牛　宁国夫人

卷四

骗局　猫曲　忠犬

石人　鬼子城　飞铁像

麒麟石　王烈女　悬笔乩仙

翼轸分野　孔雀　元武庙

登瀛坊　望云岭　陆丰高鬟

万银坑　大南桥　重修明旌表钦州贞女倪氏墓

关帝庙　拾男　酋耳

鸡对　洗夫人　菩提树

化州橘红　城隍二则　还金

神鞋　海心冈刘王冢　白水瀑布

风雨易妻　招诗婿　梅山公

龙井庵　石门　避债奇遇

戏缢　幻术　五世同居

广州名园古迹

《粤屑》共136则，其中30余则或记物产，或记地理，或记社会风俗，非小说，如《嚮兰豆》《老坑》《海市》《春州岩洞》《白水瀑布》《南越王故宫》《广州名园古迹》《生熟黎》《猺人》《沙面纪事》等，其余100余则皆为小说。

（一）纪方隅之琐屑，补志乘之疏遗

与罗天尺、欧苏、陈昙、黄芝等人的创作目的大略相同，刘世馨亦以"纪方隅之琐屑，补志乘之疏遗"[1]为创作目的，意在使粤地的"奇

---

[1] （清）刘世馨：《粤屑·序》，光绪丁丑刊本。

行隐迹""怪事异闻""山川云物""忠孝节义"得以表彰,不致被湮没和销沉,因此,《粤屑》记载了宋明以来,尤其是乾隆、嘉庆年间粤地各阶层的遗闻轶事,通过这些故事反映粤地人民的生活状态及精神风貌。虽然刘世馨意在通过《粤屑》"微存惩劝之条,略具表彰之意",但由于他并不热心劝惩和功名,而是追求旷达自适的生活,正如其自序云:"仆本散材无用",因此,《粤屑》中的因果报应思想和劝惩说教色彩大为减弱,更倾向于抒发情感,这使《粤屑》比罗天尺、欧苏、陈昙的小说更生动,更富有艺术感染力。

《粤屑》的轶事小说约50余则,其中有的写粤地历史人物的遗闻轶事,此类小说多取材于真人真事,同时融合粤地民间传说,如《曹溪钵》写六祖慧能的轶事,《南建州》写元代王观占据南建叛乱的轶事,《吴都督补传》写清初吴六奇的轶事,《陈太保》写嘉靖朝名将陈璘平定各地叛乱的轶事,《邓附马》写宋朝公主流落粤地而嫁当地邓姓望族的轶事,其他如《林蛋子》《清端塑像》《洗夫人》等,此类小说不重在歌颂历史人物的丰功伟迹,而重在叙写历史人物的传奇经历,如《林蛋子》:

> 李制军侍尧总督两广,乾隆丙戌巡阅高、雷、廉、琼一带。兵舟过阳春,夜梦金甲神指一人示曰:"此护身符也。"醒而异之,晨见壮年持篙立鹢首,即梦中人,召问,乃林姓蛋人子,其人魁梧英俊,遂命易衣履,使常侍左右。及事竣,旋旌舟抵羚羊峡,忽风雷暴作,波涛兽立,缆断桅折,舟覆,制军堕水中,众惊惶莫措,林跃入水,抱制军起,拍浮惊涛中,扳小舟援救登岸,时制军已昏迷,因拥使伏吐水数升而苏。制军感神示救而多林活命之恩,峡有龙王庙,祭之,并酬林以千金,使富倭什哈教以骑射,数月即拔补把总,一年间升守备,擢都司,而制军调云贵矣。林之遇亦奇哉!

有的反映乾隆、嘉庆年间普通百姓的生活状况。《龙福儿》写龙福儿聘许氏女为妻,"父殁,贫日甚",许氏女的兄嫂欲将许氏嫁给富室,

117

于是势逼利诱，令龙福儿退婚；《海门妇》写海门陈氏年六十有四，"贫且寡，老而无子""每值清明节，辄具香纸诣夫茔奠祭""顾瞻蓬葛，白杨萧飒，影只形单，不胜凄惨"，这些小说反映了当时下层人民的悲惨处境和社会的世态炎凉。由于生活艰辛，人们幻想有世外桃源一样的乐土，《郎韶》就虚构了一个"中有良田美池桑麻""牛羊满冈，禾黍蔽野"的国度，反映了人们对安定富足生活的向往。

  寻找宝物和海外冒险是粤地小说的主要内容之一。《粤屑》中的此类小说更倾向于反映冒险寻求财富者的艰辛，《海心岗刘王冢》写一贫且愚的蜑户发现了刘王冢，却被官吏杖死；《泥龟》写一个叫泥龟的少年出海遭风流落荒岛多年，以至于"遍体生毛""如猿猱然"；《崖岛》则更为凄惨：

  蔡士阳，钦州士人也，读书不成，弃而为贾，地濒海，买舟出洋，营鱼盐之利。一日，偕十九人同舟，至三娘湾，遇大风，吹出大洋，巨浪滔天，任其飘泊一昼夜，抵一岛，舟近崖，冲激将覆，众急登岸逃生，回望原舟，片板不存。遂入岛周览，冀有居民为栖息之所，乃四顾，绝无人迹，惟一小庙中立神像，神前有珓杯一对，亦不知其何神，其中器皿镬筥皆备，甚讶之，不解其故。众相与枕藉其中，拾干叶作席，幸携有火镰引火各物，群拾干柴燃火不令绝。但无由得食，见其地产小薯大如指，若天冬然，煨而食之。庙前有鸡成群，捕之不得，祷于神而掷珓，若胜，捕得数只，以此度日。遥望大海，茫茫杳无片叶，仰天长叹，艰苦备尝，死者已十余人，自分为异域之鬼。居八十余日，忽一夜闻岛边人声嘈杂，若有舟泊此者，蔡等不能行，捫膺大哭，冀其援拯，舟中人闻之，并见火光，亦大惊异，入岛探问，见存者六人，病莫能与，泣诉情由，咸哀怜之。转叩舟何自来，乃知此地近崖州，名蓬岛，每年七月舟人乘风来此，取鲍鱼带子各海味，秋末则回，余月虚无人焉，其食具留于庙以为来时之用，鸡亦彼放生者云。于是客人扶归舟中，先与糜粥调养，三日后渐与之饭，半月始能行，至九月，载以俱还。由崖州渡海，一路乞食回里，家中以其死久矣。一旦忽归，喜从天降，其子在学署读书，士阳至署详言之，如听世外事，此《山海经》所不载者也。

此则小说类似唐代刘恂《岭表录异》的《六国》和钮琇《觚剩》中的《海天行》，但它不像前两则那样写海外的奇异经历，充满浪漫主义气息，而是以现实主义笔触描写冒险海外的商人的悲惨经历。

《粤屑》中最有价值的要数反映男女爱情婚姻生活的小说。除明代《钟情丽集》外，岭南文言小说中反映爱情婚姻生活的小说一直甚少，不论是钮琇，还是罗天尺、欧苏、陈昙、黄芝等人的作品，都没有此类题材，这与清中期岭南文言小说作者重视小说的社会功用有关。刘世馨颇旷达自适，因此，他创作了反映爱情婚姻生活的小说，如《彭姐》《义妻》《陈彩凤》《黑蛇》《风雨易妻》等，歌颂了男女间真挚、忠诚的爱情。《彭姐》写彭姐为与意中人在一起，假溺死而出逃；《义妻》写妓女雪娘不嫌冯生清贫而嫁之，并赠金帮助冯生赴试，后雪娘因思念冯生而亡；《墨蛇》写某女之未婚夫染疯疾，此女并未抛弃未婚夫，偶获墨蛇将其夫之病治愈。这些爱情故事均以女主人公为主，歌颂了女性在爱情婚姻中的坚贞、勇敢和智慧。

刘世馨亦具有强烈的民族意识，他的有些作品写明清易代故事，但与罗天尺大力歌颂明王朝忠臣义士的慷慨豪迈不同，《粤屑》的此类小说不再歌颂人民的抗争，而是流露出浓重的故国之思和黍离之悲，如《百花冢》《仙塔》《古琴》，其中《古琴》的情感尤为感伤：

> 幼时闻邑有九十岁余老翁言，有明季亡王昧归周之义，由肇庆走东安，从僻径逃匿阳春之西山。西山层峦万仞，中辟一洞，有黄姓者居之，地之土豪也。明末扰乱，聚党数百人，保障一方，王闻而依之，黄相待甚厚。住十余日，王曰："在此终亦非计，欲由高之廉出云南逃缅甸耳。"黄慨然选徒护送。至高州界，王行箧携有明太祖画像、珠帘、古琴、宝刀数事，皆明内府物，虑在中途为人物色，持以赠黄。其后，家有吉凶事，琴必先鸣，吉则锵然，凶则

凄然。一夕，琴鸣不已，有凄惨声，次夜即遭回禄之灾，像与廉、刀焚烧物化，独抱琴走出而损一小角。黄有孙颇知琴机，至省请琴匠修理，时石制军好琴，谕琴工有古琴与闻，匠见琴异之，使以重金售于制军。后至西山，欲问其事，而遗老尽矣，漠然徒见山高水清而已。

小说通过"琴鸣不已，有凄惨声""遗老尽矣，漠然徒见山高水清而已"，来表达作者对明王朝的深深眷恋。刘世馨还对明末变节仕清者予以辛辣嘲讽，《春秋笔》《黄状元杖对》《行状》即属此类，如《行状》：

粤前有显宦某先生，在明季职居卿尹，入本朝亦跻显仕。顺治末，卒于家。其子延名笔作行状，叙述其前后德业，灿然可观，惟于筮仕两朝中间一段，碍难措语，众皆搁笔。有老宿儒曰："若予吾金，请为若圆其说，心弗服，金勿予。"遂诺而允其请。索前文读之，于前后叙述处不易一字，乃于过渡处添一笔云："当闻贼陷京师，庄烈帝殉国，公拊膺痛哭，思欲复仇而不得，及闻王师诛暴，以手加额，北向稽首曰：'天乎！吾仇复矣！夫弑吾君者，吾仇也，戮吾仇者，吾主也。'遂束身归命。"一笔接下，众阅之，皆首肯心折，其子泥首谢而赠金有加焉。

小说通过老儒的行状，生动地刻画了明末变节士人的丑陋和卑劣。有的作品还对清初统治者的残酷统治进行抨击，如《虎令》写藩王尚可喜"废城厢内外民房庐舍为马厩，养马数万匹""在粤穷奢极欲，而性佞佛，鼎湖海幢两丛林皆其创建，而潜与吴逆相通""王有养子名崇乾，任阳春县，恃势横暴，苛猛于虎，邑受其毒"。

清中期岭南小说家大多反对佞谈狐鬼，体现了征实的小说观。但刘世馨认为"怪事异闻，欲俟缋轩之采"，肯定了志怪小说所具有的美学价值，因此他重视志怪小说的创作，《粤屑》中约有一半为佞谈狐鬼的志怪小说。其中有的志怪小说承袭前作，如《城隍灵签》《梁观察梦应》《黄翁增寿》《拯溺》《女变男》《文昌掌痕》《孖土地》《忠犬》《飞铁像》《城隍二则》等，内容无甚新意，但大部分却颇有价值，如《马成湖》《星岩狐姥》《冥配》《神医》《娟猪》《猫曲》《神鞋》等，不仅内容新颖，而且因果报应和劝惩色彩较弱，具有较强的艺术感染力，如《猫曲》：

  大鹏营游击程砺石，名垣，顺天武进士，颇善谈笑。乾隆庚戌在新安同城相好。其署中畜一猫，极驯，夫人甚钟爱之，抚摩豢养备至。署有后楼，当一二更时，常闻有唱小曲者，燃灯上楼，遍照虚无人焉，疑为鬼。一夜月明如画，又闻喁喁度曲声，潜听之，其词曰："悄东风，尔休把我的人儿吹散，须怜我，翠袖单寒，天涯望断，守着窗儿到黄昏，可生凄惋，怎禁住春心撩乱。"声娇细如十一二岁女子音，一婢蹑足而窥之，见此猫蹲坐案上，摇头掉尾，以脚点板而歌，遂奔告游府，大以为妖。翌日，缚而欲杀之，夫人力为营救，至于涕泣，乃赦其死，放窜于深林之野，纵使逃生，夫人之恩也。新安营，水师也，游府间月例出巡洋，猫俟官解缆，即奔回署中，依恋夫人膝下，夫人亦爱而不舍，由是不复唱矣。知官将回署，则先扬去，如是者久之。及夫人卒，潜回丧次，哀号叫跳，如不欲生，见者怜之。后灵榇寄庄，遂随之去，不复返云。

小说通过描写猫的歌声、猫对夫人的深厚感情来表现猫之多情，正如作者所评论的"此猫听其曲，则情种也""观其恋夫人，则情之至而忠生焉"，并通过写猫之多情来批判世风的浇薄，"是足以愧天下之无情而忘恩寡义者"。

（二）艺术特点

《粤屑》积极吸收白话小说的创作特点，追求故事情节的紧张曲折，跌宕起伏，从而使小说具有了白话小说的曲折艺术美，非常富有吸引力，《崖岛》《黑蛇》《彭姐》《海心冈刘王冢》等篇幅均较长，情节均较为曲折。其中《冤案》最为突出，小说共有4个情节段：第一个情节段带有志怪意味，新兴邑宰李公下乡时见一艳妆少妇哭于墓，李公讶之，问左右，皆曰素衣，公异之，带回署研鞫，妇与邻里皆曰妇夫死于病；第二个情节段的情节开始紧张起来，妇人的邻居以县无故押寡妇而上控，州府限李公半月内破案，否则即以枉法入罪；接下来小说进入第三个情节段：

> 李公慌甚，夜间私出潜往妇邻乡密访，数日皆无耗。一日薄暮遇雨，见山侧小茅屋，趋之，有老妇缟袂青裙，应门导入室，既而一汉子年二十余自外至，妇曰："此豚儿也。"略叙寒温，公以算命对，且言欲止宿其家，汉允之，遂解囊使备晚餐，妇曰："吾家非业此猎食者，斗酒只鸡，尚是山村风味，而乃向客索直乎？"于是与汉对酌，情颇洽，久之，汉酩酊醉矣，率问客由城经过否，知新官谁也，曰："李官在此，问之何以？"曰："闻李官以某妇一案革职矣，好官受屈冤哉，此事包龙图审不出，惟我知之。"因击案曰："实告君，我梁上君子也，小人有母，无以为养，聊借此作生活。是晚妇夫病甚，予欺其左右无人，欲思行窃，乘他门虚掩，潜身入隐暗处，妇方徘徊外室，若有所待，俄见一人贸贸然来，暗中认之，是邻乡之武举也，与妇调笑，既而闻妇夫呻吟声，妇曰：'已煎药矣。'遂擎药入，时病者昏而仰卧，妇扶其首，将药灌入口，病者狂叫一声而殁，窃见所煎药乃铜勺，余沥尚存，则锡也，骇极遁出，此事其谁知之，官亦何由知之。"公曰："何不出而为彼申雪乎？"汉曰："吾夤夜入人家，非奸则盗，自投罗网，乌乎敢！"公曰："穿窬之事不可长也，吾与若倾盖相知，囊中颇有长物，助子行贾以孝养，可乎？"其人大喜。

这个情节段较为复杂，作者通过两个巧合来串连：先写李公密访，恰巧来到案件目睹者偷儿的家，偷儿恰巧目睹了妇人杀夫的过程，这两个巧合使小说情节异常紧张地进行；最后一个情节段写偷儿作证，开棺起验，案件大白，小说整体紧张曲折，又环环相扣，可谓佳构。

由于刘世馨本身具有真性情,又盛赞"情种",认为"情之至而忠生焉",因此,他注重通过铺排渲染来抒发人物的情感和自己的情感,其中最有代表性的为《狷猪》(正文题目为《媚猪》),此故事最早见于陆勋《志怪录》中的《猪精》:

> 吴中有一人于曲阿,见塘(墇)上有一女子,貌端正。呼之即来,便留宿。乃解金铃系其臂。至明日更求女,却无人,忽过猪牢边,见母猪臂上有金铃。[①]

此则内容简短,缺乏艺术感染力,刘世馨别出新意,在小说中注入了男女之间的真挚感情,并将男女间的真挚感情和故国之思巧妙地融合起来,通过荒凉凄美的环境、哀伤愁闷的人物、低回掩映的歌声,把男女间的情感和故国之思充分地表达出来,使小说意境隽永,情感动人:

> 大通烟雨,羊城八景之一也。地近素馨田,有黄生居此,家饶园林之胜,读书斋中,每于黄昏后,见豆花棚外桃树下,有女子衣缁衣,袅娜娉婷,往还掩映。一夕,月明如画,听其倚槛低吟曰:"夕阳一片桃花影,知是亭亭倩女魂。"曼声嫋嫋,若不胜情,生骤近之,女曰:"何乃惊人若是?"生曰:"飞琼下降,瞻仰情殷耳。"女曰:"虽非仙子,谅异凡间。"生以敝斋咫尺,请移玉趾。乃相将至斋中,灯烛之下,光彩艳发,生狂喜,询厥由来,女曰:"妾南汉王妃媚猪也,与郎有凤缘,其不畏异物耶?"生恋其美,遂相缱绻。由是无夕不会,因问当年宫中旧事,缕述娓娓可听,又问及大体双故事,乃掩口而笑。生尝请其歌,曰:"久矣不托于音也。"强而后可,为歌长相思一阕,曰:"钟沉沉,漏沉沉,永夜恹恹鬼病侵,愁多寒拥衾;花阴阴,户阴阴,废苑荒凉何处寻,凭栏聊苦吟。"歌罢,泣数行下,无限凄惋,生抱而慰之,以金环相赠。久

---

① (明)詹詹外史评辑《情史》,春风文艺出版社,1986,第716页。

之生愈甚，精神浑憒，其父忧之，符禳周效。旋有道士过其门，招而语，道士曰："怪当不远。"即为施法，周视家内各物，至猪圈，见一母彘战栗畏缩，耳带金环，曰："此其是矣，精气为物，游魂为变，乃妖所托以媚人者也。"其父请剑之，以除后患，生卧病久，忽踉跄起，跪道士前曰："此糟糠之妻也，愿师大发慈悲。"道士乃谓其父曰："此有所凭，非其罪也，尾有硬毛数根，拔之即不能作怪，盍送之禅院养生，以资郎之福，可乎？"父允诺，遂送之海幢寺放生处，生病寻瘳。每月必亲往饲之，后亦无怪异。明年生应试，得补弟子员，其题为二母彘，亦异矣。生考南汉葬宫嫔处，多在河南花田一带，欲寻媚猪冢而封树之，故老无有知之者。

此外，《星岩狐母》《冥配》《古琴》《猫曲》《海门妇》等，皆长于铺叙和抒情，委婉而有情致。

《粤屑》广泛地反映了粤地的社会生活，在艺术上亦取得了较高的成就，是清中期岭南文言小说中最优秀的一部。它对后世文学产生了一定影响，其中《风雨易妻》被清无名氏演绎为《风雪媒》传奇，《海门妇》被清无名氏演绎为《杨华遘》传奇。

五 《粤小记》

《粤小记》，黄芝撰，黄培芳参订。黄芝和黄培芳为从兄弟，皆出身于广东著名世家——香山黄氏。香山黄氏在明代被誉为"文献世家"，名儒辈出，最有名的为"三公"，即双槐公黄瑜、粤洲公黄畿、文裕公黄佐。黄瑜著有《双槐诗集》《双槐岁钞》；黄畿著有《粤洲集》《皇极经世书传》《三五元书》等；黄佐著有《乐典》《诗经通解》《庸言》《广东通志》《广西通志》《香山县志》等。香山黄氏在明代亦被誉为"政治世家"，黄瑜曾任长乐县知县，黄佐进士出身，历官广西督学、南京国子监祭酒等官职，入清以后，黄氏家族在政治上走向衰落，但诗书仍历十数世而不衰。黄芝、黄培芳就是在这样一个有着悠久文学传统的家族中成长起来的，受到了良好的文学熏陶，具有较高的文学修养。

第五章 清代中期岭南文言小说

黄芝（1778~1852），字子皓，号瑞谷，广东香山（今广东省中山）人，世居羊城，以教授生徒为生，工诗文，擅考证，醉心于著述，"瑞谷弟生平好为诗，尤长记载，于课徒之暇，博观百家，搜罗遗逸，参之经史，以订其讹，久之累成卷帙"。[1] 著有诗文集《瑞谷诗钞》《瑞谷文钞》，考据著作《诗经正字》《四书句读正伪》等。黄芝继承了香山黄氏创作笔记的传统，"先六世祖双槐公撰有岁钞，传播艺林，此后代有著述，曾无嗣之者，从兄瑞谷先生勉承家学，辑《粤小记》一书，犹是此志也"。[2]

黄培芳（1778~1859），字子实，号香石。道光二年（1822）拔贡生，中年以后绝意仕途，以授徒兴学为业，任乳源和陵水教谕、肇庆训导等职，工诗文书画，与张维屏、谭敬昭并称"粤东三子"，曾参编阮元主持编撰的《广东通志》，著有《岭海楼诗钞》《香石诗话》等。他十分支持黄芝撰写《粤小记》，不仅参订编校，还为之作跋，并盛赞《粤小记》"所记虽小，而于世道人心、借一讽百之旨，时时见于言外，其中援引审订，亦足资考证"。[3]

《粤小记》4 卷，附《粤谐》1 卷。黄芝兄黄大干作于嘉庆戊寅（1818）的序云，当时两广总制阮元修《广东通志》，黄培芳曾参与修纂，黄大干"促瑞谷持书参订付梓"，但"惜乎其未能也"。[4] 由此可知，1818 年黄芝已撰《粤小记》，但未能刊行。此后黄芝陆续补缀成 4 卷，道光乙丑（1829）又"闲中杂忆奇闻异事不能割爱者，别次为《粤谐》，夫齐谐者，志怪之事，《粤谐》亦师其意云尔"。[5]

道光十二年（1832）《粤小记》刊出，颇受欢迎，道光十六年（1836），时任两广巡抚的祁𡎴[6]为《粤小记》作序云："予延香石广文课

---

[1] （清）黄大干：《粤小记·序》，林子雄点校《清代广东笔记五种》，第 389 页。
[2] （清）黄培芳：《粤小记·跋》，林子雄点校《清代广东笔记五种》，第 446 页。
[3] （清）黄培芳：《粤小记·跋》，林子雄点校《清代广东笔记五种》，第 446 页。
[4] （清）黄大干：《粤小记·序》，林子雄点校《清代广东笔记五种》，第 390 页。
[5] （清）黄芝：《粤小记·自序》，林子雄点校《清代广东笔记五种》，第 447 页。
[6] 祁𡎴（1777~1844），字竹轩，又字寄庵，高平孝义里人，道光十三年（1833）任广东巡抚。

子侄，偶询风俗，得其从兄瑞谷所为《粤小记》观之，记凡四卷，附以《粤谐》，杂书土风，间资吏治，时举以询诸牧令，有愕然诧为奇察者，岂非耳目之一助哉。予既佩香石之说经铿铿，复睹瑞谷之清言娓娓。"① 此书陆续有广州文畬堂刻本，1915年上海会文堂石印本。今有林子雄的点校本，收录在《清代广东笔记五种》中，此本有祁贡序、黄大干序、黄培芳跋和粤谐序，林子雄云："本次整理以清道光十二年出版的《粤小记》为底本。"② 此说恐有误，道光十二年（1832）刊本不可能有祁贡作于1836年的序，所以林子雄所据底本应为后来的翻刻本。《粤小记》无目录，共200余则，少部分为诗文或考证，大部分为小说，有150余则。

（一）纪粤地"小者"

黄芝作《粤小记》的目的与罗天尺、欧苏、陈昙的"备识乡邦轶事"的创作目的相同，黄大干序云："（黄芝）谓予曰：夫子不云乎，'贤者识其大者，不贤者识其小者。'弟不贤，识其小者耳。然是书虽小，可与志乘相为表里。"③ 黄芝所言"小者"即不载于史乘的粤地遗闻轶事，并希望这些遗闻轶事能够像史乘一样发粤地之英华，因此，《粤小记》记载了乾隆、嘉庆、道光年间，广州、顺德、番禺、佛山、增城、嘉应、新会、化州、高明等地的故事，尤以广州故事为多。所记人物既有粤地著名人士，如黄瑜、黄佐、湛文简、梁储、黄萧养、张家玉、陈子壮等，也有士农工商、贩夫走卒等民间人物，生活气息浓郁。更难能可贵的是，《粤小记》不像《霭楼逸志》《邝斋杂记》那样具有浓厚的因果报应、劝惩说教色彩，这使它的内容相对纯净，富有艺术感染力，但是，《粤小记》缺乏《五山志林》《霭楼逸志》《邝斋杂记》对社会黑暗的暴露与批判的精神。

《粤小记》中的轶事小说多集中于卷1、卷2、卷3中，有的小说踵武前作，如"陈铁面""粤乡试不以大学命题""百岁中举""河南村

---

① （清）祁贡：《粤小记·序一》，林子雄点校《清代广东笔记五种》，第388页。
② 林子雄点校《清代广东笔记五种前言》，第10页。
③ （清）黄大干：《粤小记·序》，林子雄点校《清代广东笔记五种》，第389~390页。

狗""南海周新""将军树""孖土地庙"等内容与《双槐岁钞》《觚剩》《霭楼逸志》《邝斋杂记》相类。

但大多数小说的内容还是较为新颖的。有的记粤地历史上和当时的文人轶事，如"番禺王蒲衣""王蒲衣之女""陈子壮麦而炫殉难""陈榕门先生""湛文简""潘美""霍岐山""霍天达""梁文康""霍文敏""东莞张芷园"等，多表现文人的聪明才智和独特个性，如"梁文康"写梁储少年时的聪明颖悟和胸怀大志：

> 梁文康储髫龄时，公辅之量已具。相传幼时两眉俱绿，一日自外塾归，误仆于地，父迟庵持起之，曰："跌倒小书生。"公对曰："扶起大学士。"迟庵与诸子浴于小沼中，出句云："晚浴池塘，涌动一天星斗。"公对曰："蚤登台阁，挽回三代乾坤。"公才七岁耳，而生平之事业已兆于此。①

也有的揭露文人的不良品性，如"湛文简"写湛文简绝人地脉以至"增城人每不直湛文简，即偶言及姓名，辄啐叱之，若大不利者"。②

有的记粤地民间各色人物，歌颂他们的美好品格。如"高明区贞女""番禺节妇""顺德节妇黄氏""节妇李朱氏"歌颂了粤地妇女的刚烈贞洁，"蔡氏婢""疯女"歌颂了岭南女子的聪明智慧和重感情，"番禺刘封翁"歌颂了老翁的重情重义，其中"蔡氏婢"尤为出色：

> 蔡氏婢，东安人，不知姓名。素警慧，鬻于电白蔡氏家，少长皆善视之。蔡有子，年十八补诸生。康熙初，海寇犯境，蔡氏少长皆被掳，纳诸舟中，婢与焉。会大将军吴六奇率水军至，寇窜遁安南界，乏食，议尽杀掳人。一日，婢得米数升、盐少许，裂蔡子衣纳之，曰："闻彼谋杀掳人弃诸水中，君散发缠颈，迎刃而仆，婢

---
① 林子雄点校《清代广东笔记五种》，第419页。
② 林子雄点校《清代广东笔记五种》，第410页。

当为君脱之，天或未绝蔡嗣，必济。"越日，寇果尽杀掳人刺船去，蔡从婢言得不死。时海潮初落，掳尸尽胶泥中，婢从水中曳蔡子，又起蔡氏死人于泥，瘗诸海堧。出衣中盐米，且嚼且行，数日始见烟火，乞食安南边邑。安南人以为贼，致诸官，白诸国王，蔡为具状，乃遣人送还。将抵家，路遇黄氏子娶妇，蔡观之，即前许字蔡者，黄遂以妇归之，转为其子求昏蔡氏婢。蔡将许之，婢曰："主人得逢其故，婢子亦不欲图其新，愿供扫除，终身足矣，无事更高门第也。"蔡为求昔所许之仆完其昏。[1]

与以往文言小说中的"义仆"形象不同的是，此则小说中的女仆不畏强敌，以自己的聪明才智拯救了主人，塑造了一个勇敢的、富有智慧的下层女子形象。

有的轶事小说反映了粤地社会的动荡不安，"凤阳妇女""瑶人作乱""王亮臣""海寇""惠州会匪陈阿本"等，描写粤地盗匪横行的状况，其中"凤阳妇女"尤为突出：

凤阳妇女恒至粤求食，终日恒抱一猴子，击小铜锣，唱凤阳歌乞钱米。稍逆意，则踞坐庭中诟詈，放猴子攫饮食，怖小儿，满其欲乃去。其党多聚于会城东教场，占地以栖。乾隆癸卯，西宁县有武生某往别村教徒侣骑射，家中止有弱妻幼女。一日闲坐，见家犬衔死鸡至，若人家杀以待烹者。犬置鸡，衔武生衣，若速其行状。徒侣曰："师家中得无有故乎？"犬闻言益噪不已。武生惊悟，与二三徒侣驰归。门户紧闭，遂破扉入，见妻反缚，咿哑而泣，一赤足妇坐守之。妇见人，逾垣遁。武生解缚问故，妻摇手："勿扬声，厨内尚有人。"潜入，有二妇方绕厨炙鸡，遂执之。搜其幼女，置他室以棉塞口几绝。妻言：有三凤阳妇倚门而歌，方出听，三妇以日暮求宿，许之。日渐熟，一日设馔邀饮，力辞之。三妇出白刃叱

---

[1] 林子雄点校《清代广东笔记五种》，第 398~399 页。

曰："实告汝，吾欲取汝胎，食亦死，不食亦死，宜早择。"我知不免，因言家有畜鸡，愿烹与我一醉，凭汝取胎可耳。二妇遂缚我，一妇坐守，曳幼女去。杀鸡拔毛，方篝火，忽闻二妇互相揶揄，复攫鸡再杀，不意畜犬衔鸡报君归，得免此难也。乃执二妇送官，严诘取胎之由。二妇抵死不言，后瘐死狱中。①

总体来说，这些轶事小说反映了粤地各阶层人民的生活状态和精神风貌，但由于黄芝缺乏批判精神，并意在彰显小人物的美德，因此这些轶事小说缺乏对社会现实的批判和揭露的精神，内容略显单薄，不够丰富。

《粤小记》中的志怪小说主要集中在卷4和《粤谐》中。有的志怪小说继承了岭南地理博物体志怪小说的传统，记岭南地理物产传说，如"大潭"写一大潭"深不可测"，"有物浮起，身躯甚伟，不见首尾，鳞甲间火光射人"，②"高第里井"写会城高第里井中铁绠"牵引缕缕不绝，不知数百寻丈"，③"女子化虎"写深山中一女子化为虎，内容多与岭南汉唐地理博物体志怪小说相类。有的具有一定的时代色彩，这表明岭南汉唐传说一直流传至清代，在流传过程中不断被加入了新的内容，从而具有了时代色彩，如"取银迷闷"本是汉唐传说中的一个故事类型，王韶之《始兴记》中记载"林水源里有石室，室前磐石上，行罗十瓮，中悉是饼银。采伐遇之不得取，取必迷闷"。④黄芝的"马鞍山银"即是此类故事的流变：

连州马鞍山峒积银十余瓮，人取之辄昏迷不能出。有村民乘醉入，取数饼而返。方出峒口，觉有人随其后，回视之，被发跣足，狰狞可畏。民急走渡船入村，其人追至河边，赵赳岸侧，怒目张口，

---

① 林子雄点校《清代广东笔记五种》，第396~397页。
② 林子雄点校《清代广东笔记五种》，第440页。
③ 林子雄点校《清代广东笔记五种》，第445页。
④ 骆伟、骆廷辑注《岭南古代方志辑佚》，第183页。

以手指民者三而返。是年村疫大作，死者过半，民一家俱毙。邑令知其故，藏银窖中掩以石板，凿一小孔，隐跃可见而已。①

"村疫大作，死者过半"是清代社会生活的反映，此则传说在保留古老传说内核的同时，融入了清代的社会生活，从而具有了时代色彩。

再如"化虎"也是岭南汉唐地理博物体志怪小说中的一个故事类型：

龙编县功曹左飞，曾化为虎，数月还作吏。既言其化，亦化无不在。②

浈阳县俚民，有一家牧牛，牛忽舐此儿，舐处，肉悉白，俄而死，其家葬此儿，杀牛以供宾客，凡食此牛肉，男女二十余人，悉变作虎。③

这两则内容简略，到了《粤小记》则演变为搜神体志怪小说，情节生动：

英德有卖炭者自言：少时砍柴为业，一日入深山，有茅屋倚树间，极幽趣。某息肩石上，闻屋内嬉笑声，窥之，一女子捻花含笑，憨态可掬。某惊讶以为深山中有此姝丽，故迁延不去。女遽问曰："胡为者？"某言砍柴惫甚，故憩于此。女招之入坐，见其凝眸顾盼，以为可动，渐入游语。女不答，忽两手据地，划然长啸，倏化为虎。某惊奔出，气竭于道，遇其表弟亦砍柴者救醒扶归。病月余始瘥，自后永不敢入深山砍柴矣。④

---

① 林子雄点校《清代广东笔记五种》，第450页。
② 骆伟、骆廷辑注《岭南古代方志辑佚》，第67页。
③ 骆伟、骆廷辑注《岭南古代方志辑佚》，第97页。
④ 林子雄点校《清代广东笔记五种》，第452页。

《粤小记》的志怪小说最多的为神鬼狐怪类，有的写人与狐鬼的爱情故事，如"树妖""东莞某氏之祖"；有的写狐鬼害人，如"井鬼""顺德孝廉陈公"；有的写人与狐鬼的斗争，如"水流神""抚署旧多怪异""麦公杀狐""许来""闪青鬼"；有的写狐鬼捉弄人，如"广州兵弁"；有的写人与狐鬼的友谊，如"胡师爷""番禺何翁"；有的写人游地狱，如"记三世事""麦孝廉"，这些小说内容生动有趣，可读性强。有些狐鬼故事还富有浓郁的岭南色彩，如"水流神""木龙""闪青鬼"皆写粤地特有的狐鬼，正如"水流神"云："粤俗尚鬼，其来旧矣。有所谓水流神者，其事更幻。"再如"许来"融合了岭南古老的传说——取银迷闷、张真人及其弟子捉狐鬼，极富岭南特色：

> 许来，字方来，番禺人，余中表之外太祖也。为张真人法官，善捉狐怪，家中器具，悉以符镇之，人不能取。有偷儿窃其古瓶，迷闷不能出户，及返故处乃已。客至求饮，许以面捏鼠三四枚覆盆中祝之，忽作鼠声，既止复作，启视鼠口各衔银一小块，买酒为饮。有富翁女为狐祟，延许治之，许仰瞻屋宇，命设两缸于阶下，取猛犬十余，以符拌饭喂之，遂驯伏声哑，门户窗牖尽粘以符。日既暮，有二少年飘然而入。许挥剑逐之，少年返身欲遁，犬随其后发声若雷，所粘之符振振然如风雨声，少年辄升辄坠，各趋入瓮，以盖自覆。封以符篆，篝火焚之。越日启视，乃狐也，已烬矣。承宣街圣贤里有寡妇为怪所惑，延治之。夜有老翁启户入，见许惊走，逐至粤秀山镇海楼，怪入大石板而没，自尔不复至。[①]

（二）艺术特点

《粤小记》中的志怪小说取得了相当高的艺术成就。黄芝创作志怪小说的目的不是为了劝惩教化，而是"闲中杂忆奇闻异事不能割爱者"[②]，是出于喜爱而作，因此，《粤小记》中的志怪小说大多数为单纯

---

① 林子雄点校《清代广东笔记五种》，第449页。
② 林子雄点校《清代广东笔记五种》，第447页。

的"语鬼""语怪"之作,即使少数志怪小说掺有因果报应思想和劝惩说教的色彩,如"阿婆塘""雷霹师""记三世事""蜀名士张贡生"等,也不像《霭楼逸志》《邝斋杂记》那样浓厚和鲜明。这种创作目的使《粤小记》中的志怪小说富有想象力,情感细腻,情节曲折离奇,语言生动优美。"金鱼听琴""先伯翼堂先生""从侄照文""樱桃""胡师爷""树妖""麦孝廉""东莞某氏之祖"等艺术水平均较高,其中"樱桃"写青年男女的爱情故事,风格清新典雅,颇具《聊斋志异》的神韵,为清代岭南志怪小说中的上乘之作:

> 吾邑某生善读书,声音清亮,听之使人忘倦。然家綦贫,少失怙恃,有富翁爱其才,馆之园中。生感激,益读书自励。一夜读于园中,把卷流连,觉窗外有一女子举袖回舞,生辍读方欲诘之,则已穿树去矣。屡夕皆然。生疑曰:"得毋爱吾读书耶?"益高声朗诵,响戛林木,女果婉转回舞,更加妩媚,旋倚窗外俯视,生出其不意,拉女袖笑曰:"吾读书,卿何为频频顾盼?"问之再,女徐徐答曰:"妾,鬼也,小字樱桃,生平酷听书声。年十八归无赖子,不得志,郁郁而死,葬于园中。桥之北即妾殡宫,闻君书声,有触于怀,不觉信足而前耳。"邀入室,女以他语绐之,遂遁去。然自此每夜必至,见生读则舞于窗外,以助清兴。一夜富翁入园中,见女子穿树而去,趋视之已杳。翁怒,疑生招妓,遣人逐生。夜告于女,女曰:"此非久恋之所,盍去诸?"既而笑曰:"凡人生无罪过,到冥王一验即投生。妾生时原无罪过,已投生刘翁家,嫌其俗不可耐,愤归墓中。今此女尚在,明日君辞翁去,往刘家求婚必允。入室时,记呼妾名,妾即至矣。"先是南门刘翁生一女,艳绝而痴,年十八,无问名者。翁忧甚,闻生愿为婿,喜极,惧女痴,恐中悔,即日入赘焉。既入室见女默坐椅中,问之不答亦不言。生呼曰:"樱桃樱桃,尚未至耶?"女闻言,瞪目若有所思。生又呼之,忽笑曰:"至矣,至矣。"相与入寝。晓谓生曰:"勿漏言,恐人所疑。"女入见翁,迥异曩昔。翁益爱生,令入国学,遂登贤书,明年成进

士。归，女喜曰："方不负平昔之志也。"翁无子，生坐享其业。予少时返邑，父老言之，相传为明季时事云。①

小说通过细腻的描写、优美的语言、生动的情节将樱桃的美好性格、抱负、气节展现出来，十分富有感染力。

第二节　狭邪小说

狭邪小说专记妓女与狎客的遗闻轶事，是文言小说中的传统题材。清初受兵燹之灾，狎妓之风稍衰，乾隆年间复炽，文人士子多耽于狭邪，遂有余怀的《板桥杂记》。受《板桥杂记》影响，狭邪小说日夥，正如鲁迅先生所云："是后则扬州，吴门，珠江，上海诸艳迹，皆有录载。"②

清中期岭南娼妓业亦兴盛，广州珠江成为娼妓云集之处，赵翼《檐曝杂记》云："广州珠江，蜓船不下七八千，皆以脂粉为生计，猝难禁也。"③梅州一带亦"彻夜之笙歌叠奏"④，这为岭南狭邪小说的产生提供了土壤，出现了俞蛟的《潮嘉风月》、缪艮的《珠江名花小传》《沈秀英传》、刘瀛的《珠江奇遇记》等。这些小说记述广州、潮州、嘉应等地妓女狎客的轶事，反映妓女狎客的生活及精神风貌，内容虽多不出《板桥杂记》巢臼，但由于此前岭南没有此类小说，因此，狭邪小说还是丰富了岭南小说的题材和内容。

岭南狭邪小说的作者主要以中原作家为主，俞蛟、缪艮皆为寓居岭南的浙江籍作家。他们带有江浙作家的个性特点，情感丰富，具有较高的艺术修养，此外，俞蛟和缪艮一生均科举失意，仕途乖蹇，四处漂零，他们的个性特点和身世之感使他们的小说情感真挚绵邈，文词华丽蕴藉，抒情色彩浓郁，风格典雅绮丽，与岭南地方故事集的平实、朴拙风格有

---

① 林子雄点校《清代广东笔记五种》，第447~448页。
② 鲁迅：《中国小说史略》，上海古籍出版社，2004，第233页。
③ 董乃斌点校，虫天子著《中国香艳丛书》，团结出版社，2005，第110页。
④ 董乃斌点校，虫天子著《中国香艳丛书》，第99页。

很大不同。

一 《潮嘉风月》

《潮嘉风月》为《梦厂杂著》中的部分，俞蛟撰。俞蛟（1751~？），字清源，号梦厂居士，山阴（今浙江绍兴）人，主要活动于乾隆、嘉庆、道光初年，一生未有功名，久为幕僚和佐杂小吏，乾隆四十一年（1776）援例入都，乾隆五十八年（1793）以监生任兴宁县典史。生平足迹所到，北至直隶，南达两广，交游甚广，见闻颇多。工文笔，善绘画，性格豪爽，素负才名，时人以"畸人"目之。著有《梦厂杂著》。

《梦厂杂著》，10卷，成书于嘉庆六年（1801），记作者生平游历各地的见闻，包括《春明丛说》《乡曲枝辞》《齐东妄言》《游踪选胜》《临清寇略》《读画闲评》《潮嘉风月》，共7类。有嘉庆十六年（1811）刊本、道光八年（1828）刊本、同治九年（1870）刊本，民国时期亦有刊本。

其中《潮嘉风月》专记广东潮州、嘉应的妓女狎客轶事，被清末虫天子辑入《中国香艳丛书》，名为《潮嘉风月记》。《中国香艳丛书》，20集80卷，虫天子辑，出版于宣统元年（1909）至宣统三年（1912）之间。虫天子，真名王文濡，字均卿，清末民国时人，南社成员。

余怀的《板桥杂记》分为"雅游""丽品""轶事"3卷，"雅游"记金陵胜景及妓家习俗，非小说；"丽品""轶事"记金陵妓女狎客轶事，为小说。《潮嘉风月》在体例上沿袭《板桥杂记》，亦分为"丽景""丽品""轶事"3卷，"丽景"8则，记潮嘉一带胜景、土俗和妓家习俗，非小说；"丽品"21则，"轶事"8则，记潮嘉一带妓女狎客轶事，为小说。

俞蛟在《潮嘉风月》序中对妓女有所批判，"青楼珠箔，能勾荡子之魂；赤仄云缯，难实妖姬之壑。被无穷之遗害，溯作俑于何年？"[①] 他自言创作《潮嘉风月》的目的为"是用箴规，爰资搜辑"。[②] 但实际上，

---

① 董乃斌点校，虫天子著《中国香艳丛书》，第99页。
② 董乃斌点校，虫天子著《中国香艳丛书》，第99页。

第五章　清代中期岭南文言小说

俞蛟一生飘零不得意，寄情于青楼，与妓女有着很深的共鸣，因此，意在"箴规"的创作目的实为虚语，真正目的是为处于社会底层的妓女立传，以彰显她们的美好品质，因此，这29则小说中，仅有少数几则批判了妓女的不良行为，如《雏女》《老娼》《浙东陈生》写妓女的淫行和诓骗行为，更多的则是歌颂妓女的高洁品质、真挚的情感和对爱情的忠贞，具有一定的积极意义。

有的歌颂了妓女轻财轻色、重情重才的高尚品质。《濮小姑》写小姑"遇少年服饰炫丽、举止浮荡者，厌薄之"，而"名士骚客"则"侍坐终日不倦""虽有力者，啗以金帛，挟以威势，亦不顾也"；① 《郭十娘》写十娘早著艳名，"一时名流争妍取媚"而"十娘蔑如也"②，反而钟情于意气豪迈、科举不第的文人柳生；《琳娘》写琳娘"凡贾人与达官门吏等，虽挟重赀求见，概不纳"③，独钟情于老文人程介夫；《宝娘》写宝娘"平日遇富商贵介，结束济楚，媚态百出者，都无所属意"④，独倾心于白发苍苍的老文人宗君。有的小说还歌颂了妓女对爱情的忠贞不渝，濮小姑与吴殿撰定情后，假母逼之，小姑拒绝复理故业，后吴君逝世，小姑数日不食而卒；十娘与柳生定情后因思念柳生而亡；琳娘等候程介夫，逾年无信，泪痕满面。俞蛟在这些妓女形象上寄托了自己的人生理想，使这些下层女子成为美好品质的化身。

由于俞蛟具有深厚的艺术修养，因此，这些小说具有较高的艺术质量。作者善于通过描绘人物的独特行为将人物的个性传神地表现出来，曾春姑性情孤峻，作者写她"每日晨起梳洗毕，辄闭户焚香，或临窗刺绣，不喜见人"；⑤ 琳娘孤傲自洁，作者写她"不好妆饰，粗服乱头，天然风韵，有洁癖，拂拭几榻，尘埃终日不去手"；⑥ 俊添性情豪放，作者

---

① 董乃斌点校，虫天子著《中国香艳丛书》，第102页。
② 董乃斌点校，虫天子著《中国香艳丛书》，第103~104页。
③ 董乃斌点校，虫天子著《中国香艳丛书》，第105页。
④ 董乃斌点校，虫天子著《中国香艳丛书》，第106页。
⑤ 董乃斌点校，虫天子著《中国香艳丛书》，第103页。
⑥ 董乃斌点校，虫天子著《中国香艳丛书》，第105页。

写她"每逢月夜,质衣沽酒""清歌酣畅,恒数夕不休"①。作者还善于摹写情感,不论写妓女还是写狎客的情感,都能曲尽人情,使小说具有较强的抒情色彩,《郭十娘》写十娘与柳生的深厚感情,二人离别时,"酒半,柳南伪醉,离席驰马去。从此关河间隔,欢会难期矣,"抒发了感伤之情;十娘病逝后,"其生前爱桃花,为购数十株,环种墓门。吾知异时花发成林,香凝红露,犹似当年人面也",②抒发了柳生对十娘的思念之情。此外,小说语言清新流丽,情节多委婉曲折,从而形成了典雅绮丽的风格,其中以《江左杨少愔》最为出色:

> 江左杨少愔者,年弱冠,丰姿妍秀,如好女子,见人面辄发颎,强与接数语,即避去。随舅氏某公,任潮州分司。舅尝谓人曰:"此余家贤宅相,有北齐杨遵彦之风,真足消受竹林别室,铜盘重肉者也。"与一姬交最密,姬品貌年齿,与生亦相埒。尝细雨初晴,两人乘舟闲泛岸上,观者环堵,惊为一双玉树,临风摇曳也。寻某公卒,凡亲友随任者皆旋里。生独恋姬不去,逾年,囊橐将罄,姬劝其归,辄泪沾衿袂。姬因太息曰:"我岂不欲脱籍相从?顾私蓄止百余金,不足以饱阿母欲。然谋事在人,君携去,试向赎身,济否听命可也。"生浼交好者说之,鸨不从,计无所出,唯闭户掩泣或散步芳郊。旬日间一日徘徊树下,望姬船呜咽不已。忽有人自后抚其肩曰:"异哉,子何悲之甚也?"生惊,则一少年衣冠楚楚,爰诡词以对。客摇手曰:"观子神气,已知底蕴,"自指其胸曰:"此中有热血斗许,愿为世间佳士一洒之,君固未可与语者,"咨嗟欲去。生知非常人,挽与共坐,备述颠末。客初无一语,但询生姓名寓居而去。久之,揭阳奸民朱阿姜谋不轨,制军提兵往剿。文武员弁往来韩江上下者如梭织。一夕,姬与他客酌酒蓬窗,拨石槽度曲,忽有皂衣者数人坌至,疾呼曰:"督辕巡官至。"举舟惶遽,客仓皇鼠窜,而巡官已高坐舱中。传呼鸨母,责其买良为娼,令左右褫衣

---

① 董乃斌点校,虫天子著《中国香艳丛书》,第 107 页。
② 董乃斌点校,虫天子著《中国香艳丛书》,第 104 页。

欲挞之,鸨哀乞姑释。顾谓姬曰:"汝当照例发卖,姑念事不由己,许汝择人而嫁。"姬跪谢以愿从杨生对,巡官即传生至舟。视之,曰:"真汝偶也,"饬缴身价给鸨,促两人买棹遄行。生与姬喜出望外,而终不知巡官为何人也。次日薄暮舟抵三河,有客携尊迳入,揖生称贺,盖即当日树下相逢之少年也。笑问姬曰:"昨夜惊乎?日者别后,谋为若两人撮合,而无术。非制军临郡,焉能作此狡狯,以遂足下愿乎?"生与姬顿颡若奔角,敬叩姓氏,客不答,但醉数觥,致声珍重,腾跃登岸,长啸而去。嗟乎,谁谓世无黄衫客哉?①

小说写杨少愔与姬的爱情故事,情感真挚绵邈,有较强的抒情色彩,情节绵密曲折,语言优美流畅,人物性格特点鲜明。

二 《珠江名花小传》《沈秀英传》

《珠江名花小传》为文言小说集,《沈秀英传》为单篇传奇,均为缪艮撰。《珠江名花小传》署名支机生撰,每篇小说后有署名"缪莲仙"的补述和"缪子"的评议,可知支机生即为缪艮。缪艮(1766~?),字兼山,号莲仙子,武林(今浙江杭州)人,主要活动于乾隆中期、嘉庆和道光年间,诸生,一生潦倒坎坷,留粤20余载,做过南雄州署幕僚等职,著有《梦笔生花》《涂说》《珠江名花小传》《沈秀英传》。

《珠江名花小传》,1卷,收录在《中国香艳丛书》中。全书正文共12则,包括《绣琴》《文采》《大夭》《亚柳》《凤彩》《新娇》《瑞莲》《细妹》《阿凤》《婕卿》《阿富》《李顺娘》,附注亦有9则,包括《沈三姑》《王翠凤》《秀英》《麦大安》《亚银》《阿宝》《张二妹》《小福》《珍珠》。

《珠江名花小传》写作者曾经交往的妓女的轶事。与俞蛟相似,身世飘零、抑郁不得志的缪艮对这些沦落下尘的女性非常同情和理解,并视这些女性为知音,正如作者在《李顺娘》中云:"已而各叙沦落之况,

---

① 董乃斌点校,虫天子著《中国香艳丛书》,第109页。

益依依弗能舍。"① 因此，这些小说意在摹写妓女的身世之悲和美好品质，将她们塑造为高洁美好的女性。《文采》写文采本良家女，"因贫不能给，遂流落风尘"，但却"性简默""对客无诙谐语"②；《凤彩》写凤彩"少失怙，母贫不能养。女仅周岁，假母收育之"，但却"儇薄贵介，千金挑之，弗为动也"。然为假母所逼，遂"恒怏怏不得志，怨恨形于眉睫"③；《李顺娘》写顺娘"少孤贫，母老弟幼，无以存活，鬻为妓""然颇自矜重，过客稍忤其意，恒引疾避去，故罔得当路欢"。④ 这些下层女性身世悲苦，沦落风尘，却不甘沉沦，高洁美好，通过这些形象，作者寄予了自己的身世之慨和人生理想。

有的还歌颂了敢于反抗的妓女。《大奀》写了一位屈居下尘，却洁身自好，并以死抗争的女性形象。大奀虽被称为花魁，却性高尚，不与俗众伍，尝言："侬辈增一分声价，便多一份贱态。人以为可喜，侬辈以为可悲也。"有贵介致五百金求半月欢，母利之，"大奀不可，强之，遂绝粒"。⑤ 有的还歌颂了有胆识、有智慧的侠义妓女。《新娇》写新娇与黎生相爱，黎生因事被牵连，欲遁，新娇止之，黎生欲告之母妻，新娇亦止之，黎生入狱，新娇早晚馈送食物，代为周旋，事遂得白，新娇心力俱瘁，同伴不解，新娇曰："人之贵得一知己，没世无恨者，亦以患难相扶持耳。使漠然坐视，以何贵乎？予非诒也，此所以报知己云尔。"⑥ 作者将见识、智慧、深情等美好的品格都赋予了新娇，使她成为岭南小说中极具光彩的人物。

《珠江名花小传》以摹写情感见长，作者以第一人称的视角将妓女和文人之间的感情写得真挚绵邈，深沉感人，其中《李顺娘》尤为突出：

---

① 董乃斌点校，虫天子著《中国香艳丛书》，第1602页。
② 董乃斌点校，虫天子著《中国香艳丛书》，第1597页。
③ 董乃斌点校，虫天子著《中国香艳丛书》，第1598页。
④ 董乃斌点校，虫天子著《中国香艳丛书》，第1602页。
⑤ 董乃斌点校，虫天子著《中国香艳丛书》，第1597页。
⑥ 董乃斌点校，虫天子著《中国香艳丛书》，第1599页。

一日，友人拉予过访，相接数语，情甚洽。因告予以有疾故，已而各叙沦落之况，益依依弗能舍。数月后，予偶经其门，入视之，见其弱不胜衣，捧心而颦。闻予声，即力疾下榻，遂执予手曰："君竟不来耶？妾病恐不起，今已僦屋于某处养疴，旬日内即拟迁焉。妾所阅人，殆无如君者。幸新居殊幽静，君暇时肯顾妾，虽死无憾。"言已，泣下。予怅惘久之，珍重而别。阅旬余，予访其居未获。又数日，始询知其处。甫入室，而顺娘之灵床，已设于庭矣。邻妪问予姓氏，乃陨涕曰："顺娘垂危时，无他眷恋，惟念君不绝口。谓与君虽无一夕缘，情独有深焉者。而今已矣，魂如有知，当为君觅一有情人，代续未了缘耳。"予闻之，不禁抚棺大恸曰："是予之知己也夫！是予之知己也夫！"[①]

《沈秀英传》作于《珠江名花小传》之后，乃《珠江名花小传》中《秀英》的补传，《秀英》写秀英多愁善病，与作者相恋，并以诗词相知，内容略显单薄，而《沈秀英传》内容较为丰富，叙述了秀英的坎坷经历和秀英与作者的知己之爱，并着重写秀英病逝后，作者对秀英的思念，情感真挚绵长，凄婉哀伤。

三 《珠江奇遇记》

《珠江奇遇记》，单篇传奇，收录在《中国香艳丛书》中，刘瀛撰。刘瀛，生平不详。此则传奇中的妓女绣琴少为叔家婢，名柳燕，与叔通，叔家以贱价售去，为妓。缪艮《珠江名花小传》中有《绣琴》一则，"绣琴，亦字柳燕。年十七，失身于人，故流落风尘，无所归著"。由此可知，《珠江奇遇记》与《珠江名花小传》中的《绣琴》所写人物相同，《珠江名花小传》的《绣琴》又云："玉珊生制《珠江纪事序》，余又为记，以传其事云。"疑《珠江奇遇记》即为《珠江纪事序》，刘瀛即玉珊生。

[①] 董乃斌点校，虫天子著《中国香艳丛书》，第 1602 页。

与《潮嘉风月》《珠江名花小传》主要写妓女与狎客的美好感情不同，《珠江奇遇记》揭掉了妓女与狎客之间温情脉脉的面纱，通过绣琴的悲惨遭遇反映了下层社会女子的悲惨命运，通过"始乱之，终弃之"的钟阿叔犀利地批判上层社会男子的虚伪与冷酷。小说写余与南海人钟阿叔、大阮3人游珠江，饮于妓船，妓女绣琴见阿叔辄掩面奔入，叔惊呼奇遇，召绣琴出，弗从，鸨惧，挞之始出，绣琴遍酹同席，不酹叔，并倾酒于地，语曰："如此薄情人，当奠九泉下！"阮斥绣琴无情，绣琴曰："人若有情，妾身胡为流落至此？"① 原来绣琴少时乃叔家中婢女，叔屡诱之，与叔私通，后叔娶妻，绣琴被卖为人妾，人以其非处女而退回，叔羞愤成怒，贱卖绣琴，绣琴从此流落烟花之地。小说对绣琴寄予了深切的同情，对阿叔的虚伪冷酷进行了尖锐的批判，具有一定的社会批判意义。

总体来看，岭南清中期的狎邪小说丰富了岭南小说的题材和内容，丰富了岭南小说的女性形象，至清代后期，岭南狎邪小说亦有所作，如周有良的《珠江梅柳记》等，但品格不高。

---

① 董乃斌点校，虫天子著《中国香艳丛书》，第2319页。

第六章
清代中期岭南通俗小说

　　清中期以前，岭南通俗小说创作一片空白，至清中期，开始兴盛起来，出现了一大批本土通俗小说作家，有黄岩、庾岭劳人、安和先生、上谷氏蓉江、陈飞霞、陈少海、何梦梅。小说题材十分丰富，有历史演义小说、儿女英雄小说、世情小说、公案小说、才子佳人小说、神怪小说。这些岭南作家大多具有浓厚的岭南情结，黄岩、庾岭劳人、安和先生、上谷氏蓉江创作的《岭南逸史》《蜃楼志》《警富新书》《警贵新书》《西湖小史》均扎根于岭南，表现岭南的社会生活，带有鲜明的岭南特色。有些岭南作家的视野还不仅仅局限于岭南，陈飞霞、陈少海、何梦梅创作的《阴阳斗异说传奇》《红楼复梦》《大明正德皇帝游江南传》反映了岭南以外的社会生活，虽显得生涩，却是有益的尝试。

　　清中期岭南社会经济虽然十分繁荣，但是各种社会矛盾日益加剧，吏治败坏，武备松驰，土地兼并严重，农民起义和少数民族起义此起彼伏，商品经济不断遭到来自封建政权的重重压迫。岭南通俗小说充分反映了这些社会问题，并进行了强烈的批判。《岭南逸史》批判了封建政权对瑶、壮等少数民族的镇压，《蜃楼志》批判了封建政权对新兴的商品经济和底层人民的残酷压榨，《警富新书》和《绣鞋记警贵新书》批判了中国司法制度的黑暗。岭南作家不仅仅满足于单纯的暴露与批判，他们还能够深入地思考社会问题，并在小说中探索解决社会问题的方式。《岭南逸史》积极寻求各民族和睦共存的道路，《蜃楼志》力图寻求商品经济和统治者、底层民众之间和谐共存的道路，《绣鞋记警贵新书》力图寻求拯救堕落人性的方法。强烈的批判精神和积极的探索精神，使此时期岭南通俗小说在思想方面达到了相当的高度，并对岭南近代小说的创作精神产生了重要影响，清末的吴趼人、黄小配、梁纪佩等人的作品都传承了这种精神。此时期岭南通俗小说在艺术形式上也做了有益的探索，《岭南逸史》具有鲜明的民族风格，《蜃楼志》采用了"无甚结构而结构特妙"的巧妙叙事，《警富新书》开拓了公案小说的文体形式，这些探索对后世小说产生了重要的、积极的影响。

第一节　儿女英雄小说《岭南逸史》

儿女英雄小说是清中期产生的一种新的小说类型，这类小说打破了小说题材畛域，将才子佳人小说和英雄传奇小说合流，将"英雄至性"与"儿女真情"融合一体，其发轫之作是陈朗的《雪月梅》和夏敬渠的《野叟曝言》，《岭南逸史》是继《雪月梅》《野叟曝言》之后的又一重要的儿女英雄小说，在清代小说史上具有一定的地位，在岭南小说史上亦具有重要地位。

《岭南逸史》，黄岩著。黄岩，生卒年不详，乾隆时人，一名峻寿，字耐庵，又号花溪逸士，潮州府程乡县（今广东梅州）人，贡生，工诗，有诗文集《花溪草堂稿》，精于医学，行医于岭南各地，著有《医学精要》《眼科纂要》等。

《岭南逸史》，醉园狂客序所署时间为乾隆癸丑（1793），可知是书约成书于乾隆癸丑，西园老人作于乾隆甲寅（1794）序云："使其付之梨枣，传之其人"，可知是书刊刻于乾隆甲寅。现有嘉庆十四年（1809）刻本，内封题《岭南逸史》，右侧书"张西国先生鉴定"，左侧为"志录三奇遇",有乾隆甲寅(1794)西园老人序,乾隆癸丑(1793)醉园狂客序,乾隆甲寅(1794)张器也序,凡例四目,每回之后附醉园、西园、琢斋、竹园、启轩、李梦松等评,此后的版本多据此版本翻刻,有咸丰丁巳(1857)刻本,同治年间有数刻,清末民初有石印本。本书以嘉庆十四年刻本为研究对象。

一 成书过程

《岭南逸史》凡例云:"是编悉依《霍山老人杂录》《圣山外记》《广东新语》及《赤雅外志》、永安、罗定、省府诸志考定,间有一二年月不符者,因事要成片段,不得不略为组织。"这表明是书并非凭空虚构,而是依据史志中的史料进行敷衍的。实际上,《岭南逸史》所叙内容是历史上真实发生过的事件,主要是以明神宗万历初年粤西地区罗旁(今广东罗定)、永安(今广东云浮)等地瑶民起义这一重大历史事件为背景进行敷衍的。

明代,岭南的山区、沿海和平原散居着黎、苗、瑶、壮等少数民族。明初,明王朝对岭南少数民族实行以招抚为主的政策,稳定了对少数民族的统治,明中叶以后,实行政治上直接统治和军事上以剿为主的政策,使民族间的矛盾迅速激化,黎、瑶等少数民族不断起义。万历三年(1575),粤西罗旁、永安诸瑶不堪汉族压迫,举行了历史上最大规模的起义,同时,粤地盗贼乘势兴起,相煽为乱,极大地威胁了明政府在岭南的统治。万历四年(1576),两广总督凌云翼率领李锡、陈璘诸将,协同两广总兵张元勋,对粤西瑶民进行了大规模的清剿,至万历六年(1578)瑶民起义悉被平定,各地盗匪亦被清剿,粤地暂时安定下来。《明史》《罗定州志》《广东通志》等史志对此均有记载,如《明史·凌云翼传》记载了凌云翼平定粤西瑶民起义的过程:

> (凌云翼)寻进征罗旁。罗旁在德庆州上下江界、东西两山间,延袤七百里。成化中,韩雍经略西山颇安辑,惟东山瑶阻深菁剽掠,有司岁发卒戍守。正茂方建议大征,会迁去。云翼乃大集兵,令两

广总兵张元勋、李锡将之。四阅月，克巢五百六十，俘斩、招降四万二千八百余人。岑溪六十三山、七山、那留、连城诸处邻境瑶、僮皆惧。贼首潘积善求抚，云翼奏设官戍之。论功，加右都御史兼兵部侍郎，赐飞鱼服。乃改泷水县为罗定州，设监司、参将。积患顿息。六年夏，与巡抚吴文华讨平河池、咘咳、北三诸瑶，又捕斩广东大庙诸山贼。岭表悉定……云翼有干济才。罗旁之役，继正茂成功。然喜事好杀戮，为当时所讥。[1]

《明史·陈璘传》记载了陈璘平定粤地盗贼的过程：

陈璘，字朝爵，广东翁源人。嘉靖末，为指挥佥事。从讨英德贼有功，进广东守备。与平大盗赖元爵及岭东残寇。万历初，讨平高要贼邓胜龙，又平揭阳贼及山贼钟月泉，屡进署都指挥佥事，佥书广东都司。

官军攻诸良宝，副将李成立战败。总督殷正茂请假璘参将，自将一军。贼平，授肇庆游击将军，徙高州参将。总督凌云翼将大征罗旁，先下令雕剿。璘所破凡九十巢。已，分十道大征。璘从信宜入，会诸军，覆灭之，以其地置罗定州及东安、西宁二县。[2]

这些史传记载的镇压瑶民起义及清剿盗匪的过程与《岭南逸史》非常相似。

黄岩指出《岭南逸史》取材于《广东新语》《赤雅外志》。邝露的《赤雅外志》今已佚，屈大均的《广东新语》记载了大量罗旁、永安的山川地理、社会情况、人物事迹，这些材料为《岭南逸史》采用。《广东新语》中的《永安县》《永安三都》《火带》《秋乡》详细记载了万历间永安一带的地理情况和社会情况；《东安诸山》《锦石山》《南岭》等详细记载了东安诸山、南岭等山脉的地理情况和曾经发生过的战争；

---

[1] 张廷玉等：《明史》卷222，吉林人民出版社，1995，第3896页。
[2] 张廷玉等：《明史》卷247，第4245页。

《永安诸盗》《永安黄氏三孝子》记载了督抚吴桂芳、总兵殷正茂、林天锡、黄氏三父子、巡抚缩朒、盗贼蓝能的事迹，这些内容皆为《岭南逸史》所采用，其中《永安诸盗》一则对《岭南逸史》影响甚大：

> 永安重峦复嶂，昔固盗薮，磜头山与乌禽、天字、清溪等嶂，员墩、黄沙等山，联络归善、海丰、长乐、河源、龙川等县，绵亘险阻。而磜头山故有铁冶，贼往往巢穴其中，分道出掠，官兵屡扑不能绝。贼穷辄还磜头，结寨自固，已复盘据五县。山谷中多良田，流民杂居易啸聚，出则贼多，归则贼少，皆近巢居民半为贼党故也。乘其未获，以大兵临之，乏食自困，乃可擒矣。古名、黄沙贼常伏乌禽嶂，出掠柘园，执求盗通判。蓝能贼复袭郡城外东平，欲席卷去，未至十里而曙觉，遂破涌口营鹿游冈，掳掠子女，责赎捆载而归。当是时，烟火达于谯橹，不能以一矢加遗，东西两江群盗遂炽……有司缩朒主抚，置不省，贼或听，甫入城，辄言愿归旧巢，一出郊关，且归且劫，送者固在。自是良民御贼，反蒙激变之辜。贼益恣行，逼近城府，乃遣一卒导归，而以还乡上报，贼乡安在，其所据者，皆良民之产也。计自万历之末，至隆庆之初，历十三四年，分巢诸乡，声势相倚，出入无时，靡处不到。归善、长乐、龙川三县所破寨，杀卤人民财币牛马，不可胜算……其后五军分道大剿，虑各巢并力，遵庙议名讨蓝、赖二贼，而为质各巢。自十月至明年三月，诸贼尽平。①

此则记载了蓝能劫掠人民、冲击州府的情况以及缩朒的昏庸无能，《岭南逸史》中的缩朒一直是小说贯穿始终的人物，平定蓝能成为后半部分的主脑。《永安黄氏三孝子》记黄让、黄启愚、黄启鲁三父子忠孝抗贼的事，几乎原封不动地被《岭南逸史》承袭。

《岭南逸史》不仅从真实的历史事件中取材，还从少数民族的民间

---

① （清）屈大均：《广东新语》，第 251～253 页。

故事中取材。书中两个女主人公瑶王李小鬟和瑶女梅映雪是粤西瑶族流传的民间故事中的人物,《郁南民间故事》收有《梅影雪》的故事,讲述了瑶族女子李小环、梅影雪和汉族书生黄凤玉的故事。《岭南逸史》第8回写杨翩翩和许玉英替李小鬟战死,作者引用了明代岭南诗人黎民表所作的赞美杨翩翩和许玉英的诗:"自古惟忠义,最足感人心。不见李公主,愤愤斗狸狌。云洋与鸦髻,万死不能生。前有杨翩翩,后有许玉英。愿服主冠袍,饵贼夺主身。臣非不自爱,义在不敢珍。"可见,李公主、杨翩翩和许玉英的故事应在粤西一带流传,黎民表有感于她们的故事才做此诗的。这些少数民族的民间传说构成了《岭南逸史》的基本情节。

对《岭南逸史》影响最大的莫过于《圣山志》,惜《圣山志》已佚。圣山,屈大均《广东新语》中的《东安诸山》云东安有天马山、大绀山、云雾山和圣山,"在杨柳都者曰圣山,并高千仞,圣山有神祠"。[①]《圣山志》当记载东安一带的故事,《岭南逸史》凡例云:

> 是编期于通俗,《圣山志》多用土语,如谓"小"曰"仔",称"良家子"曰"亚官仔",如南海差役谓逢玉"尔这亚官仔"是也;谓"无"曰"冒",谓"如此好"曰"敢好",如"敢好后生冒好花"是也;谓"我"曰"碍",谓"鱼"曰"牛",谓"饭"曰"迈",谓"碗"曰"爱",如珠姐谓"牛是碍迈爱"是也;瑶谓"我"曰"留","不"曰"吾","来"曰"大","兄"曰"表",谓"有心意"曰"眉心眉意",如梅小姐谓"志龙表吾大留也眉心眉意"是也。诸如此类,其易晓者悉仍之。其不易晓者悉用汉音译出,以便观览。

此凡例意在说明《岭南逸史》对《圣山志》中的土语的处理,但由此可知,《圣山志》中的人物有逢玉、梅小姐、志龙、珠姐、南海差役,

---

[①] (清)屈大均:《广东新语》,第102页。

并且南海差役谓逢玉"尔这亚官仔",应是讲逢玉被囚于南海县一事,珠姐谓"牛是碍迈爱",应是讲逢玉被珠姐云妹所救一事,可见,《圣山志》中已经有逢玉、梅小姐、张志龙、南海差役这些人物,并且故事框架应该基本定型。因此,《岭南逸史》并非完全由黄岩独创,而是黄岩在《圣山志》的基础之上加工敷衍而成。

但《岭南逸史》最终成功却有赖于黄岩的再创作。黄岩是一位有才华的士人,张器也序云:"逸士自少寝食于古,穷奇索隐,上窥姚姒,下逮百家。与夫所历山川之险怪,治乱之兴衰,靡弗博闻强记,以自得于风雨晦明之外。"黄岩少年时负意气,以举子业为急务,醉园狂客序云:"风雨鸡窗,昏黄月旦""极日夜而不休",虽全身心致力于科举,却屡困场屋,抑郁不得志,"屡见黜于有司,卒以自困",且"知音者鲜",于是他搜罗今古,以"行其游放不羁之气"。黄岩把历史事件进行了艺术化处理,在其中寄托了自己淑世的人生理想,正如张器也序云:"盖凡士之蕴其所有,而不得施于世者,多喜自奋于予夺功罪之中。见夫善恶颠倒、美刺混淆,致使奸豪得借以为资而起,而愤时嫉俗,往往寓其褒贬。"

总之,《岭南逸史》是以真实的历史事件为基础,吸收少数民族民间故事,在《圣山志》的基础上,经过黄岩的加工再创作而形成。这种成书过程使《岭南逸史》一方面接受正史的影响,反映了当时瑶民起义和盗贼横行给人民带来的深重灾难;另一方面接受了少数民族民间故事的影响,对瑶民起义予以肯定和同情,此外,作者淑世的人生理想和独特的思考,使《岭南逸史》更注重思考与寻求各民族和睦相处的方式。

二 寻求民族和解的道路

《岭南逸史》共 28 回。第 1 回至第 17 回为上部分,写明万历年间,潮州府程乡县青年才俊黄逢玉去从化探望姑母,途中和梅花庄张贵儿订立婚姻,后被嘉桂山瑶王李小鬟所掳,李小鬟钟情于逢玉,二人成婚,逢玉告别李小鬟,继续寻找姑母,又被天马山瑶王梅英所掳,逢玉被迫与梅英之妹梅映雪成婚,梅映雪诱骗李小鬟远征天马山,李小鬟大败,逢玉逃出天马山，在疍户姐妹珠姐云妹的帮助下寻找张贵儿，却被官府以通瑶罪名下在南海狱，梅英、梅映雪为救逢玉率瑶兵远征，先攻下肇庆、三水，又困省城，嘉桂山李小鬟助战，二军合力攻破省城，救出逢玉。第18回至第28回为下半部分，写张贵儿家被何足像勾引火带贼劫掠，贵儿与父母失散，前往程乡县依逢玉父母，逢玉父母与贵儿前往嘉桂山，贵儿女扮男装，被贼蓝能俘掳，蓝能将养女谢金莲许配给贵儿，蓝能曾杀死金莲之父，霸占金莲之母，金莲和贵儿密谋除掉蓝能，贵儿取得蓝能信任，帮助蓝能扩大势力，官府派黄逢玉率领嘉桂山和天马山瑶兵征讨蓝能，贵儿和逢玉里应外合，诛杀蓝能，荡平寇盗，黄逢玉被封为东安侯，与张贵儿、李小鬟、梅映雪、谢金莲大团圆。

以往的研究对《岭南逸史》反映了瑶族人民起义予以肯定，张俊认为它是乾隆年间较有特色的一部儿女英雄小说，"作者突破传统偏见，大胆描写了瑶族人民的反叛，颂扬他们的智慧和勇气，肯定他们的斗争和胜利，在这一时期的同类小说中实属少见"。[1] 的确如此，从正面反映瑶族起义是《岭南逸史》对小说史的重要贡献，但它的思想价值却远不止这些。

明清时期岭南民族间的矛盾是十分尖锐的。岭南最早的原住民为瑶人、狼人、壮人、黎人、疍人等，屈大均《广东新语》中的《真粤人》条云真正的粤人为"今之傜、僮、平鬃、狼、黎、岐、蛋诸族是也"。[2] 中原人进入岭南以后，形成了汉族与各民族杂居的格局。长期以来，汉族和汉族政权侵夺少数民族的生活领地，至明代，侵夺尤剧，致使少数民族，尤其是瑶族与汉族政权的矛盾冲突十分尖锐，瑶族起义不断。正统十一年（1446），泷水县（今罗定县）瑶族起义，历时10余年，至天顺三年（1459）才最终失败。正德十四年（1519），德庆州、封川县的瑶、壮族起义，官军不能抵御，最后明武宗只好招抚起义军。万历三年（1575）粤西罗旁爆发了规模最大的瑶族起义，他们据大绀山、天马山

---

[1] 张俊：《清代小说史》，第304页。
[2] （清）屈大均：《广东新语》，第232页。

诸天险，采取"官有万兵，我有万山，兵来我去，兵去我还"①的策略，与明政权展开了激烈的对抗。明政权对这次起义的镇压是十分残酷的，万历四年（1576）派了"好杀戮"的凌云翼勒兵20万，分10道征瑶，毁瑶族居住地80余处，斩数十万人，起义的瑶民几被剿杀殆尽，瑶民人口在这一时期急剧减少。此时期粤地盗贼亦乘势风起，屠掠人民，甚至出现了"鹅埠岭乃至千人尽屠，哭泣之声不绝"②的惨象，最后瑶民起义和盗贼虽然都被镇压下去，却给各族人民带来了深重的灾难。清以后，瑶族被压迫的处境没有多大改善，岭南、湘南等地的瑶族起义仍旧持续不断。

其他的少数民族，如黎人、疍民等因较为弱小，一直处于岭南社会的最底层，受到歧视和压迫，雍正七年（1729）清世宗上谕云："粤民视蛋户为卑贱之流，不容登岸居住。蛋户亦不敢与平民抗衡，畏威隐忍，跼蹐舟中，终身不获安居之乐，深可悯恻。"③

作为知识分子，黄岩有强烈的社会责任感，醉园狂客序云："愤时嫉俗，往往寓其褒贬"，而明代"罗旁、永安间，瑶壮纷沓，事迹较多荒略"，遂借"逸史""三致意焉"。于是，黄岩通过对历史真实事件和民间传说的加工，在《岭南逸史》中探讨了为什么岭南瑶民不断起义，残酷的镇压方式是否有效，什么方式才能使少数民族和汉族最终和睦相处。可以说《岭南逸史》力图寻求一条各民族和解的道路。

黄岩认为汉族统治者对少数民族的欺压是瑶族起义的真正原因。《岭南逸史》中明政权的代表人物为督抚吴桂芳和巡抚缩朒，吴桂芳对瑶民采取怀柔政策，而巡抚缩朒却极为残忍刻薄，处处和瑶民做对。李小鬟和梅映雪率领嘉桂山、天马山瑶民攻打省城的初衷是为了救黄逢玉，但更深层次的原因是为了反抗缩朒的暴虐。小说第4回写李小鬟归顺明政权，被封为金花公主，而巡抚缩朒恨李小鬟伤其腿，斩其骁将，日夜筹划报复李小鬟，甚至故意激怒李小鬟，欲逼其造反：

---

① （清）屈大均：《广东新语》，第235页。
② （清）屈大均：《广东新语》，第252页。
③ （清）阮元修撰《广东通志·训典》卷1，第82页。

独缩朒已恨李公主伤他股，又恨吴督府当面抢白，日夜思量道："必须寻个法儿，激反李贼婢，庶可以害得吴桂芳！"朝思暮想，忽想出个计来，道："必须如此，方激得他反，贼婢已反，就可诬吴桂芳交通瑶人，妄自保奏，谋为不轨，陷入叛案中，使他动弹不得。待擒了贼婢，一同定罪，不怕他飞上天去！"计画已定。唤进一个千总杨杰来，吩咐道："嘉桂岭瑶人今已降服，理宜差官到彼巡察，庶不敢再生歹心。今升尔为巡瑶观察使，尔可带三百名兵，到各山寨巡察。见了瑶人头目，须示以威严，多勒犒赏，切勿宽假以颜色，使彼轻视朝廷法度。尔若能不失本抚之意，回来重重升赏。"杨杰大喜，叩头谢了，忙出来点起三百强壮兵丁，各带腰刀，手执狼牙棍前导，自己坐了一匹高头骏马，大模大样向嘉桂岭来。

由于缩朒不断地凌虐，使原本以屯田致富的嘉桂山瑶民贫穷起来，不得不再做起打家劫舍的勾当来。第9回写缩朒逼李小鬟造反，李小鬟攻打天马山失败后，备书信礼物派赵信请缩朒助兵，赵信两次请求，两次皆被缩朒赶出，李小鬟的舅父符雄亲自去请求，"缩朒大怒，喝令拿进来，不由分说，把棋子在案上一拍，喝教打！可怜符雄被众兵擒翻在地，打了三十棍，打得皮开肉绽，丢在辕门外"，致使众将愤怒，真的要造起反来，"愿公主兴兵，打破省城，斩了缩朒，再往天马报仇！"第10回写缩朒再次逼迫李小鬟反叛，黄逢玉到省城状告何足像伙同盗贼劫掠张贵儿家，缩朒得知告状人是与李小鬟成亲的黄逢玉，就把状子丢在一边，喝令左右把逢玉放翻在地，打了20棍，定了个交结瑶人、图谋反叛的罪名，下在狱中，李小鬟大怒，"缩朒这贼子，累次撩拨我，今乃敢如此胡为！"在缩朒的一步步逼迫下，李小鬟兴兵起义是必然的结果，救逢玉只不过是个引子罢了，正如张竹园所评"缩朒、吴督府是此书开合关键"。黄岩在《岭南逸史》中指出瑶民并非专事好斗仇杀，而是被明王朝逼得走投无路才起义的，这一观点在当时无疑具有进步意义。

第六章 清代中期岭南通俗小说

明王朝对瑶族起义采取军事剿杀的政策。嘉靖年间,德庆知州陆舜臣在《议地方事略》一文中提出了以蚕食鲸吞的手段剿杀罗旁瑶民的主张:

> 罗傍等处选调精壮士兵一万……烧邻近之瑶村而倾其巢,掳其耕牛以绝其生;夺其储畜,遏其耕耘,以竭其食,俘其男女以孤其党,或因其禾之将熟也,掩而刈之,以资我之粮,绝彼之望。一山既殄,复及一山。由近以及远,由弱以及强,所谓如蚕食叶,不觉自尽。①

这一主张被明王朝采纳并加以实施。黄岩认为残酷的镇压是没有效果的,只能使瑶民的反抗越来越激烈。《岭南逸史》第12回至第16回用浓彩重笔写了天马山、嘉桂山瑶民与缩朒带领的官兵进行的斗争,反映了瑶民的激烈反抗。为营救黄逢玉,嘉桂山瑶兵先攻下六步,打得缩朒"弃了冠袍,杂在败军中而逃";智取肇庆,"杀得官军血流有声";攻破三水,"屠杀一空,县治民居烧为白地";攻省城,"一路官军望风而溃,如入无人之境"。天马山瑶兵亦来助战,二军合力围困五羊城,"杀得官军大败,死者枕藉"。黄岩还歌颂了瑶民在战斗中所表现出来的勇敢和智慧,梅英英勇善战,诸葛同足智多谋,万人敌勇猛异常,梅映雪尤其突出,肇庆难以攻破,她和梅英化妆成唱凤阳花鼓的艺人,混进肇庆城,和城外的诸葛同里应外合,攻破肇庆;遇到打劫的强盗时,她打得"二三百强徒如风扫残云雨打败叶一般,东躲西歪";围困五羊城时,众将畏官兵鸟铳厉害,不敢去劫粮,她毅然领兵前往,这个形象集中体现了瑶族人民的智慧、勇敢和不屈不挠的抗争精神,具有这样精神的民族是不可能被征服的。实际上,史实亦是如此,罗旁瑶族起义在被镇压一年之后,于万历七年(1579)再次起义,入清之后,粤北瑶族又掀起了第二轮反抗斗争的高潮。

---

① (清)杨文骏、朱一新:《光绪德庆州志》,广东省肇庆市端州报社,2002,第496~497页。

那么，什么方式才能使少数民族和汉族和睦相处呢？黄岩指出一条道路，那就是加强民族间的融合和文化上的认同。黄岩通过黄逢玉这个人物来实现他的理想，他赋予了黄逢玉这个人物形象一种喻意——寻找，黄逢玉奉父命去寻找姑母，他从潮州出发，到惠州，到嘉桂山，到天马山，又从天马山到惠州，他一直在寻找，但他寻找姑母乃至张贵儿都不是真正目的，真正目的是寻找各民族和睦相处的道路。

黄岩试图通过民族间通婚的方式达到民族和解、融合的目的。事实上，历史上瑶汉通婚甚为艰难，清道光《开建县志·风俗》载："（瑶）嫁娶必同类，不与人通婚。"① 直到解放前，瑶汉通婚亦甚为鲜见，但黄岩却敢于打破这种传统观念，大胆构想，认为瑶汉通婚是民族和解的最有效方式。

于是，黄逢玉在寻找的旅途中先娶了张贵儿，一个汉族女子；接下来又娶了李小鬓，一个瑶族女王，并且使这个瑶族女王甘愿做侧室；后来娶了梅映雪，另一个瑶族女子，并使这两个瑶族女子最终带领瑶民归附明政权；在其后的旅途中，他与珠姐、云妹，两个地位低贱的疍户女子产生了感情；最后又娶了谢金莲，一个盗贼的女儿，并通过谢金莲平定了粤东盗贼。一些次要人物的婚姻亦体现了黄岩民族通婚的理想，李小鬓的侍女春花和秋月（瑶族）分别嫁与黄逢玉的仆人黄汉和黄聪（汉族），梅映雪的侍女玉箫（瑶族）嫁给了张贵儿之兄张志龙（汉族），梅英（瑶族）娶了钱小姐（汉族），他们世为婚姻。通过缔结婚姻的方式，汉族、瑶族、疍民甚至盗贼都放下武器，合为一家，永相和睦，从而达到了民族和解与融合的目的。

黄岩未能完全摆脱汉族中心主义观念，黄逢玉的妻妾民族各异，但仍是以汉族女子张贵儿为正室，瑶族女子只能为侧室，而疍户姐妹只能是情人而已，这一安排体现了黄岩以汉族为中心、少数民族仍要服从于汉族的"大汉族主义"观念。

黄逢玉由粤东向粤西寻找的过程也是汉族文化向少数民族传播的

---

① 转引自练铭志、马建钊、朱洪《广东民族关系史》，广东人民出版社，2004，第601页。

过程，他的婚姻过程也是少数民族认同和接受汉族文化的过程，黄岩通过李小鬟和梅映雪这两个形象生动地展示了这一过程。黄岩把李小鬟塑造成主动认同汉文化的瑶人典范，她仰慕汉文化，成为瑶王之后，带领瑶民学习汉族文化，"尔等亦宜悉依汉人称呼，不可仍称精夫等丑名"。她喜欢汉族书籍诗歌，通过赋诗来选婿，她爱慕黄逢玉的才学，"见他写得墨势奇横，比瑶石还高十倍，喜得满面堆下笑来"。她对汉族的伦理道德也十分认同，甘愿做妾。而梅映雪则是瑶族文化的典型代表，对汉族文化的认同和接受经历了曲折的过程。一开始她抵制汉族的伦理道德，不甘心像李小鬟那样接受妾的身份，为了独占逢玉，她设计欲除掉李小鬟，从而引发了瑶民内部血腥的杀戮，但在和黄逢玉、李小鬟经历过生存危机后，她不再抗拒，先是接受了妾的身份，后来也学起诗词来。黄岩把梅映雪塑造成为难以被汉文化征服，但最终还是被征服的形象。

文化上认同了，民族间就能和睦相处，社会也就能长治久安。黄岩在小说结尾描绘了一幅各民族和睦相处的美好图景——汉族女子、瑶族女子、疍户姐妹诗词相和，欢聚一堂：

> 逢玉遂具表辞了，终日只与四个夫人饮酒吟诗，弹琴歌咏，或往来西宁，或临花醉月，尽情取乐……忽两个渔人，手提五尾金色鲤鱼走到逢玉面前，道了万福问道："郎君还识妾么？"逢玉定睛一看，讶道："贤妹从何而来？下官正在这里忆念尔！"看官尔道是谁？原来就是救逢玉的渔人珠姐、云妹。逢玉大喜，携手进至府堂，与众夫人一一相见毕，摆上宴来。

至此，黄岩寻求民族和睦相处的美好理想终于实现了。黄岩在《岭南逸史》中表达的民族大同理想，在当时无疑具有相当的进步性。时至今日，瑶汉民族冲突的历史已经成为过去，现代社会的瑶汉关系稳定而和谐，但《岭南逸史》所表现的内容仍让我们警醒，所追求的民族理想仍值得我们深思。

三 鲜明的民族特色

近年来有研究者把《岭南逸史》归为客家小说,以刘佐泉和罗可群为代表,刘佐泉认为黄岩为客家人,《岭南逸史》"形象地、典型地反映了客家历史文化的斑斑陈迹"[①],罗可群在《广东客家文学史》一书中指出《岭南逸史》是早期的客家小说,"保存了大量的客家方言俗谚和客家山歌"。[②] 确实,黄岩为明代潮州府程乡县的客家人,他在《岭南逸史》中描写了客家人的生活环境,使用了客家方言,反映了客家人的精神风貌,使《岭南逸史》带有了客家族群的文化特征。但实际上,客家文化特征仅为《岭南逸史》的一部分,《岭南逸史》还反映了瑶族、疍民等民族的文化特征,因此,如果单纯地把《岭南逸史》囿于客家小说的范围,则遮蔽了《岭南逸史》所体现的岭南各民族的特色。

《岭南逸史》的民族特色主要表现在人物形象具有鲜明的民族性格,各自代表了本民族的文化特征。《岭南逸史》中的民族群体包括:以黄逢玉(由于客家人属汉民族的一个民系,因此仍将黄逢玉归为汉民族)和张贵儿为代表的,包括黄逢玉父母、黄汉、黄聪、张秋谷、张志龙等汉民族群体;以李小鬟、梅映雪为代表的,包括梅英、诸葛同、苻雄、邓彪、许玉英、杨翩翩、万人敌等瑶族群体;以珠姐云妹为代表的疍民群体。黄岩将这些群体人物置于各自的民族文化背景上,从而使这些群体人物呈现出各自不同的面貌。

黄逢玉这一形象体现了汉族士人的精神风貌。他具有汉族青年才俊的特点,文武超群,"自幼聪明俊拔,无书不读,诗词歌赋,无所不晓,而又天生神力,善使双剑,家中祖传一双龙泉宝剑,他舞动起来,初时还似两条白龙,蜿蜒上下,舞到闹越处,竟是一团白雪,在地下乱滚,也不见剑,也不见人"。他具有汉族士人建功立业的雄心,"今孩儿年已十六,虽不敢比存勖冲锋破敌,难道寇平佗登高涉岭的事,也经不起

[①] 刘佐泉:《岭南逸史》中的客家史迹,《湛江师范学院学报》(哲学社会科学版)1996年第4期,第90页。
[②] 罗可群:《广东客家文学史》,广东人民出版社,2000,第126页。

来？"一开始他对少数民族还是排斥的，以公主难以高攀为由拒绝李小鬈的求婚，苻雄点明他内心真实的想法，"至谓士人不可配公主，直是饰辞耳，相公非真能重公主者，不过谓我等瑶人耳"。在和各民族女子相处之后，他能够摆脱民族偏见，成为民族和解的关键人物。

张贵儿这一形象更为鲜明地体现了汉族的民族特色，黄岩将汉族文化所追求的"才情志节"都赋予给了贵儿。她虽活泼，但谨守礼法，"一个垂髫女子，年可十五六岁，拿枝小竹竿，在那里戏击青子。见逢玉走进来，徐徐放下竹竿，敛步而退"。她孝顺公婆，尽管背负失亲之痛，却并不表现出来，而是"问安视膳，极尽妇道"，正如野鹤道人评曰："贵儿之恨火带、痛父母，只是偷泣，只是郁闷，是媳妇家身份。"她还具有绝高的智慧，足以与诸葛同、苻雄、邓彪相媲美，她被蓝能俘获，却毫不畏惧，而是慷慨陈说时势；为了获得蓝能的信任，她与谢金莲假成婚；为了帮助蓝能扩大势力，她巧施苦肉计和调虎离山计，消灭了凤凰冈的陈铁牛，正如蓝能所赞扬的"贤婿神算，诸葛孔明不及也"。最终，她和黄逢玉里应外合，消灭了蓝能，平定了盗贼。作者力图使贵儿这一形象成为汉族文化的完美典范，但这也使这一形象有些失真，正如西园老人所评价的"若贵儿尚不免道学气"。

梅映雪是作者塑造的最为成功的人物形象，黄岩把她置于瑶族文化背景下，使她成为瑶族文化的典型代表。她天性率真烂漫，当听诸葛同说她与黄逢玉有婚姻之缘后，便真心真意地爱上了逢玉，遇到被她打过的钱大秀时，见他鼻尖还贴着膏药，便"忍不住伏在梅英背后，咬着袖儿格吱吱的笑"。她大方豪爽，没有汉族女子的矜持与羞涩，为了使逢玉开心，她"笑嘻嘻，千娇百媚走至逢玉面前""妆出妖娆，用左手搭在逢玉肩上，右手把盏轻轻凑在逢玉口上道：郎若信得妾过，妾心方安"。她情感炽热激烈，见逢玉伤心，也"就陪着涕泣"，见逢玉思恋着李小鬈，便十分愤恨，"暗自恨道：我原料他必定是恋着那妖婢，今果一些不错，可恨妖婢牵着黄郎，必须寻个计来开除了他，方能使黄郎死心塌地住在我这里"。为了除掉情敌，她不惜与李小鬈展开血腥的战斗。她有着男性的粗悍勇猛，当逢玉被囚，她带领人马冲锋陷阵，攻城掠地，

"今日为奴黄郎之事,还当奴亲去走一遭,死而无怨"。这个形象淋漓尽致地体现了瑶族粗悍勇猛、率真豪放、情感热烈的特点,鲜明生动,评点者也被这个形象折服,西园盛赞她"煞是风流""倜傥不拘"。

李小鬟虽为瑶族女子,却兼具汉族和瑶族的特色。她具有瑶族的豪放勇敢的性格,冲锋陷阵,勇猛无比,治理瑶军,井然有序。她又具有汉族的忠贞、孝义、宽厚的性格,一心想着做顺民,即使为救逢玉而攻打省城,思量的也是归顺明政权,缺乏梅映雪的激烈的抗争精神。作者力图通过她来表现瑶汉文化的融合,却使这个人物失去了梅映雪的丰富性和生动性。

珠姐云妹集中体现了疍民喜欢水居、追求自由独立、不愿受束缚的民族特点。她们在江海之中独来独往,过着自由自在的生活,"见两个女郎,一个大的约二十余岁,穿件紧身蓝布衫儿,绿巾缠头,立在船头举网打鱼。一个小的约十五六岁,穿紫布衫,梳个懒妆儿,额系一条青绉纱,一手把舵,一手捻着一枝梅花,立在后梢,口中唱道:手捻梅花春意闹,生来不嫁随意乐。江行水宿寄此身,摇橹唱歌桨过滘"。当逢玉危难时,她们挺身相救;当逢玉因离别而悲伤时,她们并不悲伤,拒绝了逢玉共同生活的邀请,正如她们所唱的:"拨棹珠江二十年,惯随流水逐婵娟。"

这些女性形象因具有鲜明的民族特色而呈现出鲜明的独特性,正如西园所赞叹的:"即女子也,而英雄,而忠孝,而侠义,而雄谈惊座,智计绝人,奇变不穷,抑亦新之至焉者乎?"

《岭南逸史》的民族特色还在于作品充分展示了不同民族的生活环境。黄逢玉和张贵儿作为汉民族的代表人物,他们的生活环境清新优美,生活富足殷实,"四面皆是高山,中间一段平地,林壑秀美,清泉流出,锵锵有声。居住数十人家,皆依山临水,遍种桃竹梅柳,映带左右。每遇春日融和,鸣鸟上下,黄童白叟,怡怡其间,有古桃花源气象,故亦名桃源"。人们优雅有礼,"居人有黄、张、龙、萧、杨、卢、许、谢数姓,皆真诚朴实,耕田乐道,不慕浮名。弦诵之声,时时与岩鸡竹犬,沁人心耳"。这是典型的汉族人的生活环境。瑶族、疍户等少数民族的生活环境与汉族迥异，李小鬟和梅映雪作为瑶民，生活在高山峻岭之中，"一行人绕着深林，盘盘曲曲行了一回，远远望见双峰突起，峰凹里一座关隘，枪刀密布，极其雄壮。两边俱是立石，崭岭峭削，中间用青石砌成一道，层级而上"。而疍户姐妹珠姐云妹则居于江海之中，依船为居。作者将这些民族的生活图景一一展现出来，使《岭南逸史》呈现出浓郁的民族特色。

《岭南逸史》的民族特色还在于使用了方言土语和民歌。刘佐泉和罗可群认为《岭南逸史》突出的价值是保留了大量客家的方言土语，确实如此，黄岩作为一名客家人，在《岭南逸史》中使用了客家方言，如："炙些粥来与逢玉与吃""店主见打得狠""闻督抚吊回""肫肫恳恳请尔我到山奉养""万一再有差跌"等。但客家方言只是《岭南逸史》中的一部分，《岭南逸史》是在《圣山志》的基础上形成的，《岭南逸史》凡例云《圣山志》"多用土语"，对《圣山志》中"不易晓者"用汉音译出，而对"易晓者"悉仍之，可见，《岭南逸史》承袭了《圣山志》使用的包括瑶语在内的方言土语。

刘佐泉认为《岭南逸史》记录了大量客家山歌，这一观点存在疑问，实际上，《岭南逸史》中的山歌主要出自屈大均的《广东新语》的《粤歌》，如：

> 黄蜂细小螫人痛，油麻细小炒仁香。
> 敢好娘儿郎不爱，郎心敢是铁心肠！

> 手捻梅花春意闹，生来不嫁随意乐。
> 江行水宿寄此身，摇橹唱歌桨过滘。

> 官人骑马到林池，斩竿筋竹织筥箕。
> 筥箕载绿豆，绿豆喂相思。

> 柚子批皮瓢有心，小时则剧到如今。

头发条条梳到底，鸳鸯怎得不相寻。

《粤歌》中明确记载第 1 首为粤西瑶族民歌，第 2 首为疍歌，第 3 首和第 4 首为粤歌。至于"山有木兮木有枝，心悦君兮君不知。君不知兮妾心苦，妾心苦兮向谁诉？"更不是客家山歌了，而是一首古老的榜枻越人之歌。由此可知，《岭南逸史》中的山歌实际上包含了各民族的民歌。

总体来说，《岭南逸史》作为一部反映少数民族斗争生活和寻求民族和解的小说，在小说史上具有独特的文化意义，它对后世儿女英雄小说产生了较大影响，它塑造的具有民族特色的、兼具英雄气概和儿女柔情的女性为小说史提供了新的女性形象，影响了其后的《儿女英雄传》中的十三妹、《绿牡丹》中的花碧莲和鲍金花等形象。

第二节　世情小说《蜃楼志》

清中期世情小说创作进入了繁盛期，出现了约 30 余种作品，其中大部分为艺术水平不高的"续红"之作，取得较高成就的仅有《歧路灯》《蜃楼志》等少数作品。岭南小说《蜃楼志》另辟蹊径，以其鲜明的时代特征和浓郁的岭南特色成为清中期世情小说中的优秀之作，"就我所看过的小说来说，自乾隆后期历嘉、道、咸、同以至于光绪中叶这一百多年间，的确没有一部能超过它的。如以'九品'评之，在小说中这该是一部'中上'甚或'上下'之作"。[①]

《蜃楼志》，庾岭劳人说，禺山老人编。现存最早刊本为嘉庆九年（1804）本衙藏板本，24 卷，24 回，卷前题"庾岭劳人说，禺山老人编"，卷末署"虞山卫峻天刻"，前有序，署名罗浮居士漫题。此外，有嘉庆十二年（1807）刊本，8 卷，24 回，题《蜃楼志全传》；有咸丰八年（1858）刊本；有石印本，题《盖世无双情中奇》。

[①] 戴不凡：《小说见闻录》，浙江人民出版社，1980，第 277 页。

第六章　清代中期岭南通俗小说

《蜃楼志》应由庾岭劳人创作，禺山老人编辑而成。庾岭劳人，生平不详。庾岭即大庾岭，在广东北部，罗浮居士序云"劳人生长粤东，熟悉琐事"，可知其为广东本土人。

禺山老人，生平不详。有学者认为禺山在浙江德清县[1]，此说恐有误，广州亦有禺山，证据就在小说之内，小说第4回写道："日月如梭，转瞬重阳已到。这省中越秀山，乃汉时南粤王赵佗的坟墓，番山、禺山合而为一山，在小北门内。坐北面南，所有省内外的景致，皆一览在目。"可见禺山与浙江德清无关，但全书很少使用粤方言俗语，却使用了一些苏州方言，如17回船家所唱山歌。笔者推测，禺山老人极有可能是寓居广州的苏州人士。

罗浮居士，生平亦不详。罗浮，即广东中部的罗浮山，从其序中可知，他与庾岭劳人相识。

庾岭劳人的生平虽不可知，但其心态和思想倾向已在作品中流露出来了，小说第1回篇首词云："提襟露肘兴阑珊，百折江湖一野鹇。傲骨尚能强健在，弱翎应是倦飞还。春事暮，夕阳残，云心漠漠水心闲。凭将落魄生花笔，触破人间名利关。"[2] 最后一回的篇首词云："心事一生谁诉，功名半点无缘。欲拈醉笔谱歌弦，怕见周郎腼腆。妆点今来古往，驱除利锁名牵。等闲抛掷我青年，别是一般消遣。"[3] 由这两首词可见，庾岭劳人是一位困厄于仕途、无半点功名的文人，同时也是一位有傲骨、有才华的文人，胸中有不平之气，遂作《蜃楼志》以求醒世淑世，补救世道人心。

一　寻求化解矛盾的方式和拯救世风的良药

《蜃楼志》中苏万魁是广州十三行商总，从京里来的新任海关监督赫广大敲诈勒索苏万魁和众行商30万两银子，苏万魁遂辞去商总职务，隐居花田，苏家遭强盗抢劫，苏万魁气急而亡。万魁子苏芳继承家业，

---

[1] 王永健：《简评〈蜃楼志全传〉》，《明清小说研究》1989年第4期，第157~158页。
[2] （清）庾岭劳人：《蜃楼志》，百花文艺出版社，1987，第1页。
[3] （清）庾岭劳人：《蜃楼志》，第299页。

159

继续经商,为了消除租户对苏家的仇视,他焚券市义,灾年平粜粮米,成功化解赫广大的再次勒索。苏芳风流多情,与温商之女温蕙若、温素馨产生感情,温素馨移情别恋,嫁与河伯所乌必元之子乌岱云。苏芳与乌必元之女乌小乔产生感情,但乌小乔被其父送与赫广大为妾。苏芳救助了被赫广大勒索的施家,与施小霞产生了感情。最后苏芳娶温蕙若为妻,娶小霞和被赫广大赶出来的小乔以及侍女巫云、也云为妾。山东人姚霍武来岭南寻兄,结识了王大海、吕又逵、何武等好汉,被官府逼迫,揭竿起义,占据了海陆丰,安抚百姓。西域和尚摩剌取得了赫广大的信任,拐骗赫广大4妾及大量钱财,在潮州起兵,残虐百姓。赫广大被弹劾撤职,朝廷征剿盗匪,苏芳招降姚霍武,姚霍武率军平定摩剌。姚霍武、苏芳等获得朝廷嘉奖,苏芳不愿做官,力辞而归。

嘉靖时期,清王朝开始由太平盛世转向衰落,一方面封建政权从内里虚弱起来,无力维持稳固的统治;另一方面各种社会矛盾日益尖锐,社会趋于动荡混乱。岭南亦是如此,且较之其他地区又多了一种矛盾,即新兴的商品经济与封建政权的矛盾,这使得岭南社会矛盾更加复杂和突出。庾岭劳人极其敏锐地感受到了岭南社会的变化和各种矛盾冲突,将视角转向极具代表性的商业领域——十三行,通过十三行这一角度反映清中期岭南风云激变的社会生活:洋行的兴盛与衰退、海关官吏的黑暗窳败、绿林的忠奸善恶、市井和乡村的众生百态等,正如罗浮居士序云:"所撰《蜃楼志》一书,不过本地风光,绝非空中楼阁也。"庾岭劳人并不意在单纯地暴露与批判,而是在小说中思考引发诸种社会矛盾的根源,并力图寻求化解矛盾的方式,寻求拯救世风的良药,显示出朦胧的改良愿望与要求。

(一) 商品经济与封建政权之间的矛盾

中国传统经济以自给自足的自然经济为主导,统治者历来奉行重农抑商政策。广东地处沿海,至清代,商品经济不断壮大,尤其是对外贸易行业发展更为迅速,出现了专营对外贸易的商行——十三行。十三行几乎垄断了全国进出口贸易,获取了丰厚的利润,从而形成了一种新的经济力量——新兴资本家,《广东新语》云:"洋船争出是官商,十字门开向二洋，五丝八丝广缎好，银钱堆满十三行。"①《蜃楼志》第1回亦写道："广东洋行生理在太平门外，一切货物都是鬼子船载来，听凭行家报税，发卖三江两湖及各省客商，是粤中绝大的生意。一人姓苏名万魁，号占村，口齿利便，人才出众，当了商总，竟成了绝顶的富翁……家中花边番钱整屋堆砌，取用时都以箩装袋捆。"②

这些新兴的资本家是在封建政权的母体内成长起来的，无法摆脱封建政权的束缚自由成长。他们以金钱来换取封建政权的认可，小说第1回写道："这洋商都是有体面人，向来见督抚司道，不过打千请安，垂手侍立，着紧处大人们还要留茶赏饭，府厅州县看花边钱面上，都十分礼貌。"③但是封建政权对新兴资本家的打压仍是十分残酷的。康熙二十四年（1685）设立粤海关，海关需索层出不穷，巧立各种名目进行勒索，据《广州海关志》载："清廷对粤海关税收定有最低限额，而粤海关实际征收的关税，除进出口正税以外，尚有名目繁多的附加税，总称为规礼。因此实际税率高于正税……粤海关监督及其关差吏员为缴足定额及中饱私囊，规礼名目繁多，被中外商人指责为清代官员腐败的典型代表。"④

梁嘉彬的《广东十三行考》记载了嘉庆年间粤海关对同文行的苛索，极具典型意义。同文行为十三行之首，由潘致祥经营，外商称其为PuankhequaⅡ，嘉庆元年任总商，与粤海关矛盾由来已久，曾反对户部重组公行，认为重组公行是为饱官吏之宦囊，嘉庆初年，佶山出任粤海关监督，对同文行和各行的苛索变本加厉：

> 嘉庆六年（1801），华北一带，暴雨洪水为灾，朝廷谕令各省捐输，总督欲行商捐输者较经，而海关监督则主张行商捐输二十五万两犹不为过，嗣后复以潘启官（潘致祥）之家财富有，勒令同文

---

① （清）屈大均：《广东新语》，第427页。
② （清）庚岭劳人：《蜃楼志》，第1~2页。
③ （清）庚岭劳人：《蜃楼志》，第2~3页。
④ 《广州海关志》，广东人民出版社，1997，第4页。

一行即须独捐五十万两。潘启官与家族商议，允捐十万，然犹遭监督之盛气申斥，令其最少亦须捐三十万两。潘氏不允，监督遂上章奏参云。是年海关复勒令各商加征二百九十四种货物税饷。行商随时处在极端困难地位，且随时有破产之虞。按此时代之粤海关监督非他，即佶山也。①

1807年，同文行惧官吏勒索，退出经营，十三行也积年消乏，仅存8行，行商破产的根本原因"则在饱受政府大吏之苛敛勒索所致"。②

《蜃楼志》所写海关监督赫广大对苏万魁、苏芳等行商的苛索与佶山苛索同文行非常相似。赫广大是工部侍郎的女婿，封建政权的代表人物，这个代表人物是一个爱钱贪色之徒，此人的出现表明乾嘉时期统治阶层已经十分腐败了。赫广大对行商的敲诈勒索是毫不留情的，他一上任便以"蠹国肥家，瞒官舞弊"的罪名拘集苏万魁等行商，欲勒索50万金：

> 正说间，宋仁远走来，众人问道："所事如何？"仁远道："弟方才进去，一一告诉包大爷，他说，'老实告诉你说，里边五十万，我们十万，少一厘不妥，叫他们到南海县监里商量去！'看他这等决裂，实是无法。"一番话说得众人瞪眼。③

在申公帮助下，苏万魁等行商奉送赫广大30万两，"申公也就将银票递过，赫公举手称谢，将票装入一个贴身的火浣布小荷包里面"。④ 赫广大不仅不扶持对外贸易，还设立各种名目进行勒索：

> 再说赫公谋任粤海关监督，原不过为财色起见。自从得了万魁

---

① 梁嘉彬：《广东十三行考》，广东人民出版社，1999，第159页。
② 梁嘉彬：《广东十三行考》，第147页。
③ （清）庚岭劳人：《蜃楼志》，第11页。
④ （清）庚岭劳人：《蜃楼志》，第20页。

这注银子，那几千几万的，却也不时有些进来。又出了一张牌票，更换这潮州、惠州各处口书，再打发许多得力家人，坐在本关总口上，一切正税之外较前加二，名曰"耗银"；其不当税之物，如衣箱包裹，什用器物等类，也格外要些银子，名曰"火烛银"，都是包进才打算。①

在赫广大的敲诈勒索下，苏万魁惧怕封建政权的逼勒，萌生退意，以数万两银子捐了个职衔，归于农圃，其他众商畏惧逼勒也纷纷告退，洋行受到了沉重的打击，正如小说中的歌谣云："新来关部本姓赫，既爱花边又贪色。送了银仔献阿姑，十三洋行只剩七。"②

赫广大通过各种各样的勒索，聚敛了惊人的财富，第18回查抄赫广大的账单中除了大量的珠宝外，还有"赤金四万二千零十二两""白银五十二万二千一百零三两""大钱二千零四挂""金花边钱一千八百零三圆""花边钱四万二千零八圆"，而税饷却"共亏空一百六十四万零四百两零一钱六分五厘"。③ 然而封建政权对这个毒瘤却是纵容的，仅令其看守祖宗坟墓，改过自新而已，这与对佶山的处罚是一样的，朝廷虽认为佶山"意存苛刻"，但仅将其调离粤海关，后又派他出任两淮盐政，可见封建政权对新兴的商品经济是不支持的。赫广大作为封建政权的代表人物，对岭南新兴的商品经济和资本家的打击是十分沉重的。

（二）底层民众与封建政权之间的矛盾

乾嘉时期，封建政权政治上的腐败和统治阶级的荒淫，使社会阶级矛盾急速加剧，底层平民大量破产，农民起义此起彼伏，尤以白莲教起义最为激烈。受各地农民起义的影响，岭南失地的农民、失业的渔民、水手，为了生存，下海为盗。嘉庆初年，粤东之患，莫大于海盗，海盗的活动给岭南社会带来了极大的冲击：

---

① （清）庾岭劳人：《蜃楼志》，第70页。
② （清）庾岭劳人：《蜃楼志》，第23页。
③ （清）庾岭劳人：《蜃楼志》，第235页。

在乾隆时代的最后几年，出现了传统王朝衰败的最初迹象：几袋珍珠就可买一高级爵位；军队虚报名额；地方税款被侵吞。中原地区的大多数农民在连遭水涝灾荒之后，又经白莲教叛乱（1795～1803年发生在四川和湖北交界地区）的丧乱。这一叛乱在1802年以三合会起事的形式扩展到广东，并成为海盗袭击沿海一带。广东海盗因有在恢复东京阮朝斗争中失败的冒险家纷纷加入而人数激增，他们从1804至1809年实际上包围了珠江三角洲。①

《蜃楼志》通过两支队伍生动地反映了这一历史事实，一是姚霍武率领的起义军，一是摩剌率领的海盗作乱。姚霍武的起义反映了底层民众走上反抗封建政权道路的原因与过程。小说第3回交待了底层民众起义的原因，"近海州县居民，多有被人逼迫入海为盗者"，②连打劫苏家的强盗，也是"一班从前欠租欠债、吃过万魁亏的小人"。③姚霍武带领吕又逵、王大海、何武、冯刚、白希邵等人起义则更鲜明地体现了"被人逼迫"的特点。姚霍武是碣石镇参将姚卫武的弟弟，武艺高强，性情豪爽，欲助哥哥捉拿洋匪，为国尽忠效力，但这样一个热血之士却走投无路、报国无门：

> 店家道："小人姓王，名大海，本处人氏。向在庆制府标下充当乡勇，每月得银二两，堵御洋匪。后因庆大人去了，这乡勇有名无实，拿着洋匪没处报功，反受地方官的气，月银也都吃完了，所以弟兄们不愿当乡勇，各寻生路，开这饭店，权且谋生。"霍武道："怎样没处报功，反要受气呢？"大海道："从前拿住洋匪，地方官协解至辕，少则赏给银钱，多则赏给职衔。我这两三县中，弟兄十五六人，也有六七个得授职衔的。如今拿住洋匪，先要赴当地文官衙门投报，复审一回，送他银子，他便说是真的；不送银子便说是

---

① 〔美〕费正清等编《剑桥中国晚清史》，中国社会科学出版社，1985，第175页。
② （清）庾岭劳人：《蜃楼志》，第33页。
③ （清）庾岭劳人：《蜃楼志》，第106页。

假的。或即时把强盗放了,或解上去,报了那有银子人的功。那出银子买洋匪报功的,至数十两一名。所以我们这班乡勇,倒是替有银子的人出了力。这样冤屈的事,那个肯去做他?"霍武道:"何不到武官衙门报去?"大海道:"武官作不得主,他就自己拿了洋匪,也要由州县申详,不过少些刁蹬罢了,况且武官实在有本事的少。可惜我们一班,无可效力之处。"霍武道:"这碙石镇姚大老爷可还好么?"大海道:"他是武进士出身,去年到此,做官认真,膂力也很强,武艺也出众,只是与督抚不甚投契,一向调在海中会哨,不大进衙门的。"①

卫武因与上司不和而被污勾通洋匪,霍武打抱不平而被污为洋匪,问成死罪,最终霍武与众人被迫举起义旗,走上了起义之路。他们攻城掠地,占据了海丰、陆丰,专杀贪官污吏,打劫为富不仁之徒,代官府处理"民间词讼""贪刻罪案""理诉冤抑",建立了一个理想的乐土:

> 霍武道:"某世受国恩,宁敢安心叛逆?只是众兄弟为赃官所逼,某哥哥又被谗就戮,心窃不甘,会当扫除宵小,杀尽贪污,然后归命朝廷,就死阙下。此是姚某的本心,惟天可表!所以只取婪赃家产,不敢擅害良民。"②

然而,岭南海盗作乱却给沿海人民带来了巨大的灾难,"海盗们带着扭曲变态的心理蔑视他们原先生存的那个社会,以凶恶残暴的手段对待落入其手的百姓与官兵人等,从而达到震慑人心、自觉买单保险交纳赎金以及水师官兵畏匪通匪的目的,鞭笞、割耳、剁指、肢解是常用手段,至于强奸女票、鸡奸男票、杀人吃食肝胆等暴行也时常发生"。③ 小说描写了番僧摩剌率领海盗在岭南沿海作乱,其作乱原因并不是被逼迫

---

① (清)庚岭劳人:《蜃楼志》,第122~123页。
② (清)庚岭劳人:《蜃楼志》,第161~162页。
③ 刘平:《关于嘉庆年间广东海盗的几个问题》,《学术研究》1998年第9期,第81页。

的，其目的也不是为了替天行道，而是为了满足个人的野心和享乐。摩剌是"白莲余党"，为人狡猾，性情狠戾，"在广西思安府杀了人，飘洋潜遁，结连着许多洋匪，在海中浮远山驻扎。因他力举千斤，且晓得几句禁咒，众人推他为首，聚着四千余人，抢得百来个船只，劫掠为生"。① 他垂涎赫广大的财富，假称活佛骗得赫广大的信任，闻得霍武占领海陆丰，遂卷了赫广大的4个侍妾和十数万金，带兵占领潮州，自称大光王。他不像霍武一样替天行道，而是为了满足自己的享乐，奸杀女子，残害人民，致使潮州城"满城切齿痛心"②，最后摩剌因人民的倒戈被消灭。小说对摩剌的作乱是否定的、批判的。

（三）岭南社会的众生百相

《蜃楼志》还多侧面地描绘了岭南社会的人情世态：小官吏的趋炎附势，帮闲蔑片的丑恶，下层文人的落魄，色欲的横流等，从而反映了岭南社会人性的堕落和整个社会的腐朽。

围绕在赫广大周围的下层小官吏、仆从同赫广大一样，散发出浓厚的腐朽气息，其中最典型的形象是河伯小吏乌必元和赫广大仆从包进才。乌必元是一个刁滑卑污、趋炎附势的下层小官吏，他原本从商，"本无经纪，冒充牙行，恃着自己的狡猾，欺压平民，把持商贾，挣下一股家私，遂充了清江县的书办"。③ 后又用钱谋了一个河伯小吏，虽然只是管理河下几十个花粉，但还是最大限度地从这个职位上捞取个人利益，"这个缺银钱虽赚不多，若要几个老举当差，却还是一呼而就的""于是，分付老鸨，挑选四名少年老举，时时更换，只说伏侍夫人小姐，其实自己受用"。④ 他巴结有权势的赫广大，当赫广大想尝"广东的野味"时，他"格外趋奉""亲自押送"。为了得到盈库大使的肥缺，他不惜将女儿乌小乔送与赫广大作妾，正如庾岭劳人所痛骂的："假如乌必元果能强项，也好正言厉色，明白开导一场，老赫又管你不着，难道怕他来

---

① （清）庾岭劳人：《蜃楼志》，第114页。
② （清）庾岭劳人：《蜃楼志》，第289页。
③ （清）庾岭劳人：《蜃楼志》，第64页。
④ （清）庾岭劳人：《蜃楼志》，第64页。

硬摘了木戳、斫了脑袋不成！无奈这势利小人，就是海关不要，他也巴不得自己献出，况且有人来说了一声，自然双手奉送。这样看起来，不是做书的格外生枝，半是岱云的果报，半是必元自己无耻。"① 小乔作妾后终日悲苦，赫广大不喜，乌必元居然将小乔拘禁冷房，无耻地说："只要你笑了一笑，还要升我的官呢。"② 庾岭劳人通过乌必元这个形象展示了下层官吏的可鄙与可悲。

包进才是中国古代有权势的奴才的典型代表。他精明能干、唯利是图、奸险凶狠，通过各种手段帮助赫广大聚敛财富，并从中获取巨大利益。他毫不手软地敲诈苏万魁等人，"小的们先透一个风，他们如不懂事，还要给他一个利害"。③ 勒索不成，他唆使赫广大"总要给他一个利害方好办事"。④ 苏万魁申请辞去洋商一职，他要赫广大不要放过苏万魁，因为"还可以刁蹬些银子"。⑤ 他的政治嗅觉十分灵敏，当督抚欲参赫广大时，他"刻刻提防"，上官知府压制海关时，赫广大要办上官知府，包进才却已嗅出其中的变化，"包进才毕竟乖觉，回道：'小的想来，一个知府，他怎敢这等大胆无情，内中定有原故。他说票子要呈督抚回销，这擅用关防印信滋扰民间，也还算不得什么大事，恐怕督抚已经拿着我们的讹头参奏了，他靠着督抚才敢这样。'老赫一听此话，毛骨悚然"。⑥ 但作为奴才，包进才实际上是没有多大权势的，钦差将赫广大的罪名都做到包进才等4个家人身上，最终包进才成了赫广大的替死鬼。

竹中黄、竹理黄、曲光郎、施延年、时邦臣等帮闲形象反映了部分下层民众人性的丑恶与堕落。这些帮闲聪明机敏，却既不走科举之路，亦不经营生意，而是过着懒散浮浪的寄生生活：

---

① （清）庾岭劳人：《蜃楼志》，第88页。
② （清）庾岭劳人：《蜃楼志》，第118页。
③ （清）庾岭劳人：《蜃楼志》，第3页。
④ （清）庾岭劳人：《蜃楼志》，第7页。
⑤ （清）庾岭劳人：《蜃楼志》，第23页。
⑥ （清）庾岭劳人：《蜃楼志》，第224页。

你说那儿个？一个叫做时邦臣，本系苏州的告老小官，流寓省城，开一爿时兴古董铺，会唱几套清曲，弹得一手丝弦。一个名唤施延年，他父亲系关部口书，自己却浮游浪荡。一个竹中黄，一个竹理黄，乃父原任菱塘司巡检，婪赃发觉，瘐死监中，二子无力还乡，帮闲过日。一个叫做曲光郎，杭州人氏，一字不识，硬充沙包，已失馆多年了。这五位都是赌博队里的陪堂、妓女行中的箆片。"①

他们知道苏芳是个富家子，就曲意巴结奉承。时邦臣和施延年在苏芳的帮助下，走上了正路，但竹中黄、竹理黄和曲光郎的人性则堕落到极点，为了从苏芳那里"多寡弄些"钱财，他们以捉奸来讹诈苏芳，讹诈不成，又污告苏芳服中叠娶，灭裂名教。这些帮闲险诈凶狠，作者对他们充满了愤怒和批判，"广东烂仔刁钻甚，未免英雄唤奈何"。②

下层文人的落魄不第与霍武报国无门有着同样的悲哀。苏芳的老师李匠山是有理想、有社会责任感的人，他热心帮助苏万魁排解困难，帮助霍武摆脱困境，和苏芳一起召降霍武。他也是对社会和人性有清醒认识的人，他劝苏万魁急流勇退，乐善好施，告诫苏芳要学圣人三戒。但就是这样一个清醒而有责任感的人，却科举20余年皆不第，不得不流落岭南，而资质顽钝、被称为"呆子"的温春才却高中，这不能不说是绝大的讽刺。

在权力和金钱的熏染下，人的价值观必定倾向于享乐主义。小说通过描写赫广大、摩刺、乌必元、乌岱云、空花和尚等人的淫乱，反映了岭南社会从上到下享乐主义的泛滥。赫广大本有侍妾十余人，到广东后又蓄妓女，夺官宦之女为妾，还酷好男风，宠爱男宠。摩刺不仅拐走了赫广大的4妾，甚至制造云床奸杀幼女。乌必元、乌岱云父子甚至因为争风吃醋大打出手，空花和尚伙同寺僧劫持奸淫女子。享乐主义泛滥使整个岭南社会变得污浊不堪。

---

① （清）庾岭劳人：《蜃楼志》，第81~82页。
② （清）庾岭劳人：《蜃楼志》，第191页。

(四) 寻求化解矛盾和拯救颓废世风的良药

庚岭劳人通过一系列的矛盾冲突将清中期岭南社会的诸种问题暴露出来,作为一个有责任感的文人,他并不是为了单纯地暴露,而是力图寻求化解社会矛盾和拯救颓废世风的良药。他把对社会、人生的思考注入到小说中,创造了一个全新的人物形象——苏芳,使这个人物成为化解社会矛盾和拯救世风的良药。

作者通过苏芳化解了新兴商品经济与封建政权的冲突,使新兴商品经济得以继续存活下去。苏芳是新兴资本家十三行商总苏万魁之子,他继承了其父的经商才能,小小年纪便能帮父亲算账,替父亲往来于各商家、官家,教子严格的苏万魁也不禁称赞他:"我只说你年小,还懂不得事,这几件却办得很是。"① 父亲去世之后,他继续放租、买办,是一个精明的商人。但他却比他的父亲清醒,认识到经商的重重危机,"我父亲直怎不寻快活,天天恋着这个洋行的银子,今日整整送了这十余万,还不知怎样心疼哩。到底是看得银子太重,外边作对的很多,将来未知怎样好"。② 他通过金钱、婚姻等方式与封建政权建立了和谐的关系,一方面他并不十分热心于商业活动,将银账、租账、买办等事务交由得力的家人管理,体现了新兴商人被打压之后的退缩;另一方面他频繁地出入官府,广粮厅申公、南海县主簿、广府上官老爷等官员都与他相好,"又到南、番两县谢步,又至广府递了禀揭,谢他从前处治海关差役之情。那上官知府忽然传见,赐坐待茶""又分付苏兴料理分送各衙门、各家年礼:'今年须添上广府一份,南海主簿苗爷一份,时家一份'"。③ 他还通过妹夫李御史与京里来的袁御史及省里官员建立了关系,于是,当赫广大再次敲诈苏家时,上官老爷亲自出面帮助苏家化解了危机。作为新兴商人,苏芳通过这种方式获得了封建政权的认可和庇护。

作者通过苏芳化解了下层人民与地主、商人的冲突。底层人民受着各种压迫和剥削,生活极端困苦,"鸠形的、鹄面的,曲背弯腰;狼声

---

① (清)庚岭劳人:《蜃楼志》,第98页。
② (清)庚岭劳人:《蜃楼志》,第15页。
③ (清)庚岭劳人:《蜃楼志》,第238页。

的、虎状的,磨拳擦掌。破布袄盖着那有骨无肉、乌黑的肩膀;草蒲鞋露出这没衬少帮、泥青的脚背。拥拥挤挤,恍如穷教授大点饥民;延延挨挨,还似猛将官硬调顽卒"。① 这些底层人民对地主、商人是仇视的,他们随时都可能像霍武一样揭竿而起,也随时可能像摩剌一样作乱为祸。苏家被劫使苏芳认识到了这一点,他慷慨地解除了租户的债务,当灾年米价昂贵时,他将约13万石米平粜出售。苏芳以慷慨好施获得了底层人民的拥戴,当他在逃亡路上被强盗洗劫一空时,得到了租户卞明帮助:"小人卞明,向来受过大人恩典,今幸大爷光顾,只恐供给不足,怎说一个报字!"②

作者通过苏芳解决了士人入世的问题。苏芳从小便被父亲安排走科举入仕的道路,他也用心读书,但并不热心功名。父亲去世之后,他放弃了科举,选择了经商理家、享受生活的道路,"我要功名做什么?若能安分守家,天天与姐妹们陶情诗酒,也就算万户侯不易之乐了"。③ 他虽不热心功名,却心怀大志,"从古名人,断无城市、山林之别,况那有名的英贤杰士,何尝不起于山林,终于廊庙呢?"④ 他十分敬重李匠山、卞如玉这些有真才实学的人,甚至将妹妹许配给身为租户之子的卞如玉。他热心支持读书人走科举之路,让卞如玉到省城读书,帮助温春才参加科举,甚至最终使温春才顺利中举。当国家危难时,他参加军队,帮助朝廷招降霍武,打败摩剌,成就了一番功业,获得进京供职的机会;当国家安定时,他又不愿做官,情愿闲居家中。苏芳从容于出世、入世之间,待机而动,与李匠山一生执着于科举却老没青衿是完全不同的境界。

作者通过苏芳的人性光辉来改变炎凉的世风。苏芳富有同情心,施家被赫广大害得家破人亡,他"觉得同病相怜""不觉的就淌下泪来"。⑤ 他十分慷慨,帮助施家处理丧事,给施家生活费用,并帮助施延年娶妻。

---

① (清)庾岭劳人:《蜃楼志》,第113页。
② (清)庾岭劳人:《蜃楼志》,第226页。
③ (清)庾岭劳人:《蜃楼志》,第228页。
④ (清)庾岭劳人:《蜃楼志》,第227页。
⑤ (清)庾岭劳人:《蜃楼志》,第95页。

他十分豪爽,时邦臣向他借百两银子置办货物,要打借票给他,他豪爽地说:"啸斋说什么话,银子只管拿去,契券断乎不要。冬间还我本银就是了,何必曰利。"① 他不计前嫌,乌必元趋利附势,其子乌岱云陷害苏芳,但当乌必元遭受郝广大的逼勒时,苏芳却拿出一万多两银子帮乌必元渡过难关。在他的善良人性感召下,游荡浮浪的施延年走上了正途,帮闲的时邦臣过上了富足的生活,乌必元人性中善良的一面也开始复苏。

作者通过苏芳的重情、尊重女性来对抗淫乱的泛滥。小说中有很多关于苏芳和众多女子的情爱描写,但苏芳的情爱观具有一定的进步性,与郝广大、摩刺有本质区别。苏芳的情爱是建立在重情、尊重女性的基础上的。首先,他以情来选择女性,没有传统的门第观念。他爱的女性出身都不高,素馨、蕙若与他还算门当户对,都是出身商家,施小霞出身破落小官吏之家,乌小乔出身河伯所小官吏之家,也云、巫云是侍女,茹氏家境贫寒,冶容曾为娼妓,但苏芳对这些出身卑微的女性并没有丝毫嫌弃,或与她们缔结婚姻,或帮助她们找到归宿,对他们倾注了真挚的人文关怀。其次,他虽然泛情,但对所爱女子皆能以情义相待。温素馨曾经背叛苏芳,最后落得削发为尼的下场,苏芳非但没有责怪她的无情,反而为她伤心流泪、痛心惋惜;乌小乔被迫嫁给郝广大做妾,苏芳劝阻她自杀殉情,约定再续前缘,并想方设法营救。最后,他对女性有一定程度的尊重。素馨移情别恋后,苏芳虽然难免伤心,但还是尊重她的选择。苏芳欲与顺姐调情,被顺姐断然拒绝之后,立刻对其恭敬起来,不敢越雷池半步。他对女性无丝毫勉强、玷污之意,尊重了女性的人格。这种重情、尊重女性的进步的情爱观犹如一股清新的风涤荡着作品因色情的泛滥而散发的污浊气息。

总体来看,苏芳有经商之能,又有治国之才;既能出世,又能入世;既精明,又慷慨仁爱;既泛情,又重情,正如小说结尾所云:"惟吉士嗜酒而不乱,好色而不淫,多财而不聚,说他不使气,却又能驰骋于干

---

① (清)庾岭劳人:《蜃楼志》,第189页。

戈荆棘之中，真是少年仅见，不是学问过人，不过天姿醇厚耳。若再充以学问，庶乎可几古人！"① 苏芳这一形象实际上是新旧思想意识的混和体，是作者对现实思考之后创作出来的有能力整顿世事的人才，作者欲借这一人才对社会进行改良：新兴的经济力量得以在封建母体内发展，腐败得以消除，吏治得以整顿，国富民强，社会安定，社会风气淳正。但作者似乎意识到封建政权已经严重虚弱了，对苏芳能否最终改良社会是有些困惑和悲观的，小说的结尾写李匠山与苏芳分别，"当日，众人饮至下午才分手过船，吉士未免依依。匠山大笑道：'何必如此，我们再看后几年光景。'举手开船而去"，② 充满了浓重的悲凉意味。在《蜃楼志》问世 40 多年以后，爆发了鸦片战争，外强入侵，中国沦为半殖民地，处于深重的苦难之中，我们不得不钦佩庾岭劳人敏锐的政治嗅觉和通过小说力图救世的努力。

二 艺术特点

（一）题材综合

清代以来，通俗小说出现了题材兼容化的趋势，《林兰香》巏嶅子序云："近世小说脍炙人口者，曰《三国志》，曰《水浒传》，曰《西游记》，曰《金瓶梅》。皆各擅其奇，以自成为一家。惟其自成一家也，故见者从而奇之，使有能合四家而为之一家者，不更可奇乎？"③《林兰香》即为题材兼容的优秀之作，此外，《好逑传》《铁花仙史》《绿野仙踪》《野叟曝言》等，皆熔世情、历史演义、才子佳人、英雄传奇、神魔等题材于一炉，为清代通俗小说开辟了一条新路，呈现出与明代通俗小说颇不同的气象。

《蜃楼志》亦受此创作风气影响，以世情为主，融才子佳人、英雄传奇、神魔题材为一体。小说共包括 4 部分内容：一是苏家父子与海关监督赫广大的矛盾冲突，为世情题材；一是苏芳与温素馨、施小霞、乌

---

① （清）庾岭劳人：《蜃楼志》，第 307 页。
② （清）庾岭劳人：《蜃楼志》，第 307 页。
③ 《林兰香·序》，春风文艺出版社，1985。

小乔等女子的情感,为才子佳人题材;一是霍武起义,为英雄传奇题材;一是摩剌作乱,为神魔题材。《蜃楼志》虽融合4种题材,但作者以高度的现实主义精神力戒这4种题材重蹈旧作的弊端,因此,《蜃楼志》虽然明显受到了《红楼梦》《金瓶梅》《水浒传》《西游记》等作品的影响,但作者将这4种题材置于岭南当时的社会大背景之下,写封建制度的腐朽不像《红楼梦》那样哀伤,而是积极寻求改良方式;写苏芳的情爱不像《金瓶梅》那样污秽,而是重在表现进步的情爱观;写霍武的起义没有完全照搬《水浒传》,而是着重反映底层人民揭竿而起的原因和良好的愿望;写摩剌的神异没有像《西游记》那样脱离现实,而是着重表现缺乏进步思想指导的起义如何像恶魔一样给人民带来苦难,作者赋予这4种题材以新的时代意蕴,从而全面反映了清中期岭南从上层统治者到底层人民的社会生活。更为突出的是,4部分内容虽略有不同,但作者通过苏芳把这4种题材联系起来,使它们成为相对和谐的整体,在清代题材综合的小说中是较为成功的一部。

(二) 无甚结构而结构特妙

《蜃楼志》以苏芳的遭迹为主线,以赫广大的腐败、霍武的起义、摩剌的作乱为副线。苏芳的遭迹分为两部分,即成长期和成熟期。小说第1回至第9回主要写苏芳的成长,这一时期苏芳被呼乳名"笑官",第1回直接展现赫广大与苏万魁的尖锐矛盾冲突,在冲突中苏芳出场,并顺势写苏芳与素馨、惠若、小乔等女子的情感纠葛,其中又夹带着海关的黑暗腐败、社会人情的冷暖浇薄等;第2回由苏万魁引出霍武,由李匠山的返乡再一次引出霍武;第9回苏万魁气亡,苏芳掌管家业,并由苏芳引出摩剌的出场。前9回展现了苏芳的成长过程,兼及社会各种丑恶现象,同时带出霍武和摩剌,二人仅是被略略带过,仍以苏芳成长为主,这使小说主线清晰,不致因头绪太多而混乱。

第10回到第13回集中讲述霍武的遭际,并不涉及苏芳、摩剌等人。苏芳在这4回中缺席,实则是"有意味的形式",让读者经过一段时间的等待之后,看到一个已经成熟的苏芳。因此,第14回开始又以苏芳为主角,集中展现成熟期的苏芳。第14回开头明确交代"苏笑官表字吉士,此后书中称吉士,不称笑官矣"。① 第 14 回到第 20 回将苏芳置于激烈的矛盾冲突之中,各条线索交织在一起,赫广大再次逼勒苏芳,赫广大被参,小乔回归,苏芳逃亡,遇到霍武,摩刺作乱,各条线索齐头并进,小说的矛盾冲突越来越激烈,情节越来越紧张,苏芳这一形象也就越来越丰满。第 21 回至最后,主线又清晰起来,以招降霍武和平定摩刺为主线,着重渲染苏芳、李匠山、霍武等人建功立业的过程,不再涉及海关及官府的腐败与黑暗。

总体来看,小说先写苏芳的遭迹,再写霍武的遭迹,结构呈线性状态;接下来各条线索并进,结构呈网状状态;最后写平定叛乱,又呈现出线性状态。线性状态可以使叙事明晰,但不易将叙事推向高潮,网状结构可以将各种矛盾冲突纠葛起来,使小说的叙事达到高潮。庾岭劳人交替使用线性结构和网状结构,将不同的题材、繁多的内容巧妙地组织起来,使小说既叙事明晰,又高潮迭起。小说的结尾更为独特,不结而结,富有余意,令人咀嚼。罗浮居士有感于小说结构方面的妙处,盛赞它"无甚结构而结构特妙"。

(三) 细腻的心理描写

《蜃楼志》有大量细腻传神的心理描写,这些描写深入人物的内心,展示人物内在的精神世界,苏芳、温素馨、乌岱云等主要人物的心理描写都极为出色,其中素馨的心理描写最为典型。与施小霞、温蕙若等女子不同,素馨"赋情冶荡""生性风流",具有较强的自我意识,敢于大胆追求情爱,但情感不坚定,易于受到诱惑,作者通过直接心理描写表现素馨的情感变化,使这一形象真实、生动、丰富。她与苏芳热恋,父母却将妹妹蕙若许配给苏芳,她忧喜参半:

(素馨)心中一忧一喜。忧得是妹子配了苏郎,自己决然没分;喜的是父亲不教躲避,我亦可随机勾搭。②

(素馨)枕上想道:"说苏郎无情,那一种温存的言语,教人

---

① (清)庾岭劳人:《蜃楼志》,第 173 页。
② (清)庾岭劳人:《蜃楼志》,第 27 页。

想杀；说他年小，那一种皮脸倒像惯偷女儿。况且前日厮缠之际，我恍恍儿触着那个东西，也就教人一吓，只是这几时为何影都不见？"又想道："将来妹妹嫁了他，一生受用，我若先与他好了，或者苏郎告诉他父亲，先来聘我也未可知。"又想道："儿女私情，怎好告诉父亲，况妹妹才貌不弱于我，这段姻缘多分是不相干的了。"①

这两段直接心理描写将一个恋爱中的女子倍受煎熬、起伏不定的内心生动形象地展示出来。当素馨的情感得不到满足时，她的内心悲伤空虚：

（素馨）挑灯静坐，细想前情，想到一段绸缪，则香津频嚥；想到此时寂寞，则珠泪双抛。

（素馨）辗转无聊，只得拿一本闲书消遣，顺手拈来，却是一本《浓情快史》。从头细看，因见六郎与媚娘初会情形，又见太后乍幸敖曹的故事，想道："天下那有这样的奇事，一样的男人，怎么有这等出格的人道？前日我与苏郎初次，也就着实难当，若像敖曹之物，一发不知怎样了。这都是做小说的附会之谈，不可全信。"心上如此想，那一种炎炎欲火，早已十丈高升，怎生按捺得住？②

这一段直接心理描写体现了素馨对性爱的艳羡，是素馨移情别恋的关键。当乌岱云满足了她的情欲后，她决然地抛弃了对苏芳的爱，并且为自己的移情别恋寻找自我解脱的理由：

岱云去了，素馨坐了一刻方才缓步回房。只觉精神疲倦，躺在床上，像瘫化的一样，想道："果然有此妙境。他面貌虽不如苏郎，

---

① （清）庾岭劳人：《蜃楼志》，第28页。
② （清）庾岭劳人：《蜃楼志》，第63~64页。

若嫁了他，倒是一生适意，况且前日梦中原有此说。今趁苏郎不知，叫他先来下聘，我妹子嫁苏郎，我也不算薄情了。"念头一转，早把从前笑官一番恩爱，付之东流。①

《蜃楼志》在艺术表现上亦有不足之处：语言方面大量使用吴语，较少使用粤地方言，一定程度上削弱了小说的地域色彩；对于性爱的描写太过直露，致使此书被目为"淫词小说"，多次遭禁毁，若不是郑振铎先生在巴黎偶得之，它极有可能就被湮没了。

总体来看，《蜃楼志》是中国小说史上第一部具有改良倾向的小说，并取得了相当高的艺术成就，正如罗浮居士云："不求异于人而自能拔戟别成一队者也。"《蜃楼志》具有一定的开创意义，对其后的《官场现形记》《二十年目睹之怪现状》等小说产生了重要影响。

第三节　公案小说《警富新书》

公案小说约产生于唐代，宋元时期有所发展，明代万历至明末大盛，涌现出一大批公案小说，成为通俗小说中的一个重要的类型。清代中期，岭南诞生了一部公案小说《警富新书》，但遗憾的是，它的光芒被在它基础上改编而成的《九命奇冤》掩盖了，评论者将它与吴趼人的《九命奇冤》比较后，多认为此书立意平庸，内容芜杂，语言粗糙，艺术质量低下，这种评价是不中肯的。

实际上，此书在内容方面，一改以往公案小说以清官为主的创作风气，批判清代司法制度的黑暗，并深入反思其原因；在形式方面，它是第一部首尾完整的章回公案小说，这两方面的开拓性贡献使它在中国公案小说史上占有重要地位，并对其后的公案小说产生了一定影响。

《警富新书》，现存最早刊本是嘉庆己巳（1809）翰选楼刊本，4卷40回，封面题"添说八命全传""一捧雪警富新书"，首有嘉庆己巳冬

---

① （清）庚岭劳人：《蜃楼志》，第66页。

敏斋居士序，正文前有绣像12幅，正文中有夹评。后有芸香阁刻本、北京本立堂道光二十三年（1843）刻本、佛山翰宝楼刻本、联益堂本、道光桐石山房刊本等，光绪间石印本改题为《七尸八命》《孔公案》。

据敏斋居士序云此书为安和先生所著。安和先生，生平不详，应为广东文人。日本大塚秀高的《增补中国通俗小说书目》著录其姓名为钟铁桥，当有误，黄芝《粤小记》卷1收录凌扬藻《答香石弟书》云："（梁天来）相与造为谤书，恣行诬蔑。名《一捧雪警富新书》。邑钟铁桥先生撰曾大父墓表谓：'举其人其事所俱无者，谬妄驾说，以耸世听'即指此。"① 这可以证明此书绝非钟铁桥所撰。

一 成书过程

关于梁天来冤案的故事，最早见于欧苏《霭楼逸志》卷5《云开雪恨》，此则详细记载了案件发生、冤案形成和昭雪的过程，欧苏云事起于雍正丁未九月（1727），至雍正辛亥（1731）五月始得昭雪，所记年月极确凿。后人曾对此事件的真实性表示怀疑，但罗尔纲在乾隆朝档案中找到了直接证据，他在《九命奇冤凶犯穿腮七档案之发现》中列举了两条档案："一是乾隆二年（1737）六月二十二日署理广东巡抚鄂尔泰的题本，一是乾隆二年十月十四日刑部尚书徐本的题本。两本均为审断南海县强盗穿腮七打劫顺德县民蔡绘郡案而旁及打劫梁天来家烟死多命事，所记情形及时间与欧苏所记相同。"② 可见欧苏所记梁天来七尸八命案是历史上的真实大案，并非完全凭空虚构。

亦有人对凌家买贼杀人、贿赂官吏事存疑，黄芝在《粤小记》中云："世传梁天来七尸八命事，皆诉罪于凌贵卿，而苏古侪先生珥③《赠贵卿子汉亭诗》曰：'九疑风雨暗崎岖，八节波涛险有余。世路合裁招隐赋，俗情催广绝交书。传闻入市人成虎，亲见张弧鬼满车，旧约耦耕

---

① 林子雄点校《清代广东笔记五种》，第403页。
② 转引自李梦生《警富新书·序》，《古本小说集成》，上海古籍出版社，1998。
③ 苏珥，字瑞一，号古侪，晚号睡逸居士，顺德北滘人。乾隆三年（1738）举人，"惠门四俊"之一，岭南有名的学者和书法家，文与书称二绝，著有《宏简录辨定》《笔山堂类书》《安舟杂钞》。

堂愿筑,平田龟坼又何如。'古侪为今之鸿儒,目击凌事,以此诗与药洲书观之,实似诬陷。"① 凌氏后人凌扬藻则替其曾大父凌贵卿(凌贵卿,即《云开雪恨》中的凌桂兴,《警富新书》中的凌贵兴)翻案,遂作《答香石弟书》为凌贵卿辩诬,并认为《霭楼逸志》《警富新书》为梁天来指使人写的谤书。凌扬藻所辩理由并不充分,反而提供了一些有价值的信息,《答香石弟书》中记载了当时官府判词的大致内容:

> 成案质疑,雍正九年,广东巡抚鄂题奏梁天来与凌姓同村而居,先年凌应年等将天来花芋拔食,讦讼有仇;凌宗孔又因天来屋后有围墙逼近祖坟,有碍风水,将墙砖毁拆,欲令天来迁居,遂与伊叔贵卿商量买贼行劫。贵卿应允,宗孔即令仆人远祥购盗,于雍正五年九月初三夜共盗一十六人,许万昌引路,远祥出接,指明事主住屋,谢其聪、叶大伯、梁连义、刘佐穆、李来进把风,各盗路由梁光裕门首,李奇中先撬梁光裕屋门,同穿腮七即何信揆、李单眼大叔、谢其裔、许万昌、许世成二一齐入屋搜劫赃物。许万昌打伤张氏、邓氏。李奇中又至天来门首,撬开大门,各盗拥劫。事主妇女孩幼躲避石室。谢其裔、许世成二等将搜劫赃物,交与谢英华、李士贵、谢荣沾、谢荣高、刘成达接收,许万昌、谢其裔、许世成二、李其中、穿腮七、李单眼大叔等六人因未有银钱,复攻石室,不开,随用草及折板扇点火塞入槺口,穿腮七将旧烂衣服并文契烧烟扇入,以致某氏八人被烟身死。乡邻救援,各盗将赃分挑,奔回谢世名家俵分,各即散踪。事主报县,据练总凌聚三供出:"天来与宗孔等有仇,伊家被劫,要问宗孔才知"等语,遂拘宗孔、贵卿,讯供不承,押发监候。②

从此份官府判词来看,梁凌两家交恶、凌氏买盗劫杀梁家为实有之事,非凭空妄载。

---

① 林子雄点校《清代广东笔记五种》,第403页。
② 林子雄点校《清代广东笔记五种》,第404页。

《霭楼逸志》成书于乾隆末年，距事发生时已有60余年，且此书据乡野传闻写成，乡野传闻未免多虚构增饰，欧苏未免不以艺术手法加以虚构渲染，致使《云开雪恨》所记未必尽符当时实事。凌扬藻在《答香石弟书》认为《霭楼逸志》多不实内容，"谤书诬臬司楼公刑死张凤以灭口，不见成案，盖实无其人也""天来无叩阍事，谤书伪造关津道路情节，且诬至尊怒天来，命下狱，后以孔公申救，乃宣天来入殿，赐监生，皆凿空为之，悖谬可杀。盖是时孔公卒于河道官署二年矣"。① 《云开雪恨》应是依据历史真实事件，在民间传闻及作者虚构的基础上加工而成的。《云开雪恨》虽仅1500余字，却打下了良好的素材和结构基础，在此基础上，安和先生运用艺术手法，虚构人物、情节，将其敷衍成为一部十分精彩的长篇公案小说。

二 对清代司法黑暗和人性堕落的批判与反思

《警富新书》共分为两部分。上部分从第1回至第12回写案件发生的过程。凌贵兴、梁天来两家世为姻亲，凌贵兴科举不第，惑于马半仙风水之说，认为表兄梁天来世居之石室压住了他的风水，欲买下石室，天来不允。在凌宗孔、区爵兴的调拨唆使下，贵兴指使人掘破梁家墓地，拆梁家后墙，绘白虎照梁家明堂，掘梁家白芋，盗割梁家田禾，抢夺梁家桌椅花盆，抢梁天来银子，欲逼梁天来让出石室。贵兴妹子桂仙和妻子何氏劝谏贵兴，贵兴不从，桂仙和何氏愤而自尽。贵兴遂恨天来入骨，结交简当、叶盛、林大有等强盗准备劫杀梁家，乞丐张凤偷报天来，天来和弟君来逃回省城，贵兴带人纵火焚石室，闷死梁家7人，君来妻已有孕，共7尸8命。下半部分从第13回至40回写冤案的形成及昭雪。天来先后控于番禺县、广州府、臬台、抚院，皆因贵兴贿赂官府而败诉。天来控于总督，总督孔大鹏清廉，抓获贵兴、宗孔、爵兴以及林大有等强盗，无奈孔公调任，肇庆府收了贵兴的贿赂，将贵兴等人释放，天来的冤案又沉。天来遂上京告御状，贵兴派人在南雄关、赣州关等处堵截

---

① 林子雄点校《清代广东笔记五种》，第404～405页。

追杀，在苏沛之、区明等人帮助下，天来躲过追杀抵京，在陈式等人的帮助下，天来得以面见皇帝伸冤。皇帝派孔大鹏、李时枚去广东审案，一举捉获贵兴等人，冤案最终得以昭雪。

（一）对清代司法黑暗的批判与反思

宋元时期的公案小说开清官断案之风，明代后期清官断案成为公案小说的主流，如《包龙图判百家公案》《海刚峰先生居官公案传》《详刑公案》《廉明公案》等，皆以清正廉明、执法如山、明敏善断的清官为主人公，通过这些主人公维护法律的有效性和公平性，从而消除社会的各种矛盾和不平等，这种创作风气体现了人们对司法制度寄予的美好愿望。

清代以来，司法弊端日益严重，官吏办案拖沓、玩忽职守、贪赃受贿、枉法裁判等现象十分严重，这些黑暗与腐败使司法在维护秩序和保护私人权益方面极低效和无能，但是清代的公案小说对这方面的批判与反思力度是较为薄弱的，稍早于《警富新书》、刊刻于嘉庆庚申（1800）的《于公案奇闻》和稍后于《警富新书》、刊刻于道光四年（1824）的《施公案》虽一定程度反映了清代司法的黑暗与腐败，但仍延续明代后期的创作风气，以表现和讴歌于公和施公的不畏强权、公正廉明和聪明才智为主，缺乏对司法现状深入的批判和反思。

安和先生则以强烈的忧患意识和批判精神打破了公案小说的这种创作风气，他创作《警富新书》来批判和反思清代司法制度。《警富新书》不再以清官为主角，而是以被害者、害人者和受贿者为主角；不再注重破案的细节和过程，而是集中表现冤狱形成和冤狱昭雪的过程；不再追求理想化的喜剧结局，而是真实地表现现实世界的悲剧性，这种转变使得《警富新书》在风格和旨趣上迥然不同于其他公案小说。

安和先生通过对天来告状过程的叙述，强烈地批判了金钱腐蚀下清代司法的极端黑暗。第12回写凌贵兴买盗劫杀梁家，制造了骇人听闻的七尸八命案：

当下贵兴见攻破两重楼门，意谓天来兄弟势必不能逃生。谁知更入一层，又有石门塞闭。怒喝林大有曰："尔等可乘夜攻开，与吾雪恨，不使□□□□"大有曰："大爷不须叮嘱，小人自有工夫再与□□□□□□攻之已久，竟如铁壁铜城。林大有掷锤叹曰："自来掳掠多人，石室之坚，未尝有此！"贵兴曰："如此完固，为之奈何？"美闲答曰："彼有护身之方，吾有讨命之法。"即以桐油捻楼，放火取烟。绞烟入室，攻屈得几个女流喊声断续，楼上楼下，奔去奔来；两边鼻鼾不绝，几行眼泪争流。凌氏将欲登楼，程三嫂偶然下阁，二人相遇，一总倾来程三嫂翻身再走，而凌氏伏地不起矣。长媳、次媳，有呼无吸；春桃、秋菊似鼠如虾；孙媳虽贤，托与来生服侍；桂婵无憾，此宵可与桂仙同游赋诗；程三嫂且由糯米可餐，只恨者成寿饭！腹中儿可怜天鬼，未曾出世已先亡。正是：八命衔冤千古恨，七尸遭劫一门伤。①

　　这是一桩极其惨毒的命案，凌贵兴及其帮凶理应受到法律的严厉制裁，然而，司法被金钱腐蚀，梁天来一次次告状失败，凌贵兴等人逍遥法外。小说从第13回至第23回不厌其烦地写天来漫长曲折、悲剧性的告状过程，在这个过程中，大大小小的贪官污吏次第登场，使惨毒的七尸八命案演变为难以申诉的冤案。命案发生后，天来求施智伯写了状子，告到番禺县，县宰黄公准状，贵兴送给黄公800两黄金，"初，县主进身时，家中田产质典与人。如今受此八百黄金，便可归家收赎"。② 于是黄公硬说天来诬告，将证人张凤打了50大板，并以鼓革乱鸣来遮掩张凤喊冤之声。天来又告到广州府，贵兴以6000两银子买通了广州府的鲍师爷，遂判天来诬告贵兴，并将张凤打得血流遍地，智伯不禁愤然："钱神用事，奈彼何哉，奈彼何哉！"③ 天来又告到臬衙，贵兴以16000两银子贿赂臬台焦公和夹棍手黎二等人，焦公对张凤动用夹刑，黎二等人夹死张凤。天来又告到抚院，巡抚萧公接到状子后，竟私会贵兴，将此事

---

① （清）安和先生：《警富新书》，群众出版社，2003，第40~41页。
② （清）安和先生：《警富新书》，第49页。
③ （清）安和先生：《警富新书》，第56页。

交与内弟李丰和詹师爷办理，贵兴以珠宝打点二人，二人遂不问清红皂白将天来状子批出："尔天来屡告，官判不遵，胆敢告官告吏，倍告贵兴。真乃刀笔健讼，打死，该打死！"① 智伯怒折写状之笔，口吐鲜血而死。天来求助于海幢寺和尚东来，请他帮助申冤，在东来的帮助下，天来控于总督孔公，孔公派人捉拿了凌贵兴等人，贵兴等人认罪。案件正要完结时，皇帝忽召孔公督理黄河急务，孔公将此案托于肇庆府连公，贵兴送了10万银子给连公，连公竟为贵兴等人翻案，将他们悉数放回。天来不甘心，又告到新来的总督杨公处，杨公初到韶关时，曾受得贵兴一个千金之礼，遂不准天来状子。从番禺县、广州府到臬台、抚院、肇庆府，皆受了贵兴的贿赂，使天来无处可以申冤，作者借贵兴之口展现了暗无天日的社会现实："汝欲告吾，惟有四君可告：天上帝君，地下阎君，厨中灶君，朝内人君。除四君，何地可控我？"②

安和先生把金钱的腐蚀作为司法黑暗的主要原因，他还反思了导致司法黑暗的其他原因，认为清代司法黑暗与幕僚制度有着直接的关系。清代行政和司法合一，以科举、捐纳等方式出身的行政官员多不具有法律方面的知识，因此在刑名案狱方面多依赖于幕僚胥吏，司法也就易被幕僚胥吏控制操纵，刑狱自是弊端丛生，黑幕重重。小说中广州府刘公本是一个清官，大小案不可循办，但病后事多遗忘，他十分倚重的鲍师爷被贵兴收买：

> 鲍师爷一见此批，如何受得凌家之贿？遂叹曰："府台差矣！此案原贵兴受冤，天来藉此卸债。稍有所偏，便成武林县案矣！"刘公暗思："前日宰武林县时，曾不听老鲍之言，也因办差一桩命案，后来弄得零零落落，得他极力操持，然后可能免罪。今若不听其言，又来办错，若之何哉？"乃谓鲍师爷曰："我病未瘳，日里精神恍惚，心无主宰；夜来魂魄飘零。尔可与我细心批来，慎毋贻

---

① （清）安和先生：《警富新书》，第60页。
② （清）安和先生：《警富新书》，第73页。

累。"鲍师爷唯唯点头，教刘公升堂审判，须要如此如此。①

抚院萧公亦将此案与詹师爷循办，詹师爷得了贵兴珠宝，遂与贵兴图谋。肇庆府杜师爷收受贵兴贿赂，用金钱引诱连公，欲替贵兴翻案：

> 俄顷徐风拜见杜师爷言："贵兴许银十万，送入府衙。师爷若肯与他调停，另有黄金厚报。"师爷大悦，徐风退出。
>
> 师爷入见府爷。府爷述蔡顺之语，师爷吐徐风之言。府爷复问蔡顺曰："果曾听得此语否？"蔡顺曰："闻本确闻，但未审其虚实。岂敢平地风波，滋生议论乎？"府爷感谢一番，蔡顺拜辞而去。师爷告府爷曰："蔡顺言他有百万家财。今他许以十万，此言可见非虚。"须臾，一人入报："巡抚大人不日亲临查库。"公子曰："如今仓库两陷，可预为之。"府爷曰："奈何？"师爷附耳低声，说个如此如此。②

鲍师爷、詹师爷、杜师爷操纵狱讼，在官吏腐败中扮演了重要角色，成为导致司法黑暗的重要原因之一。

安和先生认为清代司法黑暗还与官吏亲属干预有一定关系。官吏亲属是一个特殊群体，他们接近权力，能够对权力产生影响，一旦他们受到腐化，会对权力产生破坏性的影响。小说反映了官吏亲属对司法破坏性的影响，贵兴之所以能够腐化番禺县和臬台，走的就是买通官吏亲属的路线。番禺县黄公受贿是由其妻弟和妻子唆使导致的，衙役简勒先一语中的，此事"非得舅爷，无以见听"，殷舅爷收了贵兴银子，遂替贵兴在姐姐处求情：

> 殷舅即以天来之案从头具说，言姊夫固执不从，孺人乃转问县主："如何不肯纳谏？"黄公叹曰："近来州县罚俸，皆是多因命案

---

① （清）安和先生：《警富新书》，第54页。
② （清）安和先生：《警富新书》，第69页。

所致。朝廷煌煌,岂容偏办哉?"殷舅素知孺人慈悲吝啬,低声私谓其姊曰:"据他办案,将来杀戮必多。而且解犯往来,文书调周,日久不能结案。其繁费岂易当哉!何能超生民命,坐享黄金?"孺人曰:"朝廷好生之德,尚且减刑。立法虽严,行法每从其恕。既有黄金八百,即如罚俸,亦可以抵填。吾弟所谏,未尝无理。"竟将天来状词说与师爷,从宽批出。[1]

臬台萧公受贿则由其内弟李丰牵线,贵兴自从与天来构讼,就有意结交了李丰,在李丰的举荐下,萧公竟纳贵兴为门生。肇庆府连公受贿,其子亦参与其中,连公之子仓库空虚,贵兴许以10万之银,他便替贵兴关说。甚至当孔公纠办贵兴时,贵兴竟托李丰向孔公之弟高全求情,并许银10万两,幸孔公清廉,"入见其兄,语言以渐而进,及说到贵兴富有百万、学足三余之句,却被孔公举足一踢,怒责曰:'如何作此不差语?'于是,左右足连踢五脚。高全惧,抱头而窜,暗思:'事为人谋而身受其辱,心甚不甘!'即唤下人邝漱,向李丰索银五百两。"[2]殷舅爷、殷孺人、李丰、连公子、高全等作为官吏亲属收受贿赂,混淆黑白,在官吏腐败中起了重要作用。

(二) 对人性堕落的批判和对抗争者的讴歌

《富新警书》还展现了人性的善与恶。在梁、凌两家的矛盾冲突中,作者深入刻画了两个群体:一是以凌贵兴为首,包括凌宗孔、区爵兴、林大有等恶势力群体,这一群体恃财雄势大,横行乡里,为非作歹,充分体现了人性的阴暗、丑恶和堕落;一是以梁天来为主,包括张凤、施智伯、区明、何天爵等与恶势力斗争的群体,这一群体势单力薄,但却具有善良、坚忍、正义的品质,充分体现了人性的美好品质。

凌贵兴是封建社会豪强劣绅的典型代表,作者不仅批判了他人性的丑恶和堕落,更注重展现其人性堕落的过程和原因。贵兴的本性固然不

---

[1] (清) 安和先生:《警富新书》,第49页。
[2] (清) 安和先生:《警富新书》,第67页。

良,但他也读书,也留意功名,也颇慷慨,当宗孔缺钱时,他能捡出10个洋钱与其安家,他欲买天来石室,天来不卖,他是理解的,甚至还敬佩天来能守祖业。但凌宗孔与区爵兴等流氓无产者为了从贵兴处牟利,将他一步步推向堕落的深渊,在贵兴的作恶中起了重要作用。宗孔本为贵兴的族叔,人称"落地舌公""虎翼""饭匙头",作者通过贵兴的妹妹桂仙之口说出此人的品性:"窃思其为人也,机心叵测。看他两颧高耸,双目歪斜。若与人言,频频瞻顾。奚异吮痈舐痔之流,丧心亡命之辈,宜亟远之,慎勿为他鼓舞也。"① 他一出场便呼贵兴为"侄老爹",体现了他的谄佞与阴险,正如书中夹评所云:"好个称呼,自古以来未闻有此名目。"他投贵兴所好,推荐马半仙,唆使贵兴购买天来的石室,欲从中牟利,当他被天来严辞拒绝后,怀恨在心,极力挑拨贵兴与天来的矛盾:

  且说宗孔回见贵兴,备述天来绝无卖意。贵兴曰:"吾今料他不肯卖。一者安居乐业,二者家产有余,三者糖房旺相,哪肯燕入他家?但未晓如何回说?"宗孔曰:"天来原属奸猾,托父为名,空云本当从命,缘父弃世有云:卖此石室,是为不孝。今若弃之,他日九泉之下,有何词对父亲说乎?"贵兴赞曰:"果是识时务之人,好个人世长者!"宗孔见其不怒,而反赞天来,"再后君来说,令人真个可恼!他要建园,反欲与汝购买朱门,以扩其地。"贵兴曰:"吾求他卖,他索我沽。此亦平人局量,叔父休要怪他。"宗孔又见其不怒,转说:"养福佻泊异常,说妆作文请人代笔,若能中试,牛马可飞。"贵兴曰:"稚子□当以缄口为高。"宗孔本来要激发贵兴,谁想贵兴殊无愠色,乃倒是颠非,曰:"天来最为变脸,言汝父进身,原与陈琳无异。幸得他父携带二八生涯,沉没许多私数。今日得成富户,不念前恩,而反逼他卖宅。待汝他日到省,要当面嘲骂,然后可快其心。"

---

① (清)安和先生:《警富新书》,第23页。

贵兴听罢大怒，曰："他父得府君提携，始得成家。如此反架恶言使我，如何衿得？敢问叔父，何以质证否？"宗孔曰："既不可质，安能道哉！尚有坊邻亲见亲闻，旁人亦代为忿恨。"贵兴怒气愈炽。①

他教唆贵兴用各种手段欺凌梁家：挖掘梁家坟头，画白虎照梁家明堂，掘梁家黄苗冈的白芋，唆使易行殴打天来。在宗孔不断教唆下，贵兴"大快所欲""大畅所欲"，人性的丑恶、阴暗被激发出来，他以欺凌梁家为乐趣，像个山大王一样称霸乡里。宗孔还进一步为恶，帮贵兴结交了林大有、简当、叶盛等强盗，劫杀了梁家7尸8命，贵兴的人性完全堕落了。豪强流氓横行，贪官污吏腐败，社会笼罩在暗无天日的氛围中。

但越是黑暗，被损害者的抗争越显得悲壮。小说写了被欺凌的小人物所遭遇的巨大不幸，并讴歌了他们的抗争精神。梁天来是作者着意塑造的人物形象，他是一个小商人，天性驯良，安分守己，在与贵兴的冲突中，是退避的、软弱的。贵兴抢他的银子，他无力还手；被易行殴打，他"乍然失色，四顾而走"；易行登门道歉，他"暗吃一惊""正欲躲避"；得知贵兴欲打劫他家时，他慌忙逃走。但当家人被杀，7尸8命后，他一改之前的软弱，背负巨大的冤屈，走上了艰险的告状之路，在一次次告状过程中，他变得坚强执着，不达目的不罢休。当番禺县将命案沉冤时，其母劝他不可再讼，他却毅然曰："前者十害不休，儿皆曲忍。如今一家受害，母命难从。"②张凤被刑死，他痛哭之后，依然前往省城找智伯商议再次控告，肇庆府为贵兴翻案后，他开始动摇，想要放弃告状：

天来夜夜悲伤，不能安枕。每至五更时候，神疲思倦，方能乍见周公。偶然一朝，睡至日出三竿，还未起来澡洗。君来揭帐视之，

---

① （清）安和先生：《警富新书》，第9页。
② （清）安和先生：《警富新书》，第51页。

但见泪落连滩,两边浸烂,骇告其母。凌氏待他醒来,抚慰曰:"我儿可往省城复业,免来连夜悲伤。死者不可复生,贫者安能敌富?如再述而不醒,将来有误生涯。"天来暗忖:"与贵兴构讼多年,满城大小官员也曾具禀。即如告准,亦属空谈。此志此心,被他丧去八、九。"一闻凌氏之言,对母自答曰:"儿不孝,不遵母训,屡屡呈词。今日误人误己,财散冤沉,自知其过。以后虽有明员,儿亦断不敢与他再讼矣。"言罢,辞母往省而去。①

但当贵兴在双底门再次侮辱他时,他继续抗争的决心被激起,毅然决定上京控告,"共贵兴决个戴天之仇"。为了顺利上京控告,他细密谋划,机智地躲过了贵兴的耳目。在上京途中,他几番惊死,仍置生死于不顾,用藏在果箱、扮做新科士子、仆夫等方法,通过南雄关、赣州关,躲过贵兴爪牙的劫杀,最终得以面见皇帝,使冤案昭雪。这样一个小人物,在与恶势力的斗争中,从软弱到坚强,体现了人性的光辉。

乞丐张凤也是作者着意塑造和歌颂的人物。张凤是一个卑微的乞丐,"三岁失恃,七岁而孤。亲人无所倚靠,屡屡与人佣雇。未及三日,必然告辞。若不遭于疾病,定遇家主恼丧,总总不利于人,人皆厌绝,以致沿途丐食,经岁如常"。②但作者却赋予这个人物以美好的品性,他急人之难,得知贵兴欲劫杀梁家时,主动去报信,为了使天来相信,他拒收天来给的银子。他不贪图钱财,坚持正义,七尸八命案发生后,赴番禺县作证,却被黄公打了50板,贵兴派宗孔以黄金、房屋、美婢收买他,他却"举起一双冷眼",严辞拒绝,这与黄公为了800两银子就沉8命之冤形成鲜明对比。他宁死不屈,赴臬台作证,焦公对他动用大刑,他依然不改口供,"谁想这班皂隶私受贵兴五百余资,恨不能早日夹毙,各各分肥。此时张凤受苦难堪,哀叫天来曰:'梁大爷,梁大爷!吾困矣,吾命休矣!吾与大爷永诀矣!'言罢,大小便一齐进出,长叹一声

---

① (清)安和先生:《警富新书》,第72页。
② (清)安和先生:《警富新书》,第34页。

而逝!"① 与那些贪官污吏相比,这样一个卑微的小人物,却具有美好的品性和激烈的抗争精神。此外,讼师施智伯、商人区明、进士何天爵等都是作者歌颂的人物,作者以这些具有美好品性的人物来对抗豪强流氓和贪官污吏。

三 艺术特点

(一) 第一部真正的长篇公案小说

明代万历至明末,涌现出一大批公案小说,有《包龙图判百家公案》《皇明诸司廉明公案》《海刚峰先生居官公案传》《古今律条公案》等10余种,这10余种作品在形式方面有共同之处:一是有的以短篇小说集的形式出现,有的以章回小说的形式出现,但实际上都是短篇小说集,各篇各回的故事情节都有一定的独立性;二是章回小说亦采用短篇小说按案件性质编排的方法,把同类案件集中在一起。最有代表性的是《包龙图判百家公案》,全书100回,以包公为断案人,串联起97则公案故事,这97则公案故事都是独立的,相互之间没有任何联系。这种形式一直延续至清中期,清中期较为重要的《于公案奇闻》继承了《百家公案》的形式,由审案人于公串联起27则婚姻、奸情、盗窃等公案故事,这27则故事亦各自独立。可以说,从明代后期一直到清中期,都没有出现成熟的长篇公案小说。这种结构固然有其优势,但叙事空间狭窄,无法全面深入地反映社会生活状态。

《警富新书》在形式上彻底摆脱了短篇小说的形式,不再由一个个短篇故事串联而成,而是一部真正的长篇公案小说。它以一个诉讼案件为中心,按照时间顺序详细叙述了整个诉讼案件的始末,先写命案发生的原因,命案的发生,再写命案成为冤案的过程,最后写冤案昭雪的过程,情节首尾完整,且十分紧凑。小说的时间跨度大,叙述了4年中案件的变迁,小说的叙事空间较为宏阔,在一个完整的、宏阔的叙事空间里,主要人物梁天来、凌贵兴、凌宗孔等贯穿情节始终,其他人物桂仙、凌母、张凤、林大有、黄公、刘公、焦公、孔公、何天爵、皇帝等随着

---

① (清)安和先生:《警富新书》,第57页。

情节的推进次第登场，一幅幅社会图景也渐次展现，使得小说全面深入地反映了社会生活，作者在其中对司法制度的黑暗进行批判和反思，对人性的恶予以批判，对人性的善予以讴歌。可以说《警富新书》是公案小说史上第一部真正的长篇公案小说，这是它在艺术形式方面最大的贡献。

（二）浓重的悲剧色彩

公案小说中的人物一般或死亡或遭遇悲惨，大多带有悲剧色彩，《警富新书》之前的公案小说都具有一定的悲剧色彩，但由于以清官断案为主，清官最终替被害人报仇或昭雪冲淡了悲剧色彩。《警富新书》不再以歌颂清官为主，而意在表现极端黑暗的司法制度和丑恶的人性给小人物带来的深重苦难，因此具有浓重的悲剧色彩。

7尸8命，害人者逍遥法外，贪官污吏肆虐，冤屈无处申诉，生命受到威胁，一系列因素使梁天来这个人物形象充满了悲伤、压抑、愤怒、恐惧等情感，这在他逃往京城的路上表现得淋漓尽致：

> 天来强从其意，唱到"鸳鸯日里并肩以游，夜中交颈而宿，想掩苏秦为着'功名'两字，萍踪靡定，破伤家乡。父母不能奉侍，妻子不能相亲。可见人而不如禽鸟"，不觉触动平日八命愁怀，今日离乡告御，忽然跌下地来，昏迷不起，吓得众人不知所以，共扶至榻。未几复苏，区苏二人亦各归房就帐。天来念起："家中有此大冤，满城大小职员竟不能以共白，只有孔总督可以鸣冤；调往燕京而去。"再思："张凤已故，智伯又亡，知心相辅者亦复寥寥。有母在堂，家资消乏。幸得显洪助以费用，犹且不敷。今日影只形单，寄身客店，前程还有六千里之遥。万一告来不准，岂不是虚走一遭？"细想贵兴这个仇人，如果被他系得好苦。咬牙切齿，不知不觉鼓床而叹。①

---

① （清）安和先生：《警富新书》，第84页。

尽管最后冤案得以昭雪，但逝者已不能复生，天来与害人者又有亲戚之情，所经历的悲伤、压抑、愤怒、恐惧仍不可消除，天来仍哀痛难禁：

> （孔公）正惆怅间，法场外闪出一人，稽颡大哭。孔公视之，原告人梁天来也。孔公讶曰："吾今为汝生者除害，死者伸冤，如何反作悲伤？"天来禀曰："监生与彼一脉同生，不忍绝去凌家之嗣。父虽不善，子亦无辜。伏望大人宽宥。"孔公曰："剐此一人，不足以偿九命。情虽可悯，国法难容！"应科听得此言，四顾张惶，哀惨之声啼之愈急。千百人见者，无不坠泪。①

小说浓重的悲剧色彩使《警富新书》具有了感人的力量，这使它避免流于一般公案小说简单的暴露与批判。此外，小说重视悬念的设置，文字亦颇简练，略带文言色彩。当然它在艺术上也有相当多的不足之处，如有些情节设置不合理，叙事显得滞涩，不够流畅，次要人物缺乏鲜明的性格等。

总体来看，《警富新书》以其思想和艺术上的贡献，在公案小说史上占有一定的地位，并对后世小说产生了一定影响，晚清吴趼人继承了它良好的素材、立意和结构，在思想和艺术方面进一步提升，创作出了被称为"全德小说"的《九命奇冤》。《警富新书》在岭南流传甚广，影响甚大，未问世就深受欢迎，"书未成，而踵门索观者累累"。② 问世后流布很广，凌扬藻云："使穷方委巷，妇人孺子习观而饫听之，一闻曾大父之名，无不切齿詈骂，几以为元恶大憝，古盗跖之不如者。"③ 至现代，此故事还多次被搬上岭南的舞台和荧幕，20 世纪 30 年代有电影《梁天来告御状》，50 年代有电影《梁天来》，80 年代广东潮剧院仍在上演《七尸八命九重冤》。

---

① （清）安和先生：《警富新书》，第 130 页。
② （清）敏斋居士：《警富新书·序》，载《警富新书》。
③ 林子雄点校《清代广东笔记五种》，第 403 页。

第四节　公案小说《绣鞋记警贵新书》

清中期，岭南还出现了另一部公案小说《绣鞋记警贵新书》，是书与《警富新书》一样，反映了豪强劣绅对弱小者的欺压残害，在表现岭南社会生活方面颇有可取之处，但在立意、思想内容、艺术表现等方面与《警富新书》差距甚大。

《绣鞋记警贵新书》，又名《绣鞋记全传》，4卷20回。今仅存蝴蝶楼刻本，卷首题叶户部全传、绣鞋记警贵新书，次有沧浪隐士跋，南阳子虚居士序，罗浮山下烟霞客、痴飞子戮、梅华道人题词，正文前有绣像12幅，每卷卷首题新刻绣鞋记全传、乌有先生订、蝴蝶楼藏板，版心刻警贵新书。《古本小说集成》有蝴蝶楼刻本的影印本，本书以此影印本为研究对象。

一　作者考证

是书刊刻时间不详，作者乌有先生生平亦不详。柳存仁的《伦敦所见中国小说书目提要》云："另外有一部嘉庆己巳（十四年）广东翰选楼板的警富新书，是叙述清初雍正间广东著名的梁天来命案的。我想，警富和警贵的命名是有一定的联系的，可能'警富'在前。"[1] 柳存仁的推测有一定道理，安和先生在《警富新书》结尾云："欲知三人后世端详，请看《警富后传》。"[2] 这表明安和先生有继续创作此类小说的意愿，且《警富新书》出版后甚受读者欢迎，因此，安和先生是极有可能再创作一部类似的小说的。《警富后传》是否成书不得而知，但把《警富新书》与《警贵新书》进行比较，可以发现它们有很多相似之处。

首先，两书在内容上极为相似。《警贵新书》写莞邑（今广东省东莞市）进士、户部主事叶荫芝横行乡里，欺凌弱小，逼死人命，最后受到惩罚；《警富新书》写凌贵兴横行乡里，害死8命，最后受到惩罚，

---

[1] 柳存仁：《伦敦所见中国小说书目提要》，第258页。
[2] （清）安和先生：《警富新书》，第132页。

内容大致相同。

其次，两书在情节上极为相似。《警贵新书》有叶荫芝、叶亚狄等人毁坟挖骸、抢割黄家田禾、殴打黄成通、拆毁黄家房屋等情节；《警富新书》亦有凌贵兴、凌宗孔等人毁梁家坟头、抢割梁家田禾、殴打梁天来、拆毁梁家后墙等情节。如《警贵新书》第11回写叶荫芝在叶亚狄的教唆下拆黄家后墙，黄成通母亲叶氏出来阻止：

>　　顷刻之间，已抵黄成通园外。荫芝喝令一声，众家丁齐齐动手，抽砖卸瓦，毁拆纷纷。惊动黄姓家仆，出园观看，眼见荫芝耀武扬威，三步跑进，将情连忙禀上："今有叶荫芝叔侄统率多人到来，将园毁拆，所有砖头瓦块尽皆弃之塘中，池鱼不知伤了多少，乞为定夺。"叶氏安人闻报，连忙步出，口称："叶老爷，我家与你素无仇怨，倘或有些不合之处，也应推念邻乡之情，何苦屡屡到来陷害。"荫芝闻说，哈哈大笑，手指骂道："你个老虔婆，休得多嘴，快些叫你儿子出来与吾结抗。倘你悍妇出头愈怼，定将你楼房屋舍拆个精光，看你有甚么状告。"叶氏只得忍气吞声，暗暗叫苦，站立园边，任其作为。

此情节与《警富新书》第3回凌贵兴在宗孔的教唆下拆毁梁家后墙、天来母亲凌氏出来阻止的情节极为相似：

>　　贵兴然之。登时率众兄弟投奔梁家毁拆。凌氏闻拆，喊曰："贵兴恃富，宗孔凌人。前者伐树锄坟，吾犹未究。如何再侵我宅，毁我后墙？欺凌至极，当遭天诛！"宗孔闻喊，怒将所拆之砖向凌氏掷去。是时，旁有金鱼缸一个，被他击碎。凌氏幸免其伤，两媳力劝而回。宗孔又将鱼池填塞，所有名花异草、古树灵芝，尽行掠去。凌氏转入家堂，忿恨不已。①

---

① （清）安和先生：《警富新书》，第11~12页。

再如,《警贵新书》第 12 回写亚狄用钱买人殴打黄成通:

  主仆一路行来,刚刚到了一所庙宇,成通满心贪玩灯景,岂知冤家狭路相逢。亚狄看见成通,疾忙闪避,转过后街,暗暗叫人,说道:"你们能把黄成通拦截,将他衣服撕烂,殴打一番,每人谢银二钱以为签敬。"一众听闻,不胜欢悦,个个摩拳擦掌,上前把黄成通推跌在地,举拳乱打。伤了眼眉额角,血流满面,气不能申。

此情节与《警富新书》凌贵兴用钱收买易行殴打天来几乎如出一辙:

  适遇宗孔当前,贵兴尽举其言以告之。宗孔见其不允,如何遂得侄儿之愿?乃笑谓易行曰:"敢问哥哥,昔日之财奚在?眼前光景宜人,哥哥请更图之。"易行想起与他细谈许久,总属虚言。回视粪箕,空然无物。晚餐之计,何处而来?不觉点头应允。
  贵兴大喜。易行问曰:"打了之后,得谷几何?"贵兴笑曰:"一掌一担,举数而量。"易行乃用墨涂抹其面,向天来横加拳掌,左右换手,连打几番。天来乍然失色,四顾而走。①

此外,《警贵新书》第 10 回写黄成通被叶荫芝用扇子殴打,《警富新书》第 22 回写凌贵兴用扇子殴打天来,情节均相似。

再次,两书在人物形象上有较多相似之处。叶荫芝与凌贵兴的形象相似,叶亚狄与凌宗孔的形象相似,黄成通母亲叶氏与梁天来母亲凌氏的形象相似。最为相似的是黄成通的形象与七尸八命案发生前梁天来的形象:黄成通为人淳朴,孝敬母亲,举止端方,在与叶荫芝的冲突中,是隐忍退避的;梁天来天性驯良,安分守己,在与凌贵兴的冲突中,也是退避软弱的。

更为重要的是,两书的语言风格极为相似,均采用了带有文言色彩

---

① (清)安和先生:《警富新书》,第 16 页。

的通俗语言,均爱使用四句和六句的句式,以两书的第1回为例:

> 且说有一土豪劣绅,姓叶名荫芝,系莞邑石井乡人,别号鹿茇,浑名皮象。自幼在家攻书,侥幸名登金榜,曾任户部主事,在京供职几年,因丁内艰,回家守孝。发妻张氏,早已镜破钗分,姬人伊氏,恃宠专房,再续何门,乃贡士南宫之女。前生一女,许配白马烟同李鹍举之子,亲家来往十分情密。一朝主事寿辰,家人打扫地方洁净,满堂佳客纷纷到贺。荫芝在家贪恋妻妾,兼之财路通神,久经服缺,不欲起复登朝。(《警贵新书》)

> 话说雍正年间,粤东番禺县谭村梁姓朝大、凌姓宗客二人,素有戚眷,合伙经营,人称为莫逆之交。同在南雄府售卖绫罗绢匹,店名"广源"。当日义堪取信,自然和好生财。年迈各自归家,遂传下朝大之子天来宰理。越数月,宗客病故,朝大相继而亡。天来为人至孝,念母在堂,不忍远别家乡,图此微利,顿忘膝下之欢。是年在省城第八甫自创一间糖房生理,店号"天和"。

> 一日,往见宗客之子贵兴,言:"令先君去年弃世,我等为甥之道,未能稍尽分毛甥舅之情,于今耿耿。至如南雄生理,表兄劣手无能,凑着行情冷淡。正所谓:鸡肋生理,宜速退辞。"贵兴曰:"表兄所见高明,惟命是听。"[①](《警富新书》)

这两段均以四言和六言的句子为主,风格古拙,与其它同时期的章回小说颇不同。两书所用词汇、语句也颇多相似之处,《警贵新书》第12回有"殴打一番",《警富新书》第4回有"打他一番";《警贵新书》第10回有"尽行割伐一空",《警富新书》第5回有"尽行掘得一空";《警贵新书》第11回有"你个老虔婆",《警富新书》第5回有"汝这黔婆"。

从以上比较可以推测,《警贵新书》应为《警富新书》之后传,乌有先生与安和先生应为同一人,"乌有"与"安和"应为作者的托名。

---

① (清)安和先生:《警富新书》,第3页。

是书可能亦如《警富新书》一样,取材于真实历史事件。沧浪隐士跋说得明白:"作书者何,原以武发善心,惩创迭志也。然必次世人世事,鉴鉴可据,方能警世。若如海市蜃楼,空中结构,此文人游戏笔。"惜沧浪隐士所说的"世人世事"无法考证,但可以推测,此书应是作者在历史真实的基础上,经过虚构和渲染而成的。

二 对享有特权的豪强恶势力的批判

《绣鞋记警贵新书》的第1回至第12回写叶荫芝横行乡里的罪行。叶荫芝是莞邑石井乡人,曾任户部主事,在邓清、叶润泽、李鹨举等人的教唆下,到羊城赁屋居住,被寡妇陈凤姐的美貌倾倒,请宝莲庵女尼桀枝、亚左从中作合,陈凤姐私会叶荫芝,并赠以绣鞋为表记。凤姐之父拒婚,凤姐出逃与叶荫芝成亲。叶荫芝伙同李鹨举、叶亚狄等匪棍在乡大肆作恶:武断乡曲,从中渔利;挖掘坟墓,勒索赎金;逼勒寡妇,勒索钱财;持刀枪器械,与官兵对抗,尤以欺凌黄成通为甚,抢割黄家田禾果木,殴打黄成通,拆毁黄家园屋,侮骂黄母,致使黄成通羞愤自缢。第13回至第20回写叶荫芝遭到惩罚。黄母叶氏在黄成通好友黎爷的帮助下,到县里和省里控告,宪抚捉拿叶荫芝及其党羽,下南海狱,叶荫芝上控,希图开解,经督抚反复究诘,最终被判绞刑,黄显国、叶润泽、叶亚狄、李鹨举等人各治以应得之罪,张凤姐、女尼亚左自杀,桀枝被逐出山门,叶荫芝在狱中反省,他被处决后,在阴间与其党羽的鬼魂和生魂又受审判,并遭受酷刑。

小说生动反映了清中期岭南地方豪强恶势力给弱小民众带来的苦难。与凌贵兴因富而成豪强不同,叶荫芝是另一种类型的地方豪强。他曾金榜题名中进士,任过户部主事,是正六品的官员,属于特权阶层。清代官员享有较大的特权,律例规定,当特权阶层与平民发生纠纷时,"凡官吏,有争论婚姻、钱债、田土等事,听令家人告官对理,不许公文行移"。[①] 如果特权阶层犯罪,"六品以下,听分巡御史、按察司并分司取

---

① 怀效锋、李俊点校《大清律辑注》,法律出版社,2000,第845页。

问明白，议拟闻奏区处。若府、州、县官犯罪，所辖上司不得擅自勾问。止许开具所犯事由，实封奏闻。若许准推问，依律议拟回奏，候委官审实，方许判决"。[1] 叶荫芝正是凭借这些特权才敢纠合匪棍，为所欲为，称霸一方的，"莫说官兵听吾言语，就是上台大宪，也亦俾吾情面"。当官兵欲捉拿抢人妻妾的土豪万人恶时，叶荫芝威吓官兵，吓得官兵"个个目瞪口呆，知道叶老爷平日威声远振，不敢将他抗拒，遂即一哄而散"。他甚至敢和当地官兵对抗，当县太爷欲捉拿他时，他竟准备刀枪器械，在村内围护，"兵役齐至，不敢动手，营负何某督令向前，忽听号炮一声，家伙齐齐拥出，吓得兵差四散奔逃，莫能相抗"。

叶荫芝横行乡曲，一方面是凭借特权，另一方面，李鹈举、叶亚狄、叶润泽、邓清等匪棍为从叶荫芝那里谋得利益，也教唆和帮助他横行乡里。小说第1回即写叶荫芝在这些匪棍的教唆下渐起不良之心，叶荫芝本不富有，亦知钱财不易得，"数载经营，目今依然故我"，叶润泽、邓清、李鹈举遂教他生财之道：

> 叶润泽胁肩微笑，说道："若要取财，须凭胆大，一不怕人言捐摘，二不怕神明鉴察，三不怕官司告发，方能赚得银钱到手。"邓清闻言，十分称妙："润兄高见，果实不差，难怪人人请你做状，原来一肚尽系砒霜。但系求财须寻方向，不若我们同往城中，找觅一向公所，大家朝夕聚首，彼此打算求谋，写出主事户部衔头，谁不称美。就系大小衙门也亦无奈其何，况且更有一宗美事，城中有女如云，嫋娜娉婷，风流称绝。或时倚门卖笑，甚属可人，引动多少官家子弟，倩人作线穿针，但得身边有些钱钞，何愁好月不得团圆。"这一番话说得荫芝心如火热，霎时就要动身举行……从此狐群狗党日相往来，不在话下。

在这些人的教唆下，叶荫芝一步步堕落，以至最后身陷囹圄，正如

---

[1] 怀效锋、李俊点校《大清律辑注》，第14～15页。

他在死前反省的:"所恨相交尽属协肩谄笑,不能箴规纳善,更为朋比作奸,种种非为,半由自己所招,半为他人所累。"

以叶荫芝为首的恶势力群体极具有破坏性。他们霸人田土,占人房屋,诱人妻女,窝留匪棍,毁坟挖骸,勒人钱赎,鱼肉乡民,种种非法,不胜枚举。他们毫无顾忌地敲诈钱财,陈表只欠27千铜钱赌银,竟让陈表写了300两揭数,陈寡妇与之理论,亚狄竟大骂:"慢说你这个村婆,胆敢与吾作对,你看篁村张姓,莞城初姓,其余何姓、翟姓,以及胡蔡子等,被我找了田地,不知送了几多银两,方得取赎。你今作速将银送来,倘若迟延,只恐你两儿性命难保。"为了敲诈更多钱财,他们到处挖掘人家坟墓,每份尸骨索价300两,还逼勒黄成通,致其自戕陨命。

与叶荫芝的恶势力相比,无权无势的民众是弱势群体,一旦发生冲突,只能任其凌虐,不敢反抗。被挖先人骨殖的人家,"肝肠寸断,欲想开官具控,苦无证据可凭,县府亦难为之申理",遂以300两银子赎回骨殖。黄家虽屡被欺凌,但惧怕叶荫芝的淫威,只能暗自流泪,不敢告发。陈寡妇敢于上县控告,但官兵却不敢捉拿叶荫芝,最后陈寡妇也只有送给叶荫芝300两银子了事。正如官府公示的牌文所云:"夫肆其毒者不一事,受其害者不一人。乃历年以来却少控告之案,皆由该绅横行乡曲,目无法律。尔民等畏其威势,诚恐告而不准,准而不办,结根益深,为祸益烈,是以含冤茹痛,任其凌虐而不敢言。"

三 寄希望于清官和鬼神

《警富新书》自始自终都以现实主义精神描写社会生活,其目的是为了暴露、批判与反思社会的黑暗与丑恶,因此,它很少说教劝戒,虽有少数情节涉及鬼神和果报,但主要是出于情节发展的需要。

《警贵新书》在开头就明确说明其创作目的是为了警世与劝戒,"如居官,以尽忠报国;居家者,以尽孝事亲,是忠孝为人生之大本也。人能全忠全孝,则知节义廉耻,凡一切越礼非法之事不敢妄为,宗族乡党揄扬德行,是以流芳百世;若不忠不孝,则丧节义廉耻,凡一切损人利己之事任意胡行,乡曲间阎无不咬牙切齿,是以遗臭万年"。小说开头还埋下了因果报应的伏笔,把叶荫芝与黄成通激烈冲突的原因归根于因果报应,"细想叶荫芝与黄成通二人乃是前生冤孽,并非今世仇雠。一以自经,一为环首,事属殊途而死同一辙,特为表白,用代释疑"。这些劝戒和因果报应思想在一定程度上削弱了对叶荫芝等人恶行的批判和对黄成通等弱小民众的同情,但小说前半部分的劝戒还是比较克制的,仍以现实主义精神为主导,因此前半部分还是具有一定的思想价值。

后半部分作者几乎完全放弃了对社会生活的关照,以说教劝戒为主导,思想价值明显削弱了。后半部分首先通过清官的公正审判,叶荫芝及其党羽得到了应有惩罚:叶荫芝被处以绞刑,亚左觉得"祸由自取",自杀;张雪良之妻为赎前愆,入寺修行;张凤姐后悔淫荡,自杀。但作者认为这些还不足以完全警醒世人,因此,再次通过鬼神对这些恶人进行可怕的、残酷的惩罚:叶荫芝"宜于剐心枭首之馀,付之炮烙,即于油锅刀山之下,置之宫刑。使今日火焚肉脏,用傲刀风,俾来世花放后庭,速偿冤债"。其他人则托生为畜牲,张凤姐托生猫姆,李鹨举托生龟公,叶亚狄托生穿山甲,桀枝、亚左托生为牝虎。这样,通过人间和阴间的双重惩罚达到了作者警世劝戒的目的,叶荫芝在死前劝戒自己的儿子,实际上是作者借叶荫芝之口对读者进行劝戒:"孩儿过来,听我吩咐:自今以后,务须努力做人,小心事奉母亲,不可高头硬性,相恤里邻,和睦乡党,前车可鉴。千祈不可照我所为,自蹈汤火,难逃法网。"

《绣鞋记警贵新书》在艺术方面较为粗糙,小说情节不够连贯,叙事略显滞涩,人物形象不够丰满,逊色于《警富新书》,这使它流传不广。但在题材、思想内容等方面还是有一定贡献的,对后世小说,尤其是晚清岭南谴责小说有一定影响,正如张俊所评价的:"《蜃楼志》《绣鞋记》等则是晚清盛行一时的谴责小说的先声。"[1]

第五节 岭南其他通俗小说

除了反映岭南社会生活的小说外,清中期岭南小说还有陈飞霞的神

---

[1] 张俊:《清代小说史》,第296页。

怪小说《桃花女阴阳斗传》、陈少海的世情小说《红楼复梦》、何梦梅的历史演义小说《大明正德皇帝游江南传》。这些小说或宣扬神道，或演绎历史故事，或续写前书，都较少反映岭南社会生活。

一 神怪小说《桃花女阴阳斗传》

《桃花女阴阳斗传》，著者佚名。清道光二十八年（1848）联益堂巾箱本，2卷16回，题《桃花女阴阳斗传》，又题《新镌绣像异说阴阳斗传奇》，前有佚名序及裘曰修序，裘序末题"赐进士出身通奉大夫日讲起居注官内阁学士兼礼部侍郎加二级西昌裘曰修撰"，后有绣像6幅。此书流传甚广，刊本较多。有清光绪甲午本（1894），4卷16回，题绣像桃花女斗法奇书，卷端题绘图阴阳斗异说传奇，首有梦花主人序。有清末储仁逊抄本，题阴阳斗。民国间有上海书局石印本，题绘图桃花女斗宝传奇；有上海铸记书局石印本，题绣像桃花女斗法；有上海蒋春记书局石印本，题绘图桃花女阴阳斗异传奇。

据联益堂刊本裘曰修云："岭南陈君飞霞，自少知医""为一书，名之《幼幼集》""君学仙好道，瓢笠洒然"，[①] 作者应为岭南陈飞霞。裘曰修为清乾隆四年（1739）进士，因而，此书应在乾隆时已经流传。

桃花女的故事是民间十分古老的神怪故事，元代王元晔杂剧《破阴阳八卦桃花女》已经完整地讲述了这一故事，此后吴承恩的《西游记》、沈会极的《七曜平妖传》、夏敬渠的《野叟曝言》均提及桃花女故事，可见，《桃花女阴阳斗传》是作者在民间传说及戏曲基础上，加工编撰而成的。

是书写周公与桃花女斗法的故事。荡魔天尊在雪山修道，遗下戒刀，戒刀修成阳体，刀鞘修成阴体，戒刀为太上老君收为看卦童子，刀鞘为王母收上天，赐名桃花仙子，在上天管理桃园。后卦童私自下凡，转生为商末诸侯周公乾，颇有法术，桃花仙子亦下凡投胎，转生为任太公之女桃花，通天书，桃花屡破周公八卦阵，周公设计诓亲，欲娶桃花为媳，

[①] （清）裘曰修：《阴阳斗异说传奇·序》，载《古本小说集成》。

均为桃花识破，二人酣斗不休，最终荡魔天尊将二人收伏，二人复归神位。

是书旨在宣扬"阴阳和合""本性相同"的观念，同时还宣扬了因果报应和轮回转世思想，内容无甚新意，但作为神怪小说，其荒诞的情节颇吸引人，尤其是周公与桃花斗法的情节，颇为精彩。此小说对后世戏曲产生了一定影响，地方剧种亦多搬演此故事，京剧中就有《乾坤斗法》。

二　世情小说《红楼复梦》

《红楼复梦》，100回，陈少海著。现有嘉庆十年（1805）金谷园刊本，题红香阁小和山樵南阳氏编辑、款月楼武陵女史月文氏校订，有陈诗雯序，末题嘉庆已未秋九重阳日书于羊城之读画楼、武陵女史月文陈诗雯拜读，序中称作者为"吾兄红羽"。次为作者自序，末题时嘉庆四年岁次己未中秋月书于春洲之蓉竹山房。次为绣像，次为凡例，再次为目录。此外，有嘉庆十年（1805）年本衙藏板本、嫏嬛斋刊本、平湖宝靶堂刊本，光绪二年（1876）上海《申报》仿聚珍版排印本，1917年上海荣华书局石印本等，民国十二年启新书局石印本。作者陈少海，字南阳，号香月、红羽，又号小和山樵、红楼复梦人，广东肇庆阳春人，生平不详。陈诗雯，字月文，号武陵女史，生平亦不详。

是书接《红楼梦》120回续起，写贾宝玉与林黛玉等金陵十二钗重生聚合的过程。贾宝玉转生于江苏省巨族祝家，名梦玉，祝梦玉娶了4房妻妾，即林黛玉转生的松彩芝，英莲转生的鞠秋瑞，史湘云转生的竺九如，晴雯转生的梅海珠，此外还有众多婢妾。祝家与贾家通家往来，贾家有复兴之势，后瑶人作乱，薛宝钗、贾珍珠等参战立功获封，祝梦玉中了进士，于是众人一起进京供职，重游大观园，不胜感慨。

是书为《红楼梦》续书中篇幅最长的一部，但立意与《红楼梦》迥然不同，其主旨意在宣传生死轮回、因果报应思想，可取之处在于小说颇有悲凉之气，加之情节离奇曲折，亦颇具可读性。

三　历史演义小说《大明正德皇帝游江南传》

《大明正德皇帝游江南传》，何梦梅著。何梦梅，字雪庄，广东顺德人。是书有道光十二年（1832）高丽抄本，4卷，有黄逸峰序及作者自序。有道光壬寅（1842）年宝文堂藏板本，7卷45回，题绣像正德游江南全传，首有游龙幻志序。有道光间坊刊本，4卷24回，题梁太师江南访主。

是书写明武宗游江南故事。前代已有此故事，李渔《无声戏合集》第3回写正德微服出游，狎妓、替乞儿作媒故事。小说写明正德帝即位，刘瑾专权，武宗私往江南冶游，一路上，正德帝访察民情，惩治奸佞，遇龙凤酒店卖酒女李凤姐和苏州宋彩霞，遂留恋不归，太师梁储奉太后命往江南寻访，刘瑾派人劫驾，梁储遇王守仁，王守仁复出救驾，擒刘瑾，护驾回朝。

是书内容较为陈旧，艺术性亦不高，柳存仁称其为"历史小说中最陋的著作"[1]，但流传较广，在民间颇有影响，光绪年间有武荣翁山柱石氏琮编的《前明正德白牡丹传》，8卷46回，亦记武宗南游事，但情节不同。

---

[1]　柳存仁：《伦敦所见中国小说书目提要》，第155页。

第七章
清代后期岭南小说

1840年爆发中英鸦片战争，以英国为首的殖民国家用尖船利炮轰开清王朝的大门，使国家主权逐渐沦丧，国内各阶层矛盾日趋激烈，人民起义此起彼伏，国家民族处于内忧外患、风雨飘摇之中。岭南是最先受到冲击的地域，殖民者最先入侵广东，广州甚至一度沦陷，太平天国起义也从岭南发起。在这样一个巨变的历史时期，岭南产生了一大批爱国诗文作家，陈澧、黄培芳、沈世良、叶衍兰、张岳崧等，力图通过诗文来变革社会，他们在诗文中抨击殖民者的入侵、清王朝的软弱无能，注入强烈的爱国情感和忧患意识，"在他们的诗文里，还出现了在封建主义文学中从来没有的，以人民群众作为诗歌的主体来颂扬的作品，诗风也出现了新变，显示了这个时期的广东文学已开始迈进全国文学的先进行列的变化进程"。[①]

岭南小说作家在此时期也力图通过小说来挽救国家和民族的危亡，但由于思想水平的局限，这些小说作家无法认识社会和民族危亡的原因，力图以因果报应思想、劝惩善恶的方式劝人民安分守己，从而巩

[①] 钟培贤、汪松涛主编《广东近代文学史》，广东人民出版社，1996，第68~69页。

固清王朝的统治，挽救国家民族危亡，因此，此时期的小说不仅失去了清中期的批判精神和探索精神，而且充斥着大量的因果报应内容和陈腐说教。《阴阳显报鬼神全传》《昙花偶见传》不遗余力地宣扬因果报应思想，《扫荡粤逆演义》将太平军视为盗匪、叛逆予以批判。更突出的是，此时期岭南出现了大量专门宣讲最高统治者政治教化思想的圣谕宣讲小说，这类小说通过因果报应故事宣讲圣谕十六条，从而达到劝善惩恶的目的。有一批专门从事此类小说创作的作家，如邵彬儒、叶永言、冯智庵，出现了《俗话倾谈》《吉祥花》《谏果回甘》《宣讲余言》《宣讲博闻录》《圣谕十六条宣讲集粹》等一批作品，圣谕宣讲小说在其他地区均有出现，但没有一个地区像岭南这样兴盛，这表明岭南小说在面对国家和民族危亡时，选择了退缩和封闭，而不是积极地直面社会现实。

清中期岭南小说作家多为受到良好教育的文人士大夫，而晚清岭南作家则大多来自于民间，这使他们的小说缺乏对社会问题的深层思考，但由于这些民间作家熟悉下层人民的社会生活，因此，他们的小说客观地、广泛地反映了晚清时期岭南下层人民的社会生活，《俗话倾谈》《谏果回甘》《宣讲博闻录》反映了岭南乡村、市井的生活百态，极具时代特征。这些民间作家不注重小说文体规范，《俗话倾谈》《谏果回甘》在小说文体上有融合通俗小说和文言小说文体的趋势。

总体来说，晚清时期岭南小说在思想上落后，在艺术上粗糙，相比于清中期是明显退步了。戊戌变法之后，岭南作家对小说创作重新思考，梁启超提出"小说界革命"的理论，才使岭南小说进入到近代时期。

第一节　岭南地方故事集《越台杂记》

《越台杂记》，4卷，清颜嵩年撰。颜嵩年（1815～1865），原名寿增，字庆川，号海屋，斋名晋砖室，广东南海人，出身于广东著名的颜氏家族。颜氏家族早期承充洋商，其祖叔父颜时瑞、颜时瑛在乾隆年间经营洋行泰和行，富甲广州，后颜氏家族破产，不再经营洋行。颜氏家族子弟向有读书传统，有读书入仕者，有潜心著书者，是广东有名的文化世家。

颜嵩年年轻时受到了较好的文化教育，具有较高的文化修养，道光十七年（1837）考取宗人府供事，曾任玉牒馆供事官，参与修撰《玉牒全书》，书成议叙从九品，道光二十年（1840），因撤防保举军营有功，加赏六品职衔随带加一级，例授承德郎，晚年生活窘迫。工诗文，著有《晋砖室诗钞》《延斋诗话》。

颜氏家族有创作笔记的传统，颜嵩年的父亲著有《雨窗漫笔》《国朝语林》两部笔记，但因颜嵩年尚幼，不知保护，"并诗稿汇呈陈丈仲卿学博诠次，讵料邝斋遭回禄，竟厄于火……求诸遗稿手迹，杳然无存"。颜嵩年颇觉有愧于先人，乃"追忆平昔见闻所及者，笔之于书，以资谭柄"，① 遂作《越台杂记》。

《越台杂记》成书于同治二年（1863），越台，即越王台，汉时南越王赵佗建，遗址在今广州越秀山。《越台杂记》今有林子雄先生的点校本，收录在《清代广东笔记五种》中。全书共有172则，其中小说有110余则，原书并无目录。

与罗天尺、欧苏、陈昙、黄芝等人"备识乡邦轶事"的创作目的大略相同，颜嵩年创作《越台杂记》亦以备识粤地遗闻轶事为目的，所记皆"关我越者"，且"多叙家事"②，主要记载他所熟悉的亲朋故友的遗闻轶事。由于颜嵩年的亲朋故友多为文人，因此小说集中反映了当时文人的精神风貌，这使得《越台杂记》内容相对集中，但反映社会生活的广度和深度大为减弱，更不具有《五山志林》《霭楼逸志》《邝斋杂记》等对社会黑暗暴露与批判的精神。

《越台杂记》的轶事小说约60余则。颜氏家族与著名的伍氏家族、潘氏家族世代联姻，关系密切，因此《越台杂记》记载了颜氏、伍氏、潘氏家族的遗闻轶事，如颜嵩年的先父、祖母、表兄潘正亨、表弟黄霭如、从兄颜广文、颜茂才等。颜氏家族与广东文坛耆硕交往密切，因此

---

① （清）颜嵩年：《越台杂记·前言》，载林子雄点校《清代广东笔记五种》，第463页。
② 林子雄点校《清代广东笔记五种》，第463页。

《越台杂记》还记载当时广东文人,如黄培芳、曾宾谷、陈仲卿、吴兰修、许叔文、冯成修等人的遗闻轶事。

这些轶事小说有的记科举考试的传奇经历,"先孝廉赴试遇异人"写其父赴京兆试时遇一异人的故事,"博罗黄侍御"写黄大名赴廷试时梦见"拔乎其萃"命题而中试的故事,"星士陈知明""番禺李名奇""从兄茂才"写因改名而中试的故事,"黄梦榆孝廉"写黄梦榆靠扶乩而中试的故事,这些小说反映了当时文人对科举考试的热衷和对中试的艳羡,以及对科举考试的严重依附和缺乏独立人格的现象。

也有的小说写当时文人落拓不第的悲哀,具有一定的社会意义,"表兄潘正亨"写潘正亨工诗,擅书法,性豪侠,但"屡应南北试皆荐而不售""年五十七尚踏省闱",晚年只能"醉卧胡床"[①] 以自遣,表现了封建知识分子怀才不遇的悲哀。有的则歌颂了那些不受科举束缚、保持独立人格、具有独特个性的文人,"从兄广文"写颜广文"嗜饮,善诙谐""性恬淡,懒逢迎,不乐仕进",病笃,索纸笔疾书"归去来兮",[②] 掷笔而逝。《顺德苏古侪》更为突出:

> 顺德苏古侪孝廉珥,"惠门八子"之一,性简易,不习威仪。每入市,遇果饵必买纳袖中。冬寒辄隐一手于怀,捻果饵从领间出,沿途而啖,且行且诵,旁若无人。所为文光怪陆离,书法自成一家,求其文而得并书者,夸为双绝。然不轻作,意不足,虽金帛盈前,弗许。或累累千百言,挥毫立就,己亦不知其然也。城西易珠饼店,求书不得,探知癖嗜地羊,预先堆盘于食案,瞰其来,故作引满下箸态以挑之。窥其馋动,邀入同座,据案大嚼,醉后为书招牌两面,至今犹存。[③]

小说通过苏古侪的独特行为表现了文人的个性和独立人格,具有很

---

① 林子雄点校《清代广东笔记五种》,第473页。
② 林子雄点校《清代广东笔记五种》,第492页。
③ 林子雄点校《清代广东笔记五种》,第510~511页。

高的思想价值。

鸦片战争期间,外夷入侵中国,广东首当其冲成为外夷的侵略对象,但广东人民不畏强敌,英勇抗击入侵者,掀起了波澜壮阔的抗敌斗争。首次以鸦片战争为题材的小说就是《越台杂记》中的"陈联陞抗英""水师提督关天培""武生沈志谅",这些小说记载了广东军民反抗外敌入侵的英勇斗争,开启了以鸦片战争为题材的小说创作序幕。"陈联陞抗英"写第一次鸦片战争期间,英吉利夷目义律攻虎门,沙角炮台将领陈联陞亲自上阵,然火药不足,"公察势不能支,仰天叹曰:'大事去矣,吾当一死以报国!'""公死,身无完肤。公子在旁目击,挺戈大呼,手刃数贼,力竭,亦遇害"。① "水师提督关天培"更为惨烈,第一次鸦片战争时,关天培守虎门,亲自督战,"忽一炮子飞入,洞贯公胸""俄而,逆跃入,见公提刀屹立,骇仆不敢近,继至者迫视,盖气已绝矣。众夷免冠,惊叹而去"。② 这两则写得冽冽有声气,体现了岭南人民在民族危亡时刻宁死不屈的民族精神。"武生沈志谅"则写了普通百姓反抗外敌的斗争:

> 澳门一夷目,忘其名,并忘其为何国人,折左臂,咸以"跛手鬼"呼之。性奸险,逞强肆虐,好驰马,日晡纵辔遨游,虽廛市肩摩,扬鞭弗恤,猝避不及,辄遭踩蹣,恒隐忍而莫可如何。辟马道一区,延袤十余里,中多骸墓,悉平毁而火其骨焉。由是人皆切齿,不共戴天。有邑武生沈志谅者,痛祖坟之惨灭,慨幽愤之难伸,志切复仇,誓锄非种。其中表某甘棠闻而壮之,请副其行,遂各怀利刃伏道左,相机而图。棠思射人先射马,会驰骋,暗以靖飞中其蹄,马颠蹶,坠鬼于地,合力杀之,人心大块。越日,夷酋鸣诸大吏,立索交凶。时甫收复舟山,叙防夷功,督徐广缙,抚叶名琛晋子男世职,惧生变,阳寝其事而阴许之。适奉褒谕有"广东士民深明大义,难得十万之众,志不夺而势不摇"等语,即引以为饵,察知鲍

---

① 林子雄点校《清代广东笔记五种》,第507页。
② 林子雄点校《清代广东笔记五种》,第508页。

逸卿太史俊为沈葭莩亲，因向称美不置，诡谓："复仇雪恨，除暴安良，侠士贤孙，自当如是。奚忍使慷慨激昂之士壅于上闻。矧事关夷务，正圣心嘉悦之时，诚千古难逢机会，亟当原情肆赦，破格乞恩，盍令其投首呈明，俾得据以入告，慎毋自弃。"鲍深然之，竟不虞其绐己也，趋往访商，备述督意。沈曰："该夷罪恶贯盈，祸由自召，予初心本无别念，所幸上复祖仇，下纾公愤而已。死生有命，富贵在天，安肯以颅头作孤注哉？善为我辞，斯幸矣。"鲍见其坚执不从，转说诸其母，力保无虞，誓藏祸心，矢诸天日。母深信，以促其行。沈性孝，曲承亲命，随鲍晋省，无一毫儿女态。抵署，徐督称病谢客，独留志谅研鞫，直认不讳。方志谅之晋省也，甘棠料其中计，追沮不及，即驾舟径达省垣，投案自首。对簿时，直斥沈曰："杀人抵命，律有明条，君母老丁单，尸饔谁属？况主谋在我，宜让我一人抵罪也。"互争不已，并下于狱。诘旦，以志谅抵死正法，城市伤之。时鲍寓芳草街，闻而惊动，曰："吾负志谅矣。何以见厥母耶？"拊膺痛哭，至夜梦沈索命，得暴疾死。甘棠羁禁，不知所终。①

小说中的徐广缙乃历史真实人物，于1848年至1852年任两广总督，此时期广州正在进行反外夷入城的斗争。小说以反入城斗争为背景，通过曲折紧密的情节和鲜明的人物形象，歌颂了沈志谅和甘棠为"复祖仇""纾公愤"而英勇杀敌的豪迈气概及爱国主义精神，批判了以徐广缙、叶名琛为代表的统治者"惧生变"的软弱及"阳寝而阴许"的卑劣伎俩，此则小说是岭南文言小说中的上乘之作。

颜嵩年在《越台杂记》前言中说他是本着"实事求是，无假寓言"的原则进行创作的，将那些荒诞无稽者"汰之"②，但他的小说创作却违背了其创作原则，《越台杂记》中约一半作品为荒诞无稽的志怪小说。

这些志怪小说多写神鬼狐怪故事，"黄香石子""黄澹如馆六榕"

---

① 林子雄点校《清代广东笔记五种》，第491~492页。
② 林子雄点校《清代广东笔记五种》，第463页。

"漳州宋某""刘渠波""某太史""崇安吴一斋""前明宫符召天将""会馆火灾""刁阿顺""黄姬""御祭西庙""小北萨阿寺僵尸""孙提督""猎德林某女"等，或写人与神鬼狐怪的爱情故事，或写鬼怪害人的故事。

由于颜嵩年具有较高的艺术修养，因此，这些志怪小说的艺术水平较高。有的情节曲折离奇，如"刁阿顺"写贫穷的刁阿顺采薪时遇一妇，与妇结为夫妇，妇勤于劳作，阿顺得以不匮，逾年，生一子，两足均缺小指，遂以"八指"呼之，过3年，有游僧见八指，谓阿顺其妇为鬼也，并赠阿顺桃杙，妇与阿顺携子归宁，及门，阿顺拒入门，以桃杙插妇，妇灭，遂抱八指归。

有的善于以景物描写渲染气氛，如"小北萨阿寺僵尸"通过凄凉萧索的环境描写来衬托僵尸的可怖，"时淡月朦胧，蓬蒿满目，婆娑老树，影战秋风。树下一棺，其盖隆隆然移动不止，一艳妆女子突从棺起，步跃如雀，窬垣不知所往"。[1]

有的语言优美清新，富有情感，如"黄香石子"：

> 香山黄香石培芳次子月山照文，读书光孝寺。秋日，登镇海楼归，夜有丽人姗姗而来，自称楼中仙子，名小姬。谈笑雅谑，缱绻备至，鸡鸣辄去，必遗素馨一掬，香溢枕簟。由是往来月余，习以为常，渐为同侣所觉，香石招归，踪迹始绝。无何病羸弱，医治罔效，忽告所亲曰："小姬以鹤驾相迎，儿当仙去。"赋诗一章云："上帝征书召，丹成拜使还。即今乘鹤去，何日到人间？淡荡无凝滞，尘劳有几间。烟波江上别，缥缈入蓬山。"吟毕而逝。[2]

黄芝的《粤小记》卷4中的志怪小说"从侄照文"亦记此事，写照文夜遇妖物，有美人相就，照文拒之，后照文得疾病逝，故事性并不强。而颜嵩年将原来松散不相关的情节紧密连接起来，并加入了浓厚的情感，

---

[1] 林子雄点校《清代广东笔记五种》，第489页。
[2] 林子雄点校《清代广东笔记五种》，第467页。

写照文与楼中仙子的爱情故事,情感真挚,十分感人。

有的志怪小说承地理博物体志怪小说的余绪,记地理博物方面的传说,如"大鹏城怪""新会秃尾龙""外零丁洋""怪鱼""藻圣王庙""龙""灯笼洲"等,内容无甚新意。

第二节 岭南圣谕宣讲小说

清代,在小说领域出现了一种独特的小说类型,即阐释最高统治者政治教化思想的小说,这类小说以康熙颁布的圣谕十六条为主旨,通过敷衍因果报应故事,使百姓潜移默化地接受圣谕的思想观念。这类小说是宣讲圣谕十六条时使用的故事底本,或是在宣讲圣谕的基础上加工编撰而成,因此,笔者将其命名为圣谕宣讲小说。这类小说在晚清时期兴盛一时,有大量作品问世,但现在早已湮没不彰。

圣谕宣讲小说是一种极为独特的小说类型,集政治教化与文学审美娱乐于一体,是"文以载道"观发展到极端的产物。它也是文化史和思想史上一种独特的现象,生动形象地反映了晚清时期的文化精神状态。

一 圣谕宣讲小说的形成

清康熙皇帝为了谋求长治久安,对全体百姓实行强制性的伦理道德教化,于康熙九年(1670)颁布了以儒家思想为核心的十六条圣谕,这十六条圣谕的内容如下:

1. 敦孝弟以重人伦　　2. 笃宗族以昭雍睦
3. 和乡党以息争讼　　4. 重农桑以足衣食
5. 尚节俭以惜财用　　6. 隆学校以端士习
7. 黜异端以崇正学　　8. 讲法律以儆愚顽
9. 明礼让以厚风俗　　10. 务本业以定民志
11. 训子弟以禁非为　　12. 息诬告以全善良
13. 诫匿逃以免株连　　14. 完钱粮以省催科

15. 联保甲以弭盗贼　　16. 解仇忿以重身命

雍正二年（1724），雍正皇帝对十六条圣谕进行诠释，撰为万言的《圣谕广训》，颁行天下。

为使这些抽象深奥的伦理道德教条渗入到普通百姓的思想中去，康熙年间，统治者要求地方官吏每逢朔望宣讲圣谕十六条。雍正年间，在全国大规模设立讲约所，要求地方官吏亲自承担起传播圣谕和《圣谕广训》的职责，《钦定学政全书》中的"讲约事例"载：

> 雍正七年奏准：直省各州县大乡大村人居稠密之处俱设立讲约之所，于举贡生员内拣选老成者一人以为约正，再选朴实谨守者三四人以为值月，每月朔望齐集乡之耆老、里长及读书之人，宣读《圣谕广训》，详示开导，务使乡曲愚民共知，鼓舞向善。[①]

这种强制性的宣讲制度一直延续到清末民初，成为清政府治理百姓的一个重要手段，并使圣谕十六条与《圣谕广训》成为清代社会主流的道德观念和最高的行为准则，深深地影响了有清200余年的思想和文化。

圣谕宣讲虽由官方强制实行，但要使文化水平不高的普通百姓真正接受圣谕抽象深奥的义理似乎并不容易，这就需要采用通俗易懂的讲说方式。宣讲圣谕的方式包括用明白晓畅的语言，甚至可以用方言俗语讲解圣谕的义理，但是纯粹的义理讲解是缺乏吸引力的，只能使听者厌倦，于是讲生采取其他喜闻乐见的方式吸引听者，如讲大清律例，吟唱圣谕歌谣，讲说古今因果报应故事等。吟唱歌谣和讲故事都是通过艺术手段来感染听者，尤其是讲故事，这种古老的极富魅力的艺术形式，将抽象的圣谕义理转化为具体可感的艺术形象，容易在听者心中引起情感共鸣，从而使听者潜移默化地接受圣谕的义理。因此，在宣讲时讲说因果报应故事成为传播圣谕的重要方法，讲说故事时使用的底本或在此基础上编

---

① 周振鹤：《圣谕广训：集解与研究》，上海书店出版社，2006，第512页。

撰的供人阅读的文本也就随之产生，这类故事文本即为圣谕宣讲小说。

周振鹤先生编撰的《圣谕广训：集解与研究》介绍了一些以故事诠释圣谕的书籍，这些皆属于圣谕宣讲小说，现存最早的刻本为嘉庆年间的《圣谕灵征》，此后有至迟在同治十年（1871）以前行世的《宣讲集要》，同治十一年（1872）编撰的《宣讲拾遗》，光绪四年（1878）编撰的《圣谕广训集证》，至迟在光绪三十四年（1908）以前行世的《宣讲醒世编》等。

二 圣谕宣讲小说的特征

（一）具有政治教化和审美娱乐的二重功能

圣谕宣讲小说是政治教化艺术化和文学艺术政治观念化的结果。圣谕十六条提供"敦孝弟""重人伦""笃宗族""黜异端""明礼让"等抽象的伦理道德观念，小说这一艺术形式提供了具体可感的形象，这些艺术形象具有审美和娱乐的功能。圣谕宣讲小说以人物形象为媒介来阐释圣谕的观念，把政治观念转换成艺术形象，通过审美的途径，以娱乐的方式传递给百姓，因此，具有了政治教化和文学审美娱乐的二重功能。其他类型的小说，虽然也具有教化的倾向，但仍是以文学的审美娱乐为本质功能。圣谕宣讲小说的这两个功能是相辅相成的，如果只重视政治教化，不重视审美娱乐，那么，此类小说就会沦为政治观念的注解，缺乏艺术感染力。

（二）以大众接受为直接创作目的

当民间组织把圣谕宣讲转变为以普通百姓为主体的、不再带有强制性的民间活动时，圣谕宣讲就要依附于大众，就要重视大众的接受心理，于是，圣谕宣讲小说就与文人小说的自娱或传世的创作目的不同，而是以大众接受为直接目的。为使大众接受，圣谕宣讲小说就要反映大众的审美心理。实际上，圣谕宣讲小说自产生之日起，就与大众的审美心理密切相关，而且大众的审美心理直接影响了圣谕宣讲小说的创作方法。普通百姓的文化程度并不高，通俗易懂的、生动有趣的、新鲜的故事才会对他们有吸引力，因此，圣谕宣讲小说作家大多以通俗易懂、明白晓畅为创作原则。这种以大众接受为最终目的的创作形式，使圣谕宣讲小说只能限于民间，无法进入正统文学的殿堂，但却在民间产生了广泛的影响。

（三）具有固定的编撰体例

圣谕宣讲小说是在宣讲圣谕的基础上加工编撰而成，它的编撰体例受到了宣讲的影响。讲生宣讲时，一般先高声读出一条圣谕，接下来解释此条的含义、目的和具体做法，然后再讲因果报应故事。与此相应，圣谕宣讲小说的体例由两部分组成，第一部分是原起，由圣谕、《圣谕广训》或作者对圣谕的诠释组成，第二部分是因果报应故事。早在嘉庆年间出现的《圣谕灵征》就由圣谕、《圣谕广训》《广训衍》和果报小说组成，后来的《宣讲余言》《宣讲博闻录》《圣谕十六条宣讲集粹》等都是按照这两部分来编撰。这种编撰体例体现了明确的政治教化意图，这在小说史上是极为独特的。

（四）内容、情节、人物形象皆与圣谕十六条的主旨密切相关

圣谕宣讲小说多取材于历史上和当时的遗闻逸事，围绕着圣谕十六条的伦理道德展开，内容大多千篇一律，缺乏丰富性和多样性。由于因果报应思想在普通民众中根深蒂固，反映这种思想的内容很容易被普通百姓接受，因此，圣谕宣讲小说几乎全部以因果报应为情节链条。此外，人物形象的塑造是从圣谕观念出发的，一种观念就有一群相对应的形象，如孝友类人物、忍让类人物、节俭类人物、守法律类人物、明礼让类人物等，这些人物形象大多是类型化的，缺乏丰富性和复杂性。

三　岭南圣谕宣讲小说的兴盛

岭南地区远离中原，民情复杂，清代地方官吏把圣谕宣讲作为移风易俗、驯服犷悍之民的手段，据《广西通志》114卷"艺文"载：

> 粤西地僻人顽，土司瑶僮与民错处，衣冠礼义之俗虽存而缺舌椎髻之风难变，我朝定鼎以来，儒臣文吏承流布化，声教渐洽，伏读钦颁十六谕，圣明谆谆开导，洋溢普天……各官果能实行不息，

提撕警觉，天性之良人人固有，善者益加劝勉，日进而为善，即有不善亦必惭赧畏罪，渐至不敢为不善，自然民情醇厚，风俗丕变，人才日出，奸宄潜消，即苗蛮犷狸之习亦可格以礼义、安其反侧，观于乡而知王道易行洵不诬矣。①

然而，在鸦片战争之前，岭南的圣谕宣讲制度较为松弛，地方官吏视其为具文。鸦片战争之后，外来文化思潮不断涌入，地方官吏以其作为抵御新思潮传播的工具，开始重视圣谕宣讲活动。同治间，广州知府戴肇晨上任伊始，就建立了181所宣讲所，延聘通儒宣讲。一些地方官吏还积极支持圣谕宣讲书籍的刊刻，如广仁善堂刊刻《圣谕广训疏义》，广西巡抚沈秉成、广州地方将军长白继格、临高县教谕董梦虹皆为之作序跋，以使"愿得是编者广为传之"。

岭南圣谕宣讲的兴盛是和岭南民间善堂组织的兴盛密切联系的。岭南善堂组织兴盛于晚清时期，广仁善社、庸常社、寿世善堂、四会矜育善堂、中堂博爱堂等善堂，皆"以宣讲圣谕、举办一切救灾各大善举为宗旨"，这样，圣谕宣讲就由官方活动转变为民间活动。善堂实行"日日讲"制度，把官方规定的于每月朔望宣讲改为每日宣讲，选取品端学粹、句读玲珑的讲生于每日开讲。宣统二年（1910）番禺邓雨生编撰的《全粤社会实录初编》中的"庸常善社规条"云："每日自十二点钟开讲，至四点钟完讲，每月限停讲三天，若遇三伏前后，暑气过盛，或多停一二天为止。"此种制度普遍实行于岭南善堂组织，从而将岭南宣讲活动推向了高峰。

由民间善堂组织主持的圣谕宣讲，无法采用官方的强制手段，只能靠生动有趣的讲说来吸引百姓，所以，讲故事，尤其是讲符合普通百姓审美心理的因果报应故事，成为吸引百姓的一种重要方式。《全粤社会实录初编》中的"广仁善堂宣讲规条"云："每日宣讲圣谕广训一条，使端趋向，并讲大清律例一条，以示戒惩，更取古人为善获报见于经史

---

① 转引自周振鹤《圣谕广训：集解与研究》，第509页。

者讲之，以见确有明征，复取今人为善获福著于耳目者，讲之以证祸福自召，并讲忠孝节义诸事，崇正学辟异端，使椎鲁愚顽，共知观感，方可以励风俗而正人心。"由于"日日讲"需要大量的故事，于是善堂不仅大力搜集故事，而且要求讲生在宣讲之余，撰写宣讲故事，"招考讲生小引章程"云："讲生住堂，除每日试讲外，搜辑古人嘉言懿行，或今人事迹，凡可为劝惩者演为传说或论赞不等（如邵纪棠先生所辑《吉祥花》《活世生机》之类），约两日誊正一篇呈堂，庶征学有本，原不徒逞功口舌。"善堂还对故事的内容作了具体的要求，"广仁善堂宣讲规条"云："宣讲典故务求显浅，不宜过于深奥，须令人易晓易从，则听者入耳悦心，知向善有方，行道有福，至伤时及秽亵等语，慎勿轻吐。"

在善堂的大力倡导和组织下，岭南地区圣谕宣讲小说创作迅速兴盛起来，在同治、光绪年间，形成了以邵彬儒为核心，包括叶永言、冯智庵、调元善社诸君，以及南海邓蕴石和梁若兰，开平谢心吾，三水张召文等在内的创作群体，他们均来自于民间，或相互交游，或为师徒关系，他们在创作目的、创作理论、创作方法和题材方面相类，都具有鲜明的民间特色，呈现出迥异于以往和当时的文人小说创作风格。

第三节　岭南圣谕宣讲小说作品

一　邵彬儒

邵彬儒，孙楷第先生所著《中国通俗小说书目》云："彬儒字纪棠，广东四会人。"[①]《中国通俗小说总目提要》云："作者邵彬儒，字纪棠，广东四会县荔枝园人，以说书为生，演出于家乡及广州、佛山、香山一带，颇哄动一时，所著有《俗话倾谈》与文言小说《谏果回甘》、《吉祥花》等。"[②] 在缺乏其他材料的情况下，这两则材料为研究邵彬儒的学者所依赖，惜此两则材料均简略不详，后一则在邵彬儒的籍贯、职业和作

---

① 孙楷第：《中国通俗小说书目》，人民文学出版社，1982，第121页。
② 江苏省社会科学院编《中国通俗小说总目提要》，中国文联出版公司，1990，第721页。

品等方面还有谬误之处。

实际上，光绪二十二年（1896）的《四会县志》有关于邵彬儒较为详细的记载：

> 邵纪棠，区地铺人。少读书，明大义，患世人多不读书，少明义理者。而世宗宪皇帝圣谕广训，有司宣讲，或举或废，知者甚稀，于是弃举子业，游历南海诸名乡大镇墟市，到即为人讲善书，听者忘倦，而人心风俗默为转移，纪棠乐之。会佛山起广善社，闻纪棠善宣讲，遂敦请为社中宣讲。生每日讲圣谕广训一条，次及古今人善恶事可法可戒者，继而省城复初社、西南敦善社以及乡场市镇，无不延讲，纪棠劳苦不辞，谈论不倦，供亿不计，故远近无不知邵纪棠者。今善堂宣讲之风盛行，实自纪棠始也。著有《谏果回甘》《活世生机》《俗话倾谈》《吉祥花》等书行于世。[①]

由此可知，邵彬儒非四会县荔枝园人，而应为四会县区地铺人。邵彬儒在作品中均署"博陵纪棠氏"，邵姓的发祥地是博陵郡（今河北省安平县），邵彬儒是以博陵为郡望。字纪棠，号荫南居士，主要活动在同治、光绪年间。

确切地说，邵彬儒并非以说书为业，而应以宣讲为业，是职业圣谕宣讲讲生。虽然宣讲在讲说形式上与说书大致相同，但在内容上却有很大不同，宣讲是专门围绕圣谕十六条讲说善恶果报之事。邵彬儒少好学，明大义，放弃举子业，为人宣讲善书，并成为佛山广善社讲席，"生每日讲圣谕广训一条，次及古今人善恶事可法可戒者"，南海何文雄为邵彬儒的小说集《吉祥花》做了一篇序，云："同治戊辰间，佛山广善社延主讲席"，由此可知，邵彬儒在同治戊辰间（1868）成为广善社讲席，从此，邵彬儒和叶永言等人开创了广东善堂宣讲之风，此风气一直延续

---

① 陈志喆、刘德恒：《光绪四会县志》，光绪丙申。

到清末民初。《全粤社会实录初编》所记亦可佐证:"《圣谕广训》一书,以端风俗,以正人心,美矣!善矣!同治初,广府戴太守首设宣讲,颁行州县,其时,奉行者只循具文,及叶永言、邵纪棠二先生出,敷陈所及,反复提撕,生面独开,妇孺皆晓。"邵彬儒的宣讲具有较强的艺术感染力,何文雄《吉祥花》序云:"先生口一面授,心一面思,指一面画,来者纷纷然,说者谆谆然,听者怡怡然也。"他的宣讲远近闻名,颇为轰动,"近是自是,而省会、而墟场、而村落,无不乐延先生者。先生劳苦不辞,谈论不倦,供亿不计,人以是益慕先生"。①

邵彬儒的小说是在宣讲的基础上编撰而成的,《全粤社会实录初编》云:"讲生住堂,除每日试讲外,搜辑古人嘉言懿行,或今人事迹,凡可为劝惩者演为传说或论赞不等(如邵纪棠先生所辑《吉祥花》《活世生机》之类),约两日滕正一篇呈堂,庶征学有本,原不徒逞功口舌。"其小说问世后,广受欢迎,台山余家相为《吉祥花》所作序云:"庚午秋闱后购数部携归送人,意欲劝世,而未敢必世之能劝也,乃无何而求书者,接踵而来。"②

关于其作品,查考《中国通俗小说书目》《中国通俗小说总目提要》《广东文献综录》等文献,均认为邵彬儒所著小说有3种,即《俗话倾谈》《吉祥花》《谏果回甘》。据《四会县志》可知,邵彬儒所著小说,除以上3种外,尚有《活世生机》。《全粤社会录初编》记:"如邵纪棠先生所辑《吉祥花》《活世生机》之类",亦可佐证邵彬儒有小说4种之事实。

邵彬儒并没有像后来的作者那样,严格遵循圣谕十六条的条文逐条阐释,而是有所选择,基本上围绕圣谕中的敦孝弟、笃宗族、和乡党、隆学校、务本业等条展开,同时加入了乐善好施、扶危济困等内容,作品内容呈现出多样性,更重要的是他在小说文体上做了大胆的创新,为小说文体带来新变。

---

① 何文雄:《吉祥花·序》,羊城学院前守经堂藏板,宣统三年(1911)。
② 余家相:《吉祥花·序》,羊城学院前守经堂藏板,宣统三年(1911)。

二 《俗话倾谈》

晚清时期，通俗短篇小说的创作已经衰落，不仅岭南，即使在全国范围内亦是如此，《俗话倾谈》是晚清小说史上一部非常重要的、产生过较大影响的通俗短篇小说集。

是书刊刻后流传甚广，从同治到民国初年约有 8 种刊本。国家图书馆藏 1 种，为同治九年（1870）秋广州省城十七里甫五经楼藏板本，初集 2 卷 11 则，又 2 集 2 卷 7 则，共 18 则，前有作者自序，一般认为这是现存较早的、较为完善的刊本。据韩锡铎的《小说书坊录》著录，国家图书馆藏同治五年（1866）广州五经楼刻本，2 集 4 卷，此条应为作者误录时间，考国家图书馆藏书目录及藏本，此同治五年五经楼本应为同治九年（1870）五经楼藏板本。据柳存仁《伦敦所见中国小说书目提要》著录，英国博物院藏有 3 种刊本：一为广东华玉堂藏板，4 卷 10 则，内容与五经楼藏板本的初集 2 卷相同，共 10 则，但缺《修整烂命》一则；一为清同治十年（1871）刻本，2 卷 7 则，内容与五经楼藏板本的 2 集 2 卷相同；一为光绪二十九年（1903）古吴文裕堂铅印本，2 卷 4 集 18 则。广东省立中山图书馆藏 3 种刊本，一为番邑黄从善堂刻本，上下 2 卷，内容与五经楼藏板本的 2 集 2 卷相同；一为初集上卷本，没有注明刊刻时间和书坊名，前有作者自序；一为民国 4 年（1915）锦章图书局（上海）刊本，4 卷 18 则，前无作者自序。本书以同治九年（1870）五经楼藏板本为研究对象。

据五经楼藏板本，《俗话倾谈》共 18 则，包括《横纹柴》《七亩肥田》《邱琼山》《种福儿郎》《闪山风》《九魔托世》《饥荒诗》《瓜棚遇鬼》《鬼怕孝心人》《张阎王》《修整烂命》《骨肉试真情》《泼妇》《生魂游地狱》《借火食烟》《好秀才》《砒霜钵》《茅寮训子》，其中《饥荒诗》为诗歌，《修整烂命》为用粤方言写的论说文，非小说，其余 16 则均为小说。

这 16 则小说主要围绕着圣谕第一条"敦孝弟以重人伦"和第三条"和乡党以息争讼"的主旨而创作。《横纹柴》《七亩肥田》《鬼怕孝心人》《砒霜钵》《骨肉试真情》《泼妇》《生魂游地狱》《好秀才》《茅寮训子》主要敷衍第一条"敦孝弟以重人伦",小说塑造了一批诸如大成、珊瑚(《横纹柴》)、亚悌(《好秀才》)等孝子、孝妇、孝兄;也塑造了一批诸如二成、二成妻(《横纹柴》)、慎氏(《泼妇》)、砒霜钵(《砒霜钵》)等不孝子、不孝妇、不孝弟,这些人物最终或由于孝友笃敬而获得福报,或由于不孝而获恶报。如《横纹柴》中的大成和珊瑚,因至孝而"生得三子,两子中进士""子孙昌盛无比",而二成和二成妻"命中应有五子七孙""因夫妻不孝,尽折去矣""三代仅至数人,不过贫民而已"。此小说集偏重阐释圣谕第一条,其它的圣谕宣讲小说集几乎都是偏重第一条,这与清代统治者推行的"以孝治天下"的政治观念有关,因为有了孝子,就有了顺民、忠臣,君君、臣臣、父父、子子的秩序就可以稳定了。《闪山风》《借火食烟》《张阎王》敷衍第三条"和乡党以息争讼",内容是欺压良善的恶人最终获得恶报。《邱琼山》《种福儿郎》《九魔托世》《瓜棚遇鬼》宣扬的则是民间信仰,即多行善事,如救饥救灾、修桥修路、施衣施棺等,以为自己和子孙造福,这些民间信仰似乎与圣谕十六条的主旨无关,但实际上雍正在《圣谕广训》的序文中云"积善之家必有余庆",这种观念来源于民间的祸福报应观念,也就是说《圣谕广训》吸收了民间的积善获报的观念,因此,圣谕宣讲小说阐释圣谕十六条的主旨与宣扬为善获报的观念是紧密结合的。

学术界对《俗话倾谈》的思想内容是持否定态度的,如欧阳代发的《话本小说史》对《俗话倾谈》的评价:"但其作实际所写,却多鬼神报应,什么惩不孝不悌,颂积福发家,显天不亏人,并无什么意义。更有'遇鬼'、'鬼怕孝心人'、'九魔托世'、'阎王转世'、地狱受苦等荒唐内容,其'别致'也如《鬼神终须报》一样,入了歧途。"[1] 如果我们从宣讲圣谕的角度来看,这是有着明确的创作目的和创作方法的作品,是特定时代的特定产物。

---

[1] 欧阳代发:《话本小说史》,武汉出版社,1997,第476~477页。

由于邵彬儒毕竟是来自社会底层的讲生,非常熟悉晚清时期的社会状况,因此,《俗话倾谈》虽旨在宣扬圣谕的伦理道德,但还是广泛地反映了晚清岭南下层社会的生活。《横纹柴》《七亩肥田》《种福儿郎》《骨肉试真情》《好秀才》反映了家庭、宗族之间的争斗纠纷,《借火食烟》抨击了以势欺人、横行乡里的土豪的不义,《闪山风》抨击了富商放债、逼人卖妻鬻子的罪行,《鬼怕孝心人》反映了晚清时期瘟疫流行的情况,皆具有一定的社会意义和时代特色。

中国古代短篇小说包括通俗短篇小说和文言小说两大类型,通俗短篇小说是在城市繁荣、市民阶层壮大、民间"说话"兴盛的基础上形成的,是迎合市民阶层审美情趣的俗文学,文言小说则脱胎于史传,继承了传统叙事散文的笔法,以抒发作者个人情感为主,是满足文人审美情趣的雅文学,因此,它们在体制、叙事、语言、风格等方面形成了各自鲜明的文体特征。这两种小说文体并非壁垒森严,在发展过程中有渗透和融合的现象,但这两种文体的渗透和融合并不平衡,主要是具有活跃和开放品性的通俗短篇小说对相对封闭的文言小说的吸收,考察《俗话倾谈》的文体形态,可以发现它对文言小说因子的吸收十分积极主动,正如张俊所评价的"在艺术上表现出一种探索精神"。[1]

通俗短篇小说与文言小说最明显的外在区别,在于各自相对稳定的程式化的体制。文言小说的体制紧凑单纯,一般某氏为某地人,有某种身份、性格,接下来叙述情节,最后交代某氏的最终结果。通俗短篇小说的体制相对松散,由篇首诗、入话、头回、正话、篇尾诗5个部分组成。作为通俗短篇小说的《俗话倾谈》在体制方面发生了较大的变异。

首先,篇首诗和篇尾诗发生变异。篇首诗和篇尾诗是通俗短篇小说体制的重要组成部分,极少有例外,《俗话倾谈》16则小说中只有《闪山风》和《好秀才》各有1首篇尾诗,其他14则均无篇首诗和篇尾诗。

其次,正话中穿插的诗词发生变异。《俗话倾谈》中仅有3则小说有篇中诗,其中《横纹柴》有11首,《闪山风》有9首,《好秀才》有

---

[1] 张俊:《清代小说史》,第456页。

19首，其他13则均无。发生这两方面变异的原因，可以假设邵彬儒在宣讲圣谕时可能不使用定场诗、散场诗和篇中诗来吸引听众，但这一推测很难令人信服，圣谕宣讲与说书内容不同，但在形式上是基本一样的，广东著名说书艺人颜志图在《广东说书概论》中指出，传统广东说书一般用定场诗作开头以吸引听众，结尾十分重要，要用散场诗。邵彬儒是一位具有高超说书技巧的职业宣讲人，他不可能在宣讲时将重要的定场诗和散场诗抛弃，另外，邵彬儒很重视诗歌在小说中所起的作用，他在篇幅较长的3则小说《横纹柴》《闪山风》《好秀才》中插入了近40首篇中诗，数量相当可观，并且邵彬儒具有一定的诗文创作功底，其另一作品集《谏果回甘》中有17则长篇韵文，那么，发生这种变异的原因极有可能是邵彬儒在编撰过程中有意识地进行了改变。

再次，入话和头回发生变异。入话和头回是通俗短篇小说的组成部分，是基本稳定的，虽然有少数作品，如《人中画》《警世钟》《跻春台》等没有入话和头回，但仍有篇首诗和篇尾诗，没有脱出通俗短篇小说的固定程式，而《俗话倾谈》在均无篇首诗的情况下，皆无入话和头回。

《俗话倾谈》中的16则小说，均无入话和头回，《闪山风》《好秀才》有篇尾诗和篇中诗，《横纹柴》有篇中诗，因此仅《闪山风》《好秀才》《横纹柴》3则具备了通俗短篇小说的部分体制形态，其它13则全部去掉了通俗短篇小说的附件，与文言小说的紧凑单纯的体制相同。以《邱琼山》为例，开篇即介绍邱琼山及其祖父邱普的籍贯和邱普的乐善好施：

> 邱琼山先生，系广东琼州府琼山县人。其祖叫做邱普，家有余资，生平乐善，好救济贫难。凡春耕之时，贫人无谷种者，或来乞借，即量与之，待至禾熟之日，收回谷米，不要利也。若有负心拖欠，亦不计焉。遇一岁大饥荒，邱普自捐米赈济，煮粥以救乡邻，而远近之病饿者，仍死亡满野。

接下写邱普丧子之后，坚持修善而改变命运，积福于其孙邱琼山，邱琼山秀逸聪慧，在与亚官仔、归田官的冲突中声名大震，后中进士，点翰林，结尾交代人物的最终结局：

> 其祖邱普老而康健，红颜白发，亲见荣封，始信天不亏人，心田变相。其后，邱琼山做官，升到太子少保，兼武英殿大学士。死后称为文庄公，入祀乡贤，为广东之名人也。世俗所读《成语考》一书，系丘琼山自己所作，亦可见其才学矣。邱公本名睿，系琼山县人，后人不敢直呼其名，而称为邱琼山，恭尊重之也。

这种开篇介绍人物，接着交代情节，以人物的结局而自然结尾的体制，即为文言小说的体制，如果抛开这篇小说使用的通俗语言和粤方言，就是一篇志人的文言小说。

通俗短篇小说与文言小说的另一不同之处在于叙事。文言小说的叙事由叙事人承担，叙事是始终连贯的。通俗短篇小说则具有说书体的叙事特点，即有一个外在于情节的说书人，他作为叙事者可以控制情节，在小说中出入，叙事往往是不连贯的，但说书人在小说中出入并不是随心所欲的，需要固定的程式化的叙事套语来引导："说书人的语言、评论如'且说'、'却说'、'正是'一类标识都被笼统地纳入语言标准之中。其实，从较大的组织结构来说，这些语汇引导的往往是叙述者对故事的描写或评论句式，就是典型的话本标志。它比文言或白话这一语言尺度，更准确地反映出传奇与话本这两种小说体裁的实质区别：是否有外在于故事的职业叙事者存在。"[1] 程式化的叙事套语是说书体小说叙事至关重要的特征。

然而《俗话倾谈》却尽可能地避免使用这些程式化的套语，全部去掉了"话说"这类的套语，直接交待人物，如《邱琼山》，作为通俗短篇小说，通常开头的写法应为"话说邱琼山先生，系广东琼州府琼山县

---

[1] 王昕：《话本小说的历史与叙事》，中华书局，2002，第45页。

人"，作者去掉了"话说"，开门见山地写为"邱琼山先生，系广东琼州府琼山县人"。在介绍人物和描写环境时，全部去掉了"只见""但见"等套语。在交代另一段情节时，也较少使用引导情节的"且说""却说""又说"等套语，只有篇幅较长、情节段较多的《骨肉试真情》《好秀才》中有5处使用"又说"来引出下一情节。说书人用诗词进行评价或揭示主题时，尽量避免用"有诗为证""正是""真是"等套语，除《横纹柴》的篇中诗用了"诗曰"来引导外，《闪山风》《好秀才》中的篇中诗全部去掉了诸如"有诗为证"等引导诗的程式化套语。

虽然《俗话倾谈》里的《横纹柴》《骨肉试真情》《好秀才》仍由说书人承担叙事任务，说书人仍为外在于情节的叙事者，但由于邵彬儒避免使用程式化的引导套语，使说书人在情节中的出入明显减少，减少了说书人对情节发展的干扰，使情节更自然连贯。其他如《瓜棚遇鬼》《七亩肥田》《邱琼山》《种福儿郎》《张阎王》《生魂游地狱》《鬼怕孝心人》《砒霜钵》等，根本没有使用这些程式化的套语，在叙事上已经见不到说书人的影子，叙事者即为情节的讲述者，已与文言小说没有区别了。

通俗短篇小说与文言小说的另一区别在于语言。通俗短篇小说是"语体小说"，使用的是接近口语的通俗语言，文言小说使用的是典雅凝练、概括性强的文言，这一俗一雅两种语言类型使两种小说文体具有了不同的美学风格。一般来说，这两种语言是不能在同一小说文体中使用的，但《俗话倾谈》却使用了3种语言，即生动活泼的粤方言、通俗易懂的白话和富有韵味的文言，一篇小说中3种语言共存，纵观整个古代小说史，也是不多见的。如《借火食烟》：

　　嘉庆初年，福建厦门镇地方，有一人姓龚，名承恩，家资三十余万，捐到吏部郎中，归来势压一方，看乡人不在眼内。（白话）

　　建造高楼大屋，又起一所大花园，泥水木匠石工，三行人等共成百数，日做工夫。龚承恩移出一铺大炕床，摆列一副鸦片烟灯，金漆烟盘，象牙烟枪，在此坐立，督理做工人役，气势熏天。（白

话）

　　一日午后，有一个泥水师傅，赤身露体，腰下束一条挧巾，气喘喘汗淋淋，手拈一枝短烟筒，长不满六寸，走埋烟灯处，向火吸烟。龚承恩一见不平，勃发骂曰："你是何等样人，乜样脚色，一身臭汗，走埋来借火吹烟，你都唔识意趣，唔知避忌，快的走开，不得再来混闹！"（粤方言）其人满面羞惭，气忿忿而去。

　　如果能通人情，识天理，以和平之道处己，以谦厚之道待人，则人亦爱之敬之，何至有憎之厌之也？孔子曰："富而无骄，富而好礼，所以常守富也。"或能如窦燕山之济人利物，苏眉山之救苦怜贫，福荫儿孙，富贵无尽矣。（文言）

　　《俗话倾谈》虽是通俗短篇小说，但白话所占比重较小，主要用于叙述情节或描写人物环境；粤方言所占比重极大，主要用于人物对话，或说书人对人和事发表的评论，因此该小说堪称一部粤方言小说。《俗话倾谈》之所以大量使用粤方言，与广东圣谕宣讲以粤语为主有密切关系，"粤语说书的特点是以表（第三者旁述）为主，讲究语言的韵律性和节奏感，大量运用本地的民间成语、谚语、俗语和大众化的生活语言"。[①] 这样才能吸引听众，在此基础上编撰的《俗话倾谈》自然也就引入了大量粤方言，尤其是人物语言，大部分都是生动活泼、诙谐幽默、富有韵律感和节奏感的粤方言。陈平原说："在晚清以前，京话小说、吴语小说都已产生并取得相当高的成就，而粤语文学则只能举出粤讴。以广州、香港在晚清思想文化界的地位，本当推出有影响的粤语小说才是；可实际上尽管小说杂志出了好几种，知名的小说家也不少，可就是没拿出像样的粤语小说。"[②] 这种说法未免失之片面，《俗话倾谈》可为粤语小说之代表。

[①] 广东省地方史志编纂委员会编《广东省志·文化艺术志》，广东人民出版社，2001，第508页。
[②] 陈平原：《中国现代小说的起点——清末民初小说研究》，北京大学出版社，2005，第178页。

语言并不是单纯的文本的载体，而是"有意味的形式"。邵彬儒在《俗话倾谈》中使用语言时具有明确的目的。他让文言承担了重要的功能：介绍人物、叙述主要情节时多采用史传体的浅近文言，以使叙事简洁凝练；发表评论、揭示主题时多采用雅驯凝练的文言，以增强评论的说服力；正面人物的语言主要用浅近文言，以表达作者对正面人物的赞扬，从而强化作品的主旨；反面人物主要用粤方言，以利于对反面人物的塑造，《借火食烟》就是分工明确的范例。再如《横纹柴》，开头介绍人物、叙述主要情节皆用浅近的文言，正面人物大成和珊瑚的对话语言也用浅近的文言，以表达作者对他们孝行的肯定和赞扬，如大成本来知道妻子珊瑚贤孝，无奈其母不容，只得写分书给珊瑚，曰：

我闻娶妻所以事母，今致老母时时激恼，要妻何用。我将分书与你，你可别寻好处，另嫁他人，不宜在我屋住也。

当珊瑚的母亲逼珊瑚另嫁时，珊瑚曰：

我闻忠臣不事二主，烈女不嫁二夫。女有一个家婆，尚不能晓得奉事，更有何面目再入他家。母亲如果要将女另嫁他人，女惟有投河吊颈，食药自尽而已。

反面人物，如蛮横善骂的横纹柴、不孝顺的臧姑、二成的语言全部用了粤方言，生动活泼的粤方言更利于反面人物丑恶形象的塑造，达到对他们进行批判的目的，以横纹柴为例：

（横纹柴）遂大声骂曰：做新妇，敬家婆，是平常事，你估好时兴么？何用支支整整，声声色色，扮得个样娇娆，想来我处卖俏吗？我当初做新妇时，重好色水过你十倍，唔估今日老得个样丑态，减去三分。

横纹柴的语言极生动,活灵活现地突出了她蛮横无礼、欺压良善的性格,作者借以表达对她的批判。邵彬儒在小说语言方面所作的有益探索,对岭南通俗小说产生了深远影响,晚清以来广州、香港流行的"三及第"体小说,即由文言、白话和粤方言组合而成的小说文体,乃脱胎于《俗话倾谈》。

综上所述,《俗话倾谈》虽为通俗短篇小说,却积极吸收文言小说的因子,从而具有了文言小说的文体特征,这种文体变异与文学的发展变迁有密切关系。白话短篇小说创作到清中叶就开始沉寂下来,至清末同治、光绪年间,虽有一些作品问世,如《玉瓶梅》《跻春台》等,但还是无可避免地衰落了,光绪二十五年(1899)的《跻春台》是其终结者。文言小说创作在清代前期就达到了高峰,整个清代文言小说创作十分繁荣,在艺术形式和思想内容上都取得了较高的成就,岭南地区亦不例外,与此相应,读者形成了阅读文言小说的审美习惯。在这种情况下,通俗短篇小说想生存下去,必须寻求新变,《俗话倾谈》即体现了作者积极吸收文言小说文体的因子,以适应读者审美习惯的尝试。事实证明,这种方式也确实迎合了书商和读者的口味,《俗话倾谈》从同治五年(1866)至民国4年(1915)间,多次再版,流传时间近50年,流传范围也不仅限于广东。

三 《谏果回甘》

历来,研究者们认为此书亡佚,孙楷第的《中国通俗小说书目》、江苏社会科学院编的《中国通俗小说总目提要》、陈大康的《中国近代小说编年》均在该条目下标"未见"或"今书未见",《广东文献综录》等文献均没有录入此书。然而,此书并没有亡佚,其刻本现存于广东省立中山图书馆,应为现存的唯一刊本。

该本为小型本,1册。封面题谏果回甘。内页双栏线,题谏果回甘,右上刻邵彬儒先生辑,左下刻羊城润经堂藏板,羊城两字自右起横书。次页为目录,首行上刻谏果回甘目录,次行上刻一卷两字,全书1卷。每半叶9行20字。版心单鱼尾,刻谏果回甘、页码。目录31篇:

烟景微言　赌人迷途

花林醉梦七首　勿信谗言

健讼终凶　和睦乡党

兄弟怡怡　知恩报恩

人道正气　卖疯淫报

铜银误事　赈饥大德

敬惜字纸　寺里求儿

酒勿过醉　论不宜争

劝元旦放生文　为善最乐

问赌新谈　风流截引

打斗相残　窝赌分肥

祛风拔毒　仙医疯疾救苦灵丹

雇工守慎　知恩报恩

回头歌　清心火

强欺弱　念同宗

风情戏

正文最后有一篇《卖猪仔》没有录入目录，实有32篇。

是书刊刻时间不明，何文雄《吉祥花》序云："庚午获读先生所著书，如《俗话倾谈》《谏果回甘》等篇，类皆语浅意赅，文言道俗。"[1] 由此可知，何文雄于同治庚午（1870）已经读了此书，那么《谏果回甘》的刊刻时间当在同治庚午或以前。此书第13篇《敬惜字纸》的第2则小说结尾已提及同治二年（1863）事，那么可以确定此书的刊刻时间当在同治二年（1863）至同治九年（1870）之间。

是书题目"谏果回甘"极具岭南地方特色，"谏果"一词为岭南地区对橄榄的美誉，屈大均《广东新语》卷25云：橄榄"初嚼苦涩，久乃回味而甘，故一名味谏。粤人有欲效其友忠告者，辄先赠是果"。[2]

---

[1] （清）何文雄：《吉祥花·序》，羊城学院前守经堂藏板，宣统三年（1911）。
[2] （清）屈大均：《广东新语》，第628页。

《谏果回甘》主要宣扬圣谕十六条和《圣谕广训》的伦理道德思想,劝善惩恶,故取橄榄喻之。

是书并非纯粹的短篇小说集,而是以小说为主,杂以韵文和散文。从第 15 篇《酒勿过醉》起到最后一篇《卖猪仔》皆非小说。第 15 篇至第 23 篇、第 25 篇至 32 篇均为韵文,其中《酒勿过辞》《论不宜争》为短篇四言诗;《打斗伤残》《雇工守慎》《知恩报恩》为长篇四言诗;《祛疯振毒》为长篇五言诗;《为善最乐》为长篇七言诗;《问赌新谈》《风流截引》《窝赌分肥》为用粤方言写的长篇五言诗;《回头歌》《清心火》《强欺弱》《念同宗》《风情戏》《卖猪仔》为用粤方言写的广东歌谣。这些诗歌通俗易懂,明白如话,生动活泼,押韵灵活。内容与前面小说中的思想内容一贯相连。此外,《劝元旦放生文》为骈文,第 24 篇《仙医疯疾救苦灵丹》为治疗疯疾的药方。

第 1 篇《烟景危言》至第 14 篇《寺里求儿》为小说。小说的编写体例十分独特,均由一则长篇诗歌和若干则小说组合而成,前面的诗歌或为四言、五言,或为六言、七言,均为长诗,后面的小说或 2 则,或 4 则,或 6 则不等,共有 36 则小说。以第 1 篇小说《烟景危言》为例,前有 1 篇劝人勿食鸦片的四言长诗,后有 2 则小说:

浮生梦短,补以长眠。横床之上,别有神仙。
直笛来吹,丹田气足。呵气一声,烟云满目。
废时失事,有损精神。半床灯火,捱至三更。
可以提神,可以消食。引风入肺,成为患积。
烟盒烟枪,器具几件,出入提携,诸多不变。
一时忘带,不得应手。到处访求,彷徨奔走。
事不如心,出于意外。无米难炊,英雄堕泪。
就是囊丰,供用常足。当念艰难,敬惜衣禄。
人生用度,要省浮费。何况洋烟,人于无谓。
逢场作兴,初说何妨。借此消遣,习以为常。
破费资财,不知不觉。慢火煎鱼,厚变成薄。

一日二分，十日二钱。积十成百，积百成千。

日深一日，年误一年。何尝食少，只见多添。

倘不回头，终无底止。骨露神清，势所必至。

父母忧心，妻子怨气。苦中寻乐，有何趣味。

戒此不食，奋志何难。痴缠两字，一笔勾删。

火坑跳出，不学烧丹。烟收云净，朗对秋山。

江西朱善元，学地理，咸丰三年，到广州寻龙搜穴，自负精奇。尝言往白云山看地，回至半途，遇雨不止，停足荒郊，值黑夜难归，仓皇闷坐，三更月出，但见梧桐疏影，鸟寂无声。有一老人坐石吟哦，心知鬼魅，遂藏身密叶，又有一少年来，赞曰："好诗！"老者问："尔从何处而回？"少年答曰："吾往山下教人食鸦片烟。"老者曰："尔做这等事大折福，难望来生有好处也。"少年笑曰："枉尔老总不识机宜，近来世界好顽，人心浇薄，积成罪过。其罚未至于大受劫数……"老者曰："听尔所言，亦大有理，吾恨不作慈悲大士……"二人协臂而去。善元听之，毛骨悚然，方知自己所食洋烟，无非孽障，因思生平无他过犯，只有薄待父母，不遵教训，以致激恼亲心，致今日所得资财，无端破耗。从今誓心行孝，以赎前愆，立愿后仅一月，而洋烟之瘾渐淡，又一月而尽除，即返江西，归养父母。余友徐淡乡作诗送之。

沈从定系阳湖人，为衙门书吏，有友蒋熙祺，亦为书吏，既死久矣，一夜梦见之，蒋谓之曰："乌烟局现造劫数，册籍烦多，欠人写书，我已经荐君往充其役，君可随我到局中办事。"沈由是同行……沈遂醒，将家中世事吩咐妻儿，及某日期，果卒，后二十余年，而鸦片之迷人竟遍传天下。

现以每则小说中的人物和籍贯为目录，迻录如下：

《烟景微言》有 2 则：江西朱善元、阳湖沈从定。

《赌人迷途》有 2 则：新会陈清安、清远冯树。

《花林醉梦》有 2 则：龙山张慕义、献县王自聪。

《勿信谗言》有 2 则：番禺霍尚高、香山冯炳光。

《健讼终凶》有 2 则：四会县二人、陕西陈尚辉。

《和睦乡党》有 4 则：常熟吕伸、琼州王允升、江西舒芬、天台宋子元。

《兄弟怡怡》有 6 则：顺德苏家俊、京都何用行、高要梁桐节、江州朱原虚、陕西邝从义，东莞丁亭。

《知恩报恩》有 4 则：长州吴可宽、赵国道、仁和县区思治、莆田县冯赓。

《人道正气》有 2 则：长乐黄声耀、东城李均。

《卖疯淫报》有 2 则：顺德萧永和、赵如金赵如璧。

《铜银误事》有 2 则：顺天府王吉、英德黎有才。

《赈饥大德》有 2 则：吴县严氏、海州时亨。

《敬惜字纸》有 2 则：苏州朱用诚、南海陈大年。

《寺里求儿》有 2 则：高要王作良妻、东莞清宁寺僧。

《谏果回甘》的编撰体例明显体现了宣讲的意图，《知恩报恩》阐释第一条"敦孝弟以重人伦"；《兄弟怡怡》阐释第二条"笃宗族以昭雍睦"；《勿信谗言》《健讼终凶》《和睦乡党》阐释第三条"和乡党以息争讼"；《烟景微言》《赌人迷途》《花林醉梦》《人道正气》劝人安守本分，勿沉迷于鸦片、赌博、嫖妓，阐释第十条"务本业以定民志"。此外，《卖疯淫报》《铜银误事》《赈饥大德》《敬惜字纸》等阐释的是为善获福、敬惜字纸等民间信仰。

《谏果回甘》以圣谕十六条的伦理道德思想为主旨，多取材于当时的社会时事和传闻，内容多为忠孝节义，如《知恩报恩》有 4 则小说，塑造了正反两类人物来阐释第一条"敦孝弟以重人伦"，《长州吴可宽》写吴可宽做诗感化子孙，子孙孝敬如初；《赵国道》写赵国道之子孝顺备至；《仁和县区思治》《莆田县冯赓》写因不孝而无子，后因行孝而子孙昌盛。

和《俗话倾谈》一样，《谏果回甘》虽旨在宣扬圣谕的伦理道德，却广泛地反映了晚清岭南的社会生活，富有时代特色，其反映社会的广度甚至超过《俗话倾谈》。同治年间，岭南社会内忧外患，动荡不安，世风日下，《谏果回甘》反映了岭南晚清时期鸦片流布、赌博成风、妓馆林立、假钱泛滥、麻疯病流行、乡党殴斗、饥馑祸乱等社会图景，为岭南小说增加了新内容、新题材。以《烟景微言》为例，写岭南鸦片流布，反映了自嘉靖以来鸦片对岭南社会的毒害，其中《江西朱善元》一则中，邵彬儒借鬼魅少年之口批判鸦片之害：

但鸦片累人不觉，更为长命债也。世人自谓欢娱，犹梦中而入蜜耳。

《赌人迷途》揭露了赌博的危害，商人陈清安与富翁冯树之子皆因赌博而倾家荡产，其中《新会陈清安》一则中，邵彬儒借灵辉和尚之口批判赌博之害：

经商为取财正路，赌博究属偏门，如果运当发财，所谋皆遂，何必要赌？如命该蹇滞，赌中得意，祸之门也。赌无美景，谁肯穷追？使尔大赢，方能累尔大败。

《花林醉梦》揭露了嫖妓这一社会现象，龙山张慕义因嫖妓而被烧死，献县王自聪因嫖妓而破产，且死无棺材，《卖疯淫报》中张胜染麻疯病而死，《健讼终凶》则写了人民逃难的悲惨情形，这些都真实地反映了晚清时期岭南的社会现实，具有一定的批判性。

《谏果回甘》虽然有新内容、新题材，反映了晚清社会存在的问题，但是，由于邵彬儒旨在宣扬圣谕十六条的伦理道德，重劝戒教化，因此，对社会问题的反映比较肤浅。并且由于作者认识水平有限，找不到产生这些社会问题的根源，因此，他以民间因果报应思想来解释原因，使小说失去了批判力度。如《烟景微言》中的《阳湖沈从定》，邵彬儒借沈从定已死的朋友蒋某之口对鸦片流布天下的原因进行解释：

> 阴间因国家太平日久，二百年来地广人多，渐生浇薄，日甚一日，总不如初从古无人治不乱之理，若忽然降以刀兵水火，恐伤圣主之怀，故造乌烟劫，以潜消阴阳疾疠之灾，流毒数十年，剥极而复生民，经此恶劫，磨挫痛深，自当洗心涤虑，归于勤俭朴实，而世道可望一变。

鸦片本为洋人剥削中国的经济手段，但邵彬儒却归于国人不修福泽，使内容沦为单纯的说教，削弱了作品的思想意义。

孙楷第的《中国通俗小说书目》和江苏社会科学院编的《中国通俗小说总目提要》都将《谏果回甘》作为通俗小说收录，欧阳代发的《话本小说史》认为它和《俗话倾谈》一样为拟话本小说，考察《谏果回甘》的小说文体，这种结论无疑是错误的。

以《烟景微言》为例，第1则《江西朱善元》开门见山介绍小说中的主要人物朱善元，包括他的籍贯、性格、职业，然后交待情节，朱善元荒郊遇鬼魅，听到鬼魅说欲以鸦片危害世人，顿悟，立志戒烟孝顺父母，最后戒掉了鸦片，归养父母，情节也就随之结束。第2则《阳湖沈从定》开头介绍沈从定的籍贯、职业，然后直接转入情节叙述，沈从定梦中从已死之友蒋某游阴司，见阴司设乌烟局使人间遭劫，蒋某荐其到乌烟局办事，后沈从定卒，鸦片流遍天下。这两则小说的叙事由叙事人承担，采用第三人称的视角，使用凝练质朴的文言，其他小说亦不例外，由此可知，《谏果回甘》中的小说为文言短篇小说，而非学者们认为的通俗短篇小说。

《谏果回甘》中的小说虽为文言短篇小说，但在体制上却融合了通俗短篇小说的因子，每篇小说的前面有1则长篇篇首诗，用以揭示主题，进行劝戒，而篇首诗是通俗短篇小说的文体特征，文言短篇小说不使用篇首诗。这些篇首诗生动活泼，通俗有趣，如第1篇《烟景危言》，开篇即为篇首诗，4言68句，形象地描写了吸鸦片者的丑态，指出了吸食鸦片的危害，语言生动幽默，富于节奏感，增强了小说的艺术感染力。

《谏果回甘》作为文言短篇小说，为什么要使用通俗短篇小说的篇首诗呢？这需从宣讲圣谕的方式来考察。为使百姓能够接受圣谕抽象的义理，讲生在宣讲圣谕时不仅围绕圣谕十六条讲因果报应故事，而且还吟唱朗朗上口、容易让听众记诵的歌谣，如福建地区在宣讲圣谕时设有"歌童"，每讲完一条圣谕，就有"童子歌诗"。邵彬儒宣讲圣谕的方式没有明确的材料记载，但他极有可能将吟唱圣谕歌谣和讲因果报应故事结合起来，《谏果回甘》的后半部分为粤方言诗歌，主题基本上与前面小说相同，这些诗歌极有可能是在宣讲时吟诵的。

此外，由于邵彬儒属于民间作家，他的创作并不需要像上层文人那样严格恪守文体规范，只要有利于传播圣谕的艺术形式，他都会采用，因此，在《谏果回甘》中，他又对文言小说进行了改革，在前面增加了生动活泼的长篇诗歌，不仅可以揭示小说的主题，而且使文言小说变得生动活泼。

《谏果回甘》文体上的贡献在于打破了文言短篇小说文体的封闭性。文言短篇小说和通俗短篇小说这两种小说文体在发展过程中有渗透和融合的现象，可是这两种文体的渗透和融合并不平衡，主要是通俗短篇小说以其活跃和开放的品性，积极吸收文言短篇小说的因子，而文言短篇小说文体则相对封闭，不活跃，即使有，也不过是将驯雅凝练的文言变为浅近的文言，或是借鉴通俗小说情节的铺垫渲染以增强叙事的生动性，都不足以打破其固有的文体形态。邵彬儒作为一位民间小说作家，面对的读者是下层市民，这使他在从事文言小说创作时不用顾及文人雅趣，只要能够实现其传播圣谕的目的，使乐善者"广传印送"，他就敢于打破文体的束缚，将通俗短篇小说中的因子移植过来，给文言短篇小说文体带来新变。

四　《吉祥花》

《吉祥花》亦是流传较广的一部圣谕宣讲小说集，现存 6 种刊本。

广东省立中山图书馆藏有 4 种：一为丹桂堂藏板本，刊刻于同治庚午（1870），小型本，6 卷 2 册，有例言、助刊者名单、何文雄序，此本当为最早的原刊本；一为禅□□□梓（中间阙四字）刊本，刊刻时间不详，小型本，6 卷 1 册，有何文雄序、例言，为丹桂堂本的重刻本；一为合璧斋本，刊刻于光绪壬寅（1902），小型本，6 卷 2 册，有何文雄序、台山余家相序，在第 6 卷最后一篇《邱琼山》结束后，有 5 篇新增小说《夫妻行善》《金戒指》《布客》《义犬》《拒色》，题下均有小字新增 2 字，此 5 篇没有录入目录；一为守经堂藏板本，刊刻于宣统三年（1911），小型本，5 卷 1 册，有何文雄序、余家相序。国家图书馆藏古香阁绘图本，刻于光绪二十一年（1895），6 卷 4 册。此外，据孙楷第《中国通俗小说书目》知还有刊刻于同治十年（1871）天一阁刊本。由此可见，《吉祥花》自同治九年（1870）七月刊刻，至宣统三年（1911）重刻，期间至少有 6 种刊本问世。本书以丹桂堂本为研究对象，目录迻录如下：

卷一
同胞三翰　相转二品　神仙点化（此刊本卷内正文题目作《神仙乞米》，其它刊本卷内正文题目均作《神仙点化》）
无情鬼（其它刊本均作《馉柑》）　石云桥　敬兄
爱弟　罗浮仙　闻政府
禁妇轻生　除暴安良　一子奇

卷二
忠厚传家　何文绮　半百子孙图
诲人不倦　收租不秤　及婚全妇节
蛋户陋规（此刊本卷内正文题目为《蛋家陋规》，其它刊本卷内正文题目均为《蛋户陋规》）　代寄银　渡租修路
黑背儿　义祠　医者好心
泥圣人　七兄弟懦者存

卷三

晚年生状元　武探花　施棉衲

安胎药　益人　拾遗金

银误交　采药者　两朝征聘

典衣医母　代父狱　黄丹书

梦中训侄　抚侄成名　数代修行

分银包

卷四

冯成修　三渡　托嫂当家

同分产业　邵一秀才　做土地

大笑婆　洗眼秀才　幼孤念父

赏田三亩　孝友成名　祖屋让弟

贤妇成家　红角牛　虎守门

石狮巷　饶人　施茶免火

受虚税　李探花　焚免旧债

陈李济

卷五

教官发迹　太封君　焚券

鬼代作文章（此刊本卷内正文的《鬼代作文章》在前，《焚券》在后）　修祖祠　种榕

砚田　嫁婢　妇好施

三元忠孝　虎避孝子　不愿迁祖坟

赴井殉夫　诵佛经　闸止漂报

解衣覆丐　抄阴骘文　守死殓父

白鸽票

卷六

桅现红光　印善书　斩三次不死

梦道士书符　挑渠救旱　叶梦熊

仁慈化贼　黄公堤　李待问

邱琼山

正文卷2在《七兄弟懦者存》之后，有《正教》《鲤湖书屋》《倡善会》《遇仙》，此4则没有录入目录，所以全书共97则。

是书主要以阐释圣谕第一条"敦孝弟以重人伦"和第二条"笃宗族以昭雍睦"为主，《爱弟》《敬兄》《洗眼秀才》《典衣医母》《代父狱》《虎避孝子》《赏田三亩》《孝友成名》《祖屋让弟》《贤妇成家》《红角牛》《虎守门》《石狮巷》等宣孝弟人伦；《托嫂当家》《梦中训侄》《抚侄成名》等宣扬宗族和睦。此外，还有宣扬乐善好施、扶危济困、安守本分等观念的作品。不同于《俗话倾谈》和《谏果回甘》广泛反映了岭南社会生活，《吉祥花》多写孝子、孝妇、贤兄、贤弟，内容缺乏丰富性和多样性。小说篇幅均较短小，叙事简约，后有议论，艺术性不高，缺乏《俗话倾谈》和《谏果回甘》在艺术上的探索和变革精神。如卷4的《洗眼秀才》：

梁成之，顺德黄连人，幼丧父，善事母，勤读书，弱冠入泮，母患目疾，公日夜涕泣，承其泪，向母目洗之，历十四日而愈，人称曰洗眼秀才。康熙癸巳，大饥，集族之贫者于大宗祠，计口而分授以米，有安贫耿介不到祠取者，公捧米给之，又为粥于路，以待其乡里及他乡过者，以备得食，远近称盛德焉。生子名登，乾隆戊午科举人。

古今秀才多矣，公独加以洗眼之名，其得名甚新，其留名甚久。

此则小说内容单一，情节不鲜明，人物形象类型化，缺乏生动性，因而也就缺乏艺术感染力。《吉祥花》中的其他小说与此则类似，艺术水平均较低。

五 《活世生机》的佚作

邵彬儒所著《活世生机》今已佚，一部分存于凤冈山人辑录的《活世生机》中。民国24年（1935）凤冈山人基于当时水患严重、战云弥漫、饥馑恐慌等悲惨情形，辑录救饥验方，并辑录邵彬儒的4种小说集中的救饥获报轶事31则，编辑成书，以期救同胞于危难，他在《篇首语》中云："亟搜寻经验方书，撮录救饥方法，及古今来救饥获报轶事，编辑成书，复志荫南居士之志，仍以活世生机为名。（此书大半由邵荫南居士所辑《活世生机》录出，其评俱是原文。）"①

凤冈山人辑录的《活世生机》收录了邵彬儒的《谏果回甘》《俗话倾谈》《吉祥花》中的12则，余下的19则当从邵彬儒的《活世生机》中辑出，此荫南居士当为邵彬儒编撰《活世生机》时所署。

在这31则中，《同胞三翰》《相转二品》《爱弟》《三渡》《洗眼秀才集祠分米》（《吉祥花》作《洗眼秀才》）《焚券》《妇好施》《解衣覆丐》《黄公堤》《邱琼山》，共10则，出自《吉祥花》。《还魂》与《谏果回甘》中《海州时亨》的内容大致相似，但比《海州时亨》多了一段议论。《饥荒诗》出自《俗话倾谈》。其余的19则，当出自《活世生机》。

在这19则中，《粥厂对》《知府出游》《葱汤麦饭》《留别诗》《无益事》《繁华乐》《种桑麻》等7则为琐闻类笔记，小说意味较少。其他12则为小说，包括《四个第一》《拜活命恩》《同胞三鼎甲》《三升豆》《父子宰相》《续命田》《努力自捐》《神灵驱盗》《大医王》《劝人以善》《好官亲》《祥光》，内容均为救饥获报事。

六 叶永言、冯智庵和《宣讲余言》

《宣讲余言》，叶永言、冯智庵撰，简枢南编辑。叶永言，生卒不详，约活动于同治、光绪年间，顺德人，《全粤社会实录初编》云：

---

① （民国）凤冈山人：《活世生机》，广州中山图书馆，1935。

"《圣谕广训》一书，以端风俗，以正人心，美矣！善矣！同治初，广府戴太守设宣讲，颁行州县，其时，奉行者只循具文，及叶永言、邵纪棠二先生出，敷陈所及，反复提撕，生面独开，妇孺皆晓。"据此可知，叶永言大约是与邵彬儒同时期之人，亦为宣讲圣谕的讲生，与邵彬儒共同开启了岭南宣讲圣谕之风。

冯智庵，生卒不详，约活动于同治、光绪年间，顺德人，据《宣讲余言》王凤梧序"简君为邵君弟子之门人""出所手订其师冯君智庵先生遗稿见示"，可知，冯智庵为简枢南之师，而简枢南为邵彬儒之门人，那么，冯智庵应为邵纪棠之弟子。

简枢南，生平不详，大约活动于光绪、民国年间，逝世于民国28年之前，顺德人，冯智庵之弟子，范阳简康年序云其"一生苦心宣讲"，那么，简枢南亦应为圣谕宣讲讲生。

叶永言、冯智庵、简枢南皆为圣谕宣讲讲生，他们与邵彬儒或有师徒关系，或相互往来，形成了岭南圣谕宣讲讲生群体，《宣讲余言》是叶永言和冯智庵在宣讲圣谕的基础上编撰而成的。

《宣讲余言》现藏于广东省立中山图书馆，中型本，1册，封面左上刻光绪乙未岁新镌，右上刻民国戊辰春译刻，有范阳简康年序和江苏莲仙甫王凤梧序，由龙江双井街明新刊刻。全书约7万余字，共有小说18则，目录迻录如下：

　　审水鬼　　化顽弟
　　忍为高　　修烂命
　　半截人　　发慧丹
　　活神仙　　鬼杀奸
　　明礼让　　天眼近
　　悟前非　　即刻报
　　审瓜棚　　生菩萨
　　到底好　　大肚囊

其中叶永言作品9则，冯智庵作品7则。此本虽刊于民国17年（1928），却是光绪乙未本（1895）的重刻本，由简康年主持重刻，龙江（今顺德龙江镇）明新堂承刻。关于重刻的缘起，简康年序云："枢南君与余梓里同居，且属宗亲之好，知其一生苦心宣讲，劝人为善，复与穗桓殷富，倡建十余善院，普济灾民，不知凡几。昔年逝世，家计萧条，清白如斯，人多叹羡。余固尤深惋惜，谨将其遗本小传节录付刊，以供世之好善诸君子垂鉴焉。"简康年与光绪乙未本的整理者简枢南为宗亲，深惋惜其逝世，将光绪乙未本删节之后重刻，因此，明新堂本是经过删节后的光绪乙未本的重刻本。重刻本保留了原刻本中江苏连仙甫王凤梧的序，此序记载了光绪乙未本刊刻的缘起和过程，其序云：

> （凤梧）因赴友人龙明府积之之召，得游桂林山水，洵为天下奇观，自西徂东，幸附广仁敦善诸君子。后尝闻绍君纪棠著各种书，成一家言，惜未身亲其教，犹幸得读其书，苦心孤诣，独运匠心，诚天下奇才也。后遇关君心平，蔼然长者，相聚岁余，深得其益，继缘苏君镜川、林君焕墀、郑君埙麓、袁君棠棣、与夫黎朱林陆、周吴陈邓、刘何潘黄诸公。获交简君枢南，简君为邵君弟子之门人，躬行君子也，相契既久，出所手订其师冯君智庵先生遗橐见示，以叶君永言诸作附焉，颜曰宣讲余言。受而读之，嘉言名论，美不胜收，洵不愧言言金玉、字字珠玑也。陈公文蔚见而赏之，付与翼化堂陈君益堂刊诸梨枣，板存广仁善堂。

据此可知，《宣讲余言》的光绪乙未本由简枢南整理而成，简枢南整理这些作品时，作者冯智庵和叶永言已经去世，那么，作品的撰写时间当在光绪乙未之前。光绪乙未本在王凤悟、陈文蔚、陈益堂等人的大力支持下，由翼化堂刊刻，板存于广仁善堂。

清代圣谕宣讲小说有固定的编撰体例，一般包括两部分，第一部分是原起，由圣谕、《圣谕广训》或作者对圣谕的阐释组成，第二部分是系列因果报应故事。简康年序云："原板有清谕十六条，以敦孝弟、笃宗族、和乡党、重农桑、尚节俭、隆学校、黜异端、讲法律诸条文为原起，而以博采经典，以为引导，其论甚详。"由此可知，《宣讲余言》的原刊本光绪乙未翼化堂本的每一则小说前应有一条圣谕和对此条圣谕的诠释，但简康年重刻时已是民国时期，此时圣谕十六条已经成为历史，因此，他只保留了小说部分。考察这 16 则小说的内容，与圣谕十六条的主旨基本相符，有的仅从题目就可以看出与圣谕十六条之间的关系：

1. 敦孝弟以重人伦：《审水鬼》
2. 笃宗族以昭雍睦：《化顽弟》
3. 和乡党以息争讼：《忍为高》
5. 尚节俭以惜财用：《半截人》
6. 隆学校以端士习：《发慧丹》
7. 黜异端以崇正学：《活神仙》
8. 讲法律以儆愚顽：《鬼杀奸》
9. 明礼让以厚风俗：《明礼让》
10. 务本业以定民志：《天眼近》
11. 训子弟以禁非为：《悟前非》
12. 息诬告以全善良：《即刻报》《生菩萨》
13. 诫匿逃以免株连：《审瓜棚》
15. 联保甲以弭盗贼：《到底好》
16. 解仇忿以重身命：《大肚囊》

在《发慧丹》后附有《海瑞》和《周处》两则，这两则情节简短，后有简短议论，《海瑞》意指并不明确，看不出它与圣谕之间的明确联系，《周处》一则作者议论道："如周处改过，卒为忠臣孝子，是亦黜异端以崇正学之意也。"明确表明此则阐解的是第七条"黜异端以崇正学"。《天眼近》后附《陈世思》，作者议论道："训子弟以禁非为，可勿亟宜议哉，而子弟之知所自立，亦无容缓矣。"明确表明此则阐释的是第十一条"训子弟以禁非为"。仅缺少以第四条"重农桑以足衣食"和

第十四条"完钱粮以省催科"为主旨的小说,《修烂命》阐释的则是为善获福的民间信仰。

《宣讲余言》有明确的创作宗旨,王凤梧序云:"天下愚庸多贤智少,习于善则善,习于恶则恶,故劝诫诸书可以警心触目,可以面命耳提。""是书言近旨远,修己化人,无乎不备,以见百事之顺逆,视乎一己之云,为吉凶之报,如响斯应,可勿惧哉。"其创作目的是通过敷衍因果报应故事,对百姓面命耳提,劝其善惩其恶,以达到修己化人的目的,因此,多取材于当时的社会时事和传闻,围绕着圣谕十六条的伦理道德展开。如圣谕第一条为"敦孝弟以重人伦",雍正皇帝在《圣谕广训》中对此条做了深入的阐释:

> 夫孝者,天之经、地之义、民之行也,人不知孝父母,独不思父母爱子之心乎?……父母之德,实同昊天罔极,人子欲报亲恩于万一,自当内尽其心,外竭其力,谨身节用,以勤服劳,以隆孝养,毋博弈饮酒,毋好勇斗狠,毋好货财、私妻子。①

阐释此条的小说《审水鬼》即以人伦孝弟为主题,赞扬了"内尽其心,外竭其力,谨身节用,以勤服劳,以隆孝养"和"毋好货财、私妻子"的孝行,小说写乐善好施、正直不阿的秀才席棠,夜经黑石滩头,见一中年妇人受水鬼诱惑欲投水,席棠喝止之,此妇为梅元英妻巫氏,席棠归家后撰祭文,告水鬼横行,龙王夜审席棠、巫氏和水鬼,水鬼苟荐朝供出原由,他见巫氏在河边浣衣时詈骂丈夫和翁姑,因此,欲诱巫氏投水以使自己再生,龙王再审巫氏,作者于此处写道:

> 巫氏昂然辩之曰:"氏夫聚少离多,衣履不为我愿,妇人仰仗惟夫,彼则情意平平,故尔心中不服。"城隍又问:"汝夫可有钱财养汝姑否?"巫谓:"钱财是有,只与家姑,分毫不逮于我。夫夫也

---

① 周振鹤:《圣谕广训集解与研究》,上海书店出版社,2006,第162~163页。

只知有母,而不知有妻,立心偏向,是真不服耳。"言已而泣。城隍拍案怒曰:"父母在,不有私财,人子之道也。汝夫不私其妻子,原是明理孝心,汝反愤而怨之,是真顽泼。且汝夫为人佣,佣工钱能获几何?家用稍可支持,衣服焉能兼理?"

接下来,龙王讲出果报,巫氏因不孝而命中无子,其夫梅元英因孝顺父母、谨身节用、不私妻子将娶妾生子,席棠因正直乐善将子孙昌盛,巫氏自此悔过,勤谨侍奉翁姑,为夫娶妾,并常买物放生以积阴骘,后来,巫氏诞下一子,名赐生,乃荀荐朝投生,赐生孝顺纯良,赐生又生子修福,修福聪明颖悟,应试时赋水鬼诗,获皇帝赏识,席棠80岁犹康健,子孙满堂。

由于叶永言和冯智庵都是下层人士,他们熟悉并能够面对现实生活,因此,小说客观广泛地反映了晚清时期岭南市井和乡村的社会生活。晚清时期,岭南地区吏治腐败,官吏豪绅巧取豪夺,聚敛财富,农村凋敝,强盗横行,社会道德沦丧,人民生活悲惨,社会危机深重,这些在小说中都有充分的体现。

《宣讲余言》在一定程度上揭露了晚清岭南吏治的极端败坏,特别是以讼诉为题材的小说,揭露了官吏的贪敛暴虐和官府的腐败罪恶,如《即刻报》借衙门差役陆大聪之口说出了官府的黑暗:

  余生于斯,长于斯,日事于斯,其中利弊险诈,殆有不可以言语形容。勿谓相熟者不索钱银,盖衙门无田可耕,必藉案情讼事以养身家,以活吏役,熟识者,难于开口索谢,托言伙伴师爷,外似廉洁代为调停,内实暗中牵缠射利,况又知汝有财可诈,彼反串弄多方,不借讼事倾人家荡人产者,亦鲜矣。

《宣讲余言》还反映了晚清岭南世风的浇薄、道德的败坏,如《活神仙》作者意在"黜异端""崇正学",因此淋漓尽致地鞭挞了那些奸诈无情之徒,小说写举人云在洲弃正学,靠帮人讼诉来谋利,与赖仁设计掠夺寡妇张氏的财产，逼得张氏弃幼子投河自尽，幸张氏被举人张洪恩的仆人救起，张氏的儿子被农人张雄收养，改名路旁，云在洲又谋得赖仁的财产，从此富甲一方，鱼肉穷民，无恶不为。云在洲又欺压佃农张雄，罢其耕，诈其银，数年之后，云在洲暴死，投生为张雄家的猪，以偿张家之银，路旁中进士，与母张氏团聚。小说开头便可见作者的强烈义愤：

> 广西桂林，云在洲举人也，性习诈，无利不钻，习衙门，工刀笔，唆讼事，扰争端，与人颠倒是非，秉笔混淆曲直。尝曰："世情薄劣，正途觅利原难，风气习顽，诡僻图财乃大。"所以尽弃圣贤道义，走险挺凶……适邻乡有张氏妇，夫死儿幼，颇有家赀，夫弟无赖名仁，久耽赌博，与在洲有一面之识，因无厌之求，与嫂相借，不饱其欲，意思杀侄逐嫂……云不责以义，晓以理，发其良心，反唆之曰："此何难，凭我出计，事必成，财必得，但须中分。"赖仁喜诺，遂授以丧心灭理之策。

此外，《忍为高》写乡中恶霸恶突恃强凌弱，鱼肉乡民；《半截人》写富翁苏映泉聚敛贪婪，刻薄吝啬；《天眼近》写商人关某奸利欺诈，谋取暴利；《生菩萨》写放债者潘洪全强夺人妻；《到底好》写四会县的强盗烧杀劫掠。这些都真实地反映了晚清岭南的社会现实，具有一定的批判意义。

《宣讲余言》还反映了晚清岭南下层人民的不幸，如《修烂命》写主人公石正安悲惨的一生，石正安未生而丧父，才数龄，又丧母，寄食于堂叔家，"婶顽妒不堪，常挞之，体无完肤，叔或怜其幼稚，晓之以理，婶愈怒，而扑责倍多"，11岁，叔又死，乃行乞，有表叔荐与鞋匠为徒，"师严暴，喜怒不常，鞭挞甚于婶，工苦而食不得饱"，过着牛马不如的生活，充分反映了下层被压迫人民的苦难。

作者叶永言和冯智庵对社会矛盾的根源有一定程度的认识，《到底好》写四会县盗寇横行，书生阮昌祐虽被逼混入绿林，却心存恻隐，励

志劝贼,救生马蹄之女,后来,贼兵被破,阮潜逃异地,发家发业,子孙如林。文中生马蹄一家被劫的情节,作者写道:

> 一日,贼粮将尽,议劫村庄,访得某乡有富翁,混名生马蹄者,计较铢锱,作为不道。是夕,分排队伍,竟往劫之,阮亦同行,捶门以入,家人惊窜,婢媪张惶,适一女年已及笄,容光可爱,被贼剥去衣服,寸缕全无,畏羞缩入帐中,贼以刀止而谓曰:"汝不得行,俟息间负汝回去,两相受用也。"人声喧闹,剥掠猖狂,衣服金银,尽情收拾,无人救护,放恣其可知矣。

作者一方面批判了强盗的劫掠行为,另一方面意识到了强盗的产生源自剥削者的剥削和压迫,指出生马蹄被劫的原因是他"计较铢锱,作为不道",作者在随后的议论中云:

> 生马蹄,遇劫无援,想见其平日待人刻薄,半生处世骄矜,性好食铜,针头削铁,所以竟成孤独,惹得凶魔。

《宣讲余言》虽对社会的黑暗现实有所暴露和批判,却比较肤浅,特别是作者借民间流行的"善有善报,恶有恶报"的因果报应思想来解决问题,使被损害被压迫的人物最终都获得了福报,这一点冲淡了小说的批判力度。

《宣讲余言》具有鲜明的圣谕宣讲小说的艺术特色,即以因果报应为链条的叙事方式和以阐释圣谕为旨归的人物形象。圣谕宣讲小说为了达到传播圣谕义理的目的,有意迎合大众的这种审美心理,以因果报应作为叙事方式,《宣讲余言》亦不例外,全部采用因果报应的叙事方式。王凤梧序云:"阴阳报应之说,虽属浅显,儒者之所不废,作善降祥著于《书》,积善余庆见于《易》,亦助之以理之可信而已。天下愚庸多贤智少,习于善则善,习于恶则恶。"这种以因果报应为链条的叙事方式,基本上是按起因、启悟、果报的过程进行,起因与果报之间的联系是启悟。《宣讲余言》中的小说，有的有启悟这一环节，启悟一般由神仙或神秘人物担任，如《审水鬼》，席棠和巫氏进入梦中，受到龙王的启悟而得知前因后果，《修烂命》《发慧丹》《悟前非》《到底好》等皆有启悟这一环节。有的没有启悟这一环节，作者有意将两个没有联系的情节安排在一起，暗示情节之间必然的因果关系，如《化顽弟》写牛宏通过种种办法来感化愚蠢暴躁的弟弟，最后封官拜相，并没有启悟这一环节，《生菩萨》《审瓜棚》亦皆无。

《宣讲余言》中的人物是阐释圣谕十六条义理的符号。《审水鬼》中的巫氏由不孝转变为至孝，是为阐释第一条"敦孝弟以重人伦"塑造出来的；《化顽弟》中的牛宏笃友爱弟，是为阐释第二条"笃宗族以昭雍睦"塑造出来的；《忍为高》中与世无争、平和能忍的李伯耕，是为阐释第三条"和乡党以息争讼"塑造出来的。作者有意突出这些人物的单一性格，以集中表现圣谕的主旨。

《宣讲余言》最显著的艺术特色是骈散结合。骈体文字有的用于叙述情节和描写环境，如叶永言的《发慧丹》，写黄启文送族侄赴馆，遭遇冷落，誓心教子，但其子却鲁钝愚拙，文昌帝君感其尊师崇学，赐其子慧丹一丸，其子遂聪明颖悟，小说开头写道：

  其族侄某，秀才也，馆于邻村富室家。时值元宵已过，红杏初花，将逢启馆之期，欲赴东家之里。无那盈盈一水，舟子何方；邈邈前途，舆夫未便。乃欲觅人主桴，刚见启文；知有数百铜钱，允其所请。已而抵埠，泊艇造门。秀才告之曰："出门不比在家，愿叔从权勿论。"着其挟行囊随步而往。东家闻师已到，倒跣相迎，延入坐中，礼仪肃穆。无一礼及启文者，反使其立于阶下。俄而仆从如云，拥数少年出，向师行礼，诺诺连声。无何椅桌迁移，杯盘雅洁，珍错杂陈，延秀才于上座，老翁偕子侄肃陪。敬意拳拳，深情欵欵。酒数巡，一司庖者出，坭碗竹箸，瓦缶二器，一盛菜蔬，一盛小笼杂肉，酒一樽，饭一盂，置廊隅小桌，语启文曰："老爷知君未膳，着在此，食毕酬以钱也。"启文诺之。

此段叙事在散文中穿插通俗平易的骈体文字,读来不仅毫无滞涩之感,而且使读者感受到骈体文的文采之美。

有的用于刻画人物,如冯智庵的《化顽弟》写牛宏之弟牛弻醉酒后的情态,作者采用骈体文的铺排写法,将牛弻醉酒后的暴躁嚣张声情并貌地刻画出来:

> 一日弻在外,烹犬沽酒,与无赖数辈,纵饮欢呼,争雄角胜,渐而过量,渐而忿嗔。众见其火气欲升,觅人打骂,悄然散去。彼犹乱语咻咻。谓谁放马来,饮他两碗;谁敢打过去,受我一拳。头频摇摇,眼乍开而乍合;手乱摆摆,足或东而或西。途人则避若寇仇,邻妇则畏如狼虎。酒气无从发泄,满口胡言;性气为酒所迷,周身火气。

中国文言小说,皆以散体行文,间或穿插诗文,以表情达意或渲染气氛,用纯粹的骈体语言为小说,仅《燕山外史》1部。《宣讲余言》以散体为主,兼用通俗易懂的骈体语言叙事、描写、抒情和议论,以增强小说语言的艺术美,这开拓了文言小说的语言类型。

七 调元善社和《圣谕十六条宣讲集粹》

调元善社,从现存资料仅知其为岭南较大的善堂组织,位于西樵山云泉仙馆,光绪十四年(1888)春,编撰了《圣谕十六条宣讲集粹》,同年孟冬,又编撰了《宣讲博闻录》。据《全粤社会实录初编》记载的岭南晚清善堂组织的资料,可以推测出调元善社的一些情况,据此书记载,岭南晚清的善堂组织,如广仁善堂、庸常社、寿世善堂、四会矜育善堂等,皆以宣讲圣谕及举办一切救灾善举为宗旨,有专职的圣谕宣讲讲生每日定时宣讲圣谕,有些善堂组织,如广仁善堂还要求讲生在宣讲之余搜集和撰写传播圣谕的因果报应故事。从调元善社在同一年编撰了两部规模宏大、体例完备的小说集来看,它应该如其他善堂组织一样以宣讲圣谕为宗旨,并拥有为数较多的圣谕宣讲讲生,《圣谕十六条宣讲集粹》《宣讲博闻录》应由该社的讲生集体编撰而成。

《圣谕十六条宣讲集粹》，文言小说集，藏广东省立中山图书馆，中型本，共18册，现仅存16册，缺第12册和第14册，封面题圣谕十六条宣讲集粹，内页居中题光绪十四年太岁在戊子西樵云泉仙馆开雕，下刻粤东省城学院前合成斋承刊印，有序，每半叶6行13字。

此小说集有明确的编撰目的，即以因果报应故事来阐释圣谕十六条之义理，其序云：

> 兹谨集《广训》中圣谕十六条，分门别类，博引旁征，上自王侯君公大夫卿士，下至闾门里巷编户穷民，远而古圣昔贤名儒硕彦，近而义夫烈女节妇贞姬，凡其懿行嘉言足以为模楷典型、是则是傚可劝可惩者，无不谨书而备录之，刊之又刊，使无驳杂，入情入理，婉而多风，庶讲者正言庄论，听者倾耳悚心。

因此，此书严格按照圣谕宣讲小说的体例进行安排，以圣谕十六条为总目录，正文分为两部分，先是对每一条圣谕的解释，然后又将每一条圣谕细分几个主题，每个主题下面有若干小说，如第一条"敦孝弟以重人伦"，先对"敦孝弟以重人伦"进行阐释，接下来又将第一条分为"奉养""敬礼""服劳""善体亲心""事病"等26个主题，每一个小主题下面均有系列小说，现将目录迻录如下：

第一册
第一条：敦孝弟以重人伦（上）
奉养：庭训格言　薛公远　茅真卿　赵光　穆宁　杨三　张宗鲁　鬼孝子　唐夫人
敬礼：周文王　叶春芳　邵伯樵述　周孝
服劳：袁友信　石奋　李琼　赵居先
善体亲心：庭训格言　曹王皋　张邦奇
事病：庭训格言　汉文帝　任尽言　纪晓岚述　洪祥　刘敦儒

邓公庆　周同俊

勿离左右：赵凯父　吴愷　吴璋　洪浩　武平猿

勿私妻子：居裕成　冯赓

幸逮亲存：子路夫子　韩伯俞　费鹅湖　刘保

显扬：任敬臣　赵至　何派行

讥谏：杨厚　程毓文　周才美　南台妇

祖父母：厚谷　李密

继嗣：梁恭辰述　沈夑

后母：薛包　王祥　归钺

嫡庶：俞绣升　顾熊　梁津　欧阳池　秦统　冯璁

女事父母：邹瑛　缇萦

媳事舅姑：章董氏　陈孝妇　卢氏　胡节妇　卫甘氏　纪晓岚述　李懋华　招姓妇　姑恶行　韩俞氏

至诚感动：晋孟宗　刘殷　姜诗　杨香　包实夫　徐一鹏　卫瞽者　庚子兴　庞儒　田轿夫　黄几　何宇新　熊衮　伪孝子

第二册

第一条：敦孝弟以重人伦（下）

身后尽孝：庭训格言　明仁宗　唐太宗　望月辞　王裒　姚伯华　白居易诗　李伯年　罗巩　邓左名　高川刘　崔沔　李文璧　钟凤仪　程骧　刘洵　何大金

敬兄：季历　司马公　吕微仲　严溪亭　江谦　赵彦云　曹秀先　郭翁　刘师贞　颜含　庚衮　倪萌　京二郎

爱弟：宋太宗　唐玄宗　隋田真　赵礼　刘基

姊妹：李绩　杨椒山　林斐　汤太史　陈堂前

悔改：纪文达述　朱原虚　郭大椿

慈道须知：蓝鼎元　刘荣　陈永年　李寡妇　秦柴氏　曾夫子　尹伯奇　阮瑀辞　唐武曌　甄后

君臣之伦：姜里操　韩琦　卢怀慎　郑苏仙　同贞　鲁宗道

247

夏原吉　凌义渠　梁恭辰述　王总戎　伊实　陈良谟

夫妇之伦：曹夏侯氏　卫敬瑜　郑叔通　宋某　裴章　钱福　翁志琦　乐羊子　李春芳　晏子御仆妻　李迥秀　赵云球　陈邦佐

朋友之伦：范尧夫　徐原　柳宗元　荀伯　户部王津　张元伯

第三册

第二条：笃宗族以昭雍睦

建祠修墓：韩魏公　余存佐　仝立诚

储积尝业：李德饶　郑坚　毛宗义

长幼有序：郑濂　卢纶　苏云卿

贵贱无猜：宋张霭　曹植

礼别尊卑：柳仲逞　崔孝芬　施邻溪　韩文公

心忘怨憾：杨椒山　陈瓘　沈约

富者出财以恤贫：晋刘惔　邝从义　罗维德　纪文达述

贫者出身以卫富：阴子方　宗泽　吴汉

设立义学义田：范文正　萧逮　秦维狱

赒恤鳏寡孤独：氾腾　裴令公　王先明　窦禹钧　贯休僧　叶宗行　查容　纪文达述　文达又言　纪太夫人　陈至刚　义犬乳儿　昌化章氏

老者不至失所：马伏波　崔郾　刘徐氏　黄庭坚

幼者不至失教：魏郑公　范鲁公　龚克孝　纪文达述　第五伦

和辑强房弱房：张公艺　陈兢　刘漫塘　牛宏

推惠母族妻族：齐晏婴　周典　周维　羊祜　朱锡璐

附子女母家：姜义姑　李文姬　张夫人

第四册

第三条：和乡党以息争讼

亲仁择邻：吕僧弥　符承祖　崔唐臣

讲信修睦：吕坤　宋就　杨蓍

和平：刘伶　陈谔　韩魏公　唐薛逢　杨守陈

谦厚：潘公定　申文定　倪清溪

勿有所恃：邹清瑞　毛中行　傅绅　曾霁峰　孙子振　纪文达述

宿怨宜忌：唐德宗　严实

宏量：何文瑞　吕文懿　蒋恭靖　侯元功　韩信　张良　富强

卓识：钱唐　牧鹅妇　尤济可　蒋忠靖

息争：沈麟士　卓茂　罗威　权德舆　顾履方

息讼：雷衡　满阆　太学生　纪文达述　鹬蚌

损人利己：刘峻　邵孝廉　陆文　罗金诏　纪文达　姚三老　割墓碑　纪文达述　屠浦

尔诈我虞：羊佑　刘鋹　曹瞒　翟曜　陈良栋　李循模

戒狎昵：余氏　罗仁恫　赵瓯北　刘第王

慎言语：陈宗洛　刘孝绰　汪士炳　王奇　华阳狂生　叶道卿　苏州连老　库狄连　范来

排难解纷：崔立之　崔炜　刘侨　黄澄　徐振川

救灾恤患：邹一桂　萧蔼堂　吴福年　陈大玠　李应弦　陈星卿

挑唆嚇诈：武冈州案　道济和尚　周举人　陈尚辉

理讼平争：陆襄　吴履

第五册

第四条：重农桑以足衣食

国计：庭训格言　明太祖　明世宗　庭训格言　宋真宗　高允

家计：梁惶　僧宗衍　韩昌黎　薛能　刘大夏　庞德公　老莱子　戴复古　鲍宣妻　唐正之　唐献宗女　张孺人　廉范　李衡　贾逵

官勤劝课：真西山　宋仁宗　张全义　江翔　范忠宣　刘蓥　后汉王丹

士藉藏修：伊尹　诸葛亮　王霸　李密　冀邰缺

治乱相因：纥石烈良弼　龚遂　卜式　鲁敬姜

轻重宜审：庭训格言　秦任氏

筹荒：庭训格言　商王　唐太宗　戴浩　林机　霍洞　赵清献　范纯仁　朱文公　颜希琛　戴封翁　张际清祖　李士震　谭璐　纪文达　潘秀峰　徐竹亭　陈俊　夏云蒸　雍伯

备患：明潘京　国朝温侍郎

毋暴殄天物：宋王黼　北周王熊　殷仲堪　司马光　寇准

须厚待农人：陆平泉　毛太素　高明莫氏　龙门李氏　李登瀛

第六册

第五条：尚节剑以惜财用

服用：尧帝　宋太祖　郑子臧　晋惠帝　王文正公　江湛　汉王良　衡公岳　杨文贞　宋寇准

食用：庭训格言　宋仁宗　明穆宗　郑亨仲　朱文公　范文正公　刘南垣　苏易简　苏轼　何曾　张易之　李德裕　王济　孙昉

器用：郑良　纪文达述　鱼容　王涯

园宅：郭从义　陈五山　钱鹤滩　宗楚客　明徐达　晏平仲　范仲淹　王恭　韩持国　于南溟　惠能禅师

婚丧：陈敏修　汉戴良　唐刘景　李文节　蔡君谟　王清材　梁恭辰述

应酬：司马温公　苏子瞻　张忠简　海忠介公　卢怀慎　张泌

善贻后昆：房彦谦　张嘉贞　刘式　陈俊卿　李沆　萧何　疎广　李德裕

善承先绪：汉文帝　范正平　李忠毅　黑巨川　天台宋氏　冼尚犀

惜福：庭训格言　明太祖　高皇后　韩晋公　太学生　杨文节公　范忠宣公

养品：司马温公　张庄简公　夏原吉　廖凝　袁士凤　白居易

家以侈乐而败：石崇　邵伯樵述　严续　杜黄裳　王朗川述　梁恭辰述　沈尚仁　吴良佐　梁恭辰述　志公和尚

家法：庭训格言　杨椒山　刘丞相　柳公绰　范忠宣

风俗：晋文公　宋蔡襄　宋田登　汤潜庵　邵伯樵述　朱桂桢　嘉靖安南使者

预备不虞：张文节　李文靖　蜀中僧

当用勿吝：王僖　蔡佩兰　李亶诚　邹梦龙　温汝适　韩榕　梅光远

第七册

第六条：隆学校以端士习

司教：胡安定　文翁　程明道　张楷　程梓庭　王诰　张启明　何逢僖　建安周某　程德一　王毅公　陶仝　冒起宗　黄芳洲　蒋春圃

表率：归允肃　潘蕃　司马光　王烈　陈实　胡方　常林

性命实学：颜子庙　许衡　蔡世远　魏象枢　陈献章　刘器之　杜了翁　王敕　谢良佐　杨时发　李侗　赵标　曹建

伦常实学：虞舜　朱熹　司马光　颜真卿　颜杲卿　段秀实　陆秀夫　贾似道　郑思肖　乞食翁卖柴翁合传　王省　金铉　周凤翔　王士和　方孝孺　李容　郑译　韩从伟　王青　史惺堂　唐教儿　陆游咏　方孝孺咏　二孝女　詹元女　高启吟　石妇吟　董袁氏　贾董氏　陈倪氏　宋宏　尉迟敬德　刘定式　刘以平　韦固　孙洪　江阴节妇　婺源节妇　纪文达公述　其一　郑陆氏　悔婚讼　章金氏　严灌夫　刘球　鸠鹊图　高谷　梁鸿咏　许允之　冯李氏　甘棠判　陈世琯　傅嘏　越人交　孔融　邹浩　卜子夏　王建咏　商益赐损　陈仲醅　王安石

学而无实：裴行俭　魏环溪　坐春风　郭昱　陶谷　张鸿　林西仲　陈埙

习为不端：朱温　冯骏　庄子　王雱　袁枚　管英　郑晓初

夏之纲　滕达道　林石岳　屠石坪　曹罡

第八册

第六条：隆学校以端士习

怀抱自高：周汝砺　朱轼　范仲淹　罗念庵　邹智　李之芳　王杰　刘斯洁

依附当慎：杨雄　荀彧　尹穑　钱梦皋　史弥远　韩侂胄　刘安世　王质　陈敬宗　孽瑄　陈选　段干木　苏轼咏鹤　吕希哲　赵标　林艾轩　李嵩　邵雍　钱焜　杨守陈　张籍　米脂令　魏征　向敏中　张永嘉　顾泾阳

贪廉：吴隐之　陆续　海瑞　元明善　杨震　郑晓　李远庵　郑二阳　陈约　时苗　刘大夏　王恕　长孙顺德　安童伯　樊毅王辅合传　暗室灯　白甲　罗伦　许衡

贞淫：夏寅　唐皋　陆公容　曹鼐　陈惠华　袁健盘　张咏　方正臣　骑墙状元　科场异闻录癸酉科　科场异闻录甲午科　丙午科　淮安老儒　韩启龄　吕宫　吕晦　吴寿昌　黎滘　徐性善

隆重师传：明太祖　杨继宗　汉明帝　明神宗　覃吉　宋太宗　游酢杨时　倪元璐　王锡爵　邵实吟　顾德玉　岳飞　陈希亮　廉范　郭亮　王成

尊崇圣贤：后周太祖　张九成　郑赓唐　汪洙　陈天简　朱锦　王太翁　彭庄合传　赵申乔　何孔垣　武安市　高天祐　余集

第九册

第七条：黜异端以崇正学

克正厥心：侯蒙　徐积　柳公权　唐太宗　范祖禹

儒教正学：傅奕　鲁翀　樊执敬　廉希宪　邬景和　朱文公　王守仁　刘因　胡居仁

异端：少正卯　原壤　杨朱　朱季友　韩侂胄　章惇蔡京等　梁成大　桓温　丁谓　云南生　张藻　金圣叹　金瓶梅　红楼梦

张孟球

释道正宗：隋智凯　义江　无住禅师　定慧诀　纪文达述　杨黼　许逊　轩辕集　陈抟　董奉　范嵩

异端：纪文达述二则　百佛首　铁佛语　法雄寺　化缘僧　子孙堂　鼍尼　翟莲庵述

播弄邪述：蜀道士　姜聪　赵公于　纪文达述　公孙绰　铅山僧　王万里　刘瑞征　王嘉禄　江胜化　应绍春　北山道士　余宣元

倡立邪教：宋子贤　白莲教　徐鸿儒　白铁于　朱方旦　二眉道人　辟邪纪实　张学伊

智者不惑：傅奕　张咏　王商　唐伯虎　刘瑺　韩文公　陆粲

德胜不详：上谕（嘉庆四年）　齐景公　宋景公　孙叔敖　傅奕　陈仲微　海瑞　狄仁杰　景清　李果　刘家狐　狐助孝　区思洽　庞德全　何用行　纪文达述　程大中公　王守仁　甲谦居　刘果实　遣愁集述　狐讲学　朱铄

第十册

第八条：讲法律以儆愚顽

慎刑：庭训格言　唐高祖　齐景公　统统　周忱　夏原吉　王文博　汪侍举　陈临　高子羔

守分循理：汉东平王　黄陶菴　吴大伦　钟离意　谭维人　纪文达公述

不孝：杜杲　张希崇　张晋　杜梅兆　杜香　江梦松　王全　范氏　陈张氏　徐张贵　郑崔合案　陇阿候

不弟：侯上英　敖茂文　汪应凤

夫妇：刘敬上　刘雷氏

奸淫：苏二　蒋莲

盗窃：劫琉球船　常二　宫马　黄老九　潘三　林中萃

斗殴：湛大　金胜章　龙飞渭　周林远

253

无知妄作：赵仁　上海烈妇　王步云　顾成宪

明知故犯：王灵官　周渭　莫奇荣　张彩　钟盈　宸濠

公法难徇：晋悼公　孙武子　宋赵普　张镇周　海瑞　纪文达　童恢　唐太宗　孔秀　吕公弼　张咏

私计终败：百文敏公　北齐苏琼　纪文达述　其二　其三　王忱　王宗　临海县案　周彪　行脚僧　卓敬

天律冥法：纪文达述　元王知事　于莲亭述　周旭旦述　纪文达述　湖南令弟　江宁刘差　潘琪　周蕴超　梁恭辰述　金匮县雷击案

恐惧修省：魏显祖　元拜住　李光洵　翰香园家训　纪文达述　邵百樵述

第十一册

第九条：明礼让以厚风俗

上下名分：晋文公　晋先轸　晋赵襄子　晋赵衰妻　唐裴仲将妻　汉霍光　梁冀　北魏陆俟

家庭规矩：明孙植　康熙间崇明老人　宋陆居士贺　东汉张湛　东汉仇香　司马温公　唐张伯偕　韩崇　汉钟毓钟会　宋窦仪　明徐九一　汪伟　户部尚书倪元璐

婚丧之礼：汉窦元　汉王允　顾况题叶妇词　宋姚雄　伍员　搜神记蜀神女　段永源述台评事　南康县刘氏　明韩洽周烈女吟　晋温峤　宋冯元　梁昭明太子统　三国王修　唐太宗

持身之礼：贺阳亨　卫灵公　晋灵公　宋太祖　襄四十八年　僖十二年　卫侯在楚北宫　鲁昭公如晋

待人之礼：明刘善庆　宋杨文公亿　南北朝刘穆之　蔡启樽　汉翟公　何尚之　梁恭辰述事二则　魏稽康　晋公子重耳　宣十七年郤克征会于齐　晏婴使楚　赵惠文王　纪文达公言　宋范纯仁　汉司马德操

谦让：晋平公享季孙宿　唐元宗时王毛仲　孔子观鲁桓公庙

昭公三年郑伯如晋　成公十三年郤锜往鲁乞师　汉章帝时窦太后兄弟　明长沙朝士还乡　张居正　徐阶　袁了凡说　国朝张畏岩　曾鹤龄　李忠毅公　周田子方　邓葵卿门人　邓葵卿说　留珍集说

推让：汉安邱甄宇　包公拯　雷义　韩浦　齐宣王时斗人　蒋恭蒋协　王朗川说　附言行汇纂　僧贯休　张士选　附功过格汇纂　雍正末邹梦兰　元祐

宽厚：汪调生　李文达公贤　楚庄王宴群臣　秦穆公游　阴铿　刘宽　司马文正公夫人　纪文达公说

明达：曹一士说　陈世恩　唐大受　袁了凡说　韩魏公　纪文达说　梁恭辰说　罗循　纪文达说

视人如已：吴廷举　梁恭辰述二则　颜鸣皋　劳曾三　廿四史感应录　丹桂籍注证　连平颜氏　纪文达公说

移风易俗：虞芮二君　郑子产　韩延寿　张天琪　张横渠　辛公义　胡庭桂　陈仲弓　喻仲宽　尚书令宋均

第十二册（佚）

第十三册
第十一条：训子弟以禁非为
严督成才：韩昌黎　余良弼　黄庭坚　韦陟　汤潜庵　赵次山　张耒　刘挚　魏大中　周本　赵逢龙　黄福　胡寅

诱掖成德：唐太宗　唐肃宗　陈权　司马温公　路德延　吴贺　吕叔简　王昶　陶靖节　诸葛武侯　林退斋　顾凯之　学葛繁　李沧云

师教：孟僖子　周濂溪　朱文公　吕公著　袁凯　黄裳　廖祺祯　陈琪　朱汝荣　卢从翰　梁恭辰述　韩晦斋

母教：孟母　皇甫谧母　柳仲逞母　程夫子母　吕希哲母　苏易简母　包节母　寇莱公母　李景让母　陈尧咨母　刘安世母　楚将子发母　郑善果母　严延年母　崔元炜母　田稷母　陶侃母　鲁

文伯母　王珪母　翟后母　丐母　盗母

贫贱家训：沈泓　宗定九　许鲁斋

富贵家训：隋李纲　王守仁　陆清献公　杨士奇　郭子仪　柳公绰　陈省华　刘毗　胡寿安　白乐天　古沧桑　张安世　相国孙　太守梁恭辰述

训弟：宋陈龙　邓钟岳　召陵缪彤　淳于恭　马瑗　明徐阶

训女：张鲁夫人　梅尧臣　韦应物　庾衮　陈平

修身为立教之本：谢安　韦夏卿　晋狐突　白居易燕诗　李穆姜　梁创津　唐珍

积德为昌后之源：欧阳修　阮元　彭德先　徐潮　邹兑金　郭昌平　戴景和　陆梅庵　梁艺圃　宋节度使信

第十四册（佚）

第十五册
第十三条：诫匿逃以免株连
主仆名分：逃例　晏元献　阿寄　杨忠　王达　李善　赵廷嗣　郭小青

匿逃：楚灵王　隽不疑　周凤妻

徇情：虞延　董宣　杨继宗　吴树　苏章　石碏　张齐贤

失察自误：汉昭烈　何道士　华某　义犬　梁恭辰述

通同贪贿：公孙仪　曾瑠　蔡虚斋　曹之英　衡水县案

党同比匪：潘安仁　张德　张知白　郭子仪　郤正

藏恶养奸：邵伯樵论　叔孙穆子　医狼　偷印　安阳王　罗江女　曹某

推类窝赌：复山琐录　劝戒近录　郭志融　缪国维

推类窝盗：林春元　边让　徐树人　梅菉欧某

株连：冯炜　赵抃　张华烹狐　诸葛元绪　童子窃李　梁恭辰述　岑文本　纪文达公述　西溪丛话　纪文达公述

救难：孔融　陆南金　丙吉　陈峤　纪文达公述　秋灵庆

行险徼幸：孙邦华　纪文达述　王勤政　蒋乾元秀等

迁善改过：薛惟居　赵永贞　项希宪　林涛　曹犀韬　许玉年

第十六册

第十四条：完钱粮以省催科

循分尽职：高继成　向长　辛弃疾　李延平　金溪陆氏　圆照僧　周邓氏　陆西竹　德舆廨诗　论盐务

负心抗粮：苏聃　于振海　严列星

代人完课：郭元振　黄封翁　李维德　郑时　郭聘中　钱杰

赋不厉民：桑哥　谕彭奏习　长麟　谕禁折钱　谕禁书役侵欺　长州令　傅显明　谕关津利弊　官禄

催科抚字：王立　寇准　苏颂　苏轼　刘檠　钟元辅　席汾

蠲租赈恤：周世宗　元世祖　谕办赈嘉庆十四年　谕办赈道光四年　龙光甸

推类欠债：阚泽　解叔谦　俞绘　阎敞　李亶诚　梁恭辰述　郭凤冈　纪文达述　徐辉　纪文达述　石金成　梁恭辰述　梅衡湘　袁习孔　陆西竹合传　谕禁勒派浮收道光九年　谕备仓谷并禁勒派浮收嘉庆三年

第十七册

第十五条：联保甲以弭盗贼

法求善治：李崇　韩衮　茹三桥

实心团练：孙堪　张伟仁

留意预察：梁晚香　张小舍

假公济私：王叔兰　王伯阳

良歹宜办：王望若　阎勉齐　陈祝生　许乐亭　李雪岩　徐开济

江海僻静：广济　徽商　衣庄　唐简初

257

居家防虞：纪晓岚　张梦复　杨铁崖　孔牧

有耻且格：子产　张云彩　吴政　廖雪崖　盛大年　金翁　彭琛　纪晓岚

自为解脱：阿耶律　史某　齐大　樊长

贼心可畏：李见斋　商者　薛文杰　巩奕　傅审言　蔡廷瑞　胡维华

第十八册

第十六条：解仇忿以重身命

所见者大：郭子仪　晋王生　汲黯　廉颇蔺相如　汉盖勋　晋史骈　楚斗辛

变化气质：夏忠靖公　王守和　吕东莱　裘文达公

平心解怨：钱徽　范纯仁　富弼　狄仁杰　寇莱公　徐元文父　何武　郭子仪　唐代宗　孙起山　徐受天　杨勤悫公　李村妇　王某　梁恭辰述　其二

躁性偾事：安成举　于惠　胡锦芳　王文成公　陈白沙　邹南皋　遣愁集述

昭然报复：吴夫差　李锜　纪文达述　汪调生述　孙膑　沧州瞿某　石龙李某　熊凌氏　李太学妻　唐武曌　钱杨氏　辛五　沧州妇　罗仰山　蛇报　卢多逊

与共安全：邓禹　曹彬　徐达　应大猷

推类重物命：谕花良阿　纪文达公述　其二　典牛园　鲈香馆　苏文忠公　苏公外纪　纪文达公述　孙真人　杨宝　宋郊　宋仁宗　李恂　酒匠　杨序　广陵杨某

节饮全生：顾朝元　王介甫　胡文定公　赵清献公　陶侃　邴原　蔡齐

致身授命：嵇侍中　张睢阳　文信国公　谢叠山　李苧　海忠介公　徐朝纲　张国维　施邦曜　马世奇　刘理顺　危素　雷海青　毛惜惜　明皇舞象　昭宗弄猴　李虎　巴拉　徐允让妻　宋徐积歌

是书除收录的《庭训格言》等散文、《谕禁勒派浮收》等律条和《论备仓谷并禁勒派浮收》等议论文以外，其余皆为小说，约有1500余则。这些小说主要据历史上的真人真事或传闻逸事改编而成，即据"上自王侯君公大夫卿士，下至闺门里巷编户穷民，远而古圣昔贤名儒硕彦，近而义夫烈女节妇贞姬"的事迹，这些人物的事迹或来自史书，或来自历代的笔记野史。由于是书以"集粹"命名，因此，有些小说是直接从《搜神记》《太平广记》《阅微草堂笔记》《劝戒近录》《复山琐录》《科场异闻录》中摘录出来的，未经过改编。另外，是书还收录了邵彬儒的作品，如《邝从义》《吕坤》《陈尚辉》《天台宋氏》《区思治》出自邵彬儒的《谏果回甘》，原文末并无议论，是书则加上议论，以与其他小说的体制相同。

是书中的小说主要围绕圣谕十六条的主旨展开，编撰者以分目录的形式将每一条圣谕的主旨进一步细化，每条分目录下面的小说紧密围绕此主旨展开内容。如"奉养"条下的《鬼孝子》即以人伦孝弟为主题，写了死去的孝子是如何竭心尽力奉养母亲的，小说写元时有洪姓鬼孝子，七八岁时父死于外，孝子即以力养母赖氏，使母安其室，成人后聘某氏女，未及娶，因疾而终，母无所依，欲改嫁邻人，作者写道：

> 孝子是夜忽言于室，呜呜然，环榻而告母曰："儿虽死，儿心未死也。儿与母形相隔，魂相依也。邻人欲玷吾母，母必不可从。"母惊泣曰："失身岂吾素志？夫死依子，今子又死，吾复何依？且六亲四邻，无可告语，而一己之耳目手足，又壮不如人，汝为我谋，我何以生？"孝子曰："儿之生，曾以力养母，亦曾以余力聘妻。今儿不幸早夭，渠当还吾聘金，为母生计。"母曰："如不应何？"孝子曰："儿当往语之。"是夜果现形告于妻家，大恐，倍偿前赀以还母，赖氏得以自给。三年许赀竭，母惟日夜饮泣。一夕孝子又言曰："吾生能以力养吾母，死亦能以力养吾母。"母曰："儿死鬼矣，乌能以力养也。"孝子曰："母往市中语担者曰：'汝倍平日所担，吾儿当暗助汝。'"母果入市语担者，担者哗笑曰："儿死矣，乌能佐

259

吾担?"其母曰:"请试之。"担者果增以倍,孝子阴佐之。担者疾走如常,因以所得钱谷归半于其母。孝子佐之无间,母以是自给至老。事闻于有司,有司以为幻也,不代请旌。乡人义剧金为私建孝子庙,祷祝者,殊有奇验。

《圣谕十六条宣讲集粹》的编撰者过于重视政治教化,其序云:"况登宣讲堂,司教化职,苟不以圣模贤范约于礼义之中,而但以机趣诙谐涉于轻佻之习,一堂嬉笑,四座喧哗,其能感化者鲜矣。顾主讲堂之席,固在表以端庄,而集宣讲之书,尤必期于精当者也。"为使"听者倾耳悚心",是书中的小说基本采用了叙事简约的笔记体,如第三条中阐释"排难解纷"主旨的小说《徐振川》:

尚书徐振川之祖某翁,生平谨厚,有长者称,乡有吕进士任宦归,负势苞苴,恣为武断,有里妇自缢死,吕居间诬以迫胁,里人泣诉于公,公与原情论事,吕咆哮曰:"汝得毋自居长者,可以持平,而不知势之所在,理屈能伸,汝何人?敢与我抗衡也。"因以扇柄连击其首,公垂首而归,语诸子曰:"吾闻彼翁有隐德,能救人于险,貌古而恭,吾幼时犹及见之,厚泽所贻,克昌厥后,使某不丧心病狂,余福正未艾也,今已矣,子孙其不继矣。"后公之子登第,官副使,孙即尚书。吕所生皆不才,书香亦绝。

此则小说简要记述了徐振川之祖为人排解纷难的故事,情节简单枯燥,较少敷衍铺陈,削弱了小说的艺术审美,因此,是书虽有1500余则,但可观者寥寥。这种风格在当时可能并不受欢迎,同年冬,仍由调元善社编撰的《宣讲博闻录》不仅内容新奇,多为独创,而且情节曲折,铺陈渲染较多,体现了对小说艺术美的重视。

八 《宣讲博闻录》

《宣讲博闻录》,文言小说集,刊刻于清光绪十四年(1888)冬,藏广东省立中山图书馆，中型本，共8册，封面上刻光绪十四年新镌，右下刻羊城板箱巷翼化堂承印，左下刻西樵云泉仙馆藏板，西樵两字小写一行排列，有调元善社序，每半叶5行12字。

是书亦如《圣谕十六条宣讲集粹》一样，有着非常明确的编撰目的，即以因果报应故事阐释圣谕十六条之主旨，使百姓在文学的审美中接受圣谕的义理，其序云："圣谕十六条括典谟训诰之全理，义灿陈而情文无不曲尽，家谕而户晓之，诚化民成俗之极轨矣。然尽其鼓舞之神，必兼征求乎往事，自来宣讲劝化，所以首将圣谕开其端，而继及于因果报应之事也。"是书由圣谕、《圣谕广训》、作者对圣谕的诠释和小说组成，以第一条为例：

敦孝弟以重人伦

我圣祖仁皇帝临御六十一年，法祖尊亲，孝思不匮，钦定《孝经演义》一书，衍释经文，义理详贯，无非孝治天下之意，故圣谕十六条首以孝弟开其端……（此段文字出自《圣谕广训》）

敦孝弟以重人伦

果报目录

林氏家谱

孝友家风

夫妻贤孝

第一条博闻录

孝弟为人之本，圣人尽性致命，皆本此赤子爱敬之一心。我圣祖仁皇帝以仁孝治天下，并欲天下之为父母者，皆归安乐，即欲天下之为人子者，仰体深心，则人伦明而人道修矣……（此段文字是作者对圣谕第一条的阐释）

林氏家谱

林春泽，福建侯官县人，登明正德甲戌进士，历官刑部郎中。其子应亮，为户部侍郎。孙如楚，官工部侍郎。卒年百有四岁，其功名禄寿，盛于一门，人皆谓公之厚德载福，而不知公之先世，已有孝德焉。公之祖父太封翁名志刚,少失怙,生母岑氏,年逾五旬,连年病弱不起,庶母庄氏,无所出,亲侍汤药,事嫡如姑,日不饱餐,夜不安寐,历数年如一日……

小说部分目录迻录如下:

1. 敦孝弟以重人伦:林氏家谱　孝友家风　夫妻贤孝　夜行万里　孝友格亲　盲丐承欢　苦尽甘来　石枷逆妇　事母异闻记
2. 笃宗族以昭雍睦:嗣子归宗　苦节保孤　难弟难兄
3. 和乡党以息争讼:构讼终凶　斗煞　能屈能伸
4. 重农桑以足衣食:耕读渔樵　义农一子承双嗣　加惠农人
5. 尚节俭以惜财用:贫苦兴家　顺母桥　乞儿奋志
6. 隆学校以端士习:孝义廉节　渔仙隐迹　死里逃生　义烈好逑
7. 黜异端以崇正学:孝子成佛　正吉邪凶　正气诛邪　河伯娶妇　正道　邪术
8. 讲法律以儆愚顽:义马鸣冤　孝鬼　恩怨两极　善恶奇报　犯法根于贪
9. 明礼让以厚风俗:义报仁思　古璧藏金　郑板桥寄弟保坟书　全婚美报
10. 务本业以定民志:雪糕石饼　白饭成金　安贫发福　守正兴家
11. 训子弟以禁非为:杨铁棍　拐嫂　诚心感弟
12. 息诬告以全善良:恤寡存孤　狱中义卒　贪财积恶
13. 诫匿逃以免株连:返妾还金　疯妓
14. 完钱粮以省催科:冒名改税　李粮书　匿粮谋产
15. 联保甲以弥盗贼:济施化盗　附祝蚁　谢乡约
16. 解仇忿以重身命:忘仇认弟　轻言陷命

《宣讲博闻录》为文言小说集，约 20 余万字，共 60 则。由于《圣谕十六条宣讲集粹》过于强调政治教化，影响了其艺术水平，于是稍后的《宣讲博闻录》转变了创作风格，多从当时社会的遗闻轶事中取材，内容新奇，且多为独创，即使取材于前代野史笔记，亦注重内容的创新，而且情节曲折，铺陈渲染较多，语言优美，体现了作者对小说艺术美的重视。

内容方面，并不因袭旧闻，而是迎合读者喜新的阅读心理，以新鲜有趣的内容来吸引读者，其序云：

> 夫事情好尚，大都厌故喜新，坊刻诸篇，每以习见习闻而忽略，本集所辑，非敢鹜为新奇，第博采往事之传闻，于理有不刊，情无不尽者，引申其说，加以断论，一以劝善，一以惩恶，于化民成俗未尝无小补云。

第一条下面的 9 则小说均以人伦孝弟为主题，赞扬了内尽其心、外竭其力、孝养父母的孝子及孝妇，内容多取材于当时的社会奇闻逸事，新鲜而有趣。以《林氏家谱》为例，此则实取材于刘世馨《粤屑》中的《海门妇》，但作者融入了新的内容，林春泽的祖父林志刚，父母早逝，由庶母抚养，及长，娶妻汪氏，夫妻勤谨侍奉庄氏，并诚心供养生父母遗像，某年，疫症大作，死者甚众，志刚所到之处病者皆愈，人皆谓其仁孝之念可以通神，志刚子俊良，聘农家女为妻，因庄氏病重，急迎娶新妇，迎娶日，风雨大作，误抬同邑江洪生家新妇区氏女的彩舆，俊良得悉后，秉烛中庭，及晓，遣区氏女归，寻回己妇，庄氏遂病愈，俊良生子春泽，一家和睦，庄氏高寿，无疾而终，后林春泽登进士第，官至刑部尚书。

人物形象塑造方面，《宣讲博闻录》虽然与其它圣谕宣讲小说一样，把人物作为阐释圣谕的符号，但是人物形象较为贴近生活，富有生活气息。如阐释第四条"重农桑以足衣食"的小说《义农一子承双嗣》，写潮州农夫连汝芬虽贫却一心向善，年逾 40 得子学善，汝芬于元宵节观灯时将学善丢失，其家益贫，一日汝芬将买米之银赠与丐妇，却拾得银二百两，汝芬将银还与失主王树琦。几年后，王树琦邀汝芬至其家，得知王树琦之子喜驹即为学善，于是学善承连、王两家之祠，两家皆子孙昌盛。作者把连汝芬这个人物形象塑造得丰富而有生气，以连汝芬赠银与丐妇这一情节为例：

> 汝芬携银往市，行至中途，见一妇人，年逾四十，头鬟蓬飞，手提竹篮，背一小儿丐食。汝芬触目酸心，以手探腰囊，欲施小惠，妇人知其欲有所施，站在路边以俟，汝芬奈银包之外，空无一钱，又见其背上小孩，形骸枯瘠，心甚不安，随问之曰："嫂嫂背着是儿子否？何瘠弱至此？"妇泣曰："夫死后，只留此背后小儿，奈四壁萧然，不能不乞食以养。"汝芬曰："近山则樵，犹堪度日，何必行乞？"妇人曰："孩儿多病，难冒山间暑寒，若留彼在家，虑饥渴之为害，迫得负之以乞。"汝芬怜其节义，将银包取出，碎银外只有银钱一员，全与之，己又不敷所需，旋见妇人衣衫褴褛，蔽体难完，转念自己虽贫，不在此一金致富，乃以银钱一员与之。

从这一情节可以看出，作者没有把连汝芬塑造成概念化的完美善人，而是突出其内心矛盾，使人物形象真实富有血肉。

《宣讲博闻录》还注重情节和环境的铺陈渲染。如《耕读渔樵》，写渔夫江蕴纶、书生严崇厚、樵夫苏景良、田家周作尧4人义气相投、相互帮助，最后皆获福报的故事，情节曲折生动，注重环境的铺陈，以开头为例：

> 江南苏州府太湖地面，有江蕴纶者，颇知书义，有古风，无父母室家，泛宅以渔为业。偶停舟深涧，垂钓矶边，闻山坡树林深处，隐隐有读书声，听之甚乐，以后夜间必泊钓于此。每闻咿唔兴会，诵至畅快淋漓，他亦乐难自禁，即歌唐诗中"罢钓归来不系船……

欸乃一声山水绿"之句,孤音自赏,别有乐机。一夕钓至更深,恹恹欲睡,见风清月白,转觉爽然,舍舟登岸,稳步林间,觉茅屋数椽,竹环檐外,灯光掩映,从窗隙窥之,见一少年,葛衣草履,品格丰标,端坐灯前,朗诵百回不倦,心窃钦慕。

小说用富有诗意、优美流畅的语言描写了江蕴纶、严崇厚相识的环境,不仅衬托了人物的性格,而且给人以美的享受。总之,《宣讲博闻录》,体例完备严谨,内容新颖丰富,艺术水平较高。

结论
岭南小说的总体特征和艺术贡献

岭南小说自汉至清，历经两千余年的漫长发展，取得了一定的创作成就，在每一阶段，即使是较为落后的阶段，也对中国小说发展做出了贡献。以上各章节，对岭南小说各阶段的基本情况、发展历程进行了详细考察，这使得我们可以在此基础上总结岭南小说的总体特征和艺术贡献，以最终确立岭南小说作为区域文学在文学史上的历史地位。

一 中原小说是岭南小说的母体

岭南文化在发生、发展过程中受到了中原文化的巨大影响，与中原文化有密切的血缘关系，"从历史范畴看，岭南文化有悠久历史，它同楚文化、燕文化等一样悠久古老，是中华民族早期文化的重要一员"。[①]同样，作为岭南重要文化现象之一的岭南小说亦与中原小说血脉相连，事实上，中原小说是岭南小说的母体，岭南小说在中原小说的母体中孕育发展而来，先天带有中原小说的特征。

[①] 李权时：《论岭南文化的历史地位》，《岭峤春秋》（一），中国大百科全书出版社，1994，第9~10页。

(一) 岭南小说文体和创作风气深受中原小说的影响

中原小说自汉魏六朝至清末，各阶段都走在了岭南小说的前面，通常是中原地区先产生某种小说文体，出现某种小说创作风气，这种小说文体和创作风气进入岭南，岭南随之出现相应的小说文体和创作风气，可以说，岭南历代小说文体的兴衰和创作风气的演变无不深受中原小说的影响。

中原地理博物体志怪小说由《山海经》开其端，两汉魏晋时期大盛，出现了《神异经》《洞冥记》《十洲记》《博物志》等一大批作品，形成了创作地理博物体志怪小说的浓厚风气，此种文体和创作风气被中原作家带到岭南，于是岭南产生了最早的小说文体——地理博物体志怪小说。至南北朝，中原地理博物体志怪小说趋于衰落，岭南地理博物体志怪小说的衰落稍晚于中原，但至唐代也明显衰落了。中原地理博物体志怪小说在内容上记载关于远国异民、山川道里、异物奇珍方面的传说，在艺术上追求描写事物的奇异，不追求情节完整，这些都对岭南地理博物体志怪小说产生了深刻影响。

明代岭南中篇传奇《钟情丽集》打破了宣德至天顺年间传奇小说创作的沉寂局面，推动了明代中篇传奇的发展，但它实际上受到了元代中篇传奇《娇红记》和明初中篇传奇《贾云华还魂记》的深刻影响。清代中期，中原各小说文体都进入了繁荣期，出现了一大批优秀的作家，他们创作出一大批优秀的作品，文言小说有《阅微草堂笔记》《夜谭随录》《谐铎》《子不语》等，通俗小说有《红楼梦》《儒林外史》《绿野仙踪》《歧路灯》《镜花缘》等，中原小说出现了竞秀争奇的局面。此时期岭南小说亦发展到了最高峰，涌现出一大批有责任感的小说作家，他们创作出了优秀的岭南小说，文言小说有《五山志林》《霭楼逸志》《邝斋杂记》《粤小记》《粤屑》等，通俗小说有《岭南逸史》《蜃楼志》《警富新书》《绣鞋记警贵新书》等。清代后期，中原小说进入低谷期，通俗小说承前代余绪，无创新之处，文言小说则盛陈祸福，专主劝惩，甚至出现了宣讲圣谕的圣谕宣讲小说。岭南小说亦如此，文言小说和通俗小说都没有出现优秀的作品，受中原圣谕宣讲小说的影响，岭南也出现大批圣谕宣讲小说。

(二) 客居岭南的中原作家是岭南小说的重要推动力

"岭南文化是由生活在岭南地区各个民族共同创造的，但汉族的到来，无疑在其中起了决定性的作用"。① 明之前，岭南的政治、经济、文化相比于中原来说，是较为落后的，这不利于岭南文学家的产生和发展，更不利于小说家的产生和发展，因此，明之前岭南本土小说作家仅有汉代的杨孚，晋代的王范和黄恭，数量甚少，没有成为岭南小说创作的主力。对岭南小说作出巨大贡献的则是客居于岭南的中原作家，他们成为明之前岭南小说的重要推动力。

早在秦汉时期，随着岭南郡县的设立，中原人开始迁入岭南；魏晋南北朝时期，为避战乱，中原人再次大量迁入，衣冠望族，占籍各郡；唐代，随着大庾岭的开通，中原人又大量迁入；宋元时期，中原人仍持续不断地迁入。中原人的迁入，不仅带来了先进的政治、经济文明，还带来了先进的思想和文学艺术。一些中原作家或为官，或被贬，或避乱，或谋生，逾岭南来，三国时吴国万震客居番禺，晋代嵇含官广州刺史，南朝沈怀远因坐事徙广州，唐代房千里任高州刺史，唐代刘恂官广州司马，唐代裴铏寓居岭南 10 余年，宋代洪迈寓居岭南 3 年，宋代朱彧寓居广州，宋代蔡絛流放到白州，他们带来了当时较为先进的小说创作经验，同时又受到岭南独特的自然环境、文化环境的熏染，创作出了反映岭南社会生活的小说，为岭南小说的产生发展作出了重要贡献，如果没有中原作家，岭南小说的产生会更晚，发展也会更缓慢。

即使到了明清时期，岭南的政治、经济、文化得到全面发展，孕育出了一大批本土小说作家，本土小说作家已成为岭南小说创作的主力，但客居岭南的中原作家仍是岭南小说创作中的一支重要力量。王临亨广东办案，创作了反映明代岭南时事的小说；钮琇任广东高明知县，创作了反映岭南明清易代的小说，其小说成为清初岭南小说的重要组成部分；俞蛟长期寓居岭南，缪艮流落岭南 20 余载，他们创作的狭邪小说丰富了

---

① 司徒尚纪：《广东文化地理》，广东人民出版社，2001，第 11 页。

岭南文言小说的类型和内容。因此，明清时期，客居岭南的中原作家仍是岭南小说发展的推动力之一。

二 不同于中原小说的缓慢而艰难的发展历程

岭南文化虽为中华文化的一部分，但具有不同于其他地域的文化特质，"它是中华民族文化家族中的一员，构成丰富多彩的中华文化，同时又是很有个性的一员，具有其他地域文化所不能代替的地位"。[①] 作为岭南文化精神载体之一的岭南小说，因岭南独特的文化特质以及不同于中原的自然环境、社会环境，而具有自己独特的发展规律和个性。

岭南小说汉代萌生，唐宋时期逐渐发展，明代步入转折期，清代前期进入低谷期，清代中期进入兴盛期，清代后期又走向衰落，相比于中原小说，其发展历程是缓慢而艰难的，这既与岭南政治、经济密切相关，亦与岭南独特的自然环境和文化环境息息相关。

汉唐时期，中原小说已经取得了较大成就，志怪小说、轶事小说和传奇小说均获得了充分发展，达到了相当高的水平。此时期岭南交通很不发达，尤其是横亘北部的五岭，阻隔了岭南与中原地区的经济与文化交流，影响了岭南经济与文化的发展。先秦时期，岭南基本处在原始部落文化阶段，秦汉至唐代，随着中原人口的迁入，中原文化得以在岭南传播，但传播的进程是较为缓慢的，岭南的原始文化仍比较浓郁，在这种文化状态下，岭南小说发生亦迟，演进亦缓慢，远落后于中原，地理博物体志怪小说成为此时期最发达和最有代表性的小说。此外，还产生了轶事小说和传奇小说，但这两类小说没有得到充分发展。此时期岭南小说创作队伍主要由客居岭南的中原作家构成，这些中原作家关注虚幻奇异的自然、物产、风俗传说，使此时期小说呈现出浪漫主义气息。

两宋时期，中原小说继续发展，志怪小说、传奇小说、轶事小说都出现了大批优秀作品，更重要的是出现了通俗话本小说。此时期随着中原人口大量迁入，岭南社会经济得到了一定程度的发展，岭南文化亦逐

[①] 李权时：《论岭南文化的历史地位》，《岭峤春秋》（一），中国大百科全书出版社，1994，第11页。

渐发展起来,但与中原文化相比,还是比较落后的。此时期岭南小说的发展仍落后于中原小说,依旧没有培育出自己的本土小说作家,创作队伍仍由客居作家构成,他们使岭南小说得以继续发展,但亦使岭南小说走向了一条畸形发展之路——作家们仍对岭南的奇异传说抱有浓厚的兴趣,小说文体仍以志怪为主,轶事小说十分凋零,传奇小说和话本小说更不见踪迹,小说文体的发展呈现出极度的不平衡,但志怪小说内容渐趋丰富,艺术表现能力也有所增强。

明代,中原小说进入了兴盛期,小说数量众多,类型丰富完备,文言小说出现了"剪灯"系列等上乘之作,长篇通俗小说取得了巨大成就,出现了《三国演义》《水浒传》《西游记》《金瓶梅》等杰出的作品,短篇通俗小说出现了"三言""二拍"等充满勃勃生机的作品。此时期岭南社会经济空前繁荣,农业、手工业发达,商品经济活跃,海外贸易兴盛。由于经济发达,财力雄厚,岭南教育大兴,教育的兴盛使岭南人文骤兴,在这样的文化氛围下,岭南小说获得了突破性进展,最重要的突破是终于孕育出一批本土小说作家,数量虽不多,但打破了岭南小说由中原作家一统的局面,为岭南小说的健康发展做出了重要贡献。本土作家改变了中原作家偏重于志怪小说的风气,开始创作轶事小说和传奇小说,这些小说关注岭南的社会生活,岭南小说中的现实主义精神开始萌生并有所发展,为清中期岭南小说的全面崛起奠定了基础。

清前期,中原小说仍延续了明代的势头继续发展,文言小说和通俗小说创作十分活跃。此时期岭南小说并没有延续明代岭南小说的发展势头,反而异常冷寂,这与岭南当时的社会状况有密切关系。清前期岭南战乱频繁,并受到了清统治者残酷的剥削和压榨,岭南人口锐减,农业和手工业衰败,商业和海外贸易凋零,经济遭到了严重破坏,经济的破坏使岭南小说失去了赖以生存的土壤,因此,此时期岭南小说进入了低谷期,作家和作品数量甚少。但由于明清易代,岭南小说中流露出故国之思,亡国之痛,暴露与抨击了清统治者在岭南的罪行,这为岭南小说注入了新的精神内涵,这一精神内涵为清中期岭南小说继承并发扬。

清代中期,中原小说创作进入了高峰期,出现了《红楼梦》《儒林外史》《阅微草堂笔记》《镜花缘》等一大批优秀作品。此时期岭南社会经济空前繁荣，岭南的教育和文化也随之兴盛，岭南小说终于进入了黄金期。本土小说作家异军突起，人数众多，且大多为文化素养较高的文人士大夫，这使得大量优秀小说被创作出来，各种小说文体得以均衡发展，文言小说和通俗小说均十分兴盛。此时期岭南小说延续了明代以来的现实主义精神，关注岭南本土的社会生活和精神风貌，批判社会黑暗，谴责社会罪恶，反思社会问题，在思想内容方面达到了相当的高度。

清代后期，中原小说进入了衰退期，各文体小说数量锐减，质量下降。此时期岭南虽然社会经济繁荣，但最先受到殖民者的入侵，社会各种矛盾十分突出，广州曾一度沦陷于殖民统治之下，太平天国起义也从岭南爆发。岭南小说作家力图通过小说来挽救国家民族的危亡，但由于思想水平的局限，他们企图以因果报应的内容、劝惩善恶的方式劝人安分守己，从而达到巩固清王朝统治、挽救国家民族危亡的目的，因此，此时期的小说不仅失去了清中期岭南小说的批判精神和反思精神，而且充斥着大量的因果报应内容和陈腐说教。总之，此时期岭南小说在面对国家和民族危亡时，选择了退缩和封闭。

三 中心文化对边缘文化的想象

岭南自然环境十分艰苦，气候温热潮湿，易于滋生瘴疠病毒，地形复杂，既有崇山峻岭，亦有平原大川，毒虫野兽繁多，这使岭南人形成了断发纹身、濒水而居、架木为屋、喜食水产等生活方式，还形成了强悍勇猛、敢于冒险、团结协作的文化精神。由于水陆交通不发达，岭南成为相对孤立封闭的文化区域，中原文化虽自秦汉以来开始在岭南传播，但传播速度十分缓慢，正如屈大均所云："粤处炎荒，去古帝王都会最远，固声教所不能先及者也。"[①] 地理环境因素使早期的岭南文化较少受到中原文化的同化，独自发展成为极富特色的区域文化。

---

① （清）屈大均：《广东新语》，第321页。

然而，作为中心文化的中原文化在对待处于边缘地区的岭南文化时，态度是轻视、傲慢的，甚至是居高临下的。它不是试图了解和接纳岭南文化，而是攫取了岭南文化的话语权，根据自身文化的需求来书写岭南文化。其中一个重要方式就是对岭南采取自我中心式的想象：一方面为了彰显中心文化的先进性和优越性，把岭南文化想象为可怕的、怪异的、蛮荒的边缘文化；另一方面中心文化一直是比较稳定的，而岭南文化虽是边缘的，却是新鲜的，"自古以来就代表着罗曼司、异国情调、美丽的风景、难忘的回忆、非凡的经历"。[①] 中心文化无法抗拒这种新鲜文化的吸引，把岭南文化想象为奇异的、神秘的、具有传奇性的异域文化。这两种想象体现了中心文化对岭南文化的歧视、压迫与利用，剥夺了岭南文化自我表达的权利，遮盖了岭南文化的真实面貌。

早在先秦至汉初，中原人已经开始了对岭南的怪异化想象，《楚辞·招魂》把岭南想象为一个可怕之地："魂兮归来！南方不可以止些！雕题黑齿，得人肉而祀，以其骨为醢些。"《山海经·海外南经》把岭南人想象为"匈有窍""人交胫""面有翼，鸟喙"的奇特人，这些想象主要集中在对岭南原始部落的特征和生活习俗上，夸大或虚构某一奇特的特征或生活习俗，以满足当时中原人强烈的好奇心。

汉唐宋元时期，岭南小说作家有两类：一是从中原迁入岭南的客居作家，是岭南小说创作的主力。三国时万震，晋代嵇含，南朝沈怀远，唐代房千里、刘恂、裴铏，宋代洪迈、蔡絛等，以文化闯入者的身份进入岭南，先天带有中心文化的傲慢与偏见；二是岭南本土作家，数量甚少，仅有汉代杨孚、晋代黄恭等少数几人，在中心文化的强大压力下，他们接受和认同了中心文化，以中心文化的视角来审视岭南文化。因此，在这漫长的历史时期里，无论是客居作家，还是本土作家，几乎都不关心岭南真实的历史、社会生活，而是热衷于岭南流传的各种怪异或奇异的传说，这些传说符合他们对岭南的文化想象。于是，小说文体主要为记载岭南各种传说的志怪小说，内容包括远国异民传说、山川地理传说、

[①] 〔美〕萨义德著《东方学》，王宇根译，三联书店，2009，第1页。

物产传说、风俗传说、神仙异人传说、鬼怪传说等,几乎没有反映岭南历史变迁和现实社会生活的小说。这使岭南小说无法获得发展的动力,长期维持在一个较低的水平。

关于远国异民传说的志怪小说是中心文化对岭南文化怪异化想象的产物。此类小说无一例外地将岭南人描绘为怪异可怕之人。汉代杨孚的《异物志》、三国吴万震的《南州异物志》、晋代刘欣期的《交州记》、晋代顾微的《广州记》记载了穿胸、乌浒、儋耳、黄头人、察南汉国、交趾、缴濮国等岭南原始部族的传说,穿胸人"其衣则缝布二尺,幅合两头,开中央,以头贯穿胸,不突穿";交趾人"足骨无节,身有毛,卧者更扶,始得起";缴濮国"其人有尾,欲坐,辄先穿地作穴,以安其尾,若邂逅误折其尾,即死也"。唐代刘恂的《岭表录异》中的《六国》写狗国"裸形抱狗",毛人国"形小皆被发,而身有毛蔽如猿",野叉国"同食所得之人",大人国"悉长大而野",流虬国"国人幺么",小人国"其人悉裸,形小如六岁儿"。宋代《夷坚志》中的岭南小说《海外怪洋》描写了令人恐怖的海上世界,这里天水黄浊,黑云亘山,有长丈余的龙怪,有食人的覆舟鬼,有大蟒千百,甚至有吃人的巨人。这些小说把岭南人描述为或头长在胸部,或身体长毛,或像野兽一样有尾巴,甚至还吃人的"非人类",是恐怖的、野蛮的、怪异的,这显然不是对岭南人的真实描述,而是经过了怪异化想象的描述。这种想象体现了中心文化对岭南文化的歧视,正如泰勒在《原始文化》中所论述的:

> 民族学家在任何一个地方遇到关于长尾巴的人的故事,都应该查找居住在统治居民附近或其中的某种受轻视的土著部族,某些被压迫者或异教徒,被统治居民看作动物一样,并按照动物的样子给他们加上了尾巴。[①]

关于山川地理、物产、风俗、神仙异人传说的志怪小说则是中心文

---

① 〔英〕泰勒著《原始文化》,连树声译,上海文艺出版社,1992,第374页。

化对岭南文化新奇化、神秘化、传奇化想象的产物。此类小说多把岭南描绘为新奇而神秘的异域世界："林水源里有石室，室前磐石上行罗十瓮，中悉是饼银。采伐遇之不得取，取必迷闷。""晋兴郡蚺蛇岭，去路侧五、六里，忽有一物，大百围，长数十丈。"此外，有地中出血的马鞍山，有向风复活的风猩，有大如水牛的鼠母，有目如车轮的大蛇，有水为之开的木犀。唐代裴铏居岭南10余年，创作出《崔炜》《张无颇》《蒋武》《金刚仙》《陈鸾凤》5篇传奇，这5篇传奇营造了奇幻、浪漫的岭南异域世界：富丽堂皇的赵佗墓，庄严壮丽的海王庙，雷神肆虐的海岛，怪兽聚集的山林；虚构了带有神秘色彩的人物：羊城使者，鲍靓，鲍姑，安期生，葛洪，广利王；描绘了各种奇珍异宝：龙牙，火浣布，燧阳珠，玉龙膏，暖金盒；还描绘了奇异的动植物：吞象数百的巴蛇和大蜘蛛，会说话的猩猩。这些小说充满了奇异、神秘和传奇色彩，极大地满足了中原人猎奇的欲望，也为岭南文化披上了一件虚幻而华丽的外衣。

四 边缘文化的崛起

明代，岭南经济发展起来，文化亦逐渐兴盛，岭南小说也随之获得了突破性进展，出现了几位重要的本土作家，包括作《双槐岁钞》的香山人黄瑜、作《海语》的黄衷、作《钟情丽集》的琼州文人。这些本土作家不再像前代本土作家那样屈从于中心文化，而是对岭南文化有了自信。他们开始关注并试图展现真实的岭南，因此，不再热心于志怪小说创作，而是开始创作反映岭南社会生活和文化精神的轶事小说，这是岭南小说的一个重要转折。《双槐岁钞》记岭南各阶层人物的奇闻逸事，表现岭南人民善良、诚实、勇敢、守信的美好品德。《钟情丽集》写岭南青年男女的爱情婚姻，表现他们不屈不挠的抗争精神。即便如《海语》中写岭南奇异物产的志怪小说，其重心也开始转向反映商人阶层好冒险、重货利的精神。这些小说所表现的岭南人民的美好品质、抗争精神、冒险精神、重商性，长期以来被中心文化空白化，至此才终于得以部分呈现。

结论　岭南小说的总体特征和艺术贡献

清前期，岭南战乱频繁，岭南小说的发展中断了，明代开辟的优良传统亦一度中断。直到清中期，岭南社会经济空前繁荣，海外贸易昌盛，成为中国重要的经济区域。岭南文化经过长期发展，成为更丰富和更具有个性特征的文化——强烈的抗争精神和民族意识，经世致用的价值观，积极的反思精神、开放精神和兼容精神，浓厚的重商性和平民性。发达的经济和兴盛的文化为岭南小说提供了坚实的基础。此时期岭南本土小说作家异军突起，成为岭南小说创作的主力，出现了顺德罗天尺、东莞欧苏、番禺陈昙、阳春刘世馨、香山黄芝、潮州黄岩、庾岭劳人、安和先生、上谷氏蓉江等一大批作家。这些本土作家对这块兴盛的土地怀有强烈的自豪感，这种自豪感使他们对岭南文化充满了自信。

但是，中原人似乎无视岭南经济的发展，仍将岭南视为穷荒僻壤，中心文化对岭南文化的偏见与傲慢依然没有丝毫改变，仍将岭南视为可以搜奇辟异的边缘文化，这使本土作家产生强烈的文化焦虑，他们急于展示真实的岭南文化，急于确立岭南文化在中国文化版图中应有的地位。

本土作家们希望通过小说创作来实现这一目的。于是，不论是文言小说作家，还是通俗小说作家，都自觉地肩负起了弘扬岭南文化的职责。文言小说作家的创作目的惊人地一致，他们以保存、彰显岭南历史、社会、自然为直接创作目的，罗天尺为"发南国之英华""备识乡邦轶事"而作《五山志林》；欧苏为备载莞邑人物而作《霭楼逸志》，"是编专是近世事迹，然多是乡邑人物"；陈昙为彰显粤地文人士大夫而作《邝斋杂记》，"纪其嘉言懿行传示方来"；刘世馨为使粤地的"奇行隐迹""怪事异闻""山川云物""忠孝节义"不被湮没而作《粤屑》；黄芝为彰显粤地的"小者"，即不载于史乘的小人物而作《粤小记》。在这种创作目的指导下，他们创作的文言小说集专记岭南地方故事，带有鲜明的地方色彩，《五山志林》记顺德故事，《霭楼逸志》记莞邑故事，《粤小记》记广州故事，《邝斋杂记》《粤屑》《越台杂记》记岭南各地故事，这种鲜明的地方性使它们在清中期小说史上独具特色，并成为一个颇有个性的景观。

通俗小说作家大多没有明确标举岭南文化，但他们的创作皆扎根于岭南这块土地，醉园狂客指出黄岩因"罗旁、永安间，瑶壮纷沓，事迹较多荒略"而著《岭南逸史》；罗浮居士指出庾岭劳人因"生长粤东，熟悉琐事"而著《蜃楼志》；上谷氏蓉江为了使惠州西湖获得与杭州西湖一样的名声而著《西湖小史》，因此，这些通俗小说在弘扬岭南文化上取得的成绩更大。

此时期的岭南小说力图展现曾被空白化了的岭南社会生活。《五山志林》《霭楼逸志》《粤屑》等文言小说集中的人物包括官吏、文人、商人、农夫、手工业者、强盗、和尚、囚犯、妓女等，在反映岭南社会生活方面达到了前所未有的广度。通俗小说《西湖小史》以粤地文人士大夫为主人公，表现了文人士大夫阶层的生活状况；《岭南逸史》表现岭南汉族、瑶族、疍民等各民族的生活；《蜃楼志》表现岭南封建官僚、新兴商人、底层人民的生活；《警富新书》和《绣鞋记警贵新书》表现了岭南乡村和市井小民、官僚吏役的生活。总体来说，岭南小说的表现对象上至官僚士大夫，下至士农工商，贩夫走卒，几乎无所不包，从而使岭南社会生活得以全面展现。

五 先锋文化的蜕变

鸦片战争至甲午战争期间，清王朝内忧外患，处于风雨飘摇之中。岭南最先出现危机，殖民者入侵广东，广州一度沦陷，阶级矛盾尖锐，不仅有太平天国起义，岭南各地的起义也此起彼伏。面对民族危机，岭南一批精英知识分子，如陈澧、黄培芳、沈世良、叶衍兰、张岳崧等，呼吁变革，主张疏离保守陈腐的中心文化，倡导岭南本土文化，接纳和吸收西方文化，这与清中期以来岭南文化精神一脉相承。

然而，不幸的是，此时期的岭南小说作家不是由这些具有先进文化思想的精英构成，而是由来自民间的、社会底层的文人构成。他们在民族危机的巨大压力下，走上了一条与精英知识分子相背的文化道路：不再像清中期岭南小说作家那样标举、弘扬岭南本土文化，而是趋向于中心文化，尤其是来自最上层的统治阶级文化，试图利用中心文化中最具权威、最具影响力的文化作为武器，来抵抗外族入侵，消除内部动乱，从而达到维护岭南完整的目的,本土文化的精髓,尤其是积极的开放精神、反思与探索精神则受到了一定程度的压抑。这种文化态度在当时应该并不少见,而是代表了广大下层人民的文化态度,因为这些小说作家比精英知识分子更能真实地反映人民的心态。

在这种文化态度下,岭南小说作家积极宣传中心文化中的统治阶级文化,最鲜明的表现是创作了大量宣讲最高统治者政治教化思想的圣谕宣讲小说。此类小说以十六条圣谕为主旨,通过敷衍因果报应故事衍说圣谕义理,达到劝善惩恶、稳定社会的目的。圣谕宣讲小说在岭南盛极一时,出现一批专门从事此类小说创作的作家,如邵彬儒创作了《俗话倾谈》《吉祥花》《谏果回甘》《活世生机》,叶永言、冯智庵创作了《宣讲余言》,调元善社的讲生创作了《宣讲博闻录》《圣谕十六条宣讲集粹》等,这些作品在岭南民间广为流传,影响甚大。此类小说在岭南以外的地区亦有出现,但没有一个地区像岭南这样兴盛,并影响巨大。此外,其他小说,如《阴阳显报鬼神全传》《昙花偶见传》等不遗余力地宣扬因果报应思想,《扫荡粤逆演义》以正统思想为核心,将太平军视为盗匪、叛逆予以激烈批判。总之,此时期小说内容陈旧,思想落后,极为封闭,艺术水平不高,较之清中期大大退步了。

甲午战争以清政府的惨败告终,再次显示了清政府的无能。一方面,中心文化已经无力给岭南文化提供维护民族生存的力量,使岭南文化对中心文化的态度发生了根本转变,不再认同中心文化,而是对中心文化进行疏离和批判。另一方面,落后的民族总要受到先进文化的影响,岭南文化中固有的开放特质,使它能够迅速地接受先进的西方文化,并欲以西方文化来变革岭南文化。此时期岭南出现了康有为、梁启超等一批先进的中国人,他们主张反对旧文化,接纳西方文化,呼吁变革,掀起了声势浩大的改良运动,影响遍及全国,使岭南成为当时思想文化的最前沿。岭南文化迅速地摆脱边缘文化的地位,从中心文化的框架中偏离出来,蜕变成为具有先锋特质的区域文化。

岭南小说成为岭南先锋文化表达观点、警醒世人的重要载体和工具,这也使岭南小说具有了勇于探索和实践的精神。在小说理论上，梁启超提出全新的小说界革命理论，主张充分发挥小说的社会功能，利用小说来改良人格，改良社会，开通民智。这一理论在当时几为空谷足音，因此，他亲自创作了一部政治小说《新中国未来记》来实践他的理论。《新中国未来记》是晚清第一部严格意义上的新小说，"是中国小说史上第一部站在时代的制高点上，参与、指导现实变革的作品"。[①] 梁启超的小说理论及小说创作极具先锋意义和示范意义，为此后的岭南小说乃至整个中国小说的变革打下理论基础和创作基础。

另一位先锋作家吴趼人呼应梁启超的理论，积极创作改良主义小说。他更鲜明地疏离与批判中心文化，小说中充满对清王朝的尖锐批判和辛辣嘲讽，《二十年目睹之怪现状》《发财秘诀》《近十年之怪现状》等将晚清社会的诸种黑暗与丑陋暴露无遗。他大张旗鼓地宣传西方文化，主张借助西方文化改良旧文化，于是创作了一系列以立宪为主题的小说，包括《庆祝立宪》《预备立宪》《立宪万岁》等，这些小说延续了《新中国未来记》的创作目的与风格，但在倡导西方文化方面比梁启超走得更远。

辛亥革命时期，岭南出现了另一批新锐的革命派小说作家，包括黄世仲、梁纪佩等人。他们的文化态度更为激进，主张彻底疏离中心文化，排除满清政权，猛烈批判守旧派，甚至康梁改良派也受到他们的批判。他们认同西方文化，主张以激烈的革命实现民主政治。他们的小说鲜明地表达了这种文化态度。黄世仲创作了大量反映社会时事的小说，通过这些时事来表现他的革命主张，他在《洪秀全演义》自序中说："凡举国政戎机，去专制独权，必集合君臣会议。复除固闭陋习，首与欧美大国遣使通商，文明灿物，规模大备。视泰西文明政体，又宁多让乎！"[②]《洪秀全演义》正是他的文化主张的生动注释，小说对清王朝进行猛烈抨击，把太平天国描绘为革命的先进之师，将洪秀全、钱江、冯云山等

[①] 管林、陈永标、汪松涛、谢飘云、左鹏军、闵定庆：《岭南晚清文学研究》，广东人民出版社，2003，第248页。

[②] 黄世仲：《洪秀全演义》，人民文学出版社，2006，第2页。

太平天国英雄塑造成为推翻清王朝、追求民主政治的斗士。甲午战争以来，岭南文化蜕变为先锋文化，岭南小说开始积极反映社会生活，并积极探寻解决社会问题的道路，虽然有时显得粗率，缺乏深思熟虑，但却因充满了时代的最强音而具有先锋意义。

总体来看，纵观岭南文化和岭南小说二千余年的发展历程，可以看到它们在每一个历史阶段的密切关系，可以看到它们相互作用，共同完成了从边缘到先锋的艰难旅程。汉唐宋元时期，岭南文化作为弱势的边缘文化，受到强势的中心文化的歧视与压迫，话语权被中心文化所攫取，失去了自我表达的权利，中心文化根据自身的文化需求来书写岭南文化。此时期的岭南小说是被中心文化书写、利用的产物，失去了发展的动力，无法取得大的进步。

清中期，岭南文化崛起，逐渐摆脱了边缘文化的弱势地位，获得了书写自己的权利。此时期的岭南小说主动书写长期以来被空白化的岭南社会生活和文化精神，使岭南小说获得了极大的发展动力，不论是文言小说，还是通俗小说，都取得了较高的成就。同时岭南小说肩负起了弘扬岭南文化的职责，推动了岭南文化的发展。

甲午战争以后，岭南文化中的开放精神使岭南文化积极认同和接受西方文化，从而使岭南文化蜕变成为具有先锋特质的先锋文化。岭南小说成为岭南先锋文化开启民智、呼吁变革的载体，在理论和创作实践上，都进行了大胆革新，极具开拓意义和示范意义，对当时和其后的中国小说产生了巨大而深远的影响。

六　岭南小说的现实主义精神

明清以来，岭南的社会生活较明代之前丰富复杂了许多，岭南各种社会矛盾和冲突日益加剧，这就为小说作家提供了创作所需的社会生活素材，更重要的是，明清以来岭南文化品格逐渐鲜明起来，其中一个重要特征就是在文化价值观上提倡经世致用的实学，反对空疏无用之学，这种文化价值观深刻影响了岭南小说的创作目的、创作方法和创作内容。在这些因素的作用下，岭南本土小说作家关心岭南社会问题，倾向于创作反映岭南社会生活和社会问题的小说。于是，明清岭南小说中的现实主义精神萌生并成为主导特质。

明清岭南小说反映了岭南社会各阶层、各民族的社会生活和精神风貌。明清岭南富庶的经济、兴盛的文化、奇异的自然风物、丰富的民间传说，使岭南本土作家产生强烈的自豪感，形成了浓厚的本土情结，于是，文言小说作家或出于"备识乡邦轶事"，或出于"纪方隅之琐屑"，或出于"发南国之英华"的目的，创作了一大批反映岭南各地社会生活的地方故事集。《五山志林》以顺德"英华"人物为主人公，这些"英华"包括慷慨激昂的忠臣义士、清正廉明的地方官吏、富有才华的文苑名士，还包括具有美好品格的奴仆、僧丐、妇女等下层人民，从而全面地展现顺德英华人物的风貌；《霭楼逸志》专记莞邑民间人物，主人公包括官吏、士卒、文人、商人、农夫、手工业者、仆人、强盗、和尚、囚犯、骗子、闺阁妇女、妓女等，在反映岭南社会生活方面达到了前所未有的广度；《邝斋杂记》专记粤地文人士大夫，一方面表现了当时文人的美好品质和聪明才智，另一方面批判了文坛的不良习气和文人的丑恶行为；《粤小记》着重记广州各阶层人物；《粤屑》记载历史人物的传奇故事和下层人民的生活状况。通俗小说亦热衷于此，《岭南逸史》表现岭南不同民族、不同民系的人民的生活，《蜃楼志》表现岭南官僚、商人、文人、市民、农民、强盗的生活，《警富新书》《绣鞋记警贵新书》表现了岭南乡村豪强劣绅、下层民众的生活，《西湖小史》表现了岭南文人和闺阁女子的生活。这些小说丰富全面地展示了岭南各阶层的社会生活和精神风貌。

明清岭南小说具有强烈的批判现实的精神。明代中叶以后，岭南各种社会矛盾不断加剧，社会问题日趋复杂，农民起义和少数民族起义此起彼伏，正统十三年（1448），广州爆发了黄萧养领导的农民起义，弘治、嘉靖、万历年间黎族人民进行了3次大规模起义，万历年间粤西瑶民爆发了大规模起义。清代岭南社会依旧矛盾尖锐，吏治败坏，土地兼并严重，武备松弛，农民起义和少数民族起义不断，新兴的商品经济不断遭到来自封建政权的压迫。此时期的岭南小说作家怀有强烈的责任感和淑世精神,对弱小阶层有着深切关怀,因此,他们通过小说来反映社会问题,暴露社会黑暗,并进行强烈的批判。文言小说《粤剑编》中的《中贵之入粤榷税》《有言于税使者》《粤东开采使》暴露和批判了明代有权势的宦官对岭南人民的横征暴敛;《五山志林》批判了明末政治的腐败和清初统治者的狠戾暴虐;《霭楼逸志》反映了下层人民悲惨的生活;《邝斋杂记》批判了岭南官场的黑暗腐败和官吏的残酷。通俗小说的批判性更为强烈,《岭南逸史》批判了汉族政权对少数民族的压迫;《蜃楼志》批判了封建政权对新兴的商品经济和底层人民的残酷压榨;《警富新书》和《绣鞋记警贵新书》批判了中国司法制度的极端黑暗;《西湖小史》批判了封建政权的昏庸腐朽。总之,明清时期岭南小说灌注了强烈的批判精神,这使明清岭南小说具有了较高的思想价值。

  清中期,岭南通俗小说具有积极的反思与探索精神。清中期岭南通俗小说作家大多具有良好的文化素养,这使他们能够对社会问题进行深入思考,他们不仅仅满足于揭露社会问题和批判社会黑暗,还力图通过小说寻找解决这些问题的方式,这使此时期的小说具有了可贵的反思与探索精神。黄岩对岭南少数民族寄予了深切的同情,他在《岭南逸史》中深入探讨了为什么岭南瑶族不断起义、汉族政权的残酷镇压是否有效、什么方式才能使少数民族和汉族和睦相处等问题,并通过黄逢玉这一形象指出各民族和睦相处的道路就是加强民族间的融合和文化上的认同。庾岭劳人把对社会、对人生的思考注入到《蜃楼志》中,创作了一个全新的人物形象——苏芳,这一人物形象具有异于其他小说人物的全新特质,他既有经商之能,又有治国之才;既能出世,又能入世;既精明,又慷慨仁爱;既泛情,又重情。作者通过他化解封建政权和新兴的商品经济、底层民众之间的复杂矛盾。安和先生则在《警富新书》中反思了中国司法制度黑暗的根源,指出金钱的腐蚀、不合理的幕僚制度、官吏亲属干预司法是中国司法黑暗的根源。以上这些作家的反思与探索,虽带有理想色彩,却体现了岭南作家对社会问题的独特思考,正是这种独特思考,使清中期的岭南通俗小说在思想方面达到了相当的高度。

七 岭南小说的反抗精神

反抗精神是岭南文化中的一个重要品格,这种文化品格与岭南的自然、社会历史有密切关系,"生长于斯的粤人,不可能有别的选择,只能世代在这种蛮烟瘴雨、毒虫猛兽、洪涛飓风的险恶自然环境里,艰苦奋斗,拼搏求存,因而岭南民性很早就养成了强悍不驯、勇于冒险、顽强抗争、不屈不挠和团结互助的特质。加以岭南长期作为流徙之地,历代发配岭南的'顽民',谪迁来粤的'罪官',自然也不可能不对粤人施加一种追求正义、反抗压迫、向往自由的思想与心理影响"。[1]

岭南古代小说充分地表现了岭南人民的反抗精神。早在汉唐时期,岭南小说已开始大力歌颂那些强悍不驯、向往自由、追求正义、反抗压迫的英雄豪侠,晋刘欣期《交州记》中的"赵妪"写土著女子赵妪聚众起义,反抗当时的中原统治者;晋黄恭《交广记》中的"尹牙"写尹牙豪侠尚义,终替太守报仇;裴铏《蒋武》中的蒋武胆气豪勇,锄强扶弱;《陈鸾凤》中的陈鸾凤则十分鲜明地表现了岭南人的反抗精神,为了人民的利益,敢于挑战自然恶势力——雷神,并最终战胜雷神。至明代,随着小说中现实主义精神的萌生,岭南小说中的反抗精神主要表现为对社会强权和社会不公的反抗,王临亨《粤剑编》中的《中贵之入粤榷税》写岭南徐公、章公与贪婪的税使所进行的坚毅不屈的斗争;《钟情丽集》的男女主人公以"生不从兮死亦从"的精神,不顾父母恶之,乡人贱之,大胆反抗封建家长的权威。至清代,岭南小说中的反抗精神更为突出,《岭南逸史》用浓彩重笔写了天马山和嘉桂山的瑶族人民反抗残酷压迫他们的汉族政权;《蜃楼志》写了姚霍武领导起义军反抗黑暗的封建统治;《警富新书》写梁天来、张凤等小人物反抗黑暗的司法。这种反抗精神使岭南小说塑造出了一系列极具光彩的英雄豪侠形象,也使岭南小说具有了慷慨豪迈、悲壮激昂的格调。

---

[1] 管林、陈永标、汪松涛、谢飘云、左鹏军、闵定庆:《岭南晚清文学研究》,第28页。

八　岭南小说的爱国精神

岭南人民的反抗精神在经历了宋末抗元和明末抗清的斗争后，逐渐上升为爱国精神。宋末，岭南成为反抗元朝统治者的最后之地，1276年，陆秀夫和张世杰率领20多万大军进入广东，与岭南军民一起，展开了长达3年的抗元斗争；1279年，陆秀夫在厓山抱少帝投水，从死者数以万计。明末，岭南又成为反抗清统治者的最后之地，1646年，岭南人拥立明室王族，建立绍武政权和永历政权，并进行了长达17年的抗清斗争。虽然这两次抵抗外族入侵的斗争皆以失败告终，但岭南人民所表现出的反抗侵略的爱国精神对岭南文化心理产生了深远影响，使岭南文化具有了强烈的爱国精神。鸦片战争时期，岭南人民进行了大规模的抵抗殖民者入侵的斗争，广州人民在三元里抗击英军，反对英国强租土地，反对英人进入广州城，潮州人民反英人入城斗争等，都体现了岭南人民强烈的爱国精神。

清代，岭南小说充分地表现了岭南人民的爱国精神。清初，经历了明清易代的遗民作家，在小说中抒发强烈的爱国情感，屈大均《怪语》中的《三烈魂》歌颂了3个不屈于清兵淫威、以死抗争的烈女子；钮琇《粤觚》中的《张将子》歌颂了抗清失败后不食而死的张将子，充满了浓重的悲壮色彩和亡国后的感伤情绪。清中期，岭南作家接受了清政权，但民族意识和爱国情怀并未消失，反而更为沉郁和浓烈，《五山志林》中的《桃源贼双死节》《议礼廷杖二谏臣》《迎宴不许谒家庙》《出喉不即死》，大力歌颂了清初挽救明王朝的顺德的忠臣义士，集中体现了顺德人民忠贞不屈的爱国精神；欧苏《霭楼逸志》中的《长毛贼》歌颂了清初莞邑人民抗击清军的英勇斗争，极为慷慨悲壮；陈昙的爱国精神表现得更为突出，他仰慕明末著名的爱国诗人邝露，名其斋为邝斋，《邝斋杂记》中的《仙蝶》《榕树神》《武英殿》借荒诞的志怪小说抒发对明王朝的怀念之情和对明王朝忠臣义士的崇敬之意；刘世馨的《粤屑》一方面流露出浓重的故国之思和亡国之悲，《百花冢》《仙塔》《古琴》表达了对明王朝的深深眷恋；另一方面则对明末变节仕清者予以辛辣地嘲讽,《春秋笔》《黄状元杖对》抨击了变节者的丑陋和卑劣。鸦片战争时期,广东人民不畏强敌,英勇抗击入侵者,颜嵩年《越台杂记》中的《武生沈志谅》《陈联陞抗英》《水师提督关天培》等最早记载了广东军民反抗外敌入侵的爱国行为。这些小说体现了岭南人民在民族危亡时刻宁死不屈的爱国精神。

九 岭南小说的艺术贡献

岭南小说以其独特的地域特色成为中国古代小说中的重要分支,为中国古代小说以及中国戏曲的发展作出了一定贡献。

首先,为中国小说提供了创作经验。明清时期的岭南小说在思想和艺术上渐趋成熟,取得了一定的创作经验,影响了中国小说的发展。明代中期岭南传奇《钟情丽集》在明代中篇传奇的发展中起着承上启下的重要作用,上承元代的《娇红记》和明初的《贾云华还魂记》,但它彻底抛弃了前两篇传奇的悲剧性结局,着力表现男女主人公对爱情婚姻的积极追求和强烈的斗争精神,并采用了"有情人终成眷属"的喜剧结局,此后中篇传奇小说大体延续了这种创作方法。在它的推动下,弘治至万历年间出现了一大批以爱情婚姻为题材的中篇传奇,如《怀春雅集》《龙会兰池录》《双卿笔记》《寻芳雅集》《花神三妙传》《刘生觅莲记》等。

清中期的岭南小说提供了更为丰富的创作经验。《岭南逸史》塑造的具有民族特色的、兼具英雄气概和儿女柔情的女性形象,对其后《儿女英雄传》中的十三妹形象、《绿牡丹》中的花碧莲和鲍金花等女性形象产生了深刻影响;《蜃楼志》的改良主义倾向和"无甚结构而结构特妙"的手法,影响了近代《官场现形记》《二十年目睹之怪现状》等改良主义小说;《警富新书》在形式上彻底打破了之前公案小说的短篇体制,成为第一部真正的长篇公案小说,对此后的公案小说形式产生了影响,它对司法的强烈批判和深刻反思也对后世公案小说产生积极影响。

其次,为中国小说提供了大量独特优美的创作素材。南北朝时任昉的《述异记》中的"懒妇鱼"取材于杨孚的《异物志》;明代杨斑的

《龙膏记》和瞿佑的《水宫庆会录》取材于岭南传奇《张无颇》；《太平广记》中的《番禺书生》取材于岭南传奇《蒋武》；明末清初话本小说"三言二拍"《西湖二集》《型世言》皆从黄瑜的《双槐岁钞》中取材；清代《聊斋志异》中的《劳山道士》取材于蔡絛的《桂林韩生》；清代《咫闻录》中的部分小说取材于《邝斋杂记》《五山志林》；《警富新书》在素材方面影响最大，近代吴趼人的小说《九命奇冤》即改编自《警富新书》。

最后，为中国戏曲提供了素材。岭南小说中富有思想内涵、情节新奇独特的小说成为戏曲家的改编对象。《钟情丽集》被明代戏曲家赵于礼敷衍成《画莺记》传奇；钮琇《觚剩》中的《雪遘》被清中期戏曲家蒋士铨敷衍成《雪中人》传奇；刘世馨《粤屑》中的《风雨易妻》被清无名氏敷衍为《风雪媒》传奇；《粤屑》中的《海门妇》被清无名氏敷衍为《杨华遘》传奇；《警富新书》一直为岭南地方戏曲所钟爱，自清中期至现代，一直上演不衰。

参考文献

一 著作

〔美〕爱德华·W. 萨义德著《东方学》，王宇根译，三联书店，2007。

蔡国梁：《明清小说探幽》，浙江文艺出版社，1985。

陈美林、李忠明：《小说与道德理想》，江苏古籍出版社，2002。

陈文新：《文言小说审美发展史》，武汉大学出版社，2007。

陈永正：《岭南文学史》，广东高等教育出版社，1993。

程国赋：《唐代小说嬗变研究》，广东人民出版社，1997。

程毅中：《唐代小说史》，人民文化出版社，2003。

仇巨川：《羊城古钞》，广东人民出版社，1993。

戴不凡：《小说见闻录》，浙江人民出版社，1980。

（清）邓雨生：《全粤社会实录初编》，调查全粤社会处，宣统二年。

方志钦、蒋祖缘：《广东通史》，广东高等教育出版社，1990。

管林、陈永标、汪松涛、谢飘云、左鹏军、闵定庆：《岭南晚清文学研究》，广东人民出版社，2003。

侯忠义：《隋唐五代小说史》，浙江古籍出版社，1997。

侯忠义：《中国文言小说参考资料》，北京大学出版社，1985。

黄霖、韩同文：《中国历代小说论著选》，江西人民出版社，2000。

黄瑜：《双槐岁钞》，上海古籍出版社，2005。

江苏省社会科学院主编《中国通俗小说总目提要》，中国文联出版公司，1990。

李剑国：《唐前志怪小说史》，天津教育出版社，2005。

李锦全、吴熙钊：《岭南思想史》，广东人民出版社，1993。

李仲伟、林子雄、倪俊明：《广州文献书目提要》，广东人民出版社，2000。

梁嘉彬：《广东十三行考》，广东人民出版社，1999。

《岭峤春秋》（一），中国大百科全书出版社，1994。

刘叶秋：《历代笔记概述》，北京出版社，2003。

柳存仁：《伦敦所见中国小说书目提要》，书目文献出版社，1982。

鲁迅：《中国小说史略》，上海古籍出版社，2004。

罗可群：《广东客家文学史》，广东人民出版社，2003。

骆伟、骆廷辑注《岭南古代方志辑佚》，广东人民出版社，2002。

骆伟主编《广东文献综录》，中山大学出版社，2000。

苗怀明：《中国古代公案小说史论》，南京大学出版社，2005。

宁稼雨：《中国文言小说总目提要》，齐鲁书社，1996。

欧阳代发：《话本小说史》，武汉出版社，1997。

欧阳健：《晚清小说简史》，山西人民出版社，2005。

齐裕焜：《明代小说史》，浙江古籍出版社，1997。

（清）屈大均：《广东新语》，中华书局，1985。

石昌渝主编《中国古代小说总目》，山西教育出版社，2004。

司徒尚纪：《广东文化地理》，广东人民出版社，2001。

孙楷第：《日本东京所见小说书目》，人民文学出版社，1981。

孙楷第：《中国通俗小说书目》，人民文学出版社，1982。

〔英〕泰勒著《原始文化》，连树声译，上海文艺出版社，1992。

王富鹏：《岭南三大家研究》，人民文学出版社，2008。

王国伟:《吴趼人小说研究》,齐鲁书社,2007。

王清原、牟仁隆、韩锡铎:《小说书坊录》,北京图书馆出版社,2002。

王枝忠:《汉魏六朝小说史》,浙江古籍出版社,1997。

吴志达:《中国文言小说史》,齐鲁书社,1994。

萧相恺:《宋元小说史》,浙江古籍出版社,1997。

徐鹏绪:《中国近代文学史纲》,中国社会科学出版社,2004。

徐中玉:《中国古典小说理论史》,华东师范大学出版社,2005。

杨伟群点校《南越五主传及其七种》,广东人民出版社,1982。

叶春生:《岭南俗文学简史》,广东高等教育出版社,2003。

袁行霈、侯忠义:《中国文言小说书目》,北京大学出版社,1981。

张俊:《清代小说史》,浙江古籍出版社,1997。

张振军:《小说与中国文化》,广西师范大学出版社,1996。

钟贤培、汪松涛:《广东近代文学史》,广东人民出版社,1996。

周振鹤:《圣谕广训:集解与研究》,上海世纪出版有限公司,2006。

朱一玄:《明清小说资料选编》,齐鲁书社,1990。

二 论文

蔡国梁:《谴责小说的先声——〈蜃楼志〉》,《学术研究》1981年第2期。

陈大康:《论元明中篇传奇小说》,《文学遗产》1998年第3期。

陈浮:《〈蜃楼志〉的写作背景及其新探》,《惠州大学学报》(社会科学版)1996年第1期。

陈国军:《明代中篇传奇小说格局的构成——以〈钟情丽集〉为考察中心》,《海南大学学报》(人文社会科学版)2005年第2期。

陈益源:《〈钟情丽集〉考》,《复旦学报》1996年第1期。

丁国祥:《拖着辫子的洋场小开——简说〈蜃楼志〉中的苏芳》,

《文化广角》1996年第5期。

高建旺：《明代广东作家和明代广东文学研究》，上海师范大学博士学位论文，2006。

胡金望、吴启明：《乾嘉"太平盛世"的形象画卷：读〈蜃楼志全传〉》，《安庆师范学院学报》1998年第4期。

黄梅：《〈蜃楼志〉研究》，安徽大学硕士学位论文，2007。

黄明同：《岭南文化的三次大兼容与三个发展高峰》，《学术研究》2000年第9期。

雷勇：《〈蜃楼志〉的因袭与创新》，《汉中师院学报》（社会科学版）1992年第1期。

刘平：《关于嘉庆年间广东海盗的几个问题》，《学术研究》1998年第9期。

刘益：《岭南文化的特点及其形成的地理因素》，《人文地理》1997年第1期。

刘佐泉：《〈岭南逸史〉中的客家史迹》，《湛江师范学院学报》（哲学社会科学版）1996年第4期。

陆林、戴春花：《清初文言小说〈觚賸〉作者钮琇生年考略》，《文学遗产》2006年第1期。

潘建国：《〈欢喜冤家〉对〈寻芳雅集〉〈钟情丽集〉的辑采》，《上海师范大学学报》（社会科学版）1998年第4期。

苏建新、陈水云：《〈岭南逸史〉：一部〈三国演义〉化的才子佳人小说》，《嘉应学院学报》（哲学社会科学）2004年第4期。

汤克勤：《论〈岭南逸史〉的小说类属和文史意义》，《嘉应学院学报》（哲学社会科学）2007年第5期。

汪平秀：《〈岭南逸史〉中女性群体刍议》，《嘉应学院学报》（哲学社会科学）2008年第1期。

王晶波：《从地理博物杂记到志怪传奇——〈异物志〉的生成演变过程及其与古小说的关系》，《西北师范大学学报》（社会科学版）1997年第4期。

王永健：《简评〈蜃楼志全传〉》，《明清小说研究》1989 年第 4 期。

叶岱夫：《岭南文化区域系统分析》，《人文地理》2000 年第 5 期。

张秀英：《雍正朝"广东九命案"始末考》，《济南教育学院学报》2000 年第 2 期。

张祝平：《〈夷坚志〉材料来源及搜集方式考订》，《南通师范学院学报》（哲学社会科学版）1999 年第 6 期。

朱学群：《论苏吉士的"长大成人"——对于〈蜃楼志〉的一个"主题学"研究》，《华侨大学学报》（哲学社会科学版）1991 年第 1 期。

图书在版编目(CIP)数据

岭南古代小说史/耿淑艳著.—北京:社会科学文献出版社,2015.7

(广州大学·广府文化系列)

ISBN 978-7-5097-7160-0

Ⅰ.①岭… Ⅱ.①耿… Ⅲ.①古典小说-小说史-广东省 Ⅳ.①I207.409

中国版本图书馆CIP数据核字(2015)第037836号

·广州大学·广府文化系列·

岭南古代小说史

著　　者 / 耿淑艳

出 版 人 / 谢寿光
项目统筹 / 宋月华　杨春花
责任编辑 / 周志宽　王桂环

出　　版 / 社会科学文献出版社·人文分社 (010) 59367215
　　　　　地址:北京市北三环中路甲29号院华龙大厦　邮编:100029
　　　　　网址:www.ssap.com.cn
发　　行 / 市场营销中心 (010) 59367081　59367090
　　　　　读者服务中心 (010) 59367028
印　　装 / 三河市东方印刷有限公司

规　　格 / 开本:787mm×1092mm　1/16
　　　　　印张:18.75　字数:270千字
版　　次 / 2015年7月第1版　2015年7月第1次印刷
书　　号 / ISBN 978-7-5097-7160-0
定　　价 / 79.00元

本书如有破损、缺页、装订错误,请与本社读者服务中心联系更换

版权所有 翻印必究